W0266775

Kjartan Fløgstad

U3 oder Fliegen zu den Engeln

Kjartan Fløgstad

U3
oder
Fliegen zu den Engeln

Aus dem Norwegischen
von Anne Storm

Hinstorff Rostock

Originaltitel: U3

ISBN 3-356-00068-3

© Det Norske Samlaget 1983
© VEB Hinstorff Verlag Rostock 1988
1. Auflage 1988. Lizenz-Nr. 391/240/19/88
Printed in the German Democratic Republic
Schutzumschlag und Einband: Werner Schinko
Herstellung: Karl-Marx-Werk Pößneck V 15/30
Bestell-Nr. 522 838 3

01200

Zugrunde gelegt wurde der Rapport der Havariekommission und des Untersuchungsausschusses (öffentlicher und geheimgestempelter Teil). In vielen Fällen haben sich ergänzende Untersuchungen erforderlich gemacht. Bei der Wiedergabe von Zeugenaussagen und technischen Erläuterungen wurde die Anonymität gewahrt. Personennamen wurden da, wo es dringend notwendig war, geändert, ausgenommen sind Personen des öffentlichen Lebens. Den Freunden in der Landesverteidigung und der zivilen Luftfahrt – unterschiedlichen Ranges und Dienstgrades – herzlichen Dank für unentbehrliche Auskünfte. Für das Manövrieren mit Hilfe des Retrospektoskops und ähnlicher aeronautischer und erzähltechnischer Instrumente trägt hingegen der Autor allein die Verantwortung.

In der Poesie ist immer Krieg.
Osip Mandelstam

Der Lärm überschritt die Schmerzgrenze. Die Zeigefinger in den Ohren, sah ich hinter dem Flugzeug zwei Stichflammen durch die Warmluft schießen. Alf Hellot war durch die Abfertigung gekommen und quittierte ganz unten auf dem Instandhaltungsschema für das Flugzeug. In Lederhaube, Stiefeln und Nylonpelz nahm ihn der Mechaniker in Empfang und kletterte rückwärts die Leiter hinunter auf den Boden. Große, nasse Schneeflocken legten sich auf die Cockpithaube. Hellot prüfte ein letztes Mal die Fallschirmgurte. Von rechts nach links strich sein Blick über das Armaturenbrett. Kopfhörer und Mikrofone waren befestigt und angeschlossen.

»Ab die Post!« murmelte Hellot, ohne den Sendeknopf zu drücken.

Er sah zwei Daumen als Zeichen in der Luft. Der Mechaniker bewegte die Hände zu beiden Seiten des Körpers. Mit der einen Hand zeichnete er Kreise in die Luft. Dann hielt er die Hand still und hob zwei Finger hoch.

Immer mehr schwarzes Abgas strömte aus dem Heck des Flugzeugs. Zu beiden Seiten der Rollbahn lagen schwarze Schneehaufen. Die Bodenanlagen und der Kompressor waren abgeschaltet. Das letzte Band, das Alfemann Hellot mit der Erde verbunden hatte, war entfernt. Hauptmann Hellot, nun auf Bordbetrieb übergegangen, sah die Instrumentenzeiger schwingen. Sie zitterten und kamen in den grünen Feldern der Skala zur Ruhe. Der Mechaniker zog die Bremsklötze vor den Haupträdern weg. Mit der Hand auf dem Sendeknopf rief Hellot den Turm mit Empfängeradresse und seinem eigenen Rufsignal. Er bat um Abfertigung und Starterlaubnis. Der Mechaniker hob zum letztenmal den Daumen.

Der Flugzeugkörper schaukelte. Die Räder des Fahrwerks begannen zu rollen. Hauptmann Hellot gab Gas und rollte bis zu dem Ende der Startbahn, das am weitesten vom zivilen Kontrollturm entfernt lag. Dort wendete er das Flugzeug gegen den Wind. Die Startbahn lag offen vor ihm. Während die Trieb-

werke arbeiteten, überprüfte er die Abgastemperatur und die Steuerung. Die roten und grünen Bahnlichter begannen zu leuchten. Hellot zog den Gashebel zurück auf Leerlauf und drückte gleichzeitig den Sendeknopf am Hebel. Er rief den Turm und fragte nach Windstärke und Luftdruck. Der Wind war auffrischend südwestlich mit zweieinhalb m/s. Es herrschte Tiefdruck – 975 Millibar –, und die Wolkendecke war günstig.

Alf Hellot erhielt Starterlaubnis. Mit einer gezielten, fließenden Bewegung führte er den Gashebel nach vorn und hielt die Radbremsen. Die Umdrehung der Triebwerke wurde gesteigert, bis Hellot und die Maschine von den gewaltigen widerstreitenden Kräften zitterten und bebten. Noch hielten sie das Flugzeug in Ruhe, aber gleich würden sie es mit Hunderten von Stundenkilometern nach vorn über den Startstreifen werfen.

Während er die Bremsen losließ, öffnete Alf Hellot den Mund und holte tief Luft. Der Puls ging normal, den Körper hatten die Triebwerke nicht auf hohe Touren gebracht. Mit einem gewaltsamen Ruck wurde das Flugzeug auf der Startbahn vorwärts geworfen. Die Düsenkräfte gingen in schwindelnd hohe Dezibel über. Schneetreiben, Begrenzungsfeuer, rote Warnfeuer und Absperrungen von kreuzenden Rollbahnen flimmerten vorbei.

Als der Geschwindigkeitsmesser anzeigte, daß die Maschine die Abhebegeschwindigkeit erreicht hatte, drückte Alfemann die Steuersäule zärtlich an seinen Körper. Das Höhenruder an der hinteren Kante des Leitwerks schlug aus. Erst richtete sich die Nase auf, dann hoben auch die Haupträder ab. Die Erde gab ihnen zum Abschied einen freundlichen Knuff. Die Maschine neigte sich leicht, und Alf Hellot erhob sich in die Lüfte.

Bei fünfzehnhundert Fuß zog er das Fahrgestell ein und trimmte das Flugzeug für den Steigflug. Er schaltete die Nachbrenner ein, spürte den Ruck, als der Treibstoff in die Austrittsgase gespritzt wurde und den Triebwerken zusätzlichen Schub gab. Er kontrollierte die Drehzahl und die Steiggeschwindigkeit. Dann und wann regulierte er die Abgastemperatur. Die Landeklappen glitten an ihren Platz unter den Tragflächen zurück.

Alf Hellot kletterte in nordwestlicher Richtung, um ihn herum ragten unsichtbare Felswände steil empor – der Höhenmesser ging rund und strahlte Geborgenheit aus –, über ihm hingen die

Wolken immer noch schwer von Niederschlag. Er fand einen Spalt in der Wolkendecke, regulierte das Gas, setzte die Füße auf die Pedale und trat das Seitenruder. Das Flugzeug schwang sich durch einen schmalen Spalt in der wattigen, nassen Wolkenmasse hinauf. Die letzten Schneeflocken wurden an der Frontscheibe zu feinen Tröpfchen zerschlagen.

Ich nahm den Feldstecher von den Augen. Alfemann war fort. Die beiden Nachbrennerflammen waren das letzte, was ich sah. Ich drehte mich um, sprang über eine Ölpfütze und ging durch den grell beleuchteten Korridor vom Hangar zum Wachraum.

Zehntausend Fuß über meinem Kopf streckte Alf Hellot die Hand aus und schaltete das Retrospektoskop ein.

1953

Der gemeine Mann

Aus Fleisch und Blut ist die Hoffnung. Lockere Ausgangsposition oder stramme Haltung. Aus Knochen und Sehnen ist sie und aus harten, durchtrainierten Muskeln, gespannt zum Absprung. Alfemann Hellot war die große Hoffnung, derjenige, der am meisten versprach, auf den wir anderen alle hofften. Die letzte, die größte Hoffnung. Und die Hoffnung war nicht hellgrün, sondern weiß.

Geradewegs aus DEM GROSSEN NICHTS kam der junge Alf Hellot, so schrieben die Zeitungen, und sie irrten sich wie gewöhnlich. Das war vor dem Unfall, in jenem Frühjahr, als er achtzehn wurde und die Kür im Sechskampf um den sogenannten Oslo-Pokal gewann. Unter anderen hatte er den Schweden Thoreson besiegt, der im selben Jahr noch im Turnwettkampf bei den Olympischen Spielen in Helsinki ganz an die Spitze rückte. Aber dennoch hatte Alf Hellot, bevor er verunglückte, Thoreson geschlagen, und viele mit mir meinen noch heute, daß er der Weltbeste in der Kür war. Er beendete seine Spezialübung mit einem hohen luftigen Doppelsalto, den er in die Höhe schraubte, und stand dann nach der Landung wie ein Fels mitten auf dem Boden in der alten Osloer Turnhalle, während die Blitzlichter zuckten und der Beifall donnerte.

Zur Preisverleihung am selben Abend warteten Pokale und Gratulationen, und zu Hause warteten die Eltern mit einer neuen und teuren Sportuhr. Alfemann bedankte sich herzlich dafür, denn seine Lebenszeit war bisher mit der alten Wanduhr in der Stube verknüpft gewesen, und er band sie um das linke Handgelenk wie einen neuen Muskel, quer über alle die anderen, mit denen er so reichlich ausgestattet war.

In der Zeitung am nächsten Tag vierspaltige Aufmachung und zweispaltiges Porträt. Mit zitternden Fingern blättert Alfemann von der letzten Seite bis vor zu den Sportseiten. Auf den Knien, mit der aufgeschlagenen Zeitung vor sich auf dem Flickenteppich, liest Alfemann nicht, liest weder Überschrift noch Einleitung noch Spalten- oder Bildtext. Er betrachtet sein Foto.

Und das ist ein verblüffendes Porträt. Bereits zu dieser Zeit strahlt Alfemann Hellot eine Würde und eine Autorität aus, daß es für einen so jungen Mann fast unanständig wirkt. Das Bild ist genau von vorn aufgenommen, und der Fotograf muß auf die Knie gegangen sein, um zu knipsen. Alfemann hat die Arme auf den Rücken gelegt und die Hände ineinander verschränkt. Nur die rückwärts gewandte Gebetsgeste der Hände unterscheidet die weiße Gestalt von der eines strammstehenden Soldaten. Es ist, als versuchte er, mit den Händen eine gewaltige innere Kraft zurückzuhalten, die dennoch dem Zeitungsleser entgegenschlägt. Der Verlauf der starken Arme zu den Schultern ergibt eine Kurve, die die geheime Kraft im Linienspiel des Körpers verrät. Die Armmuskeln sind gespannt, wie um das Dunkel im Hintergrund zu bezwingen, während der Brustkorb leicht nach vorn gepreßt ist. Die weiße Kante des Turnhemdes wölbt sich leicht über den schwellenden Brustmuskeln. Aber nur die Kante des Hemdes zeichnet sich ab; das Blitzlicht auf dem schweißglänzenden Körper, der Kreidestaub an den Händen und das Weiß des Dresses ergeben eine heile, leuchtend weiße Figur. Die Brustmuskeln sind leicht gespannt, so daß sich die Bildfläche gleichsam wölbt. Eine starke Schwingung des Rückens läßt die Gestalt freistehend erscheinen. Der steile Nacken zieht den Kopf leicht nach hinten, und obwohl das harte Blitzlicht das Gesicht verflacht und charakteristische Details geglättet hat, sind dennoch mit dem ernsten Mund, der kräftigen Kieferpartie und den hohen Wangenknochen die wichtigsten Eigenarten hervorgehoben worden. Und der Blick der Augen fern – träumend nach vorn gerichtet, zurückgewandt in der Erinnerung, empor im Triumph oder in sich selbst versunken –, erschrocken vor der schockartigen Erkenntnis, daß Erster sein allein sein heißt.

Die verhaltene und kontrollierte Kraft, die dieses Bild ausstrahlt, mag den Redaktionssekretär oder Sportredakteur gelockt haben, es größer aufzumachen, als die Plazierung im Wettkampf, die Leistung und der Informationswert an sich rechtfertigten. Der Fotograf oder die Redaktion, irgend jemand hat das Bild kurz unterhalb des Schritts beschnitten. Aber nicht einmal dieser Vandalismus gegenüber einem klassischen Werk kann das Heldenpathos mindern, das auf den Zeitungsleser wirkt. Betrachtet er das Bild eingehender, so wird er sehen, daß das Motiv in einer unmerklichen Bewegung eingefangen ist, in einer zweideutigen Verlagerung des Schwerpunkts, vom rechten oder linken Fuß, hin zur Kamera oder weg davon, zum Licht oder zurück in das kompakte Dunkel, zu dem die Zeitungsreproduktion das Interieur und die Zuschauerbänke in der Turnhalle umgeformt hat. Vielleicht ist das Bild gestellt, vielleicht hat der Fotograf Alfemann Hellot im Aufschlag nach einer hohen und akrobatischen Fahrt durch die Luft eingefangen. Wie es da steht, drückt es eine gewaltsame Kraft aus, Fähigkeit des Fotografen, das Motiv zu plazieren, Licht und Schatten zu arrangieren, oder den Kampf des Motivs um die Herrschaft über sein eigenes Bild.

Die Hoffnung. Das Versprechen. Alfemann Hellots Kraft. Am nächsten Samstagabend, während irgendeiner Feier zu Ehren des Siegers, vollführte Alfemann eine in jeder Hinsicht selbstgewählte und bierinspirierte Übung. Den obersten Absatz einer Cafétreppe als Trampolin benutzend, bot er Riesenschwünge, Doppelnelson, Araberflickflack, Yamashitasalto und freien Fall, Schwierigkeitsgrade, Schrauben und Elemente aus allen Ecken der Welt. Wir, die wir auf dem Bürgersteig standen und zuschauten, können bezeugen, daß er droben in der lichten Frühlingsluft herumschwebte und die Straßenlaternen am Marktplatz anzündete, eine nach der anderen, und die Rathausuhr mindestens eine Stunde vorstellte.

Gleichzeitig stieg die Durchschnittstemperatur um mehr als drei Grad Celsius. Alle in dem nachgerade zahlreichen Zuschauerhaufen meinten wie ich, daß Alfemann Hellot mehrere Minuten in der Luft geschwebt haben muß, mit perfekt geschlossenen Beinen und gestreckten Fußgelenken, bevor er hart, den Körper gespannt und beide Arme angelegt, mit dem Hinterkopf auf den Asphalt des Bürgersteigs vor der Treppe aufschlug. Ich kann mit Sicherheit sagen, daß die Mischung von Selbstzerstörung und Aufruhr bei Alfemann niemals wieder so kopfüber zum Vorschein gekommen ist.

Er hat auch an keinem Turnwettkampf mehr teilgenommen. Normalerweise wäre Schädelbruch die Spitzennote für diesen Absprung gewesen, aber unser Götterbild ritzte sich nicht einmal. Den Ärzten gelang es nicht, auch nur den mindesten Schaden bei Alfemann Hellot zu finden. Ein Tag im Krankenhaus reichte aus. Dann wurde er entlassen und benutzte den Rest der Rekonvaleszenz dazu, das Papier auszufüllen, das schon zu Hause lag und auf ihn wartete. Derjenige Leser, der hier wie Kitty meint, einen ursächlichen Zusammenhang zwischen Kopfschaden und Berufswahl zu sehen, also der kurz gesagt annimmt, daß bei Alfemann eine Schraube locker geworden wäre, bringt deshalb nur seine eigenen Vorurteile gegenüber der militärischen Laufbahn zum Ausdruck.

Aufnahmeantrag für Militärschulen

Der Fragebogen forderte eine Selbstdarstellung, die viele Umwege und Wege in die Vergangenheit verlangte. Mehr, wie die Geschichte ihn geformt hatte, und weniger, wie Licht und Schatten seinen Körper geformt hatten.

Alf Hellot am Stubentisch, Federhalter in der Hand, weiße grünbedruckte Papierbogen auf schwarzlackiertem Birkenholz, Tintenfaß daneben, taucht ein und schreibt.

Namen der Eltern, das war leicht. Die Federspitze

kratzte auf dem Papier. Konstanse, geborene Vinjakvelven, und Aug. Hellot. Alfemann schrieb das so, denn so wurde es immer geschrieben und auch gesagt: Aug. Hellot. Und immer öfter geschrieben, unter Versammlungseinladungen, Versammlungsreferate, Verhandlungsprotokolle, Entlassungsankündigungen, Aufforderungen zum Lohnkampf, Ersuchen um Schlichtung, Rücktritt, Ersuchen um Schlichtungsabbruch. Aug. Hellot (sign.) unterschrieb Warnungen, Einladungen, Forderungen, Ersuchen. Er forderte, berief ein, warnte, kämpfte, ersuchte. Aber immer im Rahmen des zentralen Tarifabkommens und nie im eigenen Interesse. Was er an persönlichen Dingen zu sagen hatte, wurde gewöhnlich auf halbem Wege gestoppt, mit einem eiligen und allzu frühen Punkt, wie beim Vornamen. Unten auf den Bogen, mitten unter dem Text, stand der Name: Aug. Hellot, Vertr.mann. Noch weiter unten, in der untersten rechten Ecke, war oft ein weiterer Name hinzugefügt: Marvel Aass, Sekr. Dieser Sekretär war spät ins Bild gekommen, aus einer dunklen Vergangenheit, aber er gehörte dazu, als Unterstreichung der Forderungen Aug. Hellots, als Pervertierung seines Ersuchens, als Sabotierung seines Kampfes, als böses Vorzeichen. Ein zweifelhaftes Papier, gewiß. Aber Aug. Hellot vertraute Aass und konnte mit ihm zusammenarbeiten, und Wahlversammlung auf Wahlversammlung stimmte für ihn: Marvel Aass, Sekr. Mit ihm arbeitete Aug. Hellot zusammen wie die rechte Hand mit der linken. Bis Hellot das Angebot bekam, den Körper zu wechseln, und selbst linke Hand wurde, an einem stärkeren Arm. Bis auch er Sekretär wurde, von der Landeskonferenz gewählt, im Zentralverband.

Personalien der Eltern

Alfemann schreibt: Hausfrau und Sekretär, dazu die Geburtsdaten.

Das Gerücht behauptet, bevor Konstanse und Aug. Hellot einzogen, hätten meist vierbeinige Geschöpfe dort gewohnt. Dreihundertfünfundsechzig Katzen, um genau zu sein, eine für jeden Tag des Jahres, wurde gesagt. Katzen aller Arten, Farben, Temperamente, Rassen und undenklicher genetischer Kombinationen.

Aber das Gerücht spricht, wie ein anderes Gerücht sagt, nie die Wahrheit. Gewiß auch nicht über eine uralte Dame, die zwischen ihren Miezekatzen herumwatete, den ganzen Tag im langen Morgenrock und in Pantoffeln mit hohen Absätzen und Rosen an den Spitzen. Auf irgendeine mysteriöse Weise muß die Hausfrau doch mit der steinreichen Hysøen-Familie in Bergen verwandt gewesen sein. Jeden Sommer kam eine hübsche, sympathische Bergenserin – Frau Hysøen – zu Besuch, und zwei, drei anachronistische kleine Mädchen sprangen während einiger verregneter Juliwochen in dem verwilderten Garten mit allen Katzen herum. Hutbänder, Zöpfe, Faltenröckchen, nackte blaugefrorene Knie, große Augen in kleinen blassen Gesichtern und englische Wörter mit Bergenser Tonfall in der regenschweren Luft. Tüllsäuseln von einer fernen Veranda. Aber die Hausfrau selbst hatte kein Heutiger je gesehen, abgesehen von der Obrigkeit, in die ja niemand Vertrauen setzt. Man kannte auch keine anderen Personen, die sie gesehen zu haben meinten. Außerdem wurde sie nur als Geisel betrachtet, eine zittrige Signatur, die Licht und Heizung bezahlte und dafür sorgte, daß für die vierbeinigen Bewohner allzeit frischgeseihte Milch und feinere Fischkonserven auf böhmischem Porzellan auf den Dielen in allen Räumen serviert standen.

Dazu noch hatte sie einen Namen, so voll von feudalen und zentral-europäischen Konsonantenverbindungen wie sz und xc und sch und pbrz, daß er nicht ausgesprochen werden und niemals wahr sein konnte. Sie zog schließlich die natürliche Konsequenz aus all dem. Sie tat das Vornehmste von allem. Sie starb nicht. Sie starb aus. Kein Erbe meldete sich mit Anspruch auf den Nachlaß. Es wurde etwas von unmöglichen Erbschaftsklauseln gemunkelt, daß alles stehenbleiben solle, wie es immer gestanden hatte. Daß alles bleiben solle, wie es immer gewesen war. In Ewigkeit. Die sympathische Frau Hysøen aus Bergen kam zur Abschiedsvisite zusammen mit den kleinen Mädchen aus dem vorigen Jahrhundert. Sie waren nicht gewachsen und hatten sich nicht verändert. Sie waren, wie sie immer gewesen waren. Sie erfüllten die Erbschaftsklauseln. Sie waren zeitlos. Sie machten das Bild, das Alfemann von ihnen hatte, unauslöschlich.

Dann reisten sie ab. Zurück blieben nur die armen Miezekatzen, die lange Zeit auf leichten Pfoten und mit hochaufgestellten Schwänzen durch das Haus strichen und in ihrer durchdringenden Muttersprache tieftraurig über Futtermangel klagten. Da hatte die Gemeinde von Lovra bereits das Haus zur Einquartierung von Bedürftigen übernommen. Ein schönes Beispiel sozialer Gesinnung. Die ersten Bedürftigen standen schon mit ihrem Sack und Pack in der Haustür, und sie fanden das Haus leer. Die Katzen hatten sich davongemacht, zurück zur Natur und zu einem neuen Dasein als einfache und anspruchslose Waldkatzen. Aber die Erinnerung an sie saß in Wänden und Dach und Dielen, lange nachdem ihre Wirtin mit christlichem Segen zu Asche verbrannt war und die ersten Bedürftigen sich eingerichtet hatten. Die Erinnerung saß auch noch da, als Konstanse und Aug. und der kleine Alfemann Hellot aufgrund der schon vor den Verwüstungen des Weltkrieges herrschenden Wohnungsnot einzogen, an unserer Tür vorbei die knarrende Wendeltreppe hinaufschlichen – ihr Gepäck in den Händen – und sich in den beiden Räumen einschlossen, die ihnen zugeteilt waren.

Woher sie kamen?

Alles Leben beginnt bekanntlich im Meer, aber Konstanse hatte einen Umweg über ein einsames Gebirgsdorf gemacht, wo sie geboren und aufgewachsen war. Aug. Hellot hingegen war geradewegs von See gekommen und an Land gegangen, genau wie unsere gemeinsamen Vorväter es gemacht haben sollen. Wie ein vorgeschichtliches Amphibientier ist Aug. Hellot von dort gekommen, was zu jener Zeit immer noch die Tiefe des Volkes genannt wurde, ich sehe es vor mir, wie er an Land gegangen ist, hinein in die Politik, in die Geschichte, in die eine oder andere ferne und lasterhafte Hafenstadt voll unzähliger Mißstände, die es anzupakken galt – und er hatte nichts anderes als einen schlappen Seesack, der ihm wie ein zahmer Hund um die Beine war.

Aber nun haben sie Aug. Hellots Seesack und Konstanses rosenbemalte Aussteuertruhe ausgepackt und sich im Stockwerk über uns eingerichtet. Bilder an der Wand, Blumen auf dem Fensterbrett, Füße unterm eigenen Tisch.

Um den Tisch: Konstanse, Alfemann und Aug. Hellot. Samt Marvel Aass. Ich stehe draußen auf der Treppe. Ich höre sie. Und mehr noch: Ich sehe sie. Quer durch zwei grüngemalte Streifen, eine isolierte Holzwand und eine Schicht großgeblümte Tapete sehe ich sie um den Küchentisch sitzen, im Schlafgemach der verstorbenen Großtante aus der Hysøen-Dynastie. Später habe ich ein wenig besser verstanden, wie das wohl zugegangen sein konnte, aber just bei diesem ersten Mal machte mich der Anblick der vier Personen durch die Rosen an der Wand wirklich etwas stutzig, um nicht zu sagen erschrocken, selbst wenn das, was ich sah, nicht im mindesten merkwürdig war. Im Gegenteil, es war eine ganz alltägliche Szene aus dem Familienleben, in der der Gast Marvel Aass als erster den Mund aufmachte und fragte: »Habt ihr schon mal zehntausend Kronen gesehen?«

»Gesehen? Du meinst, gehabt?«

»Gesehen. Mit eigenen Augen.«

»Auf tausend Meter Abstand, ja.«

»Schaut her!« Und Marvel Aass öffnet die Tasche und blättert auf: »Tausend. Zweitausend, drei-, vier-, fünf-, sechs-, sieben-, acht-, neun-, zehntausend Kronen!«

Der letzte Schein knallt wie ein großer Trumpf auf den Tisch. Zehntausend Kronen, kein Zweifel. Einige Scheine sind zusammengefaltet und müssen umständlich auseinandergefaltet werden, liegen da wie Kartenblätter. Seite an Seite und Kante an Kante gelegt, bedekken sie den ganzen Küchentisch. Zusammen bilden sie eine Karte, die die ganze Gesellschaft darstellt, mit Leuten, Schiffen und Straßen, von den innersten Geheimnissen hinter unseren Handlungen bis zu ihren äußersten Konsequenzen.

»Da seht ihr zehntausend Kronen«, sagt Marvel Aass.

»Hört nicht auf ihn. Wenn du einen von ihnen gesehen hast, dann hast du sie allesamt gesehen.«

So ermahnt Konstanse ihre Männer. Sie hat das Essen fertig und sagt: »Nimm deine Papierfetzen weg, damit ich den Tisch mit etwas decken kann, das wirklich Wert hat!«

Vor unseren Augen legt Marvel Aass seine Karte der Gesellschaft zusammen. Es mag auch die Nachmittagsschicht sein, die ihn zur Eile drängt, sonst ist es nicht seine Art zu gehen, bevor er etwas zu essen bekommen hat. Aug. Hellot begleitet ihn hinaus auf den Flur. Mich sieht niemand, nicht einmal Marvel Aass, der auf der Treppe direkt an mir vorbeigeht und durch die Tür verschwindet. Draußen hat der Winter seine kühnen Pirouetten vollführt, vom zitternden gelben Frost der Blätter über die schwindelnde weiße Kälte des Schnees, bis er hier auf unserer Seite in der schwarzen Erde des Frühlings schmilzt. So wird es wohl auch Marvel Aass und seinen zehntausend Kronen ergehen? Aber ich brauche nicht lange über diese Frage nachzudenken, weil ich von drinnen eine Stimme sich räuspern und sagen höre: »Eßt Kinder, es wächst durch Unsere Hände.«

Es ist Aug. Hellot, der sich zu Tisch gesetzt hat. Ob sein Tischspruch ein sozialistisches Schlagwort oder eine gotteslästerliche Variante eines biblischen Gebots ist, will ich nicht entscheiden. Auch nicht, ob Schlag und Gebot dasselbe in diesem Wort bedeuten. Diejenigen, die da zu Tisch sitzen, fragen auch nicht. Sie bedienen sich. Sie essen.

Ich klopfe an. Drei Münder stehen still, Alfemann, Konstanse und Aug. Hellot sehen vom Essen hoch. Sie haben ein ordentliches Gericht auf dem Tisch. Kartoffelklöße, Hammelfleisch, Speck, grobe Fleischwurst, Flachbrot. Bevor sie einen Mucks gesagt und den Bissen hinuntergeschluckt haben, habe ich die Tür aufgemacht. Und damit bin ich, wie der aufmerksame Leser verstehen wird, in diese Geschichte eingetreten, aus der ich, hätte ich beinahe gesagt, nur durch einen demokratisch gefaßten Beschluß der Nationalversammlung mindestens eines Landes oder durch bindende Abstimmung eines übernationalen Organs wieder herauskommen kann.

So bin ich also gekommen, um zu bleiben. Ich gehe einen Schritt weiter und schließe die Tür hinter mir. Die drei um den Küchentisch sehen einen kleinen Bengel mit blonden Locken, Stupsnase und lachsroten langen Strümpfen unter den kurzen Hosen auf ihren Küchendielen stehen.

»Zieh!« rufe ich und sehe Alfemann an.

Alfemann ist blitzschnell. Er läßt Messer und Gabel los. Sie fallen klirrend auf den Fußboden. Er richtet beide Zeigefinger auf mich. Die anderen Finger sind nach innen gegen die Handflächen gekrümmt, die Daumen auf dem mittleren Glied des Mittelfingers.

»Peng peng!« antwortet Alfemann und bläst unsichtbaren Pulverrauch von den Fingerkuppen. Dann wirbelt er beide Zeigefinger durch die Luft und steckt ruhig die Hände wieder in den Revolvergürtel.

»Du bist tot!«

Ich bin tot. Ich bin erledigt. Person ist tot. Aber von meiner Mutter habe ich eine Uhr bekommen, die nicht gehen will. Ich nehme das Krönchen der Damenarmbanduhr zwischen den rechten Daumen und den Zeigefinger.

»Kindisch!« sage ich schnaubend und fange an, die abgerissene Feder der Uhr aufzuziehen.

»Alfemann!« sagt Aug. Hellot, und es klingt barsch. »Heb deine Gabel vom Boden auf! Und das Messer!«

Konstanse sieht den Neuankömmling an, der mitten auf den Küchendielen steht und ein Uhrwerk aufzieht und aufzieht, das ein für allemal stehengeblieben ist.

»Person«, sagt sie ruhig, »was hast du in deinen Taschen?«

Alfemann sieht bestimmt auch, daß ich etwas in meinen Taschen habe. Daß sie proppenvoll sind. Daß sie beulen. Daß sie leben.

»Hier!«

Keiner soll von mir sagen, daß ich nicht vorzeigen will, was ich habe. Ich lasse also die Uhrschraube los, greife mit beiden Händen in die Taschen und hole aus jeder einen mächtigen Klumpen schwarze Erde heraus. Und nicht nur zwei Erdklumpen. Die Erde ist voll mit Würmern. Ich stehe im Sonnenviereck auf den Küchendielen und zeige zwei Fäuste voll von schwarzer Erde und roten Angelwürmern. Sie leben, krabbeln und krümmen sich zwischen meinen Fingern. Aug. Hellot muß weggucken, er will sich übergeben über Hammelfleisch und Klößen und Speck und geschmolzener Butter. Ihm wird kodderig, wie wir bei uns mit einem Wort sagen, für das ich kein gutes Synonym finde, aber das besagt: die Würmer zwischen meinen Fingern haben ihm den Appetit verdorben.

»Ja!« würgt er mühsam hervor, als ich gleichzeitig mein Anliegen vorbringe: »Ob Alfemann mit raus darf zum Angeln?«

»Zieht bloß ab!«

Und das lassen wir uns nicht zweimal sagen. Wir gehen. Alfemann und ich. Alfemann und Person.

Person. Kurz und gut. Kein Vorname. Viele, die nicht sofort merken, daß es sich um ein offenkundiges Pseudonym (oder einen Decknamen, um schon jetzt konspirativ zu sein) handelt, werden meinen, daß der Name auf einen schwedischen Wanderarbeiter als Vorfahren hindeutet, ein paar Generationen zurück, väterlicherseits. Aber erstens habe ich keinen Vater und zweitens bin ich wirklich kein lustiger Wandergesellentyp. Kein Lausebengel und kein Raufbruder, und weder Draufgänger noch Streithammel, gelinde gesagt. Die meisten sehen mich wohl als einen ernsthaften und stillen Jungen, der Briefmarken aus den französischen Kolonien sammelt und ansonsten mit seinen Groschen knausert und spart, damit er sich Atlas und Geographiebücher kaufen kann. Ja, so still und immer ein bißchen für mich bin ich, daß es bestimmt Leute gibt, die meinen, mit diesem Person-Jungen ist nicht viel los. Daß ich plötzlich mit hintergründigen Antworten und Bemerkungen kommen kann, macht wohl in den Augen vieler meine geistigen Gaben nur noch fragwürdiger.

Was die Leute sagen, bekümmert mich selten. Mit der Pinzette nehme ich eine Briefmarke nach der anderen auf, die ich von meinem Halbbruder bekommen habe – Hugo, der, nach den Briefmarken zu urteilen, mit seinem Schiff ständig die französischen Kolonien in Westafrika anlaufen muß –, während die Groschen, die ich zusammenkratze und spare, von meiner Viertelschwester kommen, Turid. Zwei allmächtige Siebzehnjährige – Kurzmann auf norwegischen und dänischen Schuten der eine, Verkäuferin in einem Kurzwarengeschäft die andere.

Für den Atlas, den ich schließlich für meine gesparten Groschen kaufe, heimse ich keine Lobgesänge ein.

»Das wird dich noch ärgern«, stellt Alfemann fest, als wir zum Fluß hinunterrennen, mit knorrigen Angelruten über der Schulter und Würmern in den Taschen. Ich habe ihm im Atlas gezeigt, wo überall auf dem Erdball Kurzmann Hugo gefahren ist. Viele Jahre dauert es, bis er begreift, daß »Kurzmann fahren« bedeutet, einen Mann zuwenig an Bord zu haben. Und daß Hugo Kurzmann der Mann war, der fehlte. Und was Turids Kurzwaren angeht – ja, Alfemann und ich denken auch da mit der Zeit jeder das seine.

Jetzt gehen wir beide nebeneinander stromaufwärts im Fluß. Er ist seit einem Mannesalter reguliert, das Flußbett ist viel zu groß für den Rieselbach, der hindurchfließt. Und uns viel Platz bietet. Wir springen hinauf zu der Stelle mit dem weißen Geröll.

Alfemann kommt zuerst an. Er steht und zieht den Köder auf die Angel und sieht mich mit ungeschickten Sprüngen hinterherkommen. »Person hat Komplexe«, heißt es. Er hat Komplexe, der Person-Sohn. Ja, ich bin etwas Zusammengesetztes, das können alle sehen. Komplex. Und zum Turnen kam ich in langen weißen Makounterhosen, sprang schief auf das Pferd und blieb lange sitzen. Ich klammerte mich an allen meinen Komplexen fest, bis sich einer erbarmte und mich von ihnen erlöste und mir vom Pferd herunterhalf. Und ich war für immer befreit vom Turnen und den Leibesübungen. Gewiß, ich hatte Komplexe. Aber keinen Vater und ein Häuflein Elend von Mutter. Sie sah immer schwarz und unordentlich und schlampig aus, sagten die Leute.

Wir haben die Würmer auf die Haken gezogen und die Angeln ausgeworfen. Wo der alte Person ist, weiß keiner. Ich hebe den Blick von der Schnur und der Spitze des Stocks: über alle Berge!

Er ist an der Angel. Der Fisch beißt. Es reißt aus der blauen Tiefe, die Schnur zittert, der Stock biegt sich, Silber blinkt in der Luft. Wir haben was, alle beide. Wir drehen die kleinen Forellenmäuler von den Haken und brechen den keuchenden Fischkörpern das Genick. Der Fisch. Der Augenblick. An einem dünnen Draht der Spannung zitternd, haben wir einen Augenblick einen entscheidenden Augenblick aus dem Strom der Zeit emporgezogen, blitzend, zappelnd, quicklebendig, muskulös, unser. Der Augenblick. Das große Zucken. Dann ist der arme Forellenteufel mausetot. Er ist nicht für die Katze. Er ist für uns.

Für Alfemann Hellot und mich, und wir tanzen auf dem Geröll herum und juchzen vor Freude. Wir werfen die Angelstöcke ins Gras am Flußufer und haben unseren ersten gemeinsamen Rausch. Es ist ein klassisches kindliches Spiel, an dem wir uns berauschen. Um und um und um drehen wir uns, um uns selbst, schneller und schneller, bis es zu spät ist umzukehren, bis es keinen Weg zurück gibt, bis wir nicht anhalten können, ohne den Griff und die Balance und den Halt zu verlieren und uns nur noch schwindelt. Und man sich nur weiterdrehen, mitdrehen kann. Es geht rund für Alfemann und mich. Steine, Sonne, Augenblicke, Fische, Fluß. Es geht rundherum. Die Erde geht um die Sonne. Der Mond geht um die Erde. Die Erde geht um sich selbst. Und es geht rund um uns herum. Wir schwanken und fallen und waten und planschen und tun uns weh und sind wieder oben.

»Sieh!«

»Ich sehe mit halbem Auge.«

Mit Augen blank wie Tautropfen. Die ganze Welt blinkt darin. Ich kann mich kaum auf den Beinen halten, aber schwindelnd und umnebelt und taumelnd stehe ich schon da mit einem Stein in der Faust. Oh, dieser Trieb, Spuren zu hinterlassen! Diese Gier, der Welt sein Gepräge zu geben! Alfemann und ich, wieder nüchtern, jeder mit seinem Feldstein in der Faust, stehen am Flußufer und werfen gleichzeitig die Steine in die Tiefe. Jetzt! Ein Klatschen, zwei Ringe im Wasser, zwei Ringe, die sich ausbreiten und dann abflachen, einander überschneiden, ineinander geraten, unlöslich ineinander, an die Ufersteine schlagen. Und das tiefe Loch verbirgt die Steine, die wir geworfen haben, liegt da ohne Bewegung, ohne eine Spur, das Wasser spiegelt uns gleich blank, der Wasserfall tost, der Fluß säuselt leise über der Tiefe.

»Komm!« sagt Alfemann.

Und wir gehen. Abwärts mit Angelstock und Fischen in der Faust. Plötzlich läßt er Stock und Fische los. Alfemann zieht ab. Er spurtet. Er nimmt die Beine in die

Hand. Über die Schulter schreit er mir zu: »Stopp die Zeit! Stopp meine Zeit!«

»Stopp deine Zeit selber!«

»Warum?«

»Darum!«

Ich sehe nur, wie die Hacken meines Kumpels im Gebüsch verschwinden. Stopp die Zeit, greife, halte sie! Die Zeit läuft, stürzt davon. Der Fisch ist erwacht. Die Steine haben den Wasserspiegel zerbrochen. Nicht mehr lange, und wir sind groß, Alfemann! Ich vergieße eine Träne für uns: bewegtes Wasser.

Alfemann ist es also, mit dem ich aufgewachsen bin, zusammengewachsen, entwachsen. Er und ein Mädchen im selben Haus. Sie ist ein Jahr älter als wir und mindestens einen Kopf länger und doppelt so groß und zehnmal reifer, und wir kennen sie nicht. Sie hat ein Gesicht wie eine Katze, sie hat langes braunes Haar, das über die Schultern und den breiten Rücken wogt. Sie kennt Alfemann Hellot und mich nicht, aber wir kennen sie! Und ob wir sie kennen, wir, die wir sie einmillionenmal ausgezogen und nackt in den Fluß geworfen haben. Wir, die wir gesehen haben, wie sie der Strömung folgt, durch das Abflußrohr und unter der Brücke hindurch und ganz hinaus in den Fjord. Wie sollten wir sie nicht kennen? Sie selbst sieht weder Alfemänner noch Personen, ist hoch erhaben über solche Krümel, aber wir sehen und hören in langweiligen Zeiten nichts anderes als sie. Es gehen Gerüchte über sie um. Es geht das Gerücht um, daß sie sich rauft. Daß sie sich mit Jungen rauft. Daß sie über sie gewinnt. Daß sie ganz allein mit dem Bus bis nach Lovrasjøen fährt und sich mit den Berufsschülern rauft. Und daß sie über die auch gewinnt. Sie muß Krallen haben und Nachtaugen und neun Leben – wie eine Katze. Und die Kraft von zehn Männern und den Verstand von zwölf Männern – wie ein Bär. Sie ist unüberwindlich, als unüberwindliche Kraft geht sie in demselben Haus und in demselben Leben ein und aus, in dem Alfemann Hellot und ich herumtappen: Kitty!

Bis er vierzehn ist, wächst Alfemann zwischen den morschen Apfelbäumen im Garten um das verfallene Sommerhaus auf. Hier wohnen er und Konstanse auch weiter, als Aug. Hellot von den Deutschen wegen illegaler Widerstandsarbeit geholt wird. Und ins Konzentrationslager geschickt wird. Zwei ganze Jahre ist er weg und kommt ebenso ganz zurück, nur noch gröber und knochiger als vorher. Noch wortkarger, noch mehr in sich verschlossen. Allein das Gesicht ist eine Mauer, die zu durchbrechen die meisten aufgeben. Rot wie Ziegel; Furchen durchziehen es in dichtem Muster wie Mörtel die Steine. Das Gesicht ist streng, manche sagen hart, und sitzt auf einem sonnengedörrten und pfeifengeräucherten Knochengestell von Körper. Aber wenn Aug. Hellot lächelt, was selten vorkommt, zum Beispiel wenn Alfemann in einem Wettkampf an die Spitze geht, dann springt das ganze Gesicht wie ein kalter Stein oder Fels, der starker Wärme ausgesetzt wird; der Ernst erodiert, und das Lächeln dringt durch tiefe Grübchen und gesprungenen Stein.

In der Zeit vom 14. Januar bis 1. Mai des Jahres, in dem Alfemann vierzehn ist, werden 22929 1/2 Überstunden in dem Schmelzwerk geleistet, in dem der streng sachliche Aug. Hellot Hauptvertrauensmann ist. Als Lohn für den Einsatz genehmigt das Ministerium zusätzliche Bauquoten für insgesamt neun Zweifamilienhäuser, und am Dienstag, dem 10. Juli, ziehen Repräsentanten des Produktivitätsausschusses das Los unter denen, die bei der Überstundenarbeit dabei waren und interessiert sind zu bauen. Einer der Glücklichen ist Aug. Hellot, selbst Mitglied des Produktivitätsausschusses, Vormann in Abteilung 301 und neugewähltes Mitglied der Landesleitung des Gewerkschaftsverbandes. Das Glück lächelt Aug. Hellot, und wir dürfen glauben, daß das Lächeln auch bei dieser Gelegenheit Sprünge in sein Gesicht schlägt. In das fertiggestellte Resultat der Verlosung, einen zweistöckigen Holzkasten, zusammengenagelt aus eigenhändig abgerissenen Deutschenbaracken, zieht Alfemann an einem schneidend kalten Wintertag ein, und hier lebt er die letzten sechs Jahre, bevor er sich in die Lüfte erhebt.

Adresse

Die Federspitze kratzt: Eigenheimsweg 33 B.

Geschwister/ übrige Familienmitglieder

Nein. Keine. Doch! Alfemann weiß es nicht, aber Konstanse Hellot, die dem Gesuch des unmündigen Sohnes zustimmen und gegenzeichnen muß, weiß von einem. Einem Würmchen, das zu früh kam und nicht leben konnte. Sie und Aug. Hellot konnten Alfemann großziehen, aber ihm keine Schwester und keinen Bruder geben. Geschwister? Nein!

Schulbesuch/ frühere Ausbildung

Wenn einer den ersten Schlag austeilte, war Alfemann Hellot nicht derjenige, der die andere Wange hinhielt. Der Hellot-Junge ist rot, wurde gesagt. Der Sohn von Aug. und Konstanse ist rot, innen und außen, sagten die Leute und dachten an das hitzige Temperament, an die Politik und auch an das rötliche krause Haar. »Es brennt! Hilfe, es brennt! Es brennt auf dem Dachboden!« riefen die Gören aus Kjerka und Nedre Øyra hinter Alfemann her, wenn wir uns auf ihrem Gebiet zeigten, falls sie nicht »Vom Meere kam ein Alfgespenst« ihm zu Ehren sangen. Und ohne Ausnahme hatten diese Serenaden vollen Erfolg. Bei Alfemann Hellot zündeten alle Kerzen, die Wut ging mit ihm durch, er setzte den Sündern nach, verdrosch sie, rechnete mit jedem ab, den er in die Klauen kriegte. Alfemann *war rot*, von Gemüt, der Überzeugung nach, von Natur aus. Innerhalb der Schule führten diese Eigenschaften dazu, daß er rausgestellt und auf den Flur geschickt wurde. Es gab außerdem Extra-Auftritte, sogenannte Strafappelle. Er mußte auch auf dem Schulhof Strafestehen für respektloses Benehmen gegenüber aufgeblasenen Lehrkräften, die nach Alfemanns Meinung die demokratische Arbeiterbewegung und die Gewerkschaften und alle schlechtmachten, die von körperlicher Arbeit und simplem Berufsleben gezeichnet waren, während sie gleichzeitig die reichen Faulenzer in den Geschichtsbüchern und reaktionäre Schriftsteller in den Himmel hoben.

Nein, der rote und ehrgeizige Alf Hellot ließ sich von keinem auf der Nase herumtanzen, ob sie nun Hamsun oder wer weiß wie hießen. Ja, Hamsun. Knut Hamsun. Ausgerechnet der. Als Schuljungen bekamen Alfemann und ich Bücher von Knut Hamsun als Hausaufgabe. Eindringlich wurden wir aufgefordert, uns die Lebensweisheiten des großen Dichters zu Herzen zu nehmen: Macht es wie Hamsun, geht viel in die Natur! Lernt von der Natur! Hamsun lernte viel von der Natur! Kaum war die Nazibarbarei militärisch dem Erdboden gleichgemacht, da wollten uns die Schulbehörden in Norwegen zwingen, sie wieder aufzupflügen. Unter einer Arbeiterregierung sollten wir »Segen der Erde« lesen, ein Werk, das nicht nur von einem Nazi und Landesverräter geschrieben war, sondern das obendrein für Faschismus reinsten Wassers agierte – zumindest sah Alfemann das so. Die List der Kunst ist wahrlich groß! Ich für mein Teil fand mich schon damit ab, und ich kann wohl sagen, daß nur die Spreu vom Segen der Erde in meinen Sinn gesät wurde. Aber nicht Alfemann! Er schlug freilich nicht, schlug nur das Buch zu und weigerte sich zu lesen. Fraß den Ärger in sich hinein und verlangte ein anderes Buch, und dann ein drittes. Denn auch der Roman des neunorwegischen Schriftstellers Vesaas über »Das große Spiel« fand keine Gnade vor Alfemanns Augen. Er weigerte sich wieder. Aber er bekam kein drittes Buch. Es gab keinen dritten Roman, in dem Alfemann Hellot seine eigenen Erfahrungen und Sympathien wiederfinden konnte. Und falls es so etwas gab, so gab es keinen, der es Alfemann erzählen wollte. Er bekam überhaupt kein Buch, nur stillschweigendes Verständnis, daß er

Examensausflügen in die literarische Landschaft entgehen wollte.

Und das schluckte Alfemann.

Das eine Mal, als er zurückschlug und nicht schluckte, geschah es nicht in Wut, sondern mit kaltem Blut. Der Lehrer schlug zuerst: Alfemann straffte seine kostbaren Muskeln und nahm zögernd den Handschuh auf. Es war das allererste Mal, daß er Boxhandschuhe anhatte. Er schlug zurück, prüfend und ungeübt. Und traf.

Nicht schlimmer, als daß der Lehrer sich auf den Beinen hielt, in der ersten Runde. Aber er mußte zwei Schritte zurückweichen, verständnislos den Kopf schütteln und mehrmals die Augen verdrehen, bevor er mit den Füßen Halt und die Balance wiederfand. Der Turnlehrer wollte einer von den Jungs sein. Das war die ganze Grundlage seiner Pädagogik. Obwohl er sich den Vierzig näherte, mit den norwegischen Truppen 1940 in Valdres gekämpft hatte und Leutnant der Reserve war. Und so war er einer der Jungs, was schwierig war, wenn er gleichzeitig wie ein Vater für seine Jungs sein wollte. Mit anderen Worten: er war ein einziges Knäuel von ungelösten Widersprüchen – vollständig hoffnungslos. Und ich mochte ihn. Ich verstand seine Knoten und Aggressionen ohne weiteres; wahrscheinlich – so kann ich mit einer gewissen nachträglichen Klugheit heute sagen –, weil sie ganz auf einer Linie mit meinen eigenen waren. Deshalb konnte ich wohl auch seine Vorurteile und Offiziersallüren leichter hinnehmen. Wenn er mit uns sprach, beugte er sich vornüber, wie es untere Dienstgrade oft tun, während er gleichzeitig den Nacken verrenkte und demjenigen, mit dem er sprach, von unten schräg in die Augen sah. Das machte ihn aufdringlich und gab ihm einen stechenden Blick, den er unter anderem dazu benutzte, Wahrheiten in uns festzunageln wie die, daß in unseren Tagen die Jugend auf Rosen gebettet werde. An der Jugend selbst sei nichts auszusetzen, wenn wir bloß nicht auf Rosen gebettet würden.

Und dagegen wollte der Turnlehrer etwas tun. Deshalb kaufte er sechs Paar Boxhandschuhe und bereicherte damit den Turnunterricht. So sollten wir unserer gesunden Aggression harmlosen Ausdruck geben können. Ja, ich selbst wurde schnell ausgeschaltet. Person, der kann Sekundant sein, meinte der Pädagoge und begann, es den anderen auf eine mehr direkte Weise beizubringen, mit den Fäusten.

Er hatte leichtes Spiel. Die Arme der sechzehnjährigen Gegner, Sprossen für Kleider und Rosen, baumelten dünn wie Zwirnsfäden an den schmächtigen Oberkörpern herunter. Die Boxhandschuhe wirkten wie Ballons oder mehr noch wie allzu schwere an Zwirnsfäden geknotete Gewichte. Die Gesichter über der Deckung waren klare Lichter und ebenso leicht auszuknipsen oder auszublasen. Der Reihe nach machte der Lehrer mit jedem von uns eine Sparringrunde. Er forderte heraus, lockte uns aus der Reserve, spürte nach Talent, Verteidigungswillen, Schlagfertigkeit, kontrollierter Willensstärke. Killerinstinkt nannte er das. Oder Mumm in den Knochen, Kampfgeist. Er lehrte Ausgangsstellungen, einige einfache Cross-Schläge, zeigte weiche Punkte zum Draufschlagen, diesen und jenen Gaunertrick, den man schlauerweise anwenden könne – um nun seine eigenen Worte zu gebrauchen.

Einen nach dem andern nahm er sich vor. Bleute uns fachgerecht und gründlich gelb und blau, krumm und lahm. Bleute uns durch (ja, ich sage wir und uns, obwohl ich bloß zusah und sekundierte. Machen die Sportreporter nicht dasselbe?) So bleute er seine Autorität ein, Schlag für Schlag, bis sie wie festgenagelt saß und das Bauwerk unerschütterlich stand. Jedesmal hielt er seine eigenen, wie er annahm, vernichtenden Knockouts einen Millimeter vor unseren Kinnspitzen an. Lockte uns zu Schlägen heraus, die nur aufdeckten, wie hilflos wir in seinen Händen waren. Wie ein internationaler Großmeister boxte er simultan gegen die ganze Klasse.

Dann ging Alf Hellot in den Ring.

Erst sah es aus, als würde es eine reine Antiklimax werden. Alfemann wirkte völlig uninteressiert, während der Lehrer, der nahezu einen Fünfzehn-Runden-Titelkampf gegen sich selbst hinter sich hatte, auch nicht mehr ganz so leichtfüßig war. Er wankte um Alfemann herum und schickte immer ungenauere Schlagserien ab, mit immer weniger Schwung, auf einen Gegner, bei dem schwerer und schwerer ein Treffer zu landen war. Der nur auswich. Nur wie ein Schatten vorbeihuschte. Der keinen Widerstand zeigte. Mehr und mehr gereizt, die Augen deutlich sichtbar über den Handschuhen, hetzte er: »Hoch mit der Deckung, Hellot! Achte auf die Deckung! Die Deckung, Mann!«

Alfemann reagierte nicht. Er war nicht darauf aus, sich zu zeigen. Er war auf überhaupt nichts aus. Für sein Teil meinte er, die ganze Sache sei ein wenig verrückt. Aber etwas verstand Alf Hellot. Der ehrgeizige und rote Alfemann Hellot konnte Grenzen setzen und sie hartnäckig verteidigen. Im eigenen Interesse und im Interesse von uns anderen. Nun merkte er, daß etwas in der Luft lag. Wir merkten es auch, und das, was in der Luft lag, sollte leibhaftig werden in Alfemanns Körper, Fäusten, Muskeln. Aufs neue war Alfemann unsere Hoffnung. Er brauchte nur den Handschuh aufzunehmen. Vor ihm hetzte die Stimme des Lehrers: »Höher, Hellot! Soll ich dir eine über deine Deckung verpassen!«

Aber Alfemann wich immer noch zurück, machte keine Anstalten, die Fäuste zur Verteidigung zu heben. Statt dessen warf er ein paar rasche Blicke zu uns herüber, die wir dastanden und zuschauten. Er begegnete meinem Blick und machte eine Kopfbewegung zu dem armen Gegner.

»Verteidige dich, Mann!« Der Lehrer heizte sich ständig weiter auf. Aber Alf Hellot stand unbeweglich, beide Arme hingen schlaff herunter. Ein Lächeln spielte in seinen Mundwinkeln. Er sah nachsichtig auf den Lehrer hinter den Boxhandschuhen.

Die Lunte war gezündet, die Sicherungen gingen durch.

Und der Instrukteur platzte. Er explodierte wie eine Granate. Seine so hochgepriesene kontrollierte Aggression schlug in weißglühende unkontrollierte Wut um. Er hatte die größere Reichweite von den beiden, und er holte nach Alf Hellot mit einem Schlag aus, den er nicht im Instruktionsbuch gefunden hatte. Ein imponierendes Loch entstand in der Luft, ein tiefes und im Innersten empfundenes Loch in der sauren Luft der Turnhalle, wo Kreidestaub und alter Schweiß sich mischten. Denn Alf Hellot war nicht dort, wo der Schlag ankam. Wir hatten gesehen, wie er sich rechtzeitig duckte und dem Schlag entglitt, in einer vollendet graziösen und geschmeidigen Bewegung. Gleichzeitig sahen wir, wie der Lehrer sich eine Blöße gab.

Das war eine Todsünde, von der er uns mit tausend Ermahnungen und schmerzhaften Erfahrungen erlösen wollte. Sich eine Blöße geben. Gleichzeitig hatte Alfemann die Deckung erhoben. Schützte sich. Zu unserer nicht sonderlich großen Verwunderung schlug er zu. Genau in die Blöße. Ein kurzer Schlag, eine Art Uppercut, wie das sicher heißt. Glockenrein, feingestimmt und gänzlich ohne Wut.

Alfemann schlug auch nicht hart. Und traf nicht härter, als daß der Lehrer sich auf den Beinen halten konnte. Aber der war gerade in voller Vorwärtsbewegung gewesen. Der Schlag stoppte ihn, und daß er ihn erschütterte, war deutlich zu sehen. Wir sahen, wie der Lehrer stockte, schwankend ein paar Schritte zurückwich, den Kopf schüttelte, während die Augen zwinkerten und einen seltsamen Ausdruck annahmen.

Danach sah Alfemann nur noch die Augen des Lehrers. Ein paar Sekunden schien sich alles vor ihnen zu drehen. Sie wußten weder was sie sahen noch wo sie waren, wußten nicht, was oben und unten war. Sahen Alfemann nur verständnislos an.

Dann verstanden sie gründlich. Verstanden, daß jetzt alles auf dem Spiel stand. Daß es galt: jetzt oder nie. Daß da nur zwei Menschen auf der ganzen Welt waren. Alles, was in der Welt seit Erfindung der Steinaxt geschehen war, war weg mit einem Schlag, mit Alfemanns Schlag. Der Lehrer, fellgekleidet, aus tiefster paläolithischer Zwischenkriegszeit, sah Alf Hellot vor sich stehen und sich von allem abschirmen, unbeweglich, die Fäuste am Hosenbund und das Lächeln bis zu den Ohren.

Hinter dem Lehrer begann sich der Türrahmen zu füllen. Mädchen auf dem Weg von den Duschräumen, Mädchen, die vor wenigen Minuten noch hemmungslos nackt gewesen waren und unbekümmert Wasserkaskaden über ihre unbegreiflichen Körper hatten strömen lassen. Mit noch feuchten Haaren standen sie in der Tür hinter dem Lehrer. Sie füllten die ganze Öffnung und den Kellergang aus, dicht, kichernd und dunkel. Der Lehrer hörte es, und Alfemann sah sie. Aber er sah doch nur ein Gesicht, fühlte nur, wie sich ein Blick in die Netzhaut einbrannte.

Kitty!

Das Mädchengelächter zündete die Lunte. Der Lehrer explodierte aufs neue. Alfemann entglitt dem ersten Schlag leicht – eine Art gerade Rechte. Sie sauste vorbei, Richtung Sprossenwand. Alfemann tanzte beiseite und langte nebenbei mit seiner Linken hin. Ich habe nie gewußt, daß wir unmittelbar hinter dem Ohr ein Blutgefäß haben, aber sofort rann von dort Blut in einem feinen Streifen über den schweißigen Nacken des Lehrers. Der zurückschlug. Und diesmal traf, das sahen wir. Den spürte Alf Hellot. Ein Haken, der tief unten ansetzte – mit einer vorgeschichtlichen Wut – und unter der Dekkung hindurchschlüpfte. Wo genau er traf, werde ich nicht sagen, aber er saß, und Alfemann sog Luft und Schmerz an, auch wenn er gerade aus der Bahn ging und ihm nicht mit ganzer Körperschwere entgegenkam. Unter dem nächsten, einem Schwinger, duckte er sich, ohne zu kontern.

Aber der Lehrer merkte schon nicht mehr, ob er traf oder danebenschlug. Er boxte nur – wilder und wilder. Drosch drauflos, nach Alf Hellots Kopf, nach seinem Lächeln, um das unerträgliche Grinsen wegzuwischen, das im Gesicht des Gegners festgeklebt war. So schlug und schlug er, um es dem Erdboden gleichzumachen, dieses lächelnde Gesicht, das immer schneller um ihn herum schwebte, immer undeutlicher, schwerer und schwerer zu erfassen.

Für uns, die wir im Kreis standen und zusahen, hatte der Schluß Züge von großer Komik und Klamotte. Der Lehrer, erschöpft, kraftlos, als Mensch gebrochen, blutig und verwirrt, die Arme wie Windmühlenflügel bei Flaute. Und dann Alfemann, der sich die ganze Zeit zurückzog, beiseite tanzte, sich duckte, schwankte, hüpfte, reizte, ohne etwa die Arme zum Schlag zu heben.

Aber zweimal schlug er. Das reichte. Erst landete seine Rechte offenbar zufällig mitten in der Visage des Lehrers. Aber der fiel nicht, er blieb vielmehr völlig unbeweglich stehen. Ein neuer Blutstreifen, diesmal aus dem rechten Nasenloch.

Der nächste Schlag war ein mehr kultivierter Boxhieb. Ebenfalls mit der Rechten, ein kurzer, genau gegen den Kiefer, durch die langsam schwingenden Windmühlenflügel hindurch. Undramatisch und ersehnt, Punkt nach einem Satz, der lang gewesen war.

Der Kiefer war aus Glas. Es klirrte. Goliath überschlug sich fast auf dem Weg zur Matte. Einen kurzen Augenblick lag er in seiner vollen Länge schräg ausgestreckt in der Luft.

Das hohle Geräusch des Kopfes, der auf dem Holzboden aufprallte.

Dann waren nur die Stücke aufzulesen. Da drang das Summen der Stimmen auch bis zum Sieger durch, das Sirenengeheul der Gymnastiklehrerin, das Handtuch, das ich ihm über die Schultern legte, die Handschuhe, die ich ihm aufschnürte, alle die anderen, die sich durch die unsichtbaren Seile drängten, die den Kampf umgeben hatten.

Und Kitty.

Sie kommt nicht zu ihm hin. Sie geht nur vorbei. Sie

sagt nichts. Aber sie hat Alfemann Hellot entdeckt. Zum ersten Mal ist er eine Person für sie. Da ist ein Vogel. Kittys Augenlider sind seine Flügel. Er schlägt mit den Flügeln und fliegt mit ihrem Blick. Es ist eine klassische Illusionistennummer. Alle blicken auf den ohnmächtigen Lehrer, keiner sieht den Vogel durch den Gymnastiksaal fliegen, und nur ich empfinde Leere, als ich sehe, wo er landet.

Offiziell ist das etwas ganz anderes. Es ist eine peinliche Sache. Lehrerkonferenz, zum Beispiel, Elternrat, Schulleitung. Rein physisch erholt sich der unglückliche Lehrer verhältnismäßig schnell, die Gehirnerschütterung ist leichter, als die Ärzte erst geglaubt hatten. Alf Hellot erhält eine letzte Verwarnung und darf nach einer Woche Verbot wieder in die Schule. Konstanse ist entsetzt, aber Aug. Hellot nimmt es nicht so schwer, wie man erwartet hätte. Im Grunde ist er vielleicht sogar ein wenig stolz. Und er hat an so viele andre Dinge zu denken. Aug. Hellot ist ständig in Fahrt. Er ist stark im Gespräch als hauptamtlicher Sekretär des Verbandes. Er hat ständig wichtige Sitzungen in Oslo. Er hat nicht so viel Zeit, um zu verfolgen, wie es mit Alfemann und dem Lehrer weitergeht, der schließlich aus dem Krankenhaus entlassen wird, eine Auseinandersetzung mit dem Rektor hat, einen angemessenen Genesungsurlaub und eine dunkle Brille bekommt, mit der er in der Schule erscheint, als Urlaub und Ferien vorüber sind.

Dort kann er nicht vermeiden, Alfemann Hellot zu treffen, der um sich geschlagen, sich freigeschlagen hat, den Lehrer k. o. geschlagen, sich aus der Kindheit geschlagen. Dennoch fühlt er, daß etwas fehlt. Aber nur ruhig, es kommt, es kommt! Alfemann hat Schmetterlinge im Bauch, auch wenn es schon später Herbst ist und Strippen regnet. Kittys Blick folgt ihm, wo er geht und steht, zum Beispiel von der Schule nach Hause und hinüber zum Eigenheimsweg, unter Aug. Hellots schwarzem, riesigem Herrenschirm. Alfemann Hellot beeilt sich, denn zehn Schritte vor ihm geht sie. Jetzt oder nie! Gewöhnlich trägt Kitty lange Hosen, Islandpullover und Sandalen. Wenn es kalt ist, zieht sie einen dünnen Dufflecoat mit beinernen Knebelknöpfen über den Isländer. Heute kann es nicht kalt genug sein. Kitty macht, was sie will. Das wissen alle, das weiß auch Alfemann Hellot. Daß sie es mit Achtzehnjährigen und anderen reifen Männern aufgenommen hat, seit sie zwölf war. Und daß sie mit ihnen schlittengefahren ist. Und daß überhaupt nicht sicher ist, ob sie diejenige war, die am meisten unter den Schlitten geraten war. Das wissen auch alle. Das ist mindestens ebenso sicher wie alles andere, was alle wissen. Auch jetzt hat sie die Sache im Griff. Daß Alfemann Hellot das Tempo beschleunigt und größere Schritte macht und sie im Regen erreicht, ist reine Formsache.

Alf Hellot hält den Schirm über sie, fragt: »Willst du mit mir untergehen?«

Kitty war schon zu diesem Zeitpunkt Extenzialist. Sie ergreift den Schirmgriff, greift über Alfemanns Hand, antwortet: »Ja, dann gehen wir zusammen unter.«

Sie gehen zusammen unter auf dem Eigenheimsweg.

»Extenzialist?« sagt Alf Hellot. Weil sie es so sagt. Eine der Silben des langen und schwierigen Wortes ist auf dem langen Weg vom westlichen Seineufer nach Norden von der Fuhre gefallen. Und es ist eine Frage, über die Alfemann lange gegrübelt hat: »Extenzialist, was ist das?«

»Also«, sagt Kitty. »Also die Dinge. Also die Essenz der Dinge sagt etwas darüber, was die Dinge sind. Also wie die Dinge sind. Während die Existenz der Dinge sagt, daß die Dinge sind, also daß sie nur da sind, daß es sie gibt.«

»Was denn für ein Ding?«

»Zum Beispiel. Nimm einen Kreis. Er hat Essenz, keine Existenz.«

»Aber die Parabel? Oder die Ellipse?« Alf Hellot

bleibt immer Realist, auch in romantischen Situationen. »Wenn du nun anstelle eines Kreises eine Rundung mit zwei Brennpunkten hast, wo die Strahlen, die von dem einen ausgehen, von dem anderen zurückgeworfen werden?«

»Und dazukommt, daß das Verkürzung bedeuten kann. Auto und Bus, willkommen, Lieber, und Komintern. Das heißt, elliptisch reden.«

»Ja, und was ist damit?«

»Die Existenz«, sagt Kitty. Sie stehen eng beieinander, halten denselben Schirmgriff, flechten die Finger ineinander.

»Die Existenz ist das Spezielle am Menschen, das, was ihn vom Ding unterscheidet.«

»Du hast nicht gesagt, was das für ein Ding ist.«

»Das, was den Menschen von der Freiheit trennt.«

»Das hört sich wie ein Unding an. Freiheit, das ist die Demokratie. Das Stimmrecht, die Meinungsfreiheit. Gewerkschaftsbewegung und NATO und solche politischen Dinge.«

»Wir können auch sagen, daß die Existenz der Essenz vorangeht.«

»Oder daß der Raum vor der Essenz und dem Eis kommt.«

»Oder Raum und Zeit.«

»Oder ein Teil Raum und fünf Teile Eiszeit.«

Kitty drückt auf den Knopf und tritt in den Regen. Das schwarze Schirmdach fällt über Alfemann Hellots Kopf zusammen.

»Hol's der Teufel!« faucht er, und Kitty geht.

Und es regnet wie verrückt.

Aber Kitty kommt wieder, sei sicher. Komintern, rumort es in Alfemanns Kopf. Komm zu mir, komm mir in den Sinn, komm mir ins Fleisch. Komm, Kitty, komm. Kondom kondom. Kominform. Komm in meine Arme. Komma, Komma, Komma, Strich.

Aber Kitty kümmert es nicht, daß es ein gefährliches Spiel ist. Sie kommt. In der Schule kommt Kitty eine Klasse tiefer, wegen Alfemann, wegen ihrer eigenen Faulheit? Sie sitzt neben ihm. Sie gehen Seite an Seite von der Schule nach Hause, ein großes, ein mystisches Liebespaar. Deirdre und Naisi. Kitty und Alfemann. Sie leben gefährlich. Sie lassen einander nicht in Sünde sterben. Sie diskutieren, daß die Funken stieben. Der rote Alfemann Hellot sieht zum Arbeiterführer Haakon Lie auf und sieht in den Kommunisten die größte Bedrohung unseres Friedens und unserer Geborgenheit und unseres sozialen Fortschritts, Kitty sieht es nahezu entgegengesetzt. Ein unwahrscheinliches Paar sind sie, und das mag, wie bei den meisten, der einzige Grund dafür sein, daß sie ein Paar geworden sind.

Auf den Feldern längs des Schulwegs sind die Militärdienstverweigerer zu Gange und pflanzen Kartoffeln und setzen Kohl. Eine ganze Weile gelingt es Alfemann, ihnen zuzusehen, ohne zu reagieren. Aber dann geht es ihm durch. Er setzt die Hände wie einen Trichter vor den Mund und brüllt: »Friedensfaschist! Friedensfaschisten!«

Die Sanftmütigen, die sich im Acker des Herrn mühen, beugen die Rücken noch tiefer und sehen nicht auf, aber Kitty läßt Alfemann nicht in Sünde sterben. Sie packt und zerrt den Kavalier und beschwichtigt ihn.

»Du bist ja verrückt! Hör auf damit! Ich glaube, du bist nicht ganz gescheit!«

»Ich doch nicht – die da, die Lenin nützliche Idioten nennt.«

»Immer noch besser als unnütze Idioten. Sie pflanzen zumindest jetzt Kartoffeln. Und im übrigen sind es Zeugen Jehovas und Adventisten und Siebentetagsheilige, die ganze Truppe, und keine gewöhnlichen Pazifisten.«

»Und bloß weil sie Dreizehntetagsheilige sind, sind sie über die Politik erhaben? Nein, danke! Was die Kommunisten angeht, soll mir keiner kommen und mir was erzählen!«

»Ich habe dir ja gar nichts erzählt.«

»Das ist gut. Mach weiter so!«

Sie gehen nach Hause zu Kitty, die liberale Eltern und ein eigenes Zimmer hat. An der Wand über dem Bett hat sie das Bild des schwarzen Tenorsaxophonisten Wardell Gray mit dem Instrument am Mund neben der französischen Sängerin Juliette Greco, ausgeschnitten aus dem Wochenblatt Aktuell, und den nordamerikanischen Filmschauspieler Montgomery Clift. Kitty drängt und quält und will den völlig unmusikalischen und unmusischen Alfemann dazu bringen, Saxophonspielen zu lernen. Nur so kann er lernen, richtig zu küssen und ein großer Liebhaber zu werden. In schwedischen Musikmagazinen hat Kitty gelesen, daß Musiker, die Blasinstrumente spielen, eine unglaubliche Kontrolle über Zunge, Mund und Lippen, ja, über alle Atemzüge entwickeln, bis zur Taille und abwärts. Sie hält Wardell Gray für den größten Bläser der Welt und damit auch für den größten Liebhaber. Zusammen mit Alfemann grübelt Kitty bis zum Schwarzwerden, was die geheime Botschaft der Nummer »You go to my head« sein kann, schafft es aber nicht, sie mit den oralen und erotischen Leistungen von Bläsern zu verbinden. Sie und Alfemann reiben die Lippen hart aneinander, saugen und blasen, atmen und keuchen, lassen die Zungen steif in den Mundhöhlen rotieren, vom Gaumen bis zum Schlund, ohne deshalb der irdischen Exstase näher zu kommen. Es ist offenkundig, daß es dazu weit drastischerer Schritte bedarf.

Kitty hebt die Hand. Mitten in einer zähen Norwegischstunde. Sie muß hinaus auf den Flur. Sie geht hinaus auf den Flur. Sie ist Subjekt. Gehen ist Prädikat. Was ist auf dem Flur? Alfemann hebt ebenfalls die Hand. Er muß auch hinaus auf den Flur.

Er und Kitty sind zusammen auf dem Flur. Sie machen etwas, das sie noch nicht gemacht haben, aber ohne Schwierigkeiten schaffen. Drinnen im Klassenzimmer vergeht die Zeit. Normalsätze haben Subjekt, Objekt, Prädikat und Adverbialbestimmungen. Punkt. Aber was ist auf dem Flur? Endlich geht die Tür auf. Kitty und Alfemann kommen wieder herein. Hemd über der Hose, zerzauste Haare, abwesender Blick. Alle können sehen, was auf dem Flur vor sich gegangen ist.

Skandal ist das Wort. Erneut ist Alfemann eine der Hauptpersonen. Diesmal hat er auch einen Mitverschworenen. Nicht umsonst ist Kitty eine zu Extremen neigende Person. Sie versteckt sich selbst, indem sie nur ihre extremen Seiten zeigt, so wie es die Hauptperson auf dem berühmten Bild von Sophia Loren tut. Alfemann bekommt kalte Füße. Er macht einen Rückzieher. Es sind auf jeden Fall nur noch ein paar Wochen bis zu den Sommerferien, und Alf Hellot hat für eine Reise auf dem Erzschiff Varmen angeheuert.

So ist es am besten für alle Seiten.

Ehepartner/ Kinder

Nein, kratzt Alfemann in das militärische Aufnahmepapier.

Weitere Qualifikationen und Informationen

Eine Tour hinunter, eine hinauf. Von Kittys Sexualität taucht Alfemann noch tiefer hinunter in die feuchte, heiße Dunkelheit der Tropen. Erinnerungen glühen noch immer gedämpft wie Kompaßrosen im Äquatordunkel. Die ruhigen ›Gutwetterwachen‹ oben auf der dunklen Brücke. Leise Gespräche, die leicht eine Wendung zum Philosophischen nehmen. Ein Blick hinauf zur Schiffsuhr im blankgeputzten Kupfergehäuse. Die genaue Position bestimmen, den Kurs halten, den Bewegungen des Schiffes folgen, das dahinrollt mit Winschen und Masten und Navigationsausrüstung, die sich hinauf zu den Fixsternen spreizt. Achtern brausend das spanische Wort für Kielwasser. Estela. Estelas weißer Schaum über dem blauen, muskelschwellenden Rücken des Ozeans, der dünne Bleistiftstrich des Kurses, der sich in kleinen täglichen Strecken über die Karte zieht. Der scharfe Klang des Maschinentelegrafen. Die schwankenden Ketten in der Mittagshitze an Deck, glühendheiße Eisenspieße, die von der Faust in die richtige Lage gedreht werden. Spleiße, Kabel, Schäkel und Winschen, Log und Kabellängen waren Wörter, die tief in Jungmann Hellot einsanken, klar und blau klangen, paradiesisch unschuldig wie Tempelglocken, unmöglich aufs neue zu entdekken, unmöglich zu vergessen. Ich sage es, wie es ist: Für mich ist nichts in dieser Welt so unwiderruflich vorbei wie das Seemannsleben, von dem Alfemann hier einen letzten schimmernden Eindruck erhielt.

Und die Messe! Der spartanische Speiseraum im Deckshaus, mit Tischen für das Maschinenpersonal und Deckspersonal und festen Plätzen, genau so heilig wie die Hochmesse in irgendeinem Gotteshaus. Hochmesse können wir diesen länglichen Speiseraum, dessen Bullaugen aufs endlose Meer hinausschauen, ruhig nennen. In dieser schlingernden oder stampfenden Hochmesse empfängt Alfemann jedenfalls die weltlichen Sakramente, wird in die Männerrituale eingeweiht, legt die Männlichkeitsproben ab, eine nach der anderen. Hier wird Alf Hellot ein ganzer Mann, bei der Arbeit auf Deck – auch mit den Mundwerk – und an Land. Dort wird er ein voller Mann in der Bar vom International Sailors Club. Hier, in einem jämmerlichen Wellblechschuppen – ungenießbarer Branntwein in teuren Flaschen auf den Regalen und grelles Neonlicht über die Fassade gesudelt – geht Alfemann auf den Grund. Und stößt sich ab. Am nächsten Tag ist das Schiff beladen, und Alfemann muß *dash* zahlen, wie die Zöllner das Schmiergeld nennen. Dafür erhält Jungmann Hellot die Erlaubnis, ein Ungetüm von einem Mahagonitisch, das er den Eltern verehren will, mit an Bord zu nehmen. Die massive Tischplatte ist kreisrund, in symmetrischen Feldern um die Mitte herum sind Tierfiguren eingeschnitten. Die Platte liegt auf den Schultern eines schmächtigen schwarzen Gottes, den das Gewicht in die Hocke preßt. Dieser hockende Gott bildet den Sockel des Tisches und sieht mit blankem, ausdruckslosem Gesicht geradeaus, auch als der Tisch an der Winsch über dem Kai schwebt und in einem der Zwischendecks verstaut wird.

Die ganze Zeit nordwärts ist Alfemanns armer Tisch der stehende Witz in der Hochmesse. Erst am Deckstisch, aber nach einer Weile wandert er zum Maschinentisch und schließlich in die Offiziersmesse. Ein stehender Witz in allen buchstäblichen und übertragenen Bedeutungen, mit pornographischen Schnörkeln und Ausschmückungen aller Art, geformt in täglichen Zurufen: Heute müssen wir die Last trimmen, Hellots Tisch hat sich verschoben. Oder er ist umgekippt und spreizt die Beine. Oder er hat wieder Stand. Es ist der Altartisch, an dem alle sprachlichen Rituale verrichtet werden.

Da ist Alfemann erleichtert, als sie endlich wieder zu Hause sind. Und froh, abgemustert zu haben, glücklich, weil ihn keiner mehr Moses nennen kann, stolz, befahrener Seemann zu sein. Er geht viele Ehrenrunden im Ort, in billigem Tropendreß und gelben Socken und weißen Schuhen und schwarzem Schlips und sonnt sich in Neid und bewundernden Blicken.

Nur nicht in den Blicken der einzigen, die etwas bedeutet. Kitty ist nicht da, er sieht sie nicht, kann sie nicht finden, das Haus des rundlichen Versicherungschefs und seiner adretten Apothekenhelferin, die zusammen vier Musterknaben und ein ungebärdiges Mädchen gezeugt haben, ist verschlossen. Wenigstens sind die Tugendbolde der Familie in den Ferien. Konstanse und Aug. Hellot sind auch nach Oslo gefahren, und Alfemann fühlt sich von allem und allen enttäuscht. Er hat den Altartisch aus Mahagoni ausgelöst und ihm daheim in der guten Stube einen Platz gegeben, wo er einsam steht und verschmachtet. Undank ist der Welt Lohn! Alfemann sieht keinen anderen Ausweg, als sich mit den Jungs vom Schiff zu besaufen.

Sie haben den Weg hinunter zum regulierten Fluß gefunden. Zwei und zwei, mit klirrenden Bierkästen zwischen sich, haben sie Damm, Dickicht und Geröll bewältigt. Über dem Laubsaal, den sie als Festlokal gemietet haben, wölbt ein lichter Spätsommerabend seinen unendlichen Himmel, Bäume stehen grün und vollbelaubt und rahmen ein vollkommen pastorales Idyll ein, in dem alles nur Friede und Verträglichkeit ist, aufgeräumte Gespräche, reichlich Getränke, und der einzige Wermutstropfen in der Festfreude mag die Abwesenheit schöner Frauen gewesen sein. Wie jemand überhaupt das Herz haben konnte, die Ordnungsmacht zu bitten, in dieses Idyll einzubrechen, ist völlig unverständlich. Wenn es wirklich jemand gab, der auf alles pfiff, so waren es diejenigen, die hier saßen. Und sie mögen sich zweidreimal die Augen gerieben haben. Aber es war weder delirium tremens noch sah jemand Gespenster. Es war kein rosa Elefant, sondern das alte Polizeiauto, ein umgebauter Willysjeep, der holpernd das Flußufer heraufkam, und es waren ebenso zwei echte uniformierte Ordnungshüter, die jeder auf seiner Seite der grünen Minna vorsichtig ins Gras traten. Und wenn es nun mal so war, dann war es in Ordnung. Die beiden wurden lautstark und herzlich zum großen Fest im Laubsaal begrüßt, bei gründlichem Nachdenken betrachteten alle Festteilnehmer sie als eine willkommene Bereicherung beim Feiern und empfingen die Uniformierten mit offenen Armen und offenen Flaschen.

Alle. Nur Alfemann Hellot nicht.

Denn in Alfemanns Kopf läuteten wohl ungefähr tausend Alarmglocken. Sie warnten vor Polizei, vor Verhör, vor Flecken im Führungszeugnis, vor den ersten unsicheren Schritten auf der Verbrecherbahn. Vom Landen auf der schiefen Bahn und auf der falschen Seite des Gesetzes läuteten und schrien und zeterten sie mit gellem Glockenschlag.

Alf Hellot hat sich zu seiner ganzen Länge erhoben. Mit einem Schlag ist der Alkohol verdunstet. Er ist stocknüchtern. Er sieht sich nach allen Seiten um. Der Wald schließt ihn mit grünen Wänden ein, hält ihn gefangen, er ist ein gejagtes Tier im Urwald. Kopfüber stürzt sich Alf Hellot in die nächsten Büsche, kommt wieder auf die Beine, reißt Blattwerk und Zweige zur Seite, rennt los. Hinter sich hört er zehn Zechbrüder in einer donnernden Lachsalve explodieren. Dann hört er nur das Geräusch seiner eigenen Schritte und des Blutes, das in den Ohren hämmert. Dann hört er auch, daß die Minna Gas gibt.

Der einzige Gedanke in Alfemanns Kopf ist: Fort! Fort! Fort! Er galoppiert durch Gestrüpp, über trockenes Geröll, überquert den Fluß, daß das Wasser spritzt, schwingt sich über die Mauer auf der anderen Seite.

Hinter sich hat er den Fluß, vor sich auch. Er ist draußen auf der Landzunge, die in den Fjord hinausragt und in einer schmalen Landenge zwischen Fabrikskai und Dampfschiffkai endet. Alf Hellot läuft den entgegengesetzten Weg, zum Land zu. Dort weitet sich die Landzunge, dort liegen das Schwimmbecken und der Fußballplatz nebeneinander. Alf Hellot ist Spitzenturner, stark und forsch wie wenige, selbst nach zwei Monaten auf See. Er hätte nicht schneller durch das Stadion kommen können, wenn ihm der Böse selbst auf den Fersen gewesen wäre.

Der Atem geht schwer, aber er ist erleichtert. Er hat sie angeführt! Über den Zweimeterzaun um den Sportplatz schwingt er sich leicht hinüber. Dann ist er auf der Weide, und dort ist er sicher.

Aber Alf Hellot ist nicht sicher. Er geht direkt in die Falle. Sie stehen mit laufendem Motor und erwarten ihn unten am Ententeich. Alfemann springt direkt in die Arme der beiden verwunderten Beamten, die immer noch nicht richtig verstehen, was eigentlich der Grund für die wilde Flucht war.

Alf Hellot kreuzte die Haakonsgata, kam durch den Park hinter der Sportbaracke und lief ihnen genau in die Arme. Das kam so unerwartet, daß er nicht einmal versuchte, wieder zu verschwinden. Zu allem Überfluß fand in der Musikhalle eine Tanzveranstaltung statt. Ein großes festlich gestimmtes Publikum war da draußen. Alf Hellot, naß bis zu den Knien, den eisblauen Tropendreß voller Dreckspritzer, ließ sich willenlos durch die festlich gestimmte Menschenmenge hindurch abführen. So sah ich ihn, als er sich ohne Widerstand hinüber zum Polizeiauto führen ließ. Daß Alfemann mich auch sah, brachte ihn, glaube ich, dazu, plötzlich stehenzubleiben. Bis hierher und nicht weiter. Als die Beamten die hintere Tür der Minna öffneten und ihn hinter Schloß und Riegel haben wollten, war Schluß. Alf Hellot stemmte den Fuß gegen den Türrahmen und stand. Er wich nicht von der Stelle. Zwei ausgewachsene Polizisten waren nicht Manns genug, ihn hineinzubekommen. Der Weg hinein führte ins Gefängnis. Der Weg zurück auf die Verbrecherlaufbahn. Alfemann hatte das Gefühl, daß die Unterlage nachgab. Daß er auf dem Dreimeterbrett stand, klar zum Kopfsprung. Daß er nackt und das Bassin unter ihm leer war, ohne Wasser.

Hinter sich hörte er das Gelächter. Kein Weg führte vorwärts. Keiner zurück.

Alf Hellot stand wie ein Baum.

»Alfemaaann!«

Es war eine Frauenstimme, die ihn und uns andere den Kopf wenden ließ. Mutter, Tochter oder Geliebte?

Als Konstanse und Aug. Hellot nach vielen Jahren hartnäckiger ehelicher Anstrengungen sich endlich über eine Wiege beugen und auf das wohlgebildete Knäblein hinunterschauen konnten, das ihr Erstgeborener war, träumten sie sicher nicht, wie Vergils Eltern, daß ein Lorbeerzweig aus dem Familienbaum wachsen würde. Aber in einer Sache waren sich beide sicher und ganz einig. Der Knabe sollte einen kurzen und einfachen norwegischen Namen haben, soviel war klar. Keine Rede von langen und verschnörkelten Fatzkennamen, die keiner gebrauchte, sondern die man im Gegenteil bald durch einen ebenso albernen Kosenamen ersetzte. Nichts mit Kikkan oder Dutte oder Lasse oder Basse oder Lillen oder Ba oder Lølle, wenn es um ihren Jungen ging. Kurz und klar sollte es sein. Keine sentimentalen

Rufnamen. Einfach und demokratisch. Alf sollte der Junge heißen, und kürzer und einfacher geht es wohl schwerlich. Und Alf kam ins Geburtenregister, und Alf kam in den Mund des Pfarrers, der ihn taufte, aber selbst waren Konstanse und Aug. Hellot schnell dabei, den Goldjungen Alfemann zu nennen, und hörten auch nicht damit auf – bis es zu spät war.

Bei Kitty verhielt es sich genau umgekehrt. Ihr wirklicher Taufname war so lang und ungebräuchlich, daß es praktisch unmöglich war, ihn auf einen kleinen Menschen anzuwenden. Emerense Christenze oder noch schlimmer. Keiner wußte oder weiß es genau, und sie selbst nannte sich nie anders als Kitty.

Nun tanzte Kitty jedenfalls auf einem öffentlichen Fest in der Musikhalle in Lovra Tango, zu den Tönen von Ziehharmonika, Gitarre und Baß. Allein, ohne Partner und in langen Hosen, mitten auf der Diele, während sie munter den Refrain von »Adios Muchachos« mitsang.

Aber sie merkte auch, daß sich draußen vor dem Tanzsaal etwas Dramatisches abzuspielen begann, etwas, das das Fest drinnen in der aufgeputzten Musikhalle überschattete. Die Mauerblümchen waren schon raus aus dem Saal, Paar auf Paar hörte mitten im Tanz auf und ging, und ganz so abschreckend konnte wohl ihr Solotanz nicht wirken, daß nur er der Grund für den Auszug gewesen wäre.

Kitty hielt den Tanz durch. Das Trio, das die Instrumente bearbeitete, hatte während der ganzen Nummer gestanden und sich den Hals verrenkt. Nun gingen auch die Musiker zum Fenster, um zu gucken. Der Bassist legte das Instrument auf den Rücken, die anderen nahmen ihrs mit. Kitty ging hinaus auf die Treppe. Sie sah das Polizeiauto und einen dichten Ring von Leuten rund herum. Und mitten im Ring zwei Beamte mit einem Mann zwischen sich.

Kitty kam die Treppe heruntergeschlendert, heraus in den warmen Sommerabend kam sie geschwebt, mit ihrer leicht angegriffenen, doch völlig furchtlosen und derbsinnlichen Schönheit.

Hinein in die Volksmenge segelte sie, und dort, vor der offenen Hintertür der Minna, stand Alfemann Hellot, der Traumprinz, an jedem Arm einen Polizisten, stand wie ein Baum und wollte sich nicht bewegen, weder vor noch zurück. Die Festgesellschaft richtete unentwegt aufmunternde Zurufe abwechselnd an die Ordnungshüter und an den Verbrecher. Ich selbst hielt mich eigentlich etwas im Hintergrund, wußte, ehrlich gesagt, auch weder aus noch ein. Es war fast ein Zufall, daß ich mit dem Motorrad vorbeigekommen war, einer leichten Tempo, die ich gerade gebraucht gekauft hatte und wegen der ich umständliche Verhandlungen mit der Polizei über die Erlaubnis führte, eine Karbidlampe zu benutzen. Karbidlampe! Als Vorderlicht! Ja, ja, ich sage nichts mehr, ich queruliere mit der Zeit immer weniger, und als ich dort stand, ohne etwas für Alfemann tun zu können, hatte ich die größte Lust, mich auf mein Motorrad zu schwingen und mich leise von allem davonzumachen, mit oder ohne Karbidlampe. Da fiel mein Blick auf Kitty.

Sie stand jetzt mitten in der Menge und sah von einem zum andern. Alfemann stand immer noch unbeweglich. Das ist eine existentielle Situation, muß Kitty gedacht haben. Die forderte Handlung, ihre Teilnahme und volles Engagement. Etwas Drastisches mußte getan werden. Kitty sagte Alfemanns Namen, rief ihn laut durch die Menge: »Alfemann, Schluß mit dem Unfug da!«

Alfemanns rötliches Haupt drehte sich langsam um. Seine Augen begegneten Kittys Blick. Sie war ihm immer als ein Propagandist für das Chaos erschienen, als Lockvogel für Existenz und Essenz und Likör und ähnliche gefährliche Versuchungen. Chaos war zwar ein Zustand, von dem Alfemann auch ausgehen konnte. Aber er wollte Ordnung im Chaos haben, wie sie es beim Militär hatten. Da war alles in Ordnung für Alfemann Hellot.

»Mensch! Sei nicht kindisch!«

Es war wieder Kitty, die mit dieser zweideutigen Aufforderung kam: »Sei nicht kindisch. Was bildest du dir denn ein?«

Was bildete sich Alfemann denn ein? Kitty sah ihn gerade an. Alfemann erwiderte den Blick, aber er wußte nicht, ob er verstand, wußte auch nicht, was er sich einbildete. Er mußte es prüfen. Er nahm Anlauf, federte. Und stürzte nicht in das leere Bassin. Er streckte sich, ging auf dem Sprungbrett zurück, zurück in den Turm, die Stufen hinunter. Alfemann Hellot schüttelte die beiden Beamten ab und setzte sich freiwillig in den Polizeijeep. Der eine Beamte folgte ihm, der andere ging nach vorn und setzte sich ans Steuer. Das Auto startete und fuhr ab. Unbeweglich blieb Kitty zurück und sah Alfemanns Gesicht kleiner und kleiner werden, bis nur noch ein weißer Punkt zwischen den Gitterstäben der Heckscheibe übrigblieb.

Das war der Abschied. Kitty in der Volksmenge. Alfemann mit dem Polizeiauto weggebracht. Deirdre und Naisi lebten keine sieben Jahre zusammen. Das Liebespaar, das in Lovra die Leidenschaft zwischen Tristan und Isolde und die Skandalgeschichten in den Filmmagazinen zwischen Marilyn und Joe DiMaggio und zwischen Ingrid Bergman und Rosselini weit überstrahlt hatte, trennte sich. Chaos. Und Ordnung. Ordnung im Chaos. Ich gehe meinen Weg, und du gehst deinen. Alles war in bester Ordnung. Auch Alf Hellots Zukunft, wie sich bald zeigen sollte. Gewiß war er zum allgemeinen Gespött geworden, aber das war auch alles. Und es sollte sich nicht wiederholen, soviel konnte er versprechen. Sein Leben lag nicht in Trümmern. Er war nicht so weit auf die schiefe Bahn geraten, daß es zu spät geworden war umzukehren. Nicht einmal ein dunkler Punkt auf dem Führungszeugnis wurde es. Lovra ist ein kleiner Ort; wenn die Menschen auch verschlossen wirkten, so hatten sie doch ein durchsichtiges Verhältnis zur Obrigkeit. Der Verstoß gegen die öffentliche

Ruhe und Ordnung war nicht so schlimm, daß er nicht leicht hätte erledigt werden können. Ein gemütlicher Polizeimann ließ den bisher unbestraften Alf Hellot laufen.

Als freier Mann steht Alfemann draußen mitten auf dem Rathausplatz und sieht, wie die neugewonnene Freiheit sich mit Lichtgeschwindigkeit in alle Himmelsrichtungen ausbreitet. Der Sommerabend ist unfaßbar hoch und licht. Die Schatten haben erst die Hälfte ihrer langen Abendwanderung durch die Birkenkronen hinauf zum Tempreigipfel zurückgelegt. In die blaue Manege des Himmels schweben weiße Wolken von Zirkustieren; schneeweiße Araberhengste bäumen sich himmelhoch unter der milden Dressur des auflandigen Windes, schwere elefantengleiche Schlechtwetterwolken dräuen tief im Süden, und weiße Schafherden, mit schwarzen Regenwolken dazwischen, ziehen nach Westen, wo die niedrige Sonne rote Herden von Rinderwolken zur Nacht zusammentreibt. Über dem Gebirge am Horizont ist der Nordhimmel von einem feinen weißen Schleier bedeckt, wie ein blaues Gemälde, überwischt mit einem trockenen Schwamm voller Kreidestaub, Reste von Erfahrungen, ausgestrichen, um Platz für neue zu geben. Blau und leer und rein ist er, ohne ein Zeichen. Aus dem milden Nebel am westlichen Horizont zieht ein Überschallflugzeug lautlos einen weißen Strich über das leere Bild, über die Sünden und Missetaten der Vergangenheit, in der undurchdringlichen Codesprache der Freiheit, die allmählich unklare Konturen bekommt und sich auflöst im Blau.

Konflikte mit der zivilen Polizei

Alfemann taucht die Feder tief ins Tintenfaß und schreibt: nein.

Unterschriften

Da ich nach Abschluß der Realschule wegging, war ich nicht zu Hause und konnte die letzten beiden Regierungsjahre Alfemanns als Jugendleiter und Sportheld nicht miterleben. Aber ich hörte doch von seinen Taten, wenn ich nicht davon in den Zeitungen las, und ich traf ihn immer in den Ferien. Ich war also gut unterrichtet und zum Beispiel völlig einverstanden damit, daß er der selbstverständliche Vorsitzende im Arbeiterjugendverband war. Hier eiferte er mächtig für die Unterstützung der Unterentwickelten durch den Westen, für Geburtenregelung in Indien, für Laienspieltheater, Sprechchöre und Podiumsdiskussionen, für Schiwanderungen und Gesellschaftstanz bei allen Treffen – das letzte, um auch die unorganisierte Jugend anzulocken. In den freien Stunden zwischen der Schule (die er mit einem glänzenden Abitur abschloß) und den langen Trainingsrunden im Turnen fand Alfemann nicht nur Zeit für den Posten des Vizevorsitzenden im sogenannten Jugend-Gemeinderat, wo die Parlamentsparteien versuchten, neue Berufspolitiker auszubrüten, sondern, so unglaublich es klingt, auch noch für andere Organisationsarbeit. Alfemann war besonders interessiert an internationalen Fragen und nahm oft an Kursen und Kongressen unter Regie der sogenannten Europäischen Jugendkampagne teil, deren wichtigstes Ziel es war, die neue Bundesrepublik in Westdeutschland mit in die NATO zu bekommen und sie mit modernen Waffen auszustatten. Eine Einrichtung, wie hinzuzufügen wohl am Platze ist, in der nicht nur Alf Hellot, sondern auch große Teile unserer gegenwärtigen politischen Elite politische Rekrutendienste ableisteten.

Ob er nun hier oder woanders die Idee bekommen hatte, jedenfalls traf es mich wie eine Bombe, als ich hörte, daß Alfemann in der Fliegerschule angenommen sei. Und ich brauchte es auch nicht als Gerücht abzutun, weil ich es aus seinem eigenen Mund hörte, ganz zufällig, auf dem Fjorddampfer unterwegs von Stavanger.

Es war eine ganze Weile her, seit wir uns gesehen hatten, und wir meinten wohl, daß wir allerhand zu vertuschen hätten, alle beide. Gleichzeitig ließen wir es deutlich durchblicken. Und wenn Alfemann mich auch auf allen anderen Gebieten ohne Zweifel übertrumpfte, so muß ich doch sagen, daß ich ihm überlegen war, wenn es darum ging, die Deckung hochzuhalten und sich nicht mehr zu entblößen als unbedingt notwendig. Jedenfalls saßen wir da und taten beide geheimnisvoll und sprachen in Andeutungen zueinander. Und ich fand schon, als ich ihn betrachtete, daß Alfemann Hellot nachgerade ein zu forscher Sportsmann geworden war. Etwas zu eingebildet, recht grob mit dem Mundwerk, ein bißchen zu interessiert am Muskelspiel seiner Unterarme, und daß er sich etwas zu oft kräftig in den Schritt griff, um den Hoden Luft zu machen. Aber ich will der erste sein, der zugibt, daß er die ganze Zeit die besondere proletarische Eleganz seines Vaters hatte, die bei Aug. Hellot mit den Jahren zu einer unbestreitbaren proletarischen Majestät veredelt worden war.

Die Zeit lief, der halbleere Dampfer lief ungeheuer langsam in den Fjord ein, zu beiden Seiten des Fjords zogen sich bewaldete Felswände zum Horizont. Alfemann gelang es nicht, an sich zu halten. Er mußte heraus damit, aber er wollte auch, daß ich zuerst fragte, ob ich wisse, wo er herkomme? Nja, das wußte ich natürlich. Wir kamen vom selben Ort, er und ich, aus demselben Haus, sozusagen. Aber nein, das meinte er doch nicht, er meinte, wo er jetzt herkomme. Ach so, antwortete ich. Aber ob ich es denn nicht erfahren wolle? Nja, sagte ich zögernd. Warum nicht.

Da kam es. Da brach es los – eine lange Lektion über Gehirndoktoren und psychologische Tests, über Warten und Schlangen, über Aufstieg in der Druckkammer der Flugmediziner, über weitere medizinische Untersuchungen, lang und breit über Abhorchen und Abklopfen, über neue Schlangen, über Interviews mit Aufnahmekommissionen und über physische und psychische Kraftproben ohne Ende. Über Intelligenzquotienten und Gaußsche Kurven, über Tests der technischen Intelligenz, des Farbensinns, des Seh- und Hörvermögens.

Über Urinproben, die den Charakter von Einweihungszeremonien in einen modernen Kriegerstamm annahmen, wo Zwanzigjährige, mit blitzschnellen Reflexen – das Geschlecht im Schritt, wie getrocknete Früchte – entkleidet in einer öden Bürolandschaft standen, in einem dichten Gehölz von Büromaschinen und Laborgeräten.

In der Hand hält jeder von ihnen ein Glas mit hohem Fuß. Es blinkt in Kristall und ihrem eigenen Urin. Der weißgekleidete Medizinmann des Stammes geht herum und steckt Cocktailstäbchen aus Lackmuspapier in die körperwarmen Drinks. Alle reagieren, wie sie sollen. Der Medizinmann prostet. Die nackten Adepten leeren das Glas mit der gelben funkelnden Flüssigkeit in einem Zuge und gehen weiter zu neuen Prüfungen.

Und neuen Schlangen. Die letzte steht vor einem kahlen Raum. Einer nach dem anderen wird einzeln eingelassen. Die Aufnahmeprüfungen dauern vierzehn Tage. Sie sind bis zur letzten gekommen. Alles, was es an Möbeln und Inventar gibt, sind drei, vier Stahlrohrtische, die zu einem langen Tisch zusammengestellt sind, und ein Hocker davor, allein mitten auf dem Fußboden. Alfemann in der Tür, sie wird hinter ihm geschlossen, es führt kein Weg zurück. Auf der anderen Seite des Tisches sitzen sie unbeweglich und sehen einen an. Nicht ein Wort. Die wenigen Meter hin zum Hocker qualifizieren für das psychologische Marschabzeichen. Aber Alfemann geht, gelangt dorthin, weiß nicht wie, darf sich setzen, ihnen gegenüber. Den Mitgliedern der Aufnahmekommission, in einer Reihe. Weiterhin nicht ein Wort. Aller Augen blicken auf einen. Man ist allein. Sprache gibt es nicht. Sie ist aus der Welt. Alfemann sieht die MACHT zum erstenmal. Von Angesicht zu Angesicht. Sie ist ausdruckslos. Sie erklärt sich nicht. Sagt nichts. Braucht nicht ihren eigenen Namen zu sagen. Sie ist nur. Sie sieht nur. Direkt auf Alf Hellot starrt sie. Durch Alfemanns Augen haben wir wieder zurückgesehen.

Die Schiffswand reibt gegen die Fender, die Trossen werden am Kai festgemacht, im innersten Zipfel des Fjords. Wir gehen die Gangway hinunter. Über den grauen Schieferdächern des Ortes saugt der niedrige Regenhimmel unablässig den Schornsteinrauch von der Fabrik in sich auf.

»Aber dein Vater«, sage ich, »was sagt er? Wird er ein Faß aufmachen?«

»Weiß nicht. Aber Konstanse war nicht sehr beglückt.«

Viel mehr ist nicht zu sagen. Wir trennen uns, jeder geht zu sich. Aber da geschieht es wieder. Ich kann ihn sehen, ich kann Alfemann mit den Augen folgen und ihn mit den Eltern sprechen hören, als er nach Hause kommt. Undeutlich erst, wie durch eine Wand. Innenwand. Keine ganzen vollständigen Worte und zusammenhängende Sätze, nur die hohen hellen Satzmelodien des Soprans der Mutter und Alfemanns Heldentenor und vereinzelt das tiefe Brummen des väterlichen Basses.

Er trifft sie in der Stube an. Konstanse liest. Sie sieht hoch. Obenauf die Dauerwelle, steil wie ein grauer Fels, abgerutscht in das Geröll des Gesichts. Die Finger arbeiten. Sie strickt und liest ebenso natürlich wie sie atmet. Die Finger atmen Leben in das Garn und machen es zu warmen Kleidern, die Augen atmen Leben in die scheintoten Buchstabenkombinationen auf den Buchseiten. Aber ihre Leidenschaft ist ganz anderer Art. Konstanse Hellot ist seit vielen Jahren Besitzerin eines Geigerzählers. Damit hat sie kreuz und quer die Felspartien zwischen Setesdal, Ryfylke und Hardanger durchsucht, ein Gebiet, das bis in ihre Zeit vor allem durch gestautes Regenwasser zum Reichtum der Nation beigetragen hat, aber sie geht von dem Gedanken aus, daß nichts so verrückt ist, daß es nicht doch zu etwas gut sein kann. Auch dieses trostlose regennasse Gelände, meinte Konstanse, müßte einen gut verborgenen Reichtum unter seinem blankgescheuerten Gestein haben. Jeden Frühling also nahm sie ihren Geigerzähler und machte sich auf die Suche nach Uran. Jedesmal mit gleich wenig Glück. Das Gebirge wirkte frei, auch von Radioaktivität. Nichts sagte klick in den Kopfhörern, die an Konstanse Hellots Meßgeräte angeschlossen waren.

Alle werden verstehen, daß sich Frau Konstanse Hellot durch eine derartige Aktivität leicht hätte lächerlich machen können, aber das war nicht der Fall. In allen anderen Dingen des Lebens war sie sicher, solide, zuverlässig, klug und vernünftig. Die Leute erkannten ihren Ausgangspunkt an: es mußte Uran geben, zum Beispiel in der Espelandsmark oder im Etnesgebirge. Alfemann hat nie richtig verstanden, welche schummrigen Gelüste die Mutter dazu bringen, das ganze Sommerhalbjahr mit einem merkwürdigen Apparat im Gebirge herumzulaufen. Ebensowenig versteht er, welche Art radioaktiven Stoff sie in Romanen zu finden hofft. Aus der Strickerei werden zumindest Kleider.

Und Kleider machen Leute, wie die Dichter?

Konstanse sieht nicht vom Buch auf, als er hereinkommt, und Alfemann sieht nicht nach, was für ein Buch es ist.

»Er ist im Keller«, sagt sie. Die Stricknadeln klirren weiter.

»Er wird nicht sehr beglückt sein.«

Alf Hellot geht hinunter durch den Kellergang. Mit dem alten Aug. Hellot ist es so, daß er es nicht lassen kann zu arbeiten. Nun soll er ins Verbandssekretariat, muß nach Oslo umziehen und das Haus verkaufen. Da setzt er es nur ein bißchen instand, um den Preis hochzudrücken. Sagt er. Er liegt auf Knien auf dem Kellerfußboden und sieht kaum hoch, als er Alfemann auf der Treppe hört.

»Es leckte«, sagt er, wie um sich zu verteidigen. »Du siehst, da ist Wasser reingekommen. Kann es nicht gut in dieser Verfassung weggeben. Da habe ich mir bei dieser Gelegenheit gleich den ganzen Fußboden vorgenommen.«

Neben ihm steht ein Sandsieb, ein flacher Spaten und ein spitzer Spaten, Instrumente, mit denen Aug. Hellot auf der Sandharfe klimpert. Eine Mörtelkelle und ein leerer Sack liegen an der Wand. Er hat das Gemisch aufgetragen und gleichmäßig an der Leistenkante verstrichen. Das Werkzeug hat er fachgerecht und sorgfältig aufgehängt: Säge, Axt, Schere, Messer, Spaten. Scharf und blank geschliffen wie Waffen.

»Ja, ich sehe, du liegst auf der faulen Haut, du alter Schlawiner!«

Alfemann macht einen Versuch. Aber sein Ton trifft daneben. Es klingt schneidend falsch. Er hört es selbst. Aug. Hellot arbeitet, ohne aufzusehen: »Hast du eine gute Reise gehabt?«

»Du, Vater?«

Alfemann sieht hinunter auf den Belag. Der ist so frisch, daß sogar Worte ihre Spur setzen können.

»Ja.«

»Ich muß dir etwas erzählen.«

»Ich sehe schon.«

In diesem Fall muß Aug. Hellot Augen im Nacken haben. Er arbeitet weiter, genauso ruhig. Alfemann nimmt Anlauf. Er springt hinein: »Ich bin angenommen«, sagt er. »Ich bin in der Fliegerschule angenommen. Ich bin in Rygge zur Aufnahmeprüfung gewesen. Und ich habe es geschafft, bin angenommen. Habe eben den Bescheid bekommen.«

Aug. Hellots langer knochiger Rücken liegt völlig ruhig. Nicht ein Muskel arbeitet. Die Beine sehen aus, als wüchsen sie in ganz unerwarteten Richtungen aus dem Körper. Von hinten sieht sein Kopf aus wie der Knochen eines Beins, das aufgrund einer inneren Explosion amputiert werden mußte.

»Wirst du Offizier?«

Die Stimme ist ganz ruhig. Die Hand mit der Putzkelle streicht sanft über den Mörtel. Alfemann antwortet schnell, froh über die Wendung, die das Gespräch genommen hat: »Nein, nur Unteroffizier. Ich muß danach die Luftwaffenschule durchlaufen, um Offizier zu werden.«

Aug. Hellots Hand bewegt sich unablässig.

»Ich bin froh, daß du's nicht nötig hast«, sagt er hinunter in den Dreck. »Nicht nötig hast, im Dreck zu rakkern. Geld zusammenrackern. Sich zeitig morgens hochrackern. Wieder nach Hause zum Essen rackern, genug Geld für Haus und Heim zusammenrackern. Wie ich es mußte. Ich bin froh, daß du es nicht nötig hast. Werde du Offizier, Alfemann.«

Aug. Hellot streicht weiter, glättet.

»Ich habe nie gern über den Krieg gesprochen«, sagt er, und Alfemann erwartet, gleich von der Gefangenschaft in Deutschland zu hören. Aber das ist es nicht. Trotz des Ausgangs ist es auch nicht eine Geschichte der Niederlage, sondern die eines für die Kriegsgeschichte unsichtbaren Sieges in jenem auch für die Kriegerkaste skandalösen Feldzug in Norwegen 1940. Und es ist ein Sieg, der es Aug. Hellot möglich gemacht hat, die Jahre der Gefangenschaft zu überleben und sowohl den großen Krieg als auch den Frieden mitzugewinnen, durch Wahlkämpfe und Kampfabstimmungen, die folgten.

Es war so, daß Aug. Hellot am 9. April 1940 in Odda arbeitete. Selbst sagte er, daß er viel mit Kommunisten zu tun hatte.

In Wirklichkeit war er einer von ihnen und sah entsprechend der Parteilinie den deutschen Überfall als Ausdruck eines Aufteilungskrieges der imperialistischen Mächte untereinander. Die Kommunisten sollten abwarten und das Pulver trocken halten. Aber unter Aug. Hellots Parteigenossen in Odda war ein Seemann und Veteran aus dem spanischen Bürgerkrieg. Nun sprach er die unsterblichen Worte aus, daß er gegen den Faschismus in der ganzen Welt gekämpft habe. Da der nun bis nach Odda gekommen sei, hege er für seinen Teil keinen Zweifel, was getan werden müsse.

Am Morgen des 10. April läuft ein schwerbeladenes Fahrzeug aus dem Sørfjord aus in Richtung Granvin. An

Bord sind Jungs aus Sauda, Odda, Lovra und den umliegenden Ortschaften. An Bord ist auch Aug. Hellot. In der Nacht zum 11. April sind sie in Vossevangen angelangt und ziehen im Missionshotel ein. Am nächsten Tag sind sie in Uniform, bekommen Waffen ausgeliefert und Munition, die zu den Waffen paßt.

Sie warten über eine Woche, bis sie den Feind zu sehen bekommen. Am zehnten Tag wird Voss von deutschen Flugzeugen bombardiert.

Die norwegischen Streitkräfte evakuieren. Der Rückzug durch den Nebel des Krieges, auf Schande und Untergang zu, beginnt. Da geschieht es. Aug. Hellots Kompanie gelingt es, sich zu organisieren und Verzögerungsgefechte zu führen. Bei jedem Schritt zurück halten sie den Fuß ein bißchen länger auf dem Boden. Die Deutschen sind weder Götter noch Teufel, sie erscheinen mehr und mehr wie Gleichgestellte. Ihre Ausrüstung ist besser, aber die norwegische wirkt auch, und die Norweger kennen das Gelände besser als der Feind. Sie wissen, daß sie ihm Paroli bieten können. Nach einer Weile wissen andere das sicher auch. Eines Morgens in der Dämmerung wird Aug. Hellot von Lautsprechern geweckt. Er nimmt das Gewehr und stürzt aus dem Zelt. Die Augen blinzeln nach den weißen Schneewehen, die verstreut auf der schwarzen Frühjahrserde liegen. Was Aug. Hellot sieht, wird er niemals vergessen. Sie sind umringt von Deutschen und eigenen Offizieren. Hinter dem Rücken der Truppe haben sich die Offiziere die Kapitulation erhandelt. Und die Waffen gegen ihre Eigenen gerichtet.

»Sonst hätten wir uns nie ergeben. Das haben sie gewußt.« Aug. Hellot erhebt sich zu seiner vollen Länge und stößt fast ein Loch in die Kellerdecke.

»Du mußt das hier ab und zu abspülen, du«, sagt er plötzlich und zeigt auf den neubelegten Fußboden. »Nachher, wenn es härter wird. Es kann gut sein, Offiziere zu bekommen, auf die Verlaß ist.«

»Ja.« Alfemanns Antwort klingt zahm und unschlüssig.

Aug. Hellot schließt den Wasserschlauch an, spült sauber.

»Der ist gut. Dann ist es wohl Zeit aufzuhören.«

Er schraubt den Hahn zu und sieht Alfemann an. Sammelt selbst das Werkzeug zusammen und tut es an seinen Platz. Die Spatenspitzen kratzen über den Zement.

»Hast du die Uhr bei dir?«

Alfemann sieht auf sein Handgelenk.

»Gleich acht.«

»Dann gehen wir rauf und essen zu Abend. Mach das Licht hinter dir aus.«

Es wird dunkel um sie, als sie mitten auf der Treppe sind. Aug. Hellot geht als erster mit schweren Schritten auf die Tür zu, Alfemann hinter ihm.

Irgendwo im Dunkeln gehen die Uhrzeiger, der kleine und der große, der langsame und der schnelle, still rundherum durch die zwölf Stunden, wie Gefangene im Lichthof, in einem großen Kreis, in einem kleinen Kreis. Wie Pferd und Fohlen am Pflock. Sind dabei, das Zifferblatt sauber zu knabbern.

Durch die offene Küchentür fällt ein rechteckiger Lichtschein in den Kellergang. Konstanse ist in der Tür erschienen. Aug. Hellot ist auf der obersten Stufe angelangt. Er dreht sich um. Sie stehen Seite an Seite und sehen Alfemann auf sich zukommen. Konstanse und Aug. Hellot oben auf der Kellertreppe, in klarer Silhouette vor dem Licht in der Küche. Erwartung, von hinten beleuchtet durch einen scharfen Blitz. Von unten aus dem Dunkel sagt Alf Hellot, er geht langsam hinauf, prüfend, Stufe für Stufe, befreit, erlöst: »Danke.«

»Mach dich nicht klein.«

»Wir haben dich groß gemacht.«

Tagesanbruch

Trondheim wird bekannt sein als die norwegische Krönungsstadt, und der umliegende Bezirk als Norwegens militärstrategischer Schwerpunkt. Der Bezirk Trøndelag hat zwei wichtige Luftwaffenbasen und eine höchst geheime Kommandozentrale, in den Fels unter dem Gråkallen gesprengt, westlich von Trondheims Zentrum. Hier ist der Knotenpunkt zwischen Norden und Süden des Landes, und von hier hat man leichten Zugang sowohl zur Nordsee als auch zum Atlantik. Hier liegt auch das geistige und geographische Zentrum jener analhumoristischen Geschichten, die Trøndergarn genannt werden. Sie liefern einige der zweifelhaftesten Seiten unseres Nationalcharakters dem allgemeinen Gespött aus, aber mit wenig Witz, nach meinem geringen Verständnis. Das Gebiet ist auch die einzige Stelle auf dem Erdball und – jedenfalls, wenn liberale Theologie recht damit hat, daß es keine Hölle gibt – die absolut einzige Stelle im ganzen Universum, wo sogenanntes Skotthyll gespielt wird.

Nicht um Gemeinwesen oder einzelne Personen lächerlich zu machen, hebe ich diese Tatsachen hervor, sondern einzig und allein, weil die Stadt Trondheim und das umliegende Trøndelag in Alfemann Hellots Entwicklung vom Knaben zum Mann als springender Punkt eine so entscheidende Rolle spielen. In diesem Zusammenhang ist es auch angebracht zu erwähnen, daß Trondheim mit einem ungewöhnlich übersichtlichen und einfachen Stadtplan gesegnet ist, was es zu einem äußerst geeigneten Platz für besinnungsloses Saufen und damit zu einer guten Stadt für Ausgang macht. Sollte jemand am Tag danach Vergebung brauchen, so ist der Weg nicht lang zu hervorragenden Experten für die Vergebung der Sünden. Trondheim hat den berühmtesten norwegischen Heiligenkönig, oder doch zumindest die Kathedrale, in der der Sarg mit den irdischen Überbleibseln dieses heiligsten aller Olav-Knaben gestanden hat. Rund um die Krönungskathedrale wird der Interessierte auch andere, weniger religiös belastete Tempel finden, wo internationale Schikönige, Schlittschuhkönige und andere Kronidioten gekürt werden.

Etwa dieser Art sind die Tribünen, die Alfemann Hellots Start in der militärischen Laufbahn umgeben, hier wird er mit Erfolg gekrönt, ist seinen Anstrengungen Sieg beschieden. Nicht in Trondheim selbst, sondern draußen auf Ørland, dem norwegischen Luftwaffenstützpunkt, der einer rein amerikanischen Basis am nächsten kommt. Hier gehen die norwegischen Meisterschaften im Militärischen Fünfkampf vom Stapel, und hier geht Alfemann an den Start im Hindernislauf, der zusammen mit dem Orientierungslauf die sogenannte Escape-Übung bildet.

Die Hindernisbahn beginnt mit einer kurzen Spurtstrecke bis zum ersten Klettergerüst, einem senkrechten Holzgitter mit großem Abstand zwischen den Sprossen. Es gilt, Arme und Oberkörper über die oberste Querstrebe zu bekommen, hinüber zu gelangen und einen Purzelbaum zu schlagen, hinunter in die Sandgrube. Das nächste Hindernis ist eine Balancierstange, und dann versperrt eine zwei Meter hohe Plankenwand den Weg. Danach kommt ein Stativ aus steil ansteigenden runden Querstöcken, plaziert mit gut einem Meter Zwischenraum, aufwärts und aufwärts, bis keine Stufen mehr sind, und das Tempo bewirkt, daß es auch keinen Weg zurück gibt, die einzig mögliche Bewegung geht vornüber, hinaus in den leeren Raum. Und direkt hinunter in den Dreck, dann unter einem Vogelnetz hindurch, das ein paar Zoll über dem Boden ausgespannt ist, um Maschinengewehrfeuer vorzutäuschen. Am Ende dieses Hindernisses wartet ein Klettertau, das sich vier Meter hoch in die Luft windet, vier Meter, die auf dem Rückweg die Haut von den Fäusten brennen. Nach erneutem Laufschritt durch eine schlammige Zickzackbahn wieder ein

Klettergerüst, eine Art Fischernetz, das schlaff von einem schrägen Holzrahmen hängt. Und dann ist das Ziel in Sicht, selbst für Alfemann, der alles gegeben hat und kaum registriert, wie das allerletzte Hindernis wohl beschaffen sein mag – ein Nagelbrett, ein Venusberg, ein feuerspeiender Drache, ein Wassergraben, eine Festungsmauer, ein spanischer Reiter oder glühende Eisenstangen. Er kommt hinüber und passiert den Zielstreifen, bevor er das Gleichgewicht verliert, vornüber stürzt und liegenbleibt. Unbeweglich, mit dem Gesicht im Dreck.

Alfemann fühlt kaum, daß sie ihn packen. Sie packen ihn an Armen und Beinen, heben ihn hoch, und da spürt er, daß er immer noch zusammenhängt, daß der ganze Körper mitgeht, daß die verschlissenen Beine nicht abgeschlissen im Dreck liegenbleiben. Alfemann fühlt, daß er hochgeworfen wird, daß die Hände, die ihn gepackt haben, loslassen und daß er schwebt, hinauf in die Luft. Als der Gipfel der Kurve erreicht ist, beginnt er wieder zu fallen, wird aufgefangen und erneut in die Luft geworfen. Wieder und wieder. Er beginnt die Laute ringsum voneinander zu unterscheiden, hört die lautesten Hurrarufe durchdringen. Dann wird er nicht mehr in die Luft geworfen. Er wird von starken Fäusten festgehalten. Sein Rücken wird abgestützt, Hände flechten sich unter ihm zu einem Sitz zusammen. Alf Hellot sitzt im Triumphstuhl, er strahlt und blitzt und leuchtet, ihm wird auf die Schultern geschlagen, freundlich auf den Hinterkopf geklopft, seine Hände werden über den Kopf gehoben. Eingerieben mit Schlamm und Dreck von Kopf bis Fuß wird er auf dem Triumphsitz hochgehoben. Und der Dreck wird zu edlem Metall. So werden Knaben zu Männern. So werden sie hart und blankgeputzt und strahlen vor Kraft. Der Dreck, durch den sie gehen müssen, ist das Putzmittel, das den Stoff sichtbar werden läßt, aus dem sie gemacht sind, sichtbar werden läßt, was in ihnen steckt. Wer rein werden will, muß im Dreck kriechen. Alf Hellot hebt die blanke Trophäe. Er hat reinen Tisch gemacht. Er wird im Triumph in den Duschraum getragen, Marschstiefel und Uniform werden heruntergerissen, und er fühlt das Wasser über sich strömen, fühlt, wie Champagnergeschmack den Blutgeschmack im Mund betäubt, fühlt, wie der Trommelwirbel im Brustkorb wieder zu gewöhnlichem Marschtakt übergeht.

Ein paar Stunden später steht Flugschüler Alf Hellot, in voller Uniform, mit rötlichem, kurzgeschnittenem Haar und hummerfarbenem Gesicht, auf dem Bankett in der Messe des Ørland-Luftwaffenstützpunkts und nimmt nach acht Wochen Aspirantenzeit den ersten Preis im Militärischen Fünfkampf entgegen. Nachdem der Elementarunterricht, eine Zeitlang in Jarlsberg in Vestfold vor sich gegangen ist und man die fortgeschritteneren Flugübungen in Rygge (damals immer noch mit Grasboden) durchgeführt hat, ist die Fliegerschule der gesamten Luftverteidigung gerade in Stjørdal in Nord-Trøndelag versammelt. Gleichzeitig ist Værnes operativer Flugplatz für Düsenjäger geworden – Landealternative zu Ørland –, wo Alfemann nun aufs neue seine seltenen männlichen Eigenschaften bestätigt bekommt.

Um ihn herum haben die Luftwaffenhelferinnen den Messeraum mit Birkenlaub und den Nationalfarben geschmückt; Alfemann muß immer wieder aufs Parkett und zwischen die Dekorationen, um neue Preise in Empfang zu nehmen. Er hat auch im Hindernisschwimmen und im Schießen gewonnen. Der Gesamtsieg ist sonnenklar, die Plazierung in den Disziplinen Fechten und Basketball nimmt er nicht so schwer, da ihm in diesen Sportarten völlig die Erfahrung fehlt. Er hält seine Pokale, hält die Hand des Generals, der diese austeilt, hält das Lächeln, während die Fotografen von den Lokalzeitungen und vom Mannschaftsblatt knipsen und knipsen. Die Bilder, die bei dieser Pose herauskommen, werden noch platter und konventioneller als das Porträt des Spitzenturners Alf Hellot, werden reine militärische

Ikone ohne individuelle Züge. Im Blitzlicht leuchten der General und der Korporal um die Wette.

Die Torheit, mit der die Welt gelenkt wird, ist allen wohlbekannt, und die These hat ihre Berechtigung, wenn man davon ausgeht, daß ursprünglich Graf Axel Oxenstierna seinem Sohn diese Ermahnung mit auf den Weg gab, als der versuchte, Schweden zu einer Weltmacht zu machen. Wenn ich von der Torheit der Welt reden höre, habe ich gleichwohl oft gedacht, daß wir den Handlungsmenschen ewig dankbar sein müssen. Das gilt in ungewöhnlich hohem Maß von der Tischrede, für die sich der Kommandeur der Fliegerschule, der junge Oberstleutnant Eeg, gerade spritzige Formulierungen überlegt. Aber er wartet bis zum Nachtisch. Da beginnt es um seinen straffen Mund zu zucken. Er klopft mit dem Messer ans Glas: »Kämpfer!« sagt er und macht eine Kunstpause. »Neunzig Prozent. Neunzig Prozent von dem, was man vom Soldaten sieht, ist Uniform. Wenn das, was zwischen Mützenschirm und Kragen liegt, dumm aussieht, ist das nicht unsere Schuld. Aber den Rest werden wir uns vornehmen!«

Der Oberstleutnant kassiert wilden Jubel für diese Einleitung, und läßt, als er sich wieder Gehör verschafft hat, einen unaufhaltsamen Redestrom los, in dem er unter anderem verkündet, daß die Uniform kein Kleidungsstück ist. Sie ist ein Symbol, eine Rüstung, die alles abhält, was schmutzig, warm und feucht ist. Frau, Keller, Küche. Das sind die Regionen, gegen die die Uniform Grenzen setzt. Aber es kostet etwas, sichere Grenzen um sich herum aufzubauen. Hindernislauf ist auch ein Symbol. Er zeigt das Prinzip Mach-dich-kaputt-bau-dich-auf. Wer im Hindernislauf zuerst durchs Ziel geht, hat den größten Sieg über sich selbst errungen. Er wird immer imstande sein, sich zu verteidigen, sowohl gegenüber weiblicher als auch anderer feindlicher Okkupation.

Nie mehr ein 9. April.

Nach der Preisverleihung sitzt Alfemann Hellot am Lenkrad des Autos. Es geht hinüber nach Fosen. Er ist unkonzentriert, hört kaum, worüber die anderen im Wagen reden. Er hat etwas zu denken bekommen. Die Rede des Kommandeurs läßt ihn an Kitty denken. An ihren blutigen Hohn, als sie es hörte. Alfemann auf Fliegerschule! Düsenjägerpilot. Offizier, er? Das kann nicht wahr sein!

Es war nur allzu wahr. Für Kitty Grund zum Zusammenbruch. Für Alfemann wird deutlicher und deutlicher, daß es Kitty ist, von der Oberstleutnant Eeg gesprochen hat. Kitty und niemand anders. Sie ist die Besatzung, die feindliche Okkupation. Es sind ihre fremden Okkupationsmächte, von denen es sich zu befreien gilt. Hinein in den harten, brüllenden Flugzeugkörper. Und hinauf – ins Freie. Schnell hinein in die Damen mit der Bombenlast, ebenso schnell wieder heraus, wieder zu sich selbst.

»Alter Adler!« murmelt Alfemann, gibt noch etwas Gas, und Hysøen-Andrésen, der durchgefallene Bergenser, der neben Hellot vorn sitzt, glaubt, daß er gemeint sei, und fühlt sich geschmeichelt und schmeichelt seinerseits Alfemann mit der Behauptung, daß Kondensstreifen in den Kurven hinter dem Auto lägen und daß sie auf der Strecke vom Lagertor in Ørland bis zum Fährkai in Vannrikan mehrmals die Schallmauer durchbrochen hätten.

Und die drei im Rücksitz stimmen zu. Während sie noch so ruhig sitzen, daß man sie zählen kann, will ich hier und jetzt die Gelegenheit nutzen, sie vorzustellen, einen nach dem anderen. Derjenige, der leere Flaschen durch das Autofenster wirft, ist ein Streber von einem Trønder, der Kvaksen genannt wird. Er hat Alfemann Hellot im Skotthyll geschlagen. In der Mitte sitzt einer aus Oslo, der zwar Uno und noch was heißen soll, aber nur unter dem Namen Patton läuft. Er ist ein ganz gewöhnlicher charmanter Wilder und ein ganz gewöhnlicher verrückter Fliegernarr. Während der dritte Mann sich zweifellos als ungewöhnlich charakterisieren läßt, nicht zuletzt, weil er aus Kristiansund ist. Gløhr, aus Kristiansund N, einem Ort, von dem keiner hört, von dem keiner ist, wo keiner hin- oder herkommt, der niemals weder in der Sage noch in der Literatur genannt wird und den ich niemals, mit Ausnahme von einem gewissen Ballsund, habe besingen hören, nicht einmal vom miesesten Troubadour. Das ungewöhnliche, um es zu wiederholen, an Flugschüler Gløhr war, daß er, ohne sich anzustrengen, Kristiansund N als *die* Stadt erscheinen ließ, so als wäre es für den Rest der Welt und für den Rest der Menschheit in der Welt ein entscheidender Mangel, nicht Kristiansund N oder aus Kristiansund N zu sein und in dem dort üblichen weichen Dialekt zu sprechen. Gløhr selbst brauchte überhaupt nichts zu sagen, weder darüber noch über andere Dinge; alles ging auf seltsame Weise von allein. Er war freundlich, umgänglich, offen und gesprächig. Und ein großes Mysterium. Abgesehen davon, daß er eine glänzende Zukunft vor sich hatte, wußte keiner etwas über ihn. Nicht, ob er aus dem Klippfischadel oder von Kominternkommunisten kam, die beide starke Gruppen in Kristiansund N waren, oder ob er ein alter Champion im griechisch-römischen Ringen war, einem Sportzweig, der in Kristiansund N so stark dastand, daß man ihn nahezu den stärksten Katholizismus in dieser Gegend nennen kann. Gløhr verrät es jedenfalls nie.

Zusammen mit den vier anderen gewinnt er den Kampf gegen die Uhr mit so viel Spielraum, daß sie sogar Zeit für einen Kaffee mit Schuß haben, während sie im Lokal sitzen und auf die Fähre hinüber nach Trondheim warten; Kaffeetassen unter den Tisch, rasche Seitenblicke zur Bedienung, und dann singt die kleine Lerche, daß sie sich in die Lüfte schwingt, sobald sie ein Schnapsglas zum Kluckern bringt, bis sie den Korken mit zitternden Fingern wieder in den Vogelhals schmuggeln, der Flaschensong verstummt, die Lerche ihr Nest in der Innentasche baut und die fünf Flugschüler sich darum schlagen, wer zuerst zur Tür hinauskommt, um das Auto an Bord der Fähre zu bringen.

Das Ziel für diese ständigen Geschwindigkeitsüberschreitungen war ein Lokal, an das sich nur auserwählte alte Trondheimer erinnern werden. Es lag draußen in Ila, nicht weit von der Adresse des heutigen Martin's Krug, und trug den stolzen Namen Die blaue Grotte. Jemand muß die in Anbetracht des Fjords naheliegende Idee bekommen haben, ein Fischrestaurant in diesen Stadtteil zu verlegen. Es erwies sich schnell, daß der Fisch, der gegessen werden sollte, kein Problem war, hingegen die Gäste, die ihn essen sollten. Sie kamen nicht, und die, die kamen, hatten mehr das flüssige Zubehör als den Fisch im Sinn. In kurzer Zeit war Die blaue Grotte in eine gewöhnliche Bierkneipe umgewandelt. Nur Reste der Einrichtung, und nicht zuletzt die Beleuchtung, ein blaues, unterirdisches Polarlicht, das aus Spalten in den Wänden sickerte, erinnerten an die Größe früherer Zeiten.

Es war ein Lokal ohne andere Attraktionen als Faßbier und Dessertwein. Eine Stelle, von der aus zum Beispiel Militärpersonal auf Urlaub den Lauf zur Weiblichkeit starten und immer noch das beste hoffen konnte. Die fünf Flugschüler, die sich noch einen Stuhl herangezogen und Platz an einem Tisch bekommen haben, dürften Grund haben zu hoffen. Sie sind in Uniform und das Aussehen spricht für sie. Alf Hellot ist außerdem der beste Aspirant geworden. Er hat den Militärischen Fünfkampf gewonnen. Gesiegt in allen Kämpfen gegen die Uhr und Mann gegen Mann. Er hat brilliert im Übungsflug. Von fünfhundertneunundachtzig Bewerbern wurden fünfhundertachtundsechzig abgewiesen. Von den einundzwanzig, die übrigbleiben, ist Alfemann Hellot am besten. Er wird Jagdflugzeuge fliegen, das hat er schon beschlossen, nicht Transportflugzeuge oder Hubschrauber. Er ist der Auserwählte, der Gewinner, das As. Und den ganzen Rest des Abends und der Nacht und während des verkaterten nächsten Tages schielt Flugschüler Alf Hellot hinüber zu Kvaksen und knobelt, wie er sich für die Niederlage in diesem Skotthyll rächen kann.

Im Skotthyll! Keiner, der ihn nicht kennt, kann sich die Seelenqualen vorstellen, die Alfemann wegen der Niederlage im Skotthyll leidet. Er fordert jeden, den er sieht, zum Zweikampf im Armdrücken heraus. Er bricht alles, was Widerstand im Armdrücken heißt, in allen Stielarten, sitzend, mit den Ellbogen auf der Tischplatte, oder unter dem Tisch liegend. Alle, die sich immer noch nicht ergeben wollen, werden zur Finalrunde im Fingerhakeln herausgefordert. Er gewinnt tausend und eine Krone im Zehnöre-Poker. Im Billard gibt es enorme Punkte. Sein Redestrom geht wie eine einzige Finalrunde der Weltmeisterschaften im Erzählen von Trønderschnurren. Jedes geringste Wort und jeder leichteste Körperkontakt sind der Startschuß zu einem Zweikampf auf Leben und Tod.

Aber trotz dieser endlosen Reihe von Triumphen kommt Alfemann Hellot nicht über die Niederlage im Skotthyll hinweg. Wäre es bloß nicht so albern gewesen, nur nicht so schwachsinnig! Wäre Skotthyll nur nicht so ein verrückter Trøndersport gewesen, sondern ein anständiger Zweikampf. Statt dessen erinnerte es am meisten an das gotländische Werpen. Und was kümmert sich denn Alf Hellot darum, wer am besten oder am schlechtesten im Werpen war? Nein, ein Mittelding zwischen Werpen und einer primitiven Form von Bowling war das. Plus rohe Kraft. Rohe und primitive Kraft. Das war Skotthyll. Und da half es nichts, wenn sie auch noch so viele Wettkampfserien mit mehreren Divisionen im Trøndelaggebiet hatten. Skotthyllwerfen war nichts für zivilisierte Menschen. Selbst wenn das Spiel ein umfangreiches Regelwerk hatte und in jeder einzigen Essenpause in Seifenfabriken und Schokoladenfabriken und in der Schmelzerei in Ila und Lilleby gespielt wurde. Mit endlosen Resultatlisten in den Lokalzeitungen. Skotthyll war und bleibt eine trøndersche Form von Werpen. Und die aus Trøndelag waren die Schweden Norwegens, strahlende und phantasielose Sportfexe. Und die Schweden waren die Deutschen Skandinaviens. Und die Deutschen waren die Marsmenschen der Erde. Und alle anderen waren auf den falschen Planeten geraten?

Skotthyll! Der Gedanke an die Milliarden auf der Erde, die das Wort nicht einmal gehört hatten, half nicht. Es war trotzdem zum Erbrechen, zum Kotzen war es, nicht mehr und nicht weniger. Abscheuliche Dinger. Schwere, flache Scheiben aus Gußeisen, so groß, daß sie genau in eine ausgewachsene Arbeiterfaust paßten; Alfemann schien es, als spürte er immer noch die Schwere der Scheibe zwischen dem Daumen und den anderen Fingern der Hand. Die Scheibe in festem Griff haben. So ja! Sie mit gestrecktem Arm vor sich halten und mit einem Auge über die runde Kante zielen. So. Den Arm, immer noch gestreckt, rasch hinter den Körper führen und werfen. So sollte die Scheibe theoretisch eine schöne ballistische Kurve durch die Luft zeichnen auf dem Weg zu der länglichen Holzbahn, zehn, fünfzehn Meter weit. Und dann sollten die Figuren umfallen, auch theoretisch. Denn das war die ganze Pointe. Die Platte zu treffen und die drei Figuren umzuwerfen, die hintereinander in einer Reihe aufgestellt waren. Das war der ganze Witz. Dürfte ein leichtes Match sein. Die Bretter der Holzbahn treffen und zum Wackeln zu bringen, so daß die Scheibe alle drei Figuren umwarf. Daß das so verdammt schwer zustande zu bringen war.

Der Flugschüler Alf Hellot, der nicht gewohnt ist zu verlieren und der es als einen Bruch in der Ordnung der Natur empfindet, nicht der Beste zu sein, fühlt auch, daß eine andere trøndersche Spezialität Oberhand bekommt. Trønderchampus. Man fülle ein großes Milchglas mit hausgebranntem Schnaps. Und setze einen gehäuften Eßlöffel Fruchtsalz zu. Man trinke, während es braust. Und wie es braust. Es schaukelt. Alfemann muß mit festem Griff die Tischkante packen, um wieder Halt zu bekommen.

»Es ist der Bodensatz«, hört er neben sich. »Es ist der Bodensatz, der übrigbleibt.«

Ich habe wohl versäumt, denjenigen, der diese Worte mit lauter, klangvoller Stimme spricht, ordentlich in die Gesellschaft einzuführen. Er ist Bergenser und heißt Hysøen-Andrésen. Aber das hilft wenig, denn er wird selten anders genannt als mit einem der Namen des Siebengebirges von Bergen, so heißt er abwechselnd Fløyen und Ulrikken, Løvstakken, Lyderhorn, Svartediket und Rundemannen. Er hat Sternaugen und ein Starlächeln wie ein Hollywoodliebhaber. Aber er wünscht sich Sterne auch auf dem Jackenaufschlag und Kondensstreifen hinter sich am Himmel. Die ersten drei Tage im Aspirantenkurs sah es gut aus. Er war der große Held. Die schöne Stimme gebrauchte er, um Fragen zu stellen, die allzu selbstverständliche Antworten hatten: sie gab ihm Gelegenheit zu völlig überraschenden Kommandorufen wie »Hände hoch!« oder zu Vorträgen über »die alten Füchse« aus zwei Weltkriegen oder über die technischen Daten für alle Luftfahrzeuge, vom Erzengel Gabriel über Pegasus und Ikaros bis zu den V 2-Raketen. All das konnte er, und es sah aus, als gäbe es für ihn nichts mehr zu lernen. Im Laufe der lumpigen Unteroffiziersausbildung in Værnes wurde er kurz und brutal bloßgestellt. Nach der Rekrutenschule, den Führungsübungen, dem Drill an den Instrumenten, dem Kurs in Navigation, Aerodynamik, Rapportlehre und Meteorologie war nichts mehr übrig von seinem Imponiergehabe. Unter der Glanzvergoldung war das blanke Nichts. Nach den fünfundzwanzig Flugstunden war er nackt. Er war der erste des Jahrgangs, der ausgesondert wurde.

»Es ist der Bodensatz«, wiederholte er, »der übrigbleibt. Nach dem Filtern.«

»Jaja, schon gut!« antwortete Alf Hellot. »Aber jetzt? Ich meine, was jetzt?«

»Jetzt, jetzt gibt es Ärger. Ich bin da in etwas verwikkelt worden, verstehst du. Ich war so frustriert, daß ich jeden Morgen eine Viertelstunde auf den Händen stehen mußte, bevor ich Wasser lassen konnte. Dann geriet ich an eine Puppe irgendwo da unten in der Gegend von Stavanger. Ich weiß nicht genau, was wir eigentlich gemacht haben, aber da ist bestimmt was unterwegs.«

»Du nanntest mich dein Böckchen«, summte Patton. »Das Schlimmste, und das mir. Ich ging dir unters Röckchen. Und bin dann abgehauen.«

»Seine Schuld eingestanden«, sagte Gløhr aus Kristiansund N.

»Wegen Suff eingelocht«, sagte Alfemann.

»Mit Vaseline eingeschmiert«, sagte Patton.

»Nicht nötig, er ist so glitschig, daß er kein Gleitmittel für das Ding brauchte.«

»Es ist nicht deswegen.«

»In seinem Fall, doch.«

»Teufel«, sagte Fløyfjellet. »Teufel, wie feige. Vier gegen einen!«

»Vier gegen niemand!«

»Fein«, folgerte Lyderhorn, »da muß niemand sich zurückziehen. Runter nach Stavanger. Und sich Hochziehen.«

Kvaksen, der Streber aus Trøndelag, geil auf Sterne und Streifen, der nie etwas sagte, meinte: »Das nennt man unerwünschte Stavangerschaft, also.«

Die Jungs waren so überrascht, daß sie vergaßen zu lachen. Sie sahen Kvaksen verblüfft an. Er war bekannt dafür, daß er so träge war, daß er drei Tage und Nächte brauchte, um sich vollaufen zu lassen, und daß er dann nicht vom Saufen voll war, sondern vom Urin; bekannt dafür, daß er so stark war, daß er nicht von gewöhnlichen Schußwunden zu Fall gebracht werden konnte, sondern so viele Kugeln in den Leib bekommen mußte, daß er vom Gewicht des Bleis umfiel. Und ungeachtet dessen war es unmöglich, ihm anzusehen, ob er voll vom Alkohol oder voll von Blei war.

Ulrikkens Topp war der erste, der die Sprache wiederfand.

»Er hat Bier getrunken«, sagte er. »Seht ihr nicht, wie braun er ist?«

»Der dort, Rundemannen, der kann die Pferdeäpfel vom Wege fressen.«

Das war wieder Kvaksen.

»Der Bodensatz bleibt übrig. Nach dem Filtern. Das ist jetzt völlig klar.«

Alf Hellot sagte: »Ja, das paßt gut zusammen. Wie ein Kratzer und eine Schallplatte. Wie ein Pazifist und zwei Pistolen.«

»Løvstakken«, sagte der Flugschüler Gløhr aus Kristiansund N. »Der ist wie ein go-no-go-Mann. Er sieht zurück und grübelt, ob er recht getan hat. Und jedesmal findet er heraus, daß er richtig gehandelt hat. Aber daß er es auch auf andere Art hätte tun können. Und es wäre genauso recht gewesen.«

Alfemann hörte nur mit halbem Ohr zu. Eine Horde Zivilisten war auf dem Weg in Die blaue Grotte, in Formation Klump. Der Klumpen sah aus wie eine Kompanie Schreibstubenhengste. Die sahen aus, als brauchten sie Hilfe, Schützenhilfe von Alf Hellots Schwadron.

Løvstakken gab nicht auf. Er war jämmerlich voll. Er sagte: »Es ist der Bodensatz, der übrigbleibt. Nach dem Filtern. Der sich am meisten festgesetzt, eingefressen hat.«

»Okay!« Alf Hellot hatte genug. Er schlug auf den Tisch: »Wenn du kein Mann sein kannst, mußt du versuchen, einer von den jungen Spunden zu sein.«

»Lyderhorn«, sagte Kvaksen, »sollte keine Weiber haben. Er sollte nur den Hintern voll haben. Dresche, Kloppe, Prügel.«

»Küß die Katze!«

»Küß die Maus!«

»Das ist ein hartes Stück, sagte die Dame.«

»Harte Arbeit ist es auch, sagte der Alte, als er im Gange war.«

»Aber nun ist es nicht mehr so hart, sagte die Dame, hinterher.«

Alf Hellot warf wieder einen Blick hinüber zu dem Zivilistenhaufen. Die waren ins Lokal hereingekommen. Hatten einen freien Tisch gefunden. Und in Alfemanns Kopf klingelte es.

»Man braucht nur einen Harten zu nehmen«, sagte Svartediket, »dann geht es.«

Da hörte Alfemann das Lachen. Er kannte keinen anderen, der so lachte. Wenn ich Atem hole. Lange, schwermütige Posaunentöne. Und jetzt sah Alfemann auch. Einen Zivilisten. Einen speziellen. Nun erkannte Alfemann mich endlich wieder.

Svartediket sagte: »Ich für meinen Teil pfeife so darauf, wie es nur irgendwie geht!«

Aber Alfemann Hellot hörte nicht. Er war aufgestanden. »Person!« brüllte er. »Hej, Person, altes Haus!«

Der Sprachphilosoph Wittgenstein berichtet (in einem Brief an Norman Malcolm), daß sein kritischer Blick ein Röntgenblick sei und daß er damit zwei- bis vierhundert Buchseiten durchdringen könne. So habe er sich all sein Wissen angeeignet. Mein eigener Blick hat mir wohl nicht in erster Linie größeres Wissen gegeben, und kann auch wahrscheinlich eher mit Radar- als mit Röntgenstrahlen verglichen werden. Er hat auch, möchte ich glauben, weit bessere technische Hilfsmittel nutzen können als jene, über die Wittgenstein verfügte. Fakt ist, wie das vorangegangene Referat der Handlung zeigen sollte, daß ich die ganze Zeit, seit ich die Dreitonnentüren passiert hatte, aus der Kommandozentrale in Reitan hinausgeschleust worden und mit dem Motorrad über Byåsen zum Zentrum gefahren war, sowohl Alfemanns Bewegungen, als auch jedem einzelnen Wort hatte folgen können. Nun standen wir uns von Angesicht zu Angesicht gegenüber und waren uns einig, daß dies unerwartet sei. Dann setzten wir uns hin, und Alfemann erzählte bereitwillig von der Fliegerschule, während ich versuchte, mich durch eine Gegenfrage zu retten, als er mich auszufragen begann, was ich in dieser Gegend treiben würde.

»Du meinst, in der Freizeit?« sagte ich todernst.

Aber das meinte er nicht.

»Ich meine vor Feierabend. In dem Laden hier.«

Nach einem Augenblick des Überlegens kam ich zu der Auffassung, daß es gerechtfertigt sei, gewisse allgemeine Züge des beruflichen Weges zu enthüllen, dem ich zu diesem Zeitpunkt schon mehrere Jahre gefolgt war. Und da auch Alf Hellot nicht aus Sicherheitsgründen zum Schweigen verpflichtet war, finde ich, daß ich einen Teil dessen, was ich gesagt habe, hier wiedergeben kann. Dann können alle mit mir das Bild eines dicklichen Bengels heraufbeschwören, der zwar die lachsroten langen Strümpfe abgelegt, aber immer noch die blonden Locken hat und auf dem Weg zur Telegrafistenlinie der Bergenser Seemannsschule nach Nordnes trabt. Ernst und in sich gekehrt streicht er am Denkmal der großen Schriftstellerin Amalie Skram vorbei, durch Straßenzüge und an Häuserreihen entlang, die immer noch einen würdigen Rahmen für ihre naturalistischen Sittenschilderungen abgeben. Aber hier draußen, mit Hilfe der schwankenden Antennen auf dem Dach der Seemannsschule, durchbrach ich, auf meine Weise, den engen naturalistischen Rahmen, der um mein Leben gezogen war. Für mich waren die Antennen der Schnurrbart Dalis, die Fühler der Phantasie. Laß den Menschen, wo er hingehört, dann ist die Welt in Ordnung! Aber die Welt war nicht in Ordnung. Ich bekam Kopfhörer über die Ohren und einen sonderbaren Schlüssel in die Hand. Das Gewicht der Hand drückte den Schlüssel herunter, schloß den Stromkreis, und ich begann meine ersten Morsesignale zu senden. Eine Welt voller Zeichen und Signale öffnete sich mir. Nach einem Winter in Nordnes beherrschte ich das ganze »drahtlose« Alphabet. Direkt aus der Luft nahm ich Sätze und Wörter auf und morste Meldungen in zufriedenstellendem Tempo zurück. Ich machte mein Examen und erhielt ein Papier, daß Person von jetzt ab als Funker zur See fahren könne. Aber ich hatte nicht eine einzige Reise gemacht, bevor ich auf die Schule ging, und selbst hinterher, mit dem neuen Schlüssel in der Hand, blieb es bei einer Fahrt. Hin und zurück über den Nordatlantik, bei strahlend schönem Wetter, eine traumhafte Erstreise. Selbst wenn der hohe Himmel und das weite Meer und die tiefe See und die einsame Arbeit an Bord meinem Wesen und den meisten meiner Interessen zusagten, gab es doch andere Seiten des Seemannslebens, die mich bewogen, nach der ersten Reise abzumustern und an Land zu gehen. Wohlbehalten auf das Festland zurückgekehrt, wurde ich zum Militärdienst in der Marine einberufen und leistete meine Wehrpflicht so weit entfernt von dem nassen Element, wie man nur sein kann. Auf dem Grunde eines fünfgeschossigen gepanzerten Betonbunkers, tief unter meterdickem bombensicherem Granit, arbeitete ich bei einer der Abhör- und Peilstationen der Küstenverteidigung Bezirk Südwest, nicht weit von Stavanger. Hier markierte und entblößte Person den Schiffsverkehr in den Küstengewässern und draußen im internationalen Fahrwasser auf einer mächtigen Seekarte, welche die eine hintere Wand unten in der Operationszentrale ganz bedeckte, und bekam außerdem – einzig und allein wegen des Gleichklangs mit dem militärischen Titel und bestimmt nicht wegen zwielichtiger Gelüste und Neigungen (sie gingen in diesem Fall in genau entgegengesetzter Richtung) – den Zunamen Entblößer. Entblößer-Person.

Entblößer-Person quittierte den Dienst in der Marine nach ein paar Jahren, aber ich blieb dabei, freundlichgesinnte, neutrale und direkt feindliche Bewegungen sowie den Signalverkehr im Äther zu registrieren. Wo und wie das vor sich ging, darüber kann ich mich aus gutem Grund nur in vagen und vorsichtigen Wendungen äußern. Aber es ist kein Geheimnis, daß ich mich bewarb und in einer traditionsreichen Festungsstadt an der schwedischen Grenze einen Kursus absolvierte, wo wir unter anderem in Radartechnik, Feststofftechnologie, funkelektronischen Abwehrmitteln, Elektrooptik und anderen Fächern unterrichtet wurden, auf die näher einzugehen zu weit führen würde. Seitdem habe ich am Radar in vielen der sogenannten Fjells oben im Norden gesessen. Gehorcht und gepeilt und den Signalverkehr im Gebiet entblößt. Aber niemals mich selbst – schließe ich, nachdem ich Alfemann Hellot und eventuell anderen mit langen Ohren in groben Zügen das erzählt habe, was hier steht, und was, soweit ich sehen kann, meine eigenen Behauptungen bekräftigen würde.

»Wir gehen!« sagte der Bergenser Hysøen-Andrésen.

»In die Stadt«, sagte Gløhr aus Kristiansund N.

»Ich habe nur ein Prinzip«, sagte Uno Patton.

»Und das ist?«

»Daß ich niemals für Weiber bezahle. Außer in Naturalien, direkt aus dem Sack.«

»Hast du von dem einsamen Bauern gehört?« sagte Hysøen-Andresen.

»Meinst du den, dem es schon auf dem Weg in die Stadt abging?«

»Und was ist ihm abgegangen?«

»Die Umzugsfuhre. Die direkt in die Stadt sollte.«

Dorthin gingen auch sie. Wie die blinden Mähren stolperten sie durch die Tür der Blauen Grotte hinaus, während Alfemann und ich mit zunehmendem Rausch sitzen blieben und Alfemann mir Immelmann-Schleifen in die dicke Kneipenluft zeichnete und zu erklären versuchte, was das für ein Gefühl ist, ein Flugzeug, das er Fairchild nannte, zum Steigen zu bringen, bis zu einem Engel, zwei Engeln, drei!

»Das ist, als wenn man Gott küßt«, flüsterte Alfemann, und da fand ich es trotz allem am besten aufzubrechen.

Wir gingen zusammen hinaus in den Frühlingsabend. Die Eisenbahnlinie von Süden folgt dem Nidelva bis fast hinunter zum Fjord, bevor der Fluß einen plötzlichen und unerwarteten Bogen landeinwärts macht, hinter Stadtkern und Domkirche, und dann weiter östlich mündet. Die Mündung gab der Stadt den ersten Namen. Auf ihrer Seite folgt die Eisenbahnschiene der Uferlinie und den Kais in östlicher Richtung und sperrt die Stadt vom Meer ab. Hinter den Schienen und Docks findet man Bootsschuppen, Packhäuser, Industrie. Durch dieses Viertel führte uns der Weg in die Stadt.

Der trøndersche Vorgänger des Städteerneuerers Haussmann war dem Urheber der Pariser Boulevards um zweihundert Jahre voraus. Aber während Haussmann breite Straßen gebaut hat, um die Kontrolle über aufrührerische Volkshaufen zu erleichtern, hat der gute General Cicignon in Trondheim mehr die Absicht gehabt, zu verhindern, daß die periodischen Brände die ganze Stadt in Asche legten.

Und der Plan hat gewirkt. Cicignons breite Straßen prägen immer noch das Zentrum von Trondheim. Daraus ziehen Alfemann und ich nun großen Nutzen. Wir sind zwischen den Empiregebäuden im Zentrum angelangt. Ich kann nicht sagen, daß wir viel von der naßkalten Frühlingsnacht merken. Wir sind warmgelaufen und mit Pilsner aufgefüllt. Seit Ila trotte ich hinter Alfemann her und stelle fest, daß Cicignons Straßen nicht immer breit genug sind. Plötzlich kollidieren wir mit einer Packhauswand, die sich selbst hier, im sichersten aller Orte, plötzlich und unerwartet um neunzig Grad dreht, sich mitten in den Weg stellt und die freie Fahrt auf dem Bürgersteig hindert.

Oder der Asphalt kann sich ohne Vorwarnung einen Meter in die Luft heben, so daß Alfemann, der den Höhenmesser richtig abgelesen hat und zu einer perfekten Landung ansetzt, statt dessen eine schlimme Bauchlandung vollführt, weil die Rollbahn zu schnell auf das Untergestell zugekommen ist. Aber ich reiche ihm die Faust, bekomme ihn wieder auf die Beine, und da hat er plötzlich das dringende Bedürfnis, Ordnung ins Chaos zu bringen.

»Person! Halt!« kommandiert er. »Kehrt marsch!«

Und ich marschiere. Wenn mich etwas nicht verwundert, dann, daß Alfemann das Kommandieren mag. Klar, daß er es mag, daß ihm die Übereinstimmung von Befehl und Ausführung imponiert. In den stehenden Wendungen der Kommandosprache ist ein Wort ein Wort, und das Wort wird Handlung. Alfemanns Wort wird Gesetz. Und ich folge dem BUCHSTABEN DES GESETZES.

So marschieren wir in die Empirestadt ein. Eine hohe Frühlingsnacht wölbt sich über uns. »Links rechts, links rechts!« schmettert Flugschüler Hellots Stimme zwischen den stilreinen Häusergiebeln. Und ich pariere Order. Was hat wohl diese Erniedrigung zu sagen? Ich meine, auf der großen Waagschale der Geschichte. Wer hat nicht einem Befehl gehorcht! Sag mir das!

»Person! Stillgestanden! Gewehr ab! Bajonett auf! Links um! Das Gewehr über! Präsentiert das Gewehr! Wache, im Gleichschritt marsch, in Linie aufschließen nach links! Gewehr ab! Rüüührt euch!«

Alfemann läßt die Stimme schallen, laut und volltönend. Ich simuliere die Griffe mit Luftgewehr. Aber das Befehlsreglement sieht nicht vor, den Körper zu kontrollieren. Oder die Aggression. Oder sich selbst. Aber die Stimme. Wer Kontrolle über die Stimme hat, hat volle Kontrolle.

Alfemanns Stimme kommandiert Halt! vor einem Restaurant oben in der Kongens gate. Von der Eingangstür windet sich eine lange Schlange über den Bürgersteig.

»Die sehen aus wie Philatelisten«, sage ich. »Die sehen aus wie Briefmarkensammler, die nach dem Ersttagsstempel Schlange stehen.«

»Die sehen aus wie Rekruten! Die sehen aus wie Rekruten, die Schlange nach dem Letztentagsstempel stehen!«

So antwortet Alfemann Hellot. Und er hebt die Stimme eine Spur, während er fortfährt: »Person!«

»Hier!«

»Ausrichten!«

»Jawohl!«

»Du hast nicht zu antworten, wenn du mit mir sprichst! Runter auf alle viere!«

»In Ordnung!«

Ich werfe mich, so lang ich bin, auf den Bürgersteig und stütze mich auf die Hände. Alfemann tut dasselbe.

»Liegestütz!« kommandiert er und preßt sich mit gestrecktem Körper hoch. Ich folge seinem Beispiel, so gut ich kann.

»Rücken gerade! Und im Takt! So! Singen!« Alfemann preßt sich auf und nieder, während er aus vollem Hals anstimmt. Es muß der Auftakt von tausend Morgenappellen im Aspirantenkursus sein:

»Küß mich, Per, mehr und mehr.
Oh, wie ist das herrlich!«

Ich fange schon an, atemlos zu werden und schlapp in den Armen, aber ich falle in den Gesang ein, so gut ich kann, strecke mich im Takt und küsse den Bürgersteig in der Kongens gate jedesmal, wenn ich Bodenberührung habe. Selbstverständlich nicht so sehr auf Grund des Kommandos, sondern aus dem unbestimmten Gefühl heraus, daß es in irgendeiner Weise eine Symbolhandlung ist, an der ich teilhabe.

Die Schlange der Tanzlustigen vor dem Restaurant »Trubben« hat sich umgedreht, und sie sehen uns zu, einer nach dem anderen. Sie sehen auch aus, als verstünden sie. Als könnten sie Eintritt, Garderobengeld, warme Gerichte, Drinks, Damen seinlassen und statt dessen die Erde direkt küssen. Der erste Mann fackelt nicht lange und folgt unserem Beispiel. Er zieht das Jakkett aus. In schmalem Schlips und weißem Hemd wirft er sich auf den Bürgersteig.

Mehr und mehr fallen in den Takt ein. Machen Liegestütz. Es ist ein herrliches Gefühl. Der ganze Bürgersteig auf der einen Seite der Kongens gate in Trondheim ist voll von festlich gekleideten Mannsleuten, die Liegestütz machen. Die ganze Straße singt, mit Alfemann Hellot als Vorturner und durchdringend falschem Vorsänger. Aber eigentlich muß es die Erde sein, die durch unsere Kehlen singt. Und wir strecken und beugen uns im Takt mit dem Anapäst des Verses. Und küssen sie bei jeder betonten Silbe.

»Küß mich, Per, mehr und mehr.
Oh, wie ist das herrlich!«

Über das, was sich weiter während dieses Ausgangs in Trondheim abspielte, habe ich nur sehr vage Vorstellungen. Aber manche Eindrücke und Gedanken müssen in meinem umnebelten Gehirn klar an Land geschwommen sein und sich an der Hirnseite festgeklammert haben wie die letzten Überlebenden eines intellektuellen Schiffsbruchs. Ich erinnere mich, daß wir in das Restaurant »Trubben« hineinkamen, einen Tisch zugewiesen bekamen und bedient wurden, und ich erinnere mich an das Gesicht von Alfemann und seine Stimme, die ständig den Ausdruck wiederholte: »Im Namen des Mondschattens. Im heiligen Namen des Mondschattens! Was im heiligen Namen des Mondschattens ist aus Kvaksen geworden?« Und daß ich davon ausging, daß ihn immer noch der Verlust im Skotthyll plagte und er sich revanchieren wollte.

Dann erinnere ich mich, daß Alfemann nach der Tischplatte greift, er versucht aufzustehen und etwas zu sagen, aber der Tisch segelt in mindestens ebenso aufgerührter See wie die Gedanken, und die Worte versagen ihm. Er hat keine Munition mehr. Die Gehirnkammer ist leer. Er hat alle Repliken abgefeuert. Das Magazin fällt klirrend auf den Fußboden, wie ein leeres Bierglas. Neben dem Glas steht der schiefe Garderobenständer zu Trondheim, schiefer als der schiefe Turm zu Pisa, und vor der Aborttür steigen Alpen und Dolomiten steil aus der Po-Ebene auf. Alfemann Hellot findet es am sichersten, sich einfach hinzulegen und zu kriechen. Er arbeitet sich auf den Restaurantdielen vorwärts, wie ein Bergsteiger, der Haken ins Gestein schlägt. Die Abortwand droht über ihm einzustürzen. Alfemann muß auf die Knie und die ganzen Dolomiten mit den Händen festhalten. Vor ihm erhebt sich das Abortbecken wie ein Thron. Er nimmt den Thron ein. Alles um ihn dreht sich, dreht und dreht sich, schneller und schneller, in Kreisen mit immer kleinerem Radius, der in einem Blumentopf endet, den er greift und in den er sich erbricht. Also ist er jetzt runter vom Thron. Er hält sich fest, und kippt Erde und Blumen und grüne Blätter und Erbrochenes auf den Fußboden. Alfemann stellt die Blumentöpfe und alles auf den Kopf. Stellt die ganze Welt auf den Kopf, wie ein Stundenglas, in dem der Sand verronnen ist, und startet die Zeit aufs neue. Aber es ist kein Stundenglas, sondern ein gewöhnliches Halbliter-Bierglas, bis zum Rand gefüllt mit Portwein. Alfemann versucht umständlich, es auf dem Sockel der Statue des Königs Olav Tryggvason zu balancieren, des jung verstorbenen Königs. Also müssen wir mitten in der Stadt sein. Also müssen wir aus dem Restaurant raus sein. Also muß man uns rausgeworfen haben. Alfemann muß sich eingebildet haben, daß der Sockel des Olav-Tryggvason-Denkmals waagerecht in der Luft liegt, und hier setzt er das Stundenglas mit dem Portwein ab. Wir hören Geräusche, die unmißverständlich sind. Zerschlagenes Glas. Alf Hellot liegt mitten auf dem Marktplatz in Trondheim auf den Knien und versucht, Portwein von den Pflastersteinen zu lecken. Das geht schlecht, es sticht und schneidet und brennt auf der Zunge; ich sehe Blut und Portwein die Nordre Gate hinunterfließen.

Alfemann greift mit der Hand in die andere Innentasche. Er hat noch ein Stundenglas mit Portwein in petto. Er leert es in tiefen Zügen und wirft es gegen den Sockel. Jetzt ist ihm glasklar geworden, daß er hinauf auf das Olav-Tryggvason-Denkmal spazieren kann. Er kann sich die Stadt auf den Kopf setzen. Sie paßt ihm wie eine Krone oder wie ein Helm. Und ein Helm ist wohl dabei, ein Helm mit eingebauter Sprechfunktechnik, denn Flugschüler Hellot gedenkt vom Sockel der Olav-Tryggvason-Statue direkt in den Weltraum zu wandern, hinaus zwischen die Sterne. Alfemann fängt an zu gehen, vorsichtig zuerst. Dann springt er hinein. Er tut den Sprung in den Raum. Weit unter ihm, weit unten auf der Erde stehe ich und rufe dies und jenes, und ich höre Alfemann antworten, daß es stimmt! Es stimmt! Von den Fassaden rund um den Marktplatz blinken uns die Neonsterne zu. Und ich stehe unten auf der Erde, wie ständiges Bodenpersonal stehe ich dort, habe seinen Fuß zu fassen gekriegt und ziehe und ziehe, versuche Alfemann herunter auf den Boden zu bekommen. Ich selbst lasse mich ja nicht auf so was ein. Es muß etwas getan werden. Ich halte Alfemann die Hand hin und versuche, ihn herunter auf sicheren Grund zu bekommen. Es muß genug sein! Alfemann greift ordentlich zu. Dann erinnere ich mich an einen kräftigen Ruck in meinem Arm. Zusammen knallen wir auf den Bürgersteig.

Wo die Stavne-Leang-Bahn zwischen Byåsen und der Technischen Hochschule den Nidelva überquert, begleitet ein schmaler Fußgängerweg die Eisenbahnbrücke über den Fluß. Ein hohes Drahtnetz trennt den Gehweg von Schienenweg und Zugverkehr, und auf der anderen Seite soll ein Geländer die Leute daran hindern, in den Fluß zu gehen.

Der Tag graut, als wir uns der Brücke nähern. Alfemann fährt, und ich klammere mich an den Rücksitz, obwohl es mein Motorrad ist. Eine echte Tempo Taifun mit Sachs-Motor, die ich von einem Matrosen gebraucht gekauft und auf neu getrimmt habe.

Aber Alfemann steuert. Auf die eine oder andere Weise muß er sich sowohl von Polizei als auch von Häuserwänden und anderen Verkehrsteilnehmern ferngehalten haben. Jetzt zielt er auf den engen Eingang zur Fußgängerbrücke. Hier ist Cicignons Stadtplan zu Ende!

Aber Alfemann trifft das Nadelöhr trotzdem. Wir holpern auf die Brücke. Dann ist gleich Schluß. Was uns im Wege ist, weiß ich nicht. Aber das Speichenrad verhakt sich im Drahtnetz oder der Bremshebel, der Gashebel, der Rückspiegel, meine Beine oder seine, die Fußstützen. Wir kippen um, schlagen hin, so lang wie wir sind, rappeln uns wieder hoch, richten das Rad auf, starten erneut.

Und kippen wieder um. Etwas hängt die ganze Zeit fest. Stopp. Wir kommen nicht weiter. Ich liege der Länge lang auf den imprägnierten Planken der Fußgängerbrücke. Ich klammere mich am Lenker fest und sehe den von der Schneeschmelze angeschwollenen Nidelva unter mir dahinfließen. Ich versuche mich vom Hinterrad freizumachen, das schwer auf meinem einen Fuß liegt, fühle aber nur, wie sich das Drahtmuster tiefer in mein Gesicht drückt. Dicht neben mir, auf der anderen Seite des Zweimeterzaunes, donnert ein endloser Güterzug vorbei, fegt kühle Luft über Alfemann und mich, schlägt harte Räder gegen die Schienenstöße, erschüttert die Brücke und unsere übel zugerichteten Körper.

Die Sonne kündigt einen neuen Tag an. Im Osten setzt der Tagesanbruch einen Purpurstreifen zwischen Himmel und Erde. Die ersten Strahlen durchbrechen nach Westen hin den blassen, blaugeäderten Himmel. Die Landebahnen in Værnes und Ørland liegen grau im Morgenlicht. Von den gotischen Fassaden der Domkirche stieren die mittelalterlichen Könige blind und steinern über die schlafende Stadt. Die Straßen sind leer, die Häuser in sich versunken. Bierkneipen und Tanzdielen werden gelüftet. Draußen, mitten auf der Eisenbahnbrücke bei Stave, liegen Alfemann Hellot und ich unter dem Motorrad. Die Räder drehen sich immer noch langsam. Blaues Auspuffgas wird aus dem Motor gepumpt. Aber die Karre ist umgekippt. Die Krönungsfahrt ist zu Ende. Hundert Prozent von dem, was ich von Alfemann Hellot sehe, ist Uniform.

Unterschalltunnel

»Alter Bär!« lauten die ersten beiden Worte im allerersten Amerikabrief, den ich von Flugschüler Alf Hellot erhielt. Er kommt aus Waco, Texas, datiert mit korrekter militärischer Datumsangabe und Uhrzeit. Der gekonnte Militärjargon gibt jedenfalls dem Empfänger einen guten Eindruck davon, wie sich der Übergang in die Neue Welt für Alfemann gestaltet haben muß.

»Alter Bär! Hältst Du immer noch Winterschlaf unter der Erde?« fährt er fort. »Du bist doch nicht etwa lichtscheu geworden, Du? Reib Dir den Schlaf aus den Augen und komm herauf zu uns an die Oberfläche!

Stell Dir die Prärie vor, über die wir in unserer wildesten Phantasie galoppiert sind, seit wir groß genug waren, unsere Gelüste zu beherrschen. Mit dieser Prärie machte das Fahrgestell der Curtiss Commander Bekanntschaft, als wir hier auf der Connally Air Force Base mitten in Texas landeten. Aber mit Rothäuten und Pulverdampf sieht es bisher mager aus. Das Camp hier gleicht genau all den anderen Kommißbrot-Hotels, in denen ich logiert habe. Der Unterschied ist nur, daß in diesem Lager alles zehnmal stronger ist, als es die norwegischen Jungs gewohnt sind. Vergleicht man dies hier mit dem Aspirantenkursus in Værnes, dann ist es, als käme man von der Sonntagsschule direkt in das Professorenkolleg für Theologie. Innendienst, Schuhputzen, Hosenbügeln, alles in strammer Haltung. Es vergingen Wochen, bevor wir Jungs in der pre-flight, im Vorbereitungslehrgang also, so salonfähig waren, daß wir Ausgang bekamen. Die Yankeeausbilder wollten nicht riskieren, daß jemand einen so laxen Haufen wie die norwegischen Schlakse militärisch grüßen müßte!

Wir kampieren jeweils zu zweit auf einer Stube, aber ich hatte Schwein und bekam eine Zweimannstube ganz für mich. Die Mannschaften und unteren Dienstgrade in den Lagerabteilungen dagegen sind in Schlafhangars auf dreißig bis vierzig Pritschen gestapelt. So hat es der gemeine Mann! Unterschiede müssen sein!

Die Baracken hier sind große, graue, zweigeschossige Eternitschuppen. Wahrscheinlich im Hinblick auf wärmere Zeiten sind vor alle Fenster Mückennetze genagelt, und innerhalb des Moskitonetzes hast du außer den Pritschen einen Tisch und zwei Stühle und den verschließbaren Stahlspind für persönliche Sachen. Die Handfeuerwaffen befinden sich in Reih und Glied in den Halterungen im Korridor. Am einen Ende der Baracke hast du den Waschraum mit den zwei kältesten Eisduschen der nördlichen Halbkugel und am anderen Ende ein freistehendes WC Marke Bombenziel, wie wir sagen.

Das ist der Stil. Dienst, wo wir gehen und stehen und hocken. Stell Dir einen Appellplatz mitten zwischen Eternitschuppen und Aluminiumbaracken, Wellblechhütten mit abgerundetem Dach, Kommandantenwohnung, Messe vor, und an der Spitze der Fahnenstange die Stars and Stripes, die im scharfen Wind flattern und knattern. Von der Lagerstraße kommen dann die norwegischen Jungs hereinmarschiert, unter Kommando von? – Ja, Du kannst versuchen zu raten, aber das muß ich sagen, wenn etwas hier Aufsehen erregt, dann ist es das norwegische Exerzieren, also Ordnungsübungen nach unserer Fasson. Unter Kommando von Kadett Hellot mußten wir mehrere Extranummern für die Yankees geben: Ex-Schritt, Kehrt marsch, Gewehr über; mit allem Drum und Dran.

Das war der Einstieg. Auf dem Appellplatz hieß uns Gruppenkommandeur ›Boomer‹ Casciani willkommen in der US Air Force und richtete einen kurzen Appell speziell an uns Norweger. In der Rede hob er Norwegen als nördlichen Schild der NATO gegen kommunistische Angriffe hervor. Unser Land liegt faktisch wie ein Horst von Luftabwehrbatterien direkt unter der kürzesten Bomberstrecke nach New York. Daran hattest Du vielleicht nicht gedacht? Dreh die Karte halb herum, dann verstehst Du die Zeichnung.

Weiter wurden wir dem Hauptlehrer des Vorbereitungslehrgangs, Hauptmann Curt Schultz, vorgestellt, und dann orientierte der norwegische Verbindungsoffizier, Leutnant Jaatten, über den Dienst hier bei Aviation Cadets. Die NATO-Zusammenarbeit hat zu einem gewaltigen ›run‹ auf die amerikanischen Fliegerschulen geführt. Jede sechste Woche werden gemischte Klassen mit amerikanischen und europäischen Schülern gestartet. Und so geht das in einem fort. Beim Bodenpersonal herrscht zwischen den Flugbasen reiner Krieg, wer die meisten Schulmaschinen in der Luft hat.

Norwegische Flugschüler sind über die ganze Karte verstreut, vom Rio Grande nordwärts. Beim USAF Training Command in der Scott Air Force Base in Illinois haben wir fünf von unseren Offizieren, drei Sergeanten und fünfzehn bis zwanzig Gemeine. Von vierhundert Schülern in der Williams AFB in Arizona sind über fünfzig Norweger. Unsere Jungs sind in der Goodfellow AFB, Keesler AFB in der Nähe von New Orleans, an der USAF Air/Ground Operating School in der Pope AFB in North Carolina. In der Perrin AFB hier in Texas werden ständig neue Klassen zusammengestellt, die den Vorbereitungslehrgang durchlaufen. Sogar oben in Kanada sollen schon norwegische Flugschüler ausgebildet werden, in der Centraila Flugbasis in Ontario und der Canadian AF Station Penhold in der Prärie bei Alberta.

Die Flugausbildung selbst, für die also Capt'n Schultz die Verantwortung hat, ist in drei Phasen eingeteilt. Der erste Teil basic, die fliegerische Grundausbildung, umfaßt 135 Stunden auf der Harvard T-6, die etwas ganz anderes ist als die Fairchild, die wir in Værnes flogen. Die Harvard ist eine große 550 PS Maschine, sie war unser Kampfflugzeug in vorderster Linie. Nach fünfzehn Stunden fliege ich sie vorwärts und rückwärts und kopfüber und im Schlaf. Und im letztgenannten Zustand rase ich jede Nacht in supersonischer Fahrt durch die Schallmauer.

Freizeitprobleme hat es bisher wenig gegeben. Der Sonntag vergeht im großen und ganzen damit, daß man in Unterhosen und mit einem kalten Bier in der Hand auf der Pritschenkante sitzt und leer vor sich hin stiert. So ausgelaugt bist Du von einer gewöhnlichen Woche bei Aviation Cadets! Falls nicht norwegischstämmige Amerikaner mit ihren Dollarschlitten am Lagertor stehen und uns mitnehmen, damit wir uns die Mädchen vom Kirchenchor angucken können, oder wie damals, als David Lars, der Freund Norwegens, alle Jungs in sieben Chevrolets packte und uns hinauf nach Fort Worth fuhr. Ein paar Stunden später geleitete uns die Verkehrspolizei mit Blaulicht und Sirenen durch den Ort zum Marktplatz, wo Rindershow und großes Rodeo war. Da wachten die Jungs auf, und frag nicht, ob wir mit eigenen Augen zu sehen bekamen, daß das Sprichwort über die Cowboys stimmt, das besagt, selig sind die O-Beinigen, denn sie haben ihn in Klammern (!)«

»Gruß frisch vom Faß, Alfemann«, schließt dieses Schriftstück.

Etwas später, nun von der Williams AFB in Arizona, schreibt derselbe Verfasser »Ihr Lieben!« nach Hause an die Eltern. In diesem Brief faßt sich Alfemann kurz und militärisch. Er erzählt von freigebigen Amerikanern, die die uniformierten Fliegerkadetten in den Straßen von Waco anhalten und stehenden Fußes zu sich zum Essen einladen. Er erzählt von The Norwegian Club of North Texas. Von der norwegisch-amerikanischen Kirche oben in Bosgee County, wo man ihn drängte, als Gesangssolist mit der Nummer »Ein Buschauffeur, ein Buschauffeur« zu debutieren. Von »Echt norwegischem Flachbrot«, »Gelaugtem Stockfisch« und »Ziegen-Käse« kann er erzählen. Von Wurfspielen im Garten des Pfarrers, wo eiserne Pfähle aufgestellt sind, die sie zu treffen versuchen, nicht mit Ringen, sondern mit Hufeisen. Und von kolossalen norwegischen Triumphen in dieser Übung.

Dem Brief legt Alfemann ein Bild von sich und vier anderen norwegischen Flugschülern bei, aufgenommen nach einem Fußballspiel zwischen zwei Universitätsmannschaften, bei dem die Kadetten Hellot, Gløhr, Patton, Kvaksen und einer, den ich nicht kenne, Ehrengäste waren und zusammen mit den Stars beider Mannschaften fotografiert wurden. In dem Brief hält Alfemann es außerdem für angebracht, den eventuell unruhigen Eltern zu versichern, daß all das Kirchengerede in keiner Weise bedeutet, daß er religiös oder verdreht im Kopf geworden sei. Im Gegenteil, das hat nur mit der sozialen Rolle zu tun, die die Kirche im norwegisch-amerikanischen Milieu spielt. Alfemann bringt auch ein vorsichtiges Klagelied über einige der Haltungen an, mit denen man plötzlich konfrontiert werden kann: »Habt Ihr keine Schwarzen zu Hause in Euren Bergen? Wir schicken Euch gern eine Bootsladung gratis rüber!«

Oder: »Wollen wir mal rüber nach Kalin (kleiner Ort in der Nähe) und besoffene Indianer angucken?« Sogar viele Arbeiter, notiert Alfemann, haben sich so eingerichtet, daß sie rund drei Monate beim Anlagenbau arbeiten und so gut verdienen, daß sie die übrigen neun auf dem Sofa sitzen und fernsehen können oder nach Hawaii oder Reno fahren und Spielmarken in die Flipper-Automaten stecken oder Stimmzettel für Senator Joseph McCarthy in die Wahlurnen. Lebensstil und Haltungen sind so, daß sie Alfemann als echten Abkömmling der puritanischen und demokratischen und niemals unverhüllt rassistischen skandinavischen Arbeiterbewegung erschrecken müssen.

»Ja, das war die Wahlrede für diesmal«, stellt Alfemann fest. »Es ist spätabends, draußen in der Lagerstraße hat der Hornist das Signal geblasen, da ist wohl auch für diesen Brief Zapfenstreich. Noch etwas: der eigene Name an der Anschlagtafel ist oft ein schlechtes Zeichen. Entweder man hat sich versündigt und ist erwischt worden, oder man hat Extradienst aufgebrummt bekommen. Kurz bevor wir von Waco verlegt wurden, stand mein Name auf dem Tagesanschlag. Ich war zum Kadettsergeanten ernannt worden, das ist der unterste

Grad der Kadettenchargen. Mit diesem Grad zog ich westwärts, in den wildesten Westen, ins Apachenland, in einen Ort, der Phoenix heißt, Vogel Phönix also. Paßt gut, denn hier soll die fortgeschrittene Flugausbildung vor sich gehen.«

Alfemann grüßt vielmals und fügt ein PS hinzu – das Marvel Aass betrifft, nach dem Aug. Hellot offenbar gefragt hat. Er wird also Kontakt mit der übersandten Adresse aufnehmen und herausfinden, ob dort jemand etwas von ihm gehört hat.

Mitte August liegt eines Tages ein blauer Luftpostbrief im Postfach des Schülerinternats der Krankenpflegerschule auf Haukeland in Bergen. Wie auch immer Alfemann es herausgefunden haben mag, daß Kitty ebenfalls die Uniform angezogen und in der Krankenpflege begonnen hat (ob als eine Art unbewußtes Gegengewicht zu Alfemanns kriegerischem Beruf, das kann jeder sich selbst fragen), ich habe jedenfalls keinen Anteil daran, selbst wenn ich das erste Jahr, das Kitty in Bergen war, in die Telegrafistenschule ging und wirklich Gelegenheit gehabt hätte, sie zu treffen. Aber das habe ich nicht versucht. Was mein Verhältnis zum anderen Geschlecht insgesamt angeht, so war es davon geprägt, daß männliche und weibliche Eigenschaften in meinem Körper so harmonisch zusammen gelebt haben, daß das Suchen nach erotischen Spannungen überflüssig gewesen wäre und wie eine Form von Untreue gewirkt hätte. Ganz im Gegensatz zu Alfemann, sowohl in der Theorie als auch in der Praxis.

»Hei!« lautet die unkonventionelle Einleitung des Briefes an Kitty, in dem man die Schwierigkeit des Schreibers spürt, den Ton zu treffen. In unsicherem, lyrisch-überhöhtem Stil versucht Alfemann hier das Gefühl von Freiheit zu schildern, das ihm das Flugtraining gibt. Kitty, in Schüleruniform, klappert auf Clogs über den frischgebohnerten Wohnheimkorridor und liest:

»Das ist wie Stabhochsprung und Hochsprung in einer

einzigen Übung, losgerissen vom Gerät, befreit vom Gesetz der Schwerkraft. Nach Anlauf und Absprung gilt es nur zu steigen, höher und höher. Stell Dir vor, daß der alte Alfemann aus Lovra die Krümmung der Erde draußen im Meer aus zehntausend Fuß Höhe sieht, den Mississippi sieht mit Delta und Verzweigungen und Nebenflüssen, die sich wie ein gewaltiger Sklavenzug auf dem Weg zum Meer und zur Freiheit anschließen. Stell Dir vor, wie der Golf von Mexiko seinen gewaltigen Silberbogen der Brandung zum Land spannt und die warmen Gewässer des Golfstroms gen Norden schießen, nach unseren Küsten, dem Ziel seiner Strompfeile. Stell Dir Floridas grüne Landzunge aus Unterholz und feuchtem Sumpf vor, und Paradiesinsel auf Paradiesinsel wie eine Luftspiegelung draußen am karibischen Horizont. Bevor ich das Flugzeug wende, beschreibt es einen gleißenden Rechtsbogen, so weit nach Norden, daß ich durch den Wärmedunst das Ozark-Plateau sehe, den Kohlengrubenbezirk in der Appalachen und das Grasland, das sich flach und unermeßlich weit nach Westen wellt. Die letzte, die größte Hoffnung, wie Abraham Lincoln sagte.«

»Man kann von weniger lyrische Anwandlungen kriegen«, schrieb Alfemann. »Aber Lyrik ist nicht gerade das Genre, das hier am meisten dominiert. Um über das reden zu können, womit wir uns beschäftigen, müssen wir eine ganz neue Sprache lernen. Wir heben ab, und wir landen. Wir treten das Seitenruder. Wir setzen vorsichtig auf. Wir drosseln den Motor. Wir klettern hoch zu ein und zwei Engeln. Wir liegen auf dem Schwanz der Maschine vor uns. Ich ziehe die Nase hoch, wenn ich aufsetze. Das Fahrwerk kommt nicht raus. Ich komme ins Trudeln in tausend Fuß Höhe, fange mich aber wieder ab auf einem Motor. – Immer mehr werden ausgesondert, aber nicht Alfemann Hellot. Ich hatte eine Flaute, bin aber wieder fein im Kommen. Ich wurde zwei Wochen auf Land gesetzt. Morgen gehe ich wieder in die Lüfte.

So kann man sich ausdrücken, wenn man erzählen will, was wir hier treiben. Andere Arten von Literatur als technische Lehrbücher und das eine oder andere Taschenbuch sind nicht recht gefragt. Nicht direkt das Milieu für Harry Martinson und Harry Stoteles und Harry Krishna in der Fliegerbaracke, nein! Aber was ich hier erlebe, stimmt mit dem überein, was Du immer über Literatur zu sagen pflegtest, daß sie ein Spiegel ist. Wenn sich das Wort KOMA im Spiegel sieht, läuft es AMOK. Und umgekehrt fällt Amok im Spiegel in Koma. Ein ordentliches Buch, glaube ich, würde mein Leben bei Aviation Cadets genau auf diese Weise spiegeln, in beiden Richtungen!

Nun hätte ich Dir ja eigentlich von ständigen Besuchen in Jazzklubs längs der Küste berichten sollen, und von nicht enden wollenden Soli Wardell Grays und Charlie Parkers. Aber nein, wir haben fast keinen Ausgang gehabt, und wenn du in dieser Gegend das Radio anstellst, so hörst du meistens Hank Williams und Frankie Laine. Der einzige, der in die Nähe von Jazz kommt, ist ein Typ namens Charlie Rich, der mehrere Male im Kadettenklub gespielt hat. Er tritt in Fliegerblau auf, leistet seine Wehrpflicht bei der Luftwaffe drüben in Enid, Arkansas, spielt Klavier und singt und erzählt von Stan Kenton und solchen Leuten, über die Du Bescheid wüßtest. Und wie man den Bigband-Stil mit der Musik der schwarzen Pächter verknüpft, die auf der Farm seiner Eltern arbeiteten, als er ein kleiner Bengel war. Blues, mit anderen Worten.

Mit anderen Worten, etwas von dem, was ich fühle, wenn ich an uns denke und an Dich, die Du so fern bist. Aber ich kann nicht direkt sagen, daß ich wünschte, Du wärst hier. Im Gegenteil, Du würdest nach einem Tag ins Trudeln kommen. Ich bin gerade von einer Stunde in Gehirnwäsche gekommen, bei einem Offizier mit Korea-Erfahrung. Er stellte so plastisch dar, wie aus vertrauensvollen Individualisten vom Maisgürtel im Mittelwesten gesichtslose Kommunisten mit asiatischen Zügen werden konnten, daß wir schon das Waschbecken und das Stück Seife in den großen behaarten Kommunistenpranken sahen, die alles, was gut und kapitalistisch war, aus der grauen amerikanischen Gehirnmasse auswuschen, bevor diese wieder in den Schädel gesteckt und der Deckel draufgeknallt wurde. So, wie uns hier auf der Schule die Gehirnwäsche geschildert wurde, wirkt sie meist wie eine elementare Einführung in Gesellschaftskunde, angepaßt an ein niedrigeres politisches Niveau, als es bei uns üblich ist. Gehirnwäsche im Osten, Mentalhygiene im Westen, können wir vielleicht sagen?

Du verstehst: Hier nützt es nichts, nach Gefühl zu gehen. In dieser Branche gilt es, genau zu navigieren. Nun habe ich meine Position angegeben. Wird die Flugzeit zu lang von Deiner Engelschar?

Love, Al.«

Mit diesen Schlußworten reichte Alfemann eine ausgestreckte Hand hin. Mit einem erhobenen Zeigefinger dran. Der Ton des Briefes läßt verständlich werden, daß Kitty nicht darauf einging. Der Zeigefinger war zuwenig, um sich daran festzuhalten. Statt dessen schreibt Alfemann einen neuen Brief an mich, während er wahrscheinlich immer noch auf ihre Antwort wartet:

»Alter Fuchs! Erinnerst Du Dich an Tonto, der immer Bodenpersonal für Den einsamen Reiter war? Jetzt bin ich ganz in der Nähe vom Tonto Nationalpark und habe endlich herausgefunden, was Tonto auf spanisch bedeutet. Lauf zum Wörterbuch und schlage nach, dann sind wir zwei an Tontos Seite, wenn die Apachen sich am Weißen Mann rächen werden.

Zusammen mit den verbliebenen sechs norwegischen Jungs der Gruppe (von denen, die nicht ausgesondert sind, kennst Du Gløhr, Kvaksen und Patton), bin ich also nun in der Williams AFB in Arizona. Der Flugplatz liegt nur etwa zehn englische Meilen südöstlich der Stadt Phoenix. Endlich! Nun wirst Du keine Chance mehr haben, mich auf den Radar zu kriegen. Wir sind mitten in der weiterführenden Ausbildung auf Überschallflugzeugen. 135 Stunden intensives Flugtraining, Vervollkkommnung im Blindflug, Verbandsflug und Instrumentenflug auf den Flugzeugtypen T-33 und F-80. Danach hast du zusätzlich Schießausbildung an den Bordwaffensystemen.

Was die Disziplin angeht, so haben die hier noch einen Zahn zugelegt im Verhältnis zu Connally, Værnes, Waco und Williams – drei kräftige Umdrehungen der Disziplinschraube. Bis wir wie Stahlfedern sind, gespannt zum Einsatz für Gott und Vaterland. Wenn der Vorbereitungslehrgang schon hart war, so ist er doch, verglichen mit der ersten Klasse hier, gleich Null. Harte Bräuche, mit anderen Worten. Die Jungs aus Norwegen werden ganz genauso wie die Yankees behandelt, nicht schlechter, auf keinen Fall besser. Niemand von den jüngeren Kadetten hat Erlaubnis, frei im Lager herumzubummeln, sie marschieren von Platz zu Platz unter Kadettenkommando. Die älteren Kadetten tragen die Verantwortung dafür, daß der Dienst vorschriftsmäßig verläuft. Es heißt, wir sind Vater und Mutter für die Jüngeren. Aber keine Rede etwa von Lieb-Mütterlein! Bei der Morgeninspektion gehen wir herum und spiegeln uns in den geputzten Schuhen der Schüler der vierten Klasse. Und Gnade den Spiegeln, in denen wir morgenmufflig aussehen! Die zerschlagen wir! Alfemann Hellot als sogenannter white glove man, was bringt dir das ein? Schwarze Handschuhe, das war das einzige, was ich dachte, als ich ernannt wurde. Die weißen Handschuhe, von denen der Name kommt, benutzen wir nämlich immer, um das Staubwischen und Waffenreinigen zu kontrollieren. Und das mit dem Staub ist wichtiger, als Du glaubst, denn ganz Arizona ist eine einzige große Wüste; der Sand dringt überall ein, durch Waffen, Wände, Kleider und Haut. Ja, sogar durch die Hirnschale, wenn man's mit dem Innendienst nicht genau nimmt.

Zusammen mit dem Flugtraining sind auch Themen wie Leitungstätigkeit und Motivation als wichtige Teile der Ausbildung stark im Kommen. Die Formel ist das sogenannte K hoch drei: K^3 = Kommando – Kontrolle – Kommunikation. Vermittlung und effektive Aufnahme von Information. Führungstraining und Üben der Entscheidungsfindung, allein, in der Gruppe und im Stab. Identifikation mit der Gruppe. Sogenannte Systemaktivität. Verhältnis Mann-Maschine, das ganz vital ist, unter anderem für Piloten und Panzerkommandeure. Theorien für den modernen Krieg und die Entwicklung, die von der klassischen strategischen Triade Heer, Flotte und Luftwaffe zu einer neuen interkontinentalen Triade von Atombombenflugzeugen, Atom-U-Booten und Atomraketen führt.

Wir haben ständig Vorlesungen bei Offizieren mit neuen Erfahrungen aus Korea. Ein Oberst vom Sicherheitsdienst ging mit uns das korrekte Verhalten in der Kriegsgefangenschaft durch. Klare Sache, sollte man glauben, aber es zeigt sich, daß es eine ganze Reihe von Umständen gibt, die nicht von der Genfer Konvention erfaßt werden. Es können die merkwürdigsten Dinge sein, an denen der Feind interessiert ist. Scheinbar ganz harmlose Auskünfte. Die Frage nach dem Mädchennamen der Mutter, zusätzlich zum Familiennamen. Oder nach den Daten der Geburtstage in der Familie. Welchen Platz du in der Fußballmannschaft im Gymnasium hattest? Und wie der Name des Trainers war? Die Claque wurde sicher von einem hübschen Mädel angeführt, kannst du dich erinnern, wie sie hieß?

Neben den psychologischen Erfahrungen war Korea offenkundig auch ein gewaltiges Prüffeld für neue Kampftechnologie. Hier heben die Instrukteure besonders die positiven Erfahrungen mit Napalm, einem Brennstoff aus Naphtensäure und Palmitinsäure, hervor, der sich besonders effektiv gegen Panzer erwiesen hat. Der neue F-86 K Sabrejäger erhielt ebenfalls seine Feuertaufe in Korea. Wenn sich das Storting am Riemen reißt, geht vielleicht unsere eigene Luftverteidigung noch vor dem Jahr zweitausend dazu über.

Es ist Sache des Kriegers, wie der Betreuungsoffizier sagte, nicht auf natürliche Weise zu sterben. Es hat in letzter Zeit mehr Ausgang gegeben, als gut ist, und damit entsprechend mehr Kontakt mit der geschminkten Wahrheit, um es so auszudrücken.

Aber nun wird bald Schluß damit sein. Wenn Du Glück hast, taucht mein griechisches Radarprofil in einem halben Jahr oder so auf Deinem Schirm auf. Bis dahin einen neuen Letztentagsstempel von Ihrem ergebenen Chr. Tripper jun.«

Im Spätherbst schreibt Flugschüler Alf Hellot seinen letzten Brief aus Arizona. Er ist an die Eltern gerichtet, die nun beide in einer engen Stadtwohnung in Rosenhoff in Oslo untergebracht sind, wo Konstanse (der ich an dieser Stelle danken möchte, daß sie die Briefe zur Verfügung gestellt hat) das Gefühl hat, nur zu Hause herumzusitzen, während Aug. Hellot zu seiner Arbeit als festangestellter Sekretär im Verbandsbüro täglich aus dem Hause geht. Er hat offenbar erneut wegen Marvel Aass nachgefragt, denn Alfemann beginnt mit der Antwort, daß er den alten Gewerkschaftssekretär noch nicht aufgespürt habe. Aber er hat ein paar neue Adressen bekommen, in Minneapolis und St. Louis, und hat die Hoffnung nicht aufgegeben.

Diesmal ist Alfemann allerdings auf etwas Wichtigeres aus. Die vielen Abstürze und Havarien von Jagdflugzeugen zu Hause in Norwegen müssen die Eltern sehr in Sorge versetzt haben, und Alfemann versucht, sie zu beruhigen, indem er Einzelheiten über einen neuen Katapultsitz erzählt, der ihnen gerade vorgeführt worden ist:

»Der Instrukteur war übrigens ein etwas sonderbarer Typ. Als Pilot eigentlich viel zu lang, aber andererseits dünn wie eine Bohnenstange. Vielleicht hat die Aufnahmekommission Länge und Breite addiert und durch zwei geteilt, als sie ihn angenommen hat. Und außerdem hatte er einen ganz und gar trockenen Humor, durch den die verzwicktesten technischen Finessen unterhaltsam wurden. Ich selbst führte die Klasse an, im Laufschritt hinaus zum Hangar, wo ich meine Abteilung dem Oberstleutnant übergab (ich habe wohl vergessen zu sagen, daß dies sein Dienstgrad war und daß er hohe Auszeichnungen für Einsätze in Korea und als Testpilot hatte). Er übernahm das Kommando, und wir scharten uns um das Flugzeugmodell, umgeben von schillernden Petroleumpfützen auf dem Fußboden und weißem Licht von der Hangardecke. Schwarzer Ruß faßte das Auspuffrohr ein. Der Instrukteur begann mit der Feststellung, daß dieser neue Katapultsitz faktisch idiotensicher sei, in allen Höhen bis hinunter zum Boden. Und wenn man dort erst mal gelandet sei, brauche man sich ja wohl nicht mehr hinauszukatapultieren!

Der Sitz ist eine englische Konstruktion, und man beabsichtigt, nach und nach alle Jagdflugzeuge damit auszustatten. In mehreren Ländern ist man dabei, ihn im Typ F-86 F zu montieren.

Wie Ihr vielleicht wißt, war es bei den bisherigen Modellen so, daß der Pilot den Sicherheitsgurt lösen mußte, bevor er den Handgriff bediente, der ihn hinausschleuderte. Bei dem neuen Sitz gibt es keine solchen Komplikationen. Die Prozedur ist hier faktisch doppelt idiotensicher. Die einzige Voraussetzung für seine Wirksamkeit ist eine Mindestgeschwindigkeit von 130 km/h. Im Gegensatz zu früheren Modellen ist der Auslösemechanismus über dem Kopf des Piloten angebracht. In der entsprechenden Situation packt er den Griff mit beiden Händen und zieht ihn zu sich heran. Damit zieht er auch eine Art Schutzschild herunter, der sein Gesicht bedeckt, während gleichzeitig die Ladung des Schleudermechanismus gezündet wird. Seine Arme sind angewinkelt und schützen auf diese Weise die Brustpartie. Früher mußte der Pilot immer das Kabinendach des Flugzeugs öffnen, um sich hinauskatapultieren zu können. Der neue Sitz zerschlägt das Plexiglas mit einer Spitze, die über den Kopf des Piloten hinausragt wie eine Art Pickelhaube, wenn Ihr Euch an Ludendorff und Kaiser Wilhelm erinnert. Wenn der Flieger, der immer noch am Sitz festgeschnallt ist, von der Maschine frei ist und in den Luftstrom geworfen wird, öffnet sich der Fallschirm wegen der Kälte und des Sauerstoffmangels in den oberen Luftschichten erst, wenn er auf eine Höhe von zehntausend Fuß gesunken ist. Aber damit man ganz sicher sein kann, befindet sich eine Reservesauerstofflasche am Schirm, die an die Maske angeschlossen ist. In zehntausend Fuß Höhe öffnet sich zuerst der Fünf-Fuß-Schirm, danach der Hauptschirm. Dann erst trennt sich der Flieger vom Schleudersitz.

Aber der Sitz hat noch eine weitere Sicherheitsvorrichtung. Unter seiner Kante ist ein Reserveauslösegriff angebracht, der benutzt werden kann, wenn die Überbelastung so groß ist, daß der Flieger die Arme nicht nach oben zum Hauptgriff ausstrecken kann.

Wenn er auf diese Weise hinauskatapultiert wird, ist er weder durch den Gesichtsschild noch durch seine Arme geschützt. Aber wie der Sitz konstruiert ist, wird er trotzdem heil davonkommen.

Wie Ihr seht: Sicherer kann es nicht sein. Und besonders in der letzten Zeit habe ich an andere und wichtigere Dinge zu denken gehabt als an die eventuellen Gefahren beim Fliegen. Der beste Kadett in der ersten Klasse der Aviation Cadets wird immer zum Cadet major ernannt, das ist der höchste Kadettengrad. Zusammen mit den Captains ist er verantwortlich und hat disziplinare Befugnis über das Kadettenkorps. Als erster Europäer bin ich Fliegeras und bester Kadett der ersten Klasse geworden. Damit habe ich vierhundert Mann unter meinem Kommando. Es war ein ganz besonderes Gefühl, mit dem ich Kadetten aus allen NATO-Ländern antreten ließ, als Colonel Sonnenkalb und der norwegische Colonel Eeg, der sich auf einer Rundreise durch die Staaten befindet, um norwegische Kadetten in den Standorten zu besuchen, zur Inspektion eintrafen. Und nicht nur, daß er von einem norwegischen Cadet major hier in der Williamsbasis empfangen wurde, er wirkte auch recht zufrieden mit den Leistungen der norwegischen Jungs, die hier drüben gut über dem Durchschnitt liegen.

Unsererseits hatten wir auch nicht über viel zu klagen. Der Kadettenklub ist verbotenes Gebiet für alle im Vorbereitungslehrgang und in der vierten Klasse. Aber hier läuft der Kadettenball für die älteren Schüler vom Stapel, und in solchen Situationen ist vielen Jungs schlecht zumute. Die Sache ist die, daß wir Norweger keine Galauniform haben, die Kadetten aus allen anderen Ländern aber damit ausgestattet sind. Also wieder der norwegische Krämergeist, und es ist nicht leicht, das Alte Land in würdiger Weise zu repräsentieren, ganz zu schweigen von dem Eindruck, den wir auf die jungen Damen dieser Gegend mit dem Blauzeug machen, in dem wir herumtrotten müssen. Wir werden sehen, was Oberst Eeg an der Gala-Front ausrichten kann, wenn er nach Hause kommt.

Wie Ihr wißt, werden sich auch andere bald auf den Heimweg machen. In vier Monaten schließt unsere Gruppe die Fliegerausbildung hier drüben ab, und wir kehren nach Norwegen als Sergeanten zurück, mit der Fliegerschwinge auf der Brust. Rygge oder Sola und die Ausbildungsstaffel dort werden die erste Station sein für Vervollkommnung in Instrumentenflug und Navigation, für taktischen und strategischen Verbandseinsatz. Danach geht es in die eine oder andere spezielle Kampfeinheit, wie es heißt. Dann müßt Ihr also langsam aufpassen, ob nicht eines schönen Tages ein Düsenjäger den Himmel über Lovra kreuzt und mit den Flügeln zu Euch hinunterwinkt.

Wie auch immer, erst werden wir in einen wohlverdienten Erholungsurlaub gehen. Wir norwegischen Jungs, die noch in der Gruppe sind, werden eine anständige Rundreise machen, durch die Südstaaten, dann westwärts, nach Kalifornien, zum Stillen Ozean ... Ferien, zivile Kleidung, ausgestreckt, nur in Badehosen, im Sand liegen und sich den ganzen Tag aalen. Frei sein, fühlen, wie sich die militärischen Straffungen und Spannungen im Körper langsam gleich gespannten Stahlfedern in einem starken Säurebad lösen, wie irgendein Lebensphilosoph gesagt hat.

Bis wir zu neuem Einsatz gespannt werden.

Wir kommen auf der Reise durch St. Louis, und ich werde beim dortigen WSTP-Büro nach Marvel Aass fragen.«

Mit dieser Versicherung und mit den besten Grüßen an alle schließt der Brief. Von hier an sprechen, wie es in einer Redewendung heißt, die Tatsachen ihre eigene Sprache.

Und Marvel Aass. Freiheit, pflegte er zu sagen, ist ein gutes Auto und fünf Minuten Vorsprung.

Aber sie sind hinter dir her. Sie sind ganz nahe. Die Verfolger sind kreuz und quer durch die Südstaaten gefahren. Durch die alten konföderierten und die neuen im Südwesten. Laredo, San Antonio, Galveston, Nashville, Memphis, St. Louis. Denver. Albuquerque. An einem Tag ohne Wolken und ohne Sonne, ohne Himmel und ohne Meer haben sie am Rande des Stillen Ozeans angehalten, sind aus dem Auto gestiegen und haben gesehen, wie alles ineinander verschmilzt – Dunst und Wind und der Herzschlag der Wellen gegen den Strand. Sie haben gesehen, wie die langen, flachen Linien der Landschaft ihre deutliche Sprache sprechen – gemeinsam mit den Worten für Wasser, Dunst, Sand und Gebirge. Sie haben ein Schiff in See stechen sehen auf linealgradem Kurs. Und draußen auf der unsichtbaren Linie des Horizonts die Luxusyachten mit Segeln wie weiße Kommazeichen im langen Satzbild des Elements.

Mit einem knallroten Punkt löste sich die Sonne im Dunst auf und färbte das ganze Meer rot.

Sie wendeten das Auto und fuhren den Sunset Boulevard zurück zur Stadt.

Vom Stillen Ozean, wo der Weg endet, schwingt sich der Boulevard zunächst den Fuß der Vorberge bei Pacific Palisades hinauf. Im selben vornehmen Stil verläuft er längs der Gebäude der California-Universität und durch Bel Air. Mit dem Morgenlicht über Beverly Hills wird Sunset die klassische Filmstraße, mit trägen Kurven entlang undurchdringlicher grüner Hecken und mit kühlen Abfahrten zum Traumland. Hier ist nichts zu sehen, weder Leute noch Läden, Bürohäuser noch Tankstellen; ein Abglanz des Lebens in diesem Teil des Sonnenuntergangs zeigt sich ganz woanders, im weltumspannenden Halbdunkel der Kinosäle.

Auf dem Sunset Boulevard fuhren sie durch Zeit und Raum, durchkreuzten sie die ganze Gesellschaft. Um Mitternacht kamen sie zu The Strip, wo Autos sich stoßen und Hupen tönen und Scheinwerfer sich den Weg durch ein dicht verfilztes Neondunkel bahnen müssen. Nach The Strip verläuft Sunset in östlicher Richtung, vorbei an langen Reihen von Radiostationen und Fernsehstudios, die auf beiden Seiten der langen Straßenzüge in Motels übergehen, bis hin zum alten Stadtkern, der von der sozialen Entwicklung gesprengt wurde. Der Boulevard führte sie dann nach Südost, nach einem bankrotten Hollywood, zwischen Gebäude, die würdige Aufenthaltsplätze für solche Typen bergen, wie man sie auf den allerersten Seiten des Epos über den Privatdedektiv Philip Marlowe tot auffindet. An der Union Station im Zentrum hört der Sunset Boulevard auf, an der Stelle, wo früher ein Indianerdorf lag und später El Pueblo de la Reine de los Angeles gegründet wurde. Das Bahnhofsgebiet gleicht allen Bahnhofsplätzen an einem frühen Morgen: zentrumsgraue Mauern, Menschengewimmel, Zementvisagen und Mietshäuser, in denen eine große Einsamkeit auf viele kleine Räume aufgeteilt ist.

Hier trennten sie sich. Hier drehte sich Alfemann Hellot um und winkte zum Abschied Kvaksen zu, der in der zivilen Ausgangskleidung und dem großgeblümten Hawaiihemd klein und einsam aussah, und er winkte auch Patton und Gløhr aus Kristiansund N.

Alfemann setzte sich hinter das Lenkrad des Leihwagens, startete den Motor, warf einen Blick über die linke Schulter, gab Gas, reihte sich in den Verkehr ein und fuhr südwärts, über die Grenze.

Weit im Süden standen rostrote Haufenwolken am Horizont. Ein plötzlicher Wind wirbelte den Sand auf der Fahrbahn auf und ließ die Fernsehantennen in alle Richtungen schwanken. Ein dünner Wolkenschleier zog von West auf, während eine leichte weiße Wolke in entgegengesetzter Bewegung über den Himmel segelte, weit unter der Wolkendecke.

Die Straße schnitt sich schnurgerade ins Land hinein, über staubige Sandebenen, durch erstarrte Salzseen, vorbei an gelben Kalkklippen und vulkanischen Gebirgen. Büschel von trockenem Gras brannten mit gelben Feuerzungen am Weg. Weiter entfernt erhoben sich Agaven und Saguarokakteen. Felsen und Kakteen gingen ineinander über, es war, als würden Pflanzen, Gestein und Menschen einander imitieren. Alfemann trommelte mit den Fingern auf das Lenkrad und sang mit dem Autoradio mit, schneidend falsch.

Vor ihm lagen zwanzig Meilen Wüste und drei Häuser.

Nach einer kurzen gasblauen Dämmerung fiel die Nacht. Einen letzten Augenblick ließen die Sonnenstrahlen die Sandkörner wie Eiskristalle glitzern. Dann fielen sie mit der Sonnenscheibe und der Quecksilbersäule in freiem Fall in eine frostige schwarze Nacht zwischen zwei heißen Tagen. Ein heißer Tag auf jeder Seite einer tiefen Nacht.

Die Lichter des Gegenverkehrs drangen zu Hellot herein. Die Scheinwerfer stiegen durch die Dunkelheit auf ihn zu und versanken wieder in langen Kurven, wie Stimmen, die die Tonleiter üben.

Er fuhr die ganze Nacht. Schließlich wurde der Straßenstaub von den ersten Sonnenstrahlen gefangen und rot gefärbt.

Hellot näherte sich. Er fühlte es. Er war da, aber die Wüste lag noch nicht hinter ihm. Sie ging in eine staubige Straße über, mit Häusern zu beiden Seiten und nackten Kalkfelsen am Ende. Hellot fuhr über eine Steinbrücke, die als Rundbogen über ein ausgetrocknetes Flußbett gemauert war. Mitten auf einer trockenen Sandbank unter der Brücke stand ein hoher Kinderwagen mit schwarzem Verdeck auf drei Rädern.

Alf Hellot hielt an und kroch aus dem Auto. Streckte

die Beine, streckte den Rücken, streckte den Nacken, streckte den Körper, streckte sich. Ein Mann in weißem Baumvollzeug, mit Sandalen und Strohhut führte zwei Ferkel am Halfter an Alf vorbei die Straße hinunter. Ohne aufzusehen, trieb er die beiden Tiere hinter ein pissoirgrünes gemauertes Haus, wo über der Tür an der falschen Fassade AQUI ME QUEDO stand. Darunter Bar-Bodega mit kleineren Buchstaben: Hier ist meine Bar und meine Bodega. In der Türöffnung hingen Schnüre mit aufgereihten Plaststückchen in vielen Farben. Hellot schob sie zur Seite und trat in einen gut erleuchteten Raum mit Zinktheke und eichenen Tischen. Um die Tische standen Stühle mit geflochtenen Sitzen, und hinter der Theke tappte ein Zehnjähriger auf bloßen Füßen herum. An der Kasse, einem großen braunen Apparat mit drei Nullen hintereinander in einem Glasviereck, saß eine ältere Dame mit seegrünem, weißgepunkteten Rock, Klöppelspitzenkragen, schwarzem Schal aus einem kreppartigen Stoff, Stoffschuhen, großen Ohrringen und grauem, im Nacken zu einem Dutt aufgestecktem Haar. Sie saß mit geschlossenen Augen und hielt die Hände in den Schoß, als versuchte sie es mit einem stillen Gebet um Geld für die leere Kasse. Aber die Finger waren zu kurz und dick, um sie falten zu können.

Vor der Theke saß ein Mann in den Dreißigern mit einem zusammengerollten Tau über dem rechten Knie und aß trockenes Brot. Er hielt es in der einen Hand, während er mit der anderen Stücke abbrach. Auf seiner Schulter saß ein Papagei, mit dem er mechanisch die Brotbissen teilte. Der Mann hatte einen weißen nordamerikanischen Cowboyhut auf dem Kopf, trug Baumwollsachen und Sandalen aus dickem Schweinsleder, deren Farbe sich von den Zehen, die zwischen den Riemen hervorschauten, nicht unterschied. Ein alter, vertrockneter Rancher mit weißen Bartstoppeln in einem runzligen Gesicht, den Stock in der einen Hand und den breitkrempigen Hut mit Nackenband auf dem Kopf, stand an der Bartheke. In der anderen Hand hielt er ein leeres Glas, und der Ausdruck des Gesichts deutete daraufhin, daß der Griff um das Glas der einzige Griff war, der ihn mit der Wirklichkeit verband, und daß er im selben Augenblick, wenn er das Glas losließe, zusammenbrechen und zu Boden gehen würde.

Keiner sagte etwas. Keiner sah zu Hellot. Die Dame an der Kasse winkte dem barfüßigen Zehnjährigen, band sich die Armbanduhr ab und bat ihn, sie aufzuziehen. So ging die Zeit weiter oder begann aufs neue.

Es war ein anachronistisches Bild, wo die Leute gesund und krank waren, blind und taub, stumm und irre, rüstig und lahm, Stotterer und völlig normal. Wo kein Zwischending möglich war.

Ein guter Platz für Marvel Aass. Eine Schmiede, wo er seines eigenen Glückes Schmied sein konnte. Wo die Zukunft wie ein Sonnenuntergang in der Esse glühte und bloß mit der Zange zu greifen, auf den Amboß zu werfen und zurechtzuschmieden war. Und mit hinaus ins Gelände zu nehmen, wo Reichtum und Glück das Großwild waren, auf das die Glücksjäger Jagd machten. Ein guter Platz für Marvel Aass. Aber er war nicht dort. Es waren nicht mehr im Raum als die, die Hellot bereits gesehen hatte. Er warf das Geld für einen Drink auf die Marmorplatte neben der Kasse. Keine der Münzen klang falsch. Die Nullen am Kassenapparat wurden ausgewechselt. Hellot ging durch den Vorhang auf die Straße. Hinter ihm stand das Tableau unverändert. Draußen war die Sonne weg, wie ein roter Lichttropfen in der Dunkelheit verdampft. Die Wüste lag noch da, und auch die Hunde, die den ganzen Tag längs der Hauptstraße im Schatten schliefen und die ganze Nacht bellten, waren nicht fort.

Hellot ging über einen dunklen Marktplatz, wo die Händler dabei waren, zusammenzupacken: Lebensmittel und Medikamente gegen Haarausfall, Altern und Impotenz. Salben und Zäpfchen gegen Verstopfung und Geschlechtskrankheiten. Getrocknetes Gras zum Einschlafen und Pulver zum Wiederaufwachen. Artikel für die Hygiene des Körpers und des Gemüts.

Hellot kaufte einen Kuchen mit eingebackenem Fleisch.

»Dort.« Er zeigte in die Dämmerung am Ende der Straße und redete mit vollem Mund: »Weiter drin. Was gibts dort?«

Der Händler hatte die Kuchen in einem Zinkeimer mit Deckel. Der Rest der Ware wurde in einem Pappkoffer und einem Kopfkissenbezug verstaut. Er antwortete, ohne beim Einpacken aufzusehen.

»Sonora. Jalisco. Nichts. Eidechsen. Eidechsen und Kaktus und Sand und weiter nichts. Und Guerilla.«

»Guerilla?«

»Bauern, die glauben, sie leben zu Zapatas Zeiten. Sie verstehen nicht, daß Mexiko seine Revolution gehabt hat.«

Am Rande des Platzes spielte ein Mariachiorchester auf, schmetternd und majestätisch. Hellot ging in eine Seitenstraße. Der Händler hatte ihm den Weg zum Hotel gezeigt. Es war zweigeschossig und hatte eine Balustrade nach der Straße. Ein großer Schlüssel knirschte im Schloß. Das Zimmer, in das Alf Hellot gewiesen wurde, hatte ein Bad, aber keine Fenster, weder zur Straße noch zum Küchenschacht. Durch einen schmalen Spalt über der Tür fiel ein Lichtstreifen vom Flur herein. Eine Maus flitzte unter das Bett, als Hellot das Deckenlicht einschaltete. Er schloß die Tür hinter sich und ging ins Bad. Auf der Zellstoffbox neben dem Spiegel stand die kleine Bleikopie eines fetten, halbnackten Buddhas.

Ausgezogen, ohne die Bettdecke beiseite zu ziehen, warf Hellot sich auf das Lager, daß es unter der weichen Matratze krachte. Er hörte draußen zwei Hunde winseln und bellen und dachte sogleich an Marvel Aass. Langte nach dem Stuhl, auf dem er die Kleider abgelegt hatte, und fand das Bild, ein vergilbtes Zeitungsfoto mit dem Namen darunter. Kein weiterer Text. Marvel Aass. Vor die Hunde gehen, war der Ausdruck, den Aug. Hellot gebraucht hatte. Draußen bellten sie wieder. Alfemann hatte sie gesehen. Geifernde graue Köter. Das käme nicht unerwartet, hatte Aug. Hellot gesagt. Daß Marvel Aass vor die Hunde geht. Wenn er niemanden hätte, der ihn zügelte. Alfemann betrachtete den Zeitungsausschnitt. Er erinnerte sich kaum an das Gesicht. Es war so lange her. Es war leichter, sich an die Geschichten zu erinnern. Und besser waren sie auch als das Gesicht. Sie hatten weitergelebt, als das Gesicht fort war.

»Er sieht nach nichts aus«, hatte Aug. Hellot gesagt, und diese Ansicht kann ich selbst ohne Zögern bekräftigen. »Seine Visage ist grau und starr. Sie sieht aus wie Zement. In den jemand, als der Zement noch feucht war, mit großen Buchstaben Drecksack reingeschrieben hat.«

»Und dann ist er fett. Einer von denen, die so dick sind, daß sie Hosenträger an den Unterhosen haben müssen. Er ist ein Fleischberg, aber er kann sie tragen, die ganze Maschinerie. Er ist damit herumgekommen. Und er ist kein Dummkopf. Eine abenteuerliche Person, wenn's drauf ankommt. Voller Einfälle. Voller Geschichten. Ein Fest, ihn zu treffen, denn er hatte immer viel zu erzählen. Nur nicht über sich selbst. Wollte nie heraus mit der Sprache, wo er herkam. Sagte nur, daß er direkt hinaus in die Welt geworfen worden sei.« Oder diesen: Ja, wir waren sieben Brüder, und Vater war bekannt unter dem Namen Bankrotta, ob er ihn sich nun als Bankfischer oder Bankbeamter verdient hatte. Nun gut, ich war der Älteste von uns Jungs und wurde Dickdarm genannt. Der Jüngste hieß Dünndarm und Nummer zwei Blinddarm, während der Mittlere sechs Finger an jeder Hand hatte und mit der Zeit als Taschendieb unter dem Namen Zwölffingerdarm berühmt wurde.

Sagte Marvel Aass. Er verriet sich nie. Uns Gören konnte er mit Epigrammen diesen Typs unterhalten: Erst gibst du den kleinen Finger, dann ein bißchen mehr, und wenn du einmal alles gegeben hast, so gibst du den Rest. Wer sich dann nicht aufgegeben hat, der steht!

Aber ein Blödian war er nicht. Und ein gutes Ohr für Sprachen muß der Bandit auch gehabt haben. Als einer der wenigen Bibliophilen, die er kannte, durfte ich mit zu ihm hinauf und die Handbibliothek anschauen, die er in der Zeit, als er den Kran für Ingenieur Helmers Versuchsanlagen oben im neuen Ofenhaus fuhr, in der Kabine hatte. Bücher und Folianten in sieben europäischen Sprachen bedeckten die Wände zwischen den Hebeln und Kontrollgeräten im Fahrerhaus, außerdem Bücher in einer anderen Sprache, die ich damals, unwissend wie ich war, für Arabisch hielt, die aber, nach der kostbaren Kalligraphie zu urteilen, Burmesisch oder Khmer gewesen sein muß. Hier gab es Melvilles Moby Dick und Tocquevilles Über die Demokratie in Amerika und L'ancien régime und die Revolution in anständigen Ausgaben. Graf Moltkes Erinnerungen und Burckhardts Die Kultur der Renaissance in Italien auf deutsch neben der ersten französischen Übersetzung von Sun Tzu, Hobbes' Leviathan und den Träumereien des Marschalls von Sachsen. Alles nach Themen und Alphabet geordnet, und alles gelesen und ordentlich kommentiert.

Wahrscheinlich konnte Marvel Aass lebende und tote Sprachen nicht nur lesen. Er sprach sie auch; Norwegisch so dialektfrei, daß man nicht hören konnte, woher er kam, ungefähr wie ein Ausländer, der als Erwachsener die Sprache fließend sprechen gelernt hat. Aber er war ja auch viel draußen gewesen. Zu den wenigen Dingen, die er von sich selbst erzählte, gehörte, daß er mit vierzehn zur See gegangen war. Da musterte er als Kellnerlehrling auf einem der alten Linienschiffe nach Osten an. Bombay war der erste Hafen, in dem er an Land ging. Dann ging es der Reihe nach: Singapore, weiter das Mekongdelta hinauf nach Saigon und nach Hongkong, bevor sie umdrehten und über Yokohama die Rückreise antraten. Port Outward und Stearboard Home. POSH, die Bedeutung dieses Wortes lernte er als Kellnerlehrling, und er gebrauchte es immer wieder, wenn er etwas Erstklassiges und Großartiges charakterisieren wollte.

Nicht nur davon hatte Marvel Aass erzählt. Auch daß er hatte heiraten und sich mit Familie und Freunden in Haugesund niederlassen müssen, oder Högasund, wie er auf schwedische Art zu sagen pflegte. Aber nicht für immer. Am Tag nach der Hochzeitsnacht ging er wieder zur See. Im nächsten Sommer lagen sechsundzwanzig norwegische Schiffe in Häfen fest, die von der französischen Vichy-Regierung kontrolliert wurden. Der Koch auf einem von ihnen hieß Marvel Aass. Außer der berühmten M/S Lidvard, die entwischen konnte, und den acht anderen, die in Dakar zurückblieben, lagen norwegische Schiffe in Casablanca, Oran, Bora, Algier und Marseille. Die meisten von ihnen wurden mit der Zeit von den Franzosen beschlagnahmt. Die Mannschaft wurde in Konzentrationslagern entlang der Küste interniert. Unter solchen Verhältnissen verlebte Marvel Aass, der ehemalige Koch auf der M/S Skaulen – einem halbgeschweißten Shelterdecker, der im Mai 1940 mit Holzmasse in Oran lag – seine besten Jugendjahre, vom achtzehnten Lebensjahr bis er mündig wurde. Von der Familie hörte er nichts, das Kind hatte er nie gesehen, wußte nicht einmal, daß eins angekommen war. Bis er nach einer widerwärtigen Reise durch das okkupierte Europa die Gangway des berüchtigten Sklavenschiffs Donau hinunter und am Kai für Ehrengäste in Oslo an Land gehen konnte. In der Hauptstadt wurden die heimgekehrten Seeleute vom Ministerpräsidenten wie Helden empfangen. Die Regierung lud die verlorenen Söhne zum Essen und zu einer Festveranstaltung im Kino Colosseum ein. Aber nur einer der Internierten nahm die Einladung an und war zur Stelle, ein bekannter Trunkenbold von einem Steward, der erstens aus Egersund stammte und zweitens kaum zurechnungsfähig war, nach drei Jahren auf dem Trockenboden in der Wüste bei Bona. Auf der Festveranstaltung wartete er mit einer rhetorischen Kraftleistung auf und hielt eine tränentriefende und unzusammenhängende Dankesrede auf den Ministerpräsidentenkommissar und auf die norwegischste aller Völkerschaften und auf das Ende des Monopols der Norwegischen Wein- und Spirituosen-AG und auf die weitsichtige Alkoholgesetzgebung während der deutschen Neuordnung Europas. Als die Rede gesendet wurde, roch es aus allen Radioapparaten, die noch nicht eingezogen worden waren, nach Steinhäger, ja, sogar die Spalten der nazifizierten Anzeigenmonopolblätter wie Fritt Folk, Aftenposten, Bergens Tidende stanken nach Fusel, als die Rede im Druck erschien. Jedenfalls, wenn ich Marvel Aass glauben soll, der, wie er selbst sagte, patriotisch und nüchtern auf einer Holzbank im Osloer Ostbahnhof übernachtete, bevor er sich den neuen Grenzbewohnerausweis zunutze machen und mit dem Zug übers Gebirge nach Bergen und dann weiter mit dem Küstendampfer hinunter nach Haugesund fahren konnte.

Dort war ein Kind angekommen. Das Kind war zu einem reizenden vierjährigen Mädchen herangewachsen. Und es hatte einen Vater bekommen. Er war ein sanft aussehender Feldwebel aus Breslau in Schlesien, der irgendeine polnische Konsonantenschlange als Namen hatte, eine Schlange, die niemals zum Mund hinauskam, weil sich da ständig eine einfachere und geschmeidigere Buchstabenkombination dazwischenschlich und den Sergeanten unter dem wohlklingenden Namen Willy gehen ließ.

Niemand in Haugesund konnte übrigens begreifen, daß die blutjunge Frau Aass sich der Schande aussetzen und mit einem Deutschen gehen mochte. Sie hatte allen leid getan, als sie Marvel Aass, der bei weitem nicht den besten Ruf hatte, heiraten mußte. Niemand verstand indessen, daß Gloria Aass jetzt der Liebe begegnet war und nicht irgendeinem zufälligen Samenspender. Daß sie tief und innig, und, wie sich zeigte, dauerhaft in Willy verliebt war. So, wie die Situation war, sahen alle Eingeborenen von Haugesund nur, daß ein norwegisches Mädchen mit einem deutschen Soldaten zusammen war. Keiner sah dem deutschen Soldaten von außen an, daß er einen fleckenlosen demokratischen Hintergrund hatte. Keiner konnte ihm ansehen, daß er früher Mitglied der deutschen sozialdemokratischen Jugendbewegung und eine nahezu pazifistisch friedfertige Person war.

Dieser Willy rührte also keinen Finger, als Marvel Aass mit überlegenen Körperkräften und berechtigtem Zorn auf ihn losging. Er deckte sich nur vor den schlimmsten Schlägen und versuchte vor allem, so gut er konnte, zu verhindern, daß Marvel seine Wut an der Frau und an dem unschuldigen Kind abreagierte. Aber Marvel Aass gab sich mit der ersten Runde zufrieden. Er trat die Haustür auf und ging hinaus in die Stadt. An den folgenden Tagen verprügelte er alle Personen in grüner Uniform, die er erwischen konnte, jeden einzeln oder zwei und zwei, und verschaffte sich den Ruf, ein tatkräftiger und aktiver Widerstandskämpfer zu sein.

Aber das konnte ja auf die Dauer nicht gehen. Marvel Aass wurde gefaßt und übermannt und hinter Schloß und Riegel gesetzt, zum zweitenmal während dieses Krieges. Damit hatten auch seine Beiträge zum Widerstandskampf ein Ende. Im Herbst 1944 war er wieder auf freiem Fuß und nahm mit Leib und Seele an der Errichtung des deutschen Aluminiumwerkes in Lovrasjøn teil. Leute, die in dieser Zeit mit ihm zusammen waren, wissen zu erzählen, die V1- und V2-Raketen hätten ihn auf die vernünftige Idee gebracht, daß die Achsenmächte schließlich den Krieg gewinnen würden, selbst wenn sie Schlachten verlören, und daß deshalb Arbeit für die Deutschen Zukunft hätte.

Marvel Aass verschwand aus Lovra im Spätwinter 1944 und tauchte erst mehrere Jahre später wieder auf, nun als vielversprechender gewerkschaftlicher Vertrauensmann vom Årdal-Werk, einer anderen Aluminiumfabrik, mit der die Deutschen sein okkupiertes Heimatland gesegnet hatten, mitten im Bezirk Sogw. Insgeheim wurde immerzu gemunkelt, daß er ein Gestreifter gewesen sei, und da waren es, soweit ich verstehen kann, nicht die Streifen der Gefangenenkleidung, woran die Flüsterer dachten.

Es war in dieser Zeit, während einer Gewerkschaftskonferenz in Tyssedal in Hardanger, daß Aug. Hellot Marvel Aass und den verschiedenen Geschichten, die in seinem Kielwaser folgten, zum erstenmal begegnete. Marvel war nun rechtskräftig geschieden, während Gloria Aass und ihr kleines Mädchen Willy nach Polen gefolgt waren, um am sozialistischen Aufbau dort teilzunehmen. Mit der Zeit wurden beide Mitglieder der Vereinigten Sozialistischen Arbeiterpartei, und sie besuchten Norwegen mehrere Male mit einer rasch wachsenden Kinderschar. Den Bericht von diesen Ereignissen erzählte Marvel Aass wie einen einzigen großen Witz, und nicht weniger Witz war in den Sagen, mit denen er über die Wirkung der Aluminiumproduktion auf Viehzucht und Pflanzenleben zwischen den engen, blankgescheuerten Felswänden im Talgrund von Årdal aufwartete. Es geschah zum Beispiel, daß Generaldirektor Jean Michelet vom Osloer Hauptbüro der Årdal- und Sunndal-Werke endlich auf Besichtigungsreise gehen und sich mit eigenen Augen von den günstigen Auswirkungen überzeugen wollte, die die Aluminiumproduktion auf die Lebensbedingungen im engen und eingeschlossenen Årdalen gehabt hatte. Also, Reserveoffizier (K) und Generaldirektor (und anderes mehr) Michelet brauste mit seinem ganzen Vorstand von Stortingsabgeordneten durch die fahnengeschmückte Årdalgemeinde, daß die Steinchen stoben und der Grus unter den Rädern der einheimischen Limousinen sprühte. Seit dem letzten Königsbesuch in dieser Gegend hatten sie keine so vornehmen Fahrgäste mehr gehabt.

Zuerst standen Musikkorps zu beiden Seiten der Straße, dann Schulklassen aller Jahrgänge, dann zufällige Schaulustige. Zum Schluß waren nur noch Prellsteine und Bäume übrig. Dafür standen die Birken, an denen das Kortege vorbeifuhr, wie blanke, schaukelnde Reflektoren im Wind. Und waren tatsächlich nicht auch die

Kühe und Kälber draußen auf den grünen fluorisierten Weiden auf die Beine gekommen! Traurig rollten sie mit den Augen, die allzugroß für ihre Schädel waren, die ihrerseits die Haut zu sprengen drohten, die sie wie gegerbtes Rindsleder umspannte.

Die Mäuler schienen zu klein für die riesigen, kreideweißen, nadelspitzen Gebisse, und alle Glieder, Knochen und Hufe waren von derartigen Dimensionen, daß sich die hohen Gäste schnell untereinander einig wurden: Eine solche Großviehrasse konnte seit den Dinosauriern nicht auf Erden geweilt haben.

Aber was die Gäste nicht sahen, war, daß hinter diesem imponierenden Anblick, hinter jedem einzelnen Rindvieh ein Årdaler stand, hinter jedem Kalb und jeder Färse ein kleiner Årdalbengel oder ein Årdalmädel. Allesamt stemmten sie die Rücken gegen die mißgebildeten Tiere, hielten sie auf den Beinen, faßten mit der einen Hand ins Joch und läuteten die Schellen, wedelten mit der anderen unablässig den Kuhschwanz und muhten mit all ihren Diphtongen, so gut sie konnten.

Und die Gäste entdeckten auch nicht, daß weiter unten im Tal Marvel Aass an der Spitze einiger der forschesten Jugendlichen vom Sportklub Jotun die Route ablief, der Michelet und sein Vorstand in den Autos folgen sollten. Auf beiden Seiten des Weges rannten sie von Baum zu Baum, rüttelten aus Leibeskräften an Stämmen und Ästen und flitzten danach wie kleine Eichhörnchen in die Baumkronen und holten alle gelben Blätter, die immer noch dort hingen, herunter – eins nach dem andern.

Das war die erste wichtige Aufgabe, die Marvel Aass als Vertrauensmann in der Aluminiumindustrie hatte. Wie alles, was Ernst wird, pflegte er zu sagen, begann es wie ein Witz. Sein Einsatz bedeutete einen harten Schlag für die verdrossenen Elemente, die nichts anderes zu tun hatten, als über die schädlichen Wirkungen von Fluorausstoß und dergleichen zu jammern und zu klagen. Nun konnten sie sehen! Sie sahen eitel Freude und Herrlichkeit. Marvel Aass und seine Jünger leisteten eine glänzende Arbeit. Hinter sich sahen sie, wie sich der mitverschworene Chauffeur des Königsautos mit der Leitungsdelegation in respektvollem Abstand von den Staubwolken hielt. Und hinter den herabgelassenen Scheiben saßen Michelet & Co. und sahen über ein blühendes, üppiges und friedvolles Tal, wo ihnen der grünspanfarbene Wald in die Augen stach, die Bäche murmelten, ja, die ganze wundervolle Natur lächelte, und brüllende Kühe und blökende Schafe die hohen Gäste mit blendendweißen Zähnen anlachten.

Wie sollten sie nicht zufrieden sein mit diesem Anblick? Sie sahen es ja selbst. Sie sahen, es war gut. Eitel Segen legte sich über die umliegenden Berghänge, zusammen mit dem Schornsteinrauch, der aus ihrem Betrieb qualmte.

Und vor ihnen sprang der unermüdliche Marvel Aass von Baum zu Baum, rüttelte Äste und trat gegen Stämme, kletterte in schwankende Baumkronen, trieb die Kameraden an, warf nervöse Seitenblicke über die Schulter, ob die Staubwolke näher kam, bevor er wieder zum Sprung ansetzte, groß und verschwitzt, die Zunge lang aus dem Mund hängend. Man sollte meinen, der Kerl hätte Hände an Armen und Beinen! Marvel Aass muß der erste Affe gewesen sein, der direkt vom Menschen abstammte, sagten die Årdaler noch Jahre nach diesem Leitungsbesuch.

Alf Hellot war eingeschlafen. Er mußte geträumt haben. Aber die Kirchenglocken schwangen durch den Traum, herein und hinaus. Schwangen und schwangen und läuteten. Abendgebet oder Messe oder letzte Ölung für die Leitung in den Årdal- und Sunndal-Werken. Alf Hellot wußte es nicht. Aber er fühlte, daß sie schwangen. Gegen seinen Kopf stießen. Ihn anstießen, ihn niederstießen. Alf Hellot lag immer noch, so lang er war, quer über dem Bett. Er mußte geschlafen haben. Es gibt nichts in der Welt, das so warm ist wie dünner Kaffee. Aber die Luft im Zimmer war heißer.

Er setzte sich auf. Die Kirchenglocken waren jetzt in seinem Kopf. Dort fuhren sie fort zu schwingen. Er rieb sich die Augen. Sie erblickten das Bild eines buntscheckkigen Phantasievogels über dem Kopfende des Bettes. Der Vogel saß still und sah ihm beim Anziehen zu. Er hatte rote, blaue, grüne und orangefarbene Federn und war auf ein Stück braune Rinde gemalt. Könnte er fliegen, dann hätte Alf Hellot Flügel. Er probierte die Beine. Er sah den Lichtspalt vom Flur und ging hinaus. Die Kirchenglocken schwangen nicht mehr.

Unten in der Rezeption saß eine alte Dame zusammengesunken und sah Fernsehen von einer Station in Arizona. Ein Papagei in einem Käfig unter der Decke sagte nichts. Ein paar junge Leute schwatzten englisch. Einer von ihnen bat die Dame, den Ton leiser zu stellen. Sie antwortete nicht, und er tat es selbst. Vor Hellot lehnte sich ein stattlicher Mann über die Barriere und sprach mit dem Portier.

Er sagte: »Ich bin Amerikaner.«

»Ich auch.« Der Portier schrieb.

»Ich bin Nordamerikaner.«

»Ich auch.«

»Ich bin aus den Vereinigten Staaten.«

»Ich auch. Den Vereinigten Mexikanischen Staaten. Estados Unidos Méjicanos.«

»Ich wußte nicht, daß wir zusammengehören. Ich bin dein Landsmann.«

»Ich nicht.«

Der Papagei schlug mit den Flügeln und machte einen Satz, daß der Käfig zu schaukeln begann. Der Portier sah Hellot fragend an, vorbei an dem Mann, mit dem er gesprochen hatte.

»Kennst du viele Gringos? Ausländer?«

»Bastante. Es reicht.«

Hellot legte das Zeitungsfoto von Marvel Aass auf die Barriere.

»Kennst du den?«

»Quizás. Vielleicht.«

Der Mann drehte ihm den Rücken zu und begann die Zimmerschlüssel an den numerierten Haken an der Wand umzuhängen. Der Papageienkäfig war zur Ruhe gekommen.

Auf dem Weg zum Speisesaal ging Hellot am Friseursalon vorbei. PELUQUERO. Er blieb stehen und starrte durch die Buchstaben an der Glasscheibe. Er schaute auf das Zeitungsbild in der Hand. Eine Henne wackelte dicht an seinen Beinen vorbei. Hinter der Glasscheibe und den Buchstaben lag ein übergewichtiger Mann in einem Stuhl mit verstellbarer Rückenlehne. Ihm wurde ein Haarnetz umgebunden und das Haar flach an den Kopf geföhnt. Aber es war kein exotischer Skandinavier, der sich ein weniger auffallendes Äußeres zu kaufen versuchte.

Der Speisesaal war voller Leute. Voll von solchen, die die Jagd nach Glück aufgegeben hatten. Die mehr Souvenirjägern als Glücksjägern glichen. Die mit einer Erinnerung daran, daß sie selbst – oder andere – einmal gelebt hatten, vorlieb nehmen wollten. Der Kellner drückte Hellot auf einen freien Stuhl an einem Vierpersonentisch. Er bekam die Speisekarte in die Hand und begann mit Enchiladas und Tacos, die Soße wurde extra serviert. Tostado, Butterstückchen, gebratene Bohnen, spanischer Reis, Maiskuchen, kleine Teller mit hausgemachter Salsa brava und Guacamole, Avocado mit Zwiebeln, Knoblauch und Cilantro. Das Feuer, das diese Gerichte im Mund entzündeten, war nur die Lunte für die Explosionen weiter unten in den Eingeweiden. Es half wenig, daß Hellot in regelmäßigen Abständen den Sprengstoff mit Tecatebier löschte. Der Kopf war im Begriff, vom Körper abgesprengt zu werden, an der Nasenwurzel brach der Schweiß in großen Tropfen aus, rann ununterbrochen die Wangen hinunter und mischte sich mit dem Essen, sickerte von den dichten, kurzgeschnittenen Haaren den Nacken hinunter. Hellot schloß die

Mahlzeit mit einem Glas Kaktusbranntwein ab und hatte das Gefühl, daß er die Feuerprobe durchlaufen habe. Vom Speisesaal ging er geradewegs hinaus auf die dunkle Straße.

Die Nacht über dem Marktplatz war schwarz wie das Telefon und erfüllt von den Geräuschen der Menschen, Motoren, Grillen und Autohupen. Auf der Seite, wo der Platz unmerklich in die Wüste überging, zeichneten sich die Umrisse eines Zapotebaums vor den Kalkfelsen im Hintergrund ab. Der übrige Platz war von einstöckigen Häusern aus luftgetrockneten Ziegeln umgeben. An den Fassaden waren die Fenster mit Fensterläden und die Türen mit Eisengittern verschlossen. Hellot ging in eine Seitenstraße und folgte ihr über eine sanfte Böschung, wo die Gebäude quer standen, als wollten sie sich der Richtung widersetzen, in die er ging.

Es war nicht schwer, das Lokal wiederzuerkennen. Aqui me quedo war das einzige Lebenszeichen, das die Dunkelheit nicht ausgetilgt hatte. Orangenes Licht wurde durch die Schnüre in der Türöffnung hinaus auf den Bürgersteig gesiebt. Hellot stand in der Tür und hörte eine Gitarre und einen hellen Männertenor, begleitet von intensivem Stimmengewirr:

»La soledad americana
Es immensa, densa selva
Ancha pampa y sabana
La soledad americana.«

Hellot ließ die Schnüre hinter sich los und ging hinüber zur Bar. Das Lokal war überfüllt und schlecht zu überblicken. Wie es im Song hieß, war die amerikanische Einsamkeit unermeßlich; undurchdringlicher Urwald, weite Ebenen und Savannen. Aber durch das Stimmengewirr konnte Hellot den Text kaum erfassen, und der Sänger zog die Worte Einsamkeit und Amerika bis zum Unkenntlichen zusammen, zog sie ineinander und auseinander.

Die Dame mit seegrünem Rock, Klöppelkragen und

schwarzem Schal saß noch immer an der Kasse. Sie saß mit geschlossenen Augen da, als ob sie schliefe, und sah Hellot nicht. Aber der Kellner saß vor ihm auf einem hohen Holzrost hinter dem Bartresen. Alf Hellot legte das Zeitungsbild von Marvel Aass auf den Tresen, zwischen Bierspritzer und die Schälchen mit Chilisoße. Der Kellner warf zuerst einen Blick hinunter auf das Bild und dann einen hinauf zu Alfemann. Dann fing er an Gläser zu polieren. Hellot legte ein Bild von George Washington neben das Porträt von Marvel Aass. Das Bild von Washington war an den Rändern zerknittert, hatte einen grünen Grundton, und zu beiden Seiten des Konterfeis stand die Zahl 50 gedruckt. Der Barkeeper sah von dem einen Porträt zu dem anderen. Schließlich wählte er George Washington. Seine Hand krümmte sich um den grünen Schein. Langsam schloß er die Faust um den Gründer der Republik. Das Papier knisterte leise. Der Daumen der geschlossenen Faust zeigte in die Luft, hinauf zum Ventilator an der Decke. Der Barkeeper machte eine Kopfbewegung, die in dieselbe Richtung deutete.

Mit der zusammengefalteten Fotografie von Marvel Aass in der Brusttasche ging Alf Hellot zu der Treppe im Innersten des Lokals. Der Gitarrist hatte langes, öliges Haar, eine dunkle Brille und stampfte mit hochhackigen Stiefeln den Takt auf die Holzbretter eines primitiven Podiums. Hellot begann die Treppe hinaufzugehen, und hörte, daß er dem Refrain noch eine neue Wendung gab:

»La ciudad americana
Rascacielos subiendo
Honda calle, torre vana
De la soledad americana.«

Ja, die Unermeßlichkeit der Einsamkeit ist amerikanisch. Wolkenkratzend, schwindelerregend – Straßenschlucht und eitler Turm, so amerikanisch ist die Stadt der Einsamkeit.

Alf folgte der Treppe bis ganz nach oben. Von dort führte ein kurzer Korridor zu einer Tür am Ende des

Flurs. Hellot zog sie zu sich heran und trat ein. Gelbe Lichtkegel und grüner Filz, der den größten Teil des Lichts verschluckte. Hellot sah gleich, daß er in einen Billardsalon gekommen war. Nach einer Weile, in der sich die Augen an das Licht gewöhnt hatten, zählte er etwa acht bis zehn Spieltische. Eine Bar nahm die eine Querwand ein. Er sah keine Fenster, aber Queue-Gestelle an der Wand. Nach strenger Choreographie tanzten die Spieler um die grünen Tische. Nicht ein Wort wurde gesprochen, das einzige Geräusch war das trokkene Klickklickklick, wenn der Stoßball die Spielbälle in die Taschen des Spieltisches und knisternde Geldscheine aus der einen Hosentasche in die andere dirigierte.

Hellot bestellte ein Bier und lehnte sich mit dem Rükken an die Bar. Schon in dem Augenblick, als er in den Raum gekommen war, hatte er gefunden, was er suchte. Es war nicht schwer gewesen, Marvel Aass zu entdekken. Auch nicht, ihn wiederzuerkennen. Sein Umfang war nach wie vor formidabel. Als Krönung des Ganzen hatte er das Haar rabenschwarz gefärbt und à la Pompadour aufgetürmt. Er stützte das Queue auf den Boden und kreidete die Lederspitze, während sich gleichzeitig seine ganze Konzentration auf den Stand der Bälle auf dem Spieltisch richtete. Es war ein Karambole ohne Löcher, wo die vier Banden drei Bälle in eine strenge Spiegelwelt einschlossen, ohne Ausweichmöglichkeit. Marvel Aass legte die Kreide auf die Tischkante, nahm das Queue in beide Hände und zielte mit dem Stoßball auf die beiden Spielbälle.

Er zielte lange, führte das Queue prüfend vor und zurück durch die Finger der linken Hand, die auf der Tischplatte in einer blasphemischen Variante der katholischen Segensgebärde ruhten. Hellot trat in den Lichtkreis, der den Tisch umgab. Die Lampenschirme waren viereckig und länglich und hingen an dünnen Ketten von der Decke. Sie glichen Särgen, die geöffnet und umgekippt waren. In dem gedämpften Sarglicht sahen die

Spieler aus, als wären sie Bewohner des Totenreichs und gerade aus den Särgen gefallen. Das Oberlicht zerrte alle Gesichtszüge mit langen bläulichen Schatten nach unten. Wie Fischleiber in schwarzer See verschwanden ihre Körper im Dunkel zwischen den Spieltischen.

Klickklick. Endlich stieß Marvel Aass. Billard war nie Alfemanns Stärke gewesen, obwohl er in Connally und Williams Snoocker auf dem Karolinertisch mit sechs Löchern gespielt hatte. Nun sah er, wie die streng mathematische Spiegelwelt des Karamboletisches Marvel Aass' Stoßball widerspiegelte, der die beiden Spielbälle in Bewegung setzte, und daß alle Bewegungen den Gesetzen des reflektierten Lichts folgten.

Marvel Aass stieß erneut, startete noch ein Dreiecksdrama zwischen den Bällen. Hellot hörte ein vereinzeltes Klick und sah, wie der Stoßball den letzten Spielball verfehlte. Ohne etwas zu sagen, richtete sich Marvel Aass auf und zog sich aus dem Licht zurück. Ein schmaler, dünnbärtiger Mann mit deutlich orientalischen Zügen beugte sich in den Lichtkegel über dem Tisch und spielte in schnellem Tempo vier Karambolagen hintereinander. Einer der Zuschauer markierte die Punkte auf einem chinesischen Kugelrahmen an der Wand.

Rundherum und zwischen ihnen, überall waren Leute, aber Hellot war neben Marvel Aass. Und er merkte, daß sich etwas zusammenzubrauen begann. Und es ging schnell. Es war wie aus der Luft gegriffen, geradewegs aus dem Nichts.

Und es fand direkt vor Alf Hellots Augen statt.

Im Grabeslicht über dem Spieltisch blitzte die Pistole eisblau in Marvel Aass' Faust.

Dem Dünnbärtigen fehlte nur eine Karambolage an zwanzig Punkten. Er lag flach über den Tisch gebeugt und richtete mit einer kleinen linken Krallenhand die Queuespitze auf den Ball. Die plötzliche Bewegung von Marvel Aass und das blaue Blitzen des Stahls ließen ihn in dieser Stellung gefrieren.

Die ganze Szene erstarrte zu einer Fotografie. Das

Tonband hielt ebenfalls an. Das Summen der Stimmen legte sich, die Billardbälle hörten auf zu klicken, nur das entfernte Getöse von unten, vom Café, ging weiter. Ganz langsam hörte der Mann mit den orientalischen Gesichtszügen auf zu zielen und hob den Blick vom Spielball zu Marvel Aass.

Es war eine Kleinkaliberwaffe. Sie verschwand nahezu in Marvel Aass' fleischiger Faust. Aber der Chinese sah, wie sich der Lauf hin zur Patrone im Magazin verdunkelte, sah, wie sich Marvel Aass' fetter Zeigefinger um den Abzug krümmte. Der Dünnbärtige stand immer noch unbeweglich, die rechte Hand um den Schaft des Queues, die Spitze zwischen dem linken Daumen und dem Zeigefinger, den Körper vornüber gebeugt, parallel zur Tischplatte.

Er war in dieser Stellung wie festgefroren. Er bewegte sich nicht. Das tat hingegen Marvel Aass. Er hielt die Pistole auf den Gegner gerichtet und schob sich am Spieltisch entlang auf ihn zu. Die andere Hand streckte er fordernd aus: »Das Geld!«

Der Chinese richtete sich langsam auf. Er starrte direkt auf den Pistolenlauf, und Hellot konnte nicht sehen, daß er irgendein Zeichen machte. Aber es war nicht schwer zu sehen, daß Marvel Aass vom Blitz getroffen wurde. Zweimal. Zwei Schläge von hinten trafen ihn gleichzeitig. Er schrie nicht einmal, nur seine beiden Arme hingen plötzlich wie zwei leere Ärmel herunter. Die Pistole schlug auf dem Fliesenboden auf. Dann begann Marvel Aass' schwerer Körper zu schwanken. Genau hinter ihm hatte sich ein Mann plaziert, der ihn auffing. Wahrscheinlich derselbe, der ihm die Handkantenschläge verabreicht hatte. Er legte jetzt Marvel Aass von hinten die Arme um den Leib und hielt ihn auf den Beinen.

So standen sie, während der Chinese erneut sorgfältig zielte und den letzten Stoßball auf den Weg schickte. Ein rasches Klickklick. Karambolage. Mit einer fließenden Bewegung vollendete er den Stoß und richtete sich auf. Er nickte, und der Mann, der Marvel Aass hielt, krempelte dessen Taschen um und leerte den Inhalt auf den Spieltisch.

Der Orientale konnte unmöglich eine Waffe bei sich tragen. Das hätte man gesehen. Er hatte nur eine strammsitzende Hose und ein anliegendes Hemd an, unter dem sich auch der kleinste Muskel abzeichnete. Aber er stand da und hielt etwas in der Faust. Ein Messer. Ein Rasiermesser mit Perlmutterschaft. Mit einer plötzlichen Bewegung ließ er die Klinge aus dem Schaft schnellen. Dann ging er auf Marvel Aass zu.

Es waren nur wenige Schritte. Im ganzen Raum herrschte Totenstille. Alf Hellot dachte panisch, daß er etwas tun müßte. Er wußte nur nicht, was. Er schloß die Augen und hörte die scharfe Schneide der Messerklinge gegen Marvel Aass' Gesichtshaut singen, an der dünnen Haut kratzen mit klangvoller Resonanz im Messerstahl. Das Geräusch verstummte. Hellot öffnete die Augen und sah, wie die Schneide durch die Haut schnitt. Ein kurzer, rascher Schnitt, eine Öffnung in dem dicken weißen Gewebe, schräg über die Wange hinunter zum Mundwinkel. Marvel Aass begann zu bluten.

Keiner hielt ihn länger. Marvel Aass ging zu Boden. Der schwere Körper krachte zusammen. In voller Länge ergoß sich Marvel Aass nach allen Richtungen über die Fußbodenfliesen. Seine Beine zuckten ein paarmal hitzig vor und zurück, als versuchte er, ein kaltes Bett aufzuwärmen. Dann lag er ganz still.

Alf Hellot machte einen Schritt vorwärts. Ein paar Männer beugten sich über Marvel Aass. Sie sahen hoch. Der Chinese mit dem dünnen Bart nickte. Er sagte auch etwas. Laut, fast mit Fistelstimme. In rasendem Tempo und mit einem Stakkatorhythmus, wie er für die Kubaner charakteristisch ist. An den Billardtischen spielte keiner mehr. Die Gäste traten zur Seite und ließen die Prozession, die Marvel Aass trug, vorbei. Niemand hielt Hellot auf. Er ging zurück an die Bar und leerte das Bierglas in einem Zug. Er wartete, bis die Spielkugeln wieder gegeneinander zu klicken begannen. Er wartete, bis jene, die Marvel Aass getragen hatten, zurückkamen. Dann bezahlte er an der Bar und ging wachsam quer durch den Raum, an den Spieltischen vorbei, zur Tür. Den Flur entlang und die Treppe hinunter. Keiner saß auf dem Podium und spielte Gitarre. Das Café war halbleer und trist. Alf Hellot floh hinaus auf die Straße.

Im Vergleich zur Innenbeleuchtung wirkte das Nachtdunkel wie warmes Tageslicht. Auf dem Weg die Straße hinauf, über den schwarzen Marktplatz zum Hotel, fuhr hin und wieder ein Auto an ihm vorüber.

Die Dame vor dem Fernsehapparat war eingeschlafen. Das Fernsehen wachte für sie und sandte einen gleichmäßigen Strom von Blaulicht und lebenden Bildern zu ihren geschlossenen Augenlidern. Über der Barriere an der Rezeption sah er die obere Gesichtshälfte des Portiers. Seine Augen waren ebenfalls geschlossen. Ohne ein Wort und ohne aufzustehen, drehte er sich um, fand die richtige Nummer und ließ den Zimmerschlüssel auf die Barriere vor Alf Hellot klirren. Der Schlüssel schabte in dem verrosteten Schloß.

Die Maus flitzte unters Bett.

Der Buddha lächelte von der Box mit den Papiertaschentüchern herab.

Eine Woge von Schlaf stieg über Alf Hellot und ebbte wieder ab.

Bis zur nächsten.

Die über ihn wuchs und schäumte und Alfemann Hellot mitnahm. Die weißen Laken schäumten um Alfemann, der nackt an einen tropenschwarzen Traumstrand geworfen wurden.

Das Chronometer an seinem Handgelenk zeigte sechs null null. Das konnte sowohl später Nachmittag als auch zeitiger Morgen sein. Alf Hellot rasierte sich scharf und gründlich mit der Klinge und sah im Spiegel, wie das Gesicht durch Streifen von Schlafschaum zum Vorschein kam.

Er zog sich an und ging hinunter in die Rezeption. Draußen schien eine tiefstehende Sonne durch die Palmenkronen und warf zitternde Zebraschatten auf das Trottoir.

Der Portier hinter der Barriere war noch im Dienst. Er verstand, worum es ging, Alfemann brauchte nichts zu erklären. Er bekam die Zimmernummer. Dieselbe Etage wie seine, derselbe Korridor. Der Schlüssel hing nicht am Haken. Alfemann ging die Treppe wieder hinauf.

Die Tür war leicht zu finden, weiter hinten im Flur. Er hob die Faust und stand so einen Augenblick. Dann klopfte er an, laut und deutlich. Die Stimme drinnen war ebenfalls klar und antwortete sofort.

»Wer ist da?«

»Ich bin es.«

»Wer ist ich?«

»Du bist Marvel Aass.«

Alfemann drückte die Klinke herunter. Die Tür war unverschlossen, und er ging hinein. Marvel Aass lag völlig angezogen auf dem zerwühlten Bett. Die Wunde an der Wange war offen und sauber. Eine Frau schaute vom Bad herein, mit einer Flasche Kaktusbranntwein in der einen Hand und einer weißen Kompresse in der anderen. Sie zog den Blick zurück und verschwand wieder im Badezimmer.

Marvel Aass wirkte nicht erstaunt. Er sah aus, als hätte er Besuch erwartet. Er konnte beide Arme wieder bewegen. Den einen benutzte er, um auf den einzigen Stuhl im Zimmer zu zeigen. Ein trübes Lächeln breitete sich von seinen Mundwinkeln aus.

»Wie hast du mich gefunden?«

Alf Hellot machte die Tür hinter sich zu und blieb stehen. Das Mädchen kam vom Bad herein. Sie wusch die Wunde und legte die Kompresse auf.

»Mein Alter hat gefragt«, sagte Alfemann. »Er hat mir die Adresse von einem Büro in New York gegeben. Dort habe ich eine neue Adresse bekommen. In Minneapolis.

Ein Mr. Bergloff vom WSTP. Er hatte gehört, du seist in St. Louis. Den Rest habe ich selber geschafft.«

Alfemann nahm den Stuhl und setzte sich. Das Mädchen saß immer noch neben Marvel Aass auf dem Bett. Alfemann nickte.

Marvel Aass sagte: »Du hast gewaltiges Glück mit deinem Vater. Der ist ein guter Mann.«

»Meinst du?«

»Meinen! Er müßte ausgestopft werden, Mensch!«

»Er hat mächtig darüber gegrübelt, wie es zugegangen ist. Was Sache war mit dir und so. Ob er was falsch gemacht hat. Oder ob er was tun könnte.«

Marvel Aass hatte sich auf dem Bett zurückgelegt und die Hände über der Brust gefaltet. Er sah an die Decke.

»Nicht nötig«, sagte er. »Ich schlage mich durch. Aber das wußte ich nicht. Damals nicht. Weder als ich abfuhr, noch als ich mich entschloß, nicht zurückzukehren. Das war der wichtigste Augenblick in meinem Leben. Ich hatte eine Entscheidung getroffen. Das einzige Mal eine richtige Entscheidung. Das war es, was ich getan hab. Ich hab nicht länger mit WSTP gekonnt, hab das ganze Zeug dort nicht ausgehalten, und damit meine ich Aug. Hellot und den ganzen Haufen. Ich bin abgesprungen. Ich hab eine selbständige Entscheidung getroffen. Hab meine Sachen gepackt, bin ab durch die Mitte. Hinaus auf die Straße und hab mich in der ersten besten Bar fallen lassen. Da hab ich eine Entscheidung getroffen. Da war es, wo ich sie getroffen hab. Hallo, Entscheidung! hab ich gesagt. Hast du was für mich? Laß dich nieder, sagte sie. Setz dich, du, setz dich nur, hat sie gesagt, ohne aufzusehen, dann wird schon Rat werden. Ich habe viele wie dich gesehen. Ich reiße einen Witz, du reißt einen Drink herunter, zusammen reißen wir einander mit den Wurzeln aus. Dann werden wir sehen.«

»Wir sehen ja.«

»Eben.«

»Wir sahen ja«, sagte Alf Hellot. »Gestern.«

Marvel Aass setzte sich gerade auf dem Bett auf. Er

nahm den Ventilator vom Nachttisch und führte ihn ein paarmal am Gesicht vorbei. Als er genügend abgekühlt war, klopfte er eine Zigarette aus dem Päckchen, aber in der steifen Brise vom Deckenventilator konnte er sie nicht anzünden. Marvel Aass reichte die Zigarette und das Feuerzeug dem Mädchen, das damit aus dem Sturmzentrum in eine Ecke des Zimmers steuerte, wo es mit dem Rücken zu ihnen stehenblieb.

»Hast du gesehen?« sagte Marvel Aass und strich mit den Fingern über die Wange neben der Kompresse.

»Wer ist er?« Hellot antwortete mit einer Gegenfrage. Das Mädchen kam mit der angezündeten Zigarette zurück. Marvel Aass nahm die Hand vom Gesicht und inhalierte tief, bevor er antwortete: »Du meinst Wong? Diego Wong? Er ist ein Grenzfall. Ein typischer Grenzfall, sage ich dir. Überseeischer Chinese aus Chinatown in Havanna. Asia de Cuba. Er hat das Grenzfallsein zu einem Lebensunterhalt gemacht. Er lebt von der Grenze, auf der Grenze, über die Grenze, nach beiden Seiten. Hier in Ciudad Trampolina gehen die Waren von einem Zustand in einen anderen über, werden zu Schmuggelgut und Konterbande. An dieser Grenze stößt die Erste Welt auf die Dritte. Ohne daß irgendeine andere Welt, die vermittelt, dazwischen wäre. Ciudad Trampolina ist keine Stadt, das ist ein Zustand. Trampolinstadt. Sie ist ein Sprungbrett für diejenigen, die den Sprung von der Dritten Welt in die Erste machen wollen. Einen Sprung, der Hunderte von Jahren ausmacht. Und die wollen den Sprung auf eigene Faust machen. Salto vorwärts – hinein in das zwanzigste Jahrhundert. Ohne Papiere, ohne Paß, ohne Geld. Wetbacks. Einsteiger. Oder Salto rückwärts – zurück in die Dritte Welt. Beatniks. Aussteiger. Grenzwerte. Schmuggel ist der einzige Lebensunterhalt, vor allem Menschenschmuggel. Und Yopo, Meskalin, Kokain, unerlaubte Medikamente aller Art. Aber auch erlaubte Medikamente in unerlaubten Formen. Lastwagenladungen mit Candelilla, der Hauptingredienz von Kaugummi. Flaschen mit Quecksilber, das Wärme und Kälte mißt. Lebende Hummer und Double-Yellowhead-Papageien, betäubt mit Kaktusschnaps, in Drahtkäfigen verstaut und auf Flößen den Rio Bravo herunter geschickt, oder den Rio Grande, wie der Yankee sagt. Nenn was du willst, Diego Wong besorgt es. Alles, vom Fernsehempfänger bis zu Kampfflugzeugen, wird in kleine Teile zerlegt, über die Grenze in die andere Richtung geschafft, südwärts. Dort gehen sie in eine neue Verbindung ein, und damit brechen die Kategorien zusammen. Das ist die Geschichte von Diego Wong. Denn das hier ist eine wirkliche Grenze. Der zehn Fuß hohe Zaun mit Stacheldraht oben ist die Grenze zwischen Nord und Süd, Früher und Jetzt, Hier und Dort, Denen und Uns, Normalität und Psychose. Mit einer schizophrenen Stadt dazwischen. Diego Wongs Stadt.«

»Und Marvel Aass' Stadt?«

»Ich bin nur hier, um zu verhindern, daß die Kategorien zusammenbrechen. Ich sehe auf die Aspekte. Sehe auf die Staubwolken im Sand, die Kondensstreifen am Himmel. Es ist nicht weit von hier bis zum Sandiastützpunkt. Bis zum Prüffeld Almogordo. Ich kenne mindestens zwei föderierte Polizeibeamte, die gern ein paar Worte mit Diego Wong wechseln möchten.«

»Was tust du dazu?«

»Nichts. Ich mache Sprüche. Ich bin ein Schwätzer. Wenn ich abkratze, wird der Nachruf so anfangen: Marvel Aass ist tot. Es war die Zunge, die versagte. Ich sage, was ich höre. Sonst nichts. Nichts in der Welt. Mit leichtem Herzen kann ich jede Woche zu meinem Beichtvater gehen und sagen, was wahr ist, Vater, ich habe nichts getan. Darauf antwortet er jedes Mal: Das ist gut, mein Kind. Das ist gut, gut. Fahr fort damit. Und diesem Rat folge ich.«

»Und dein Beichtvater? Ist das Al Capone oder J. Edgar Hoover?«

Das ist eine lange Geschichte.«

Bevor ich Marvel Aass lange Geschichte kurz mache und die folgenden Seiten damit fülle, halte ich eine Erklärung für angebracht, wie es möglich sein kann, wörtliche Referate von vertraulichen Zwei-Mann-Gesprächen wiederzugeben, die weit entfernt in einem fremden Land stattfinden, in das ich obendrein nie meinen Fuß gesetzt habe.

Allgemein will ich zunächst feststellen, daß es dafür keine natürliche Erklärung gibt, aber – in Anbetracht meiner Kenntnis von hochentwickelter elektronischer Ausrüstung – zweifellos eine technische. Außerdem sei gestattet, an das zu erinnern, was Thukydides (der zwar den Peloponnesischen und nicht den kalten Krieg schildert) in seinem berühmten Einleitungskapitel über die Sache zu sagen hat: »Wie ich mir habe vorstellen können, daß der einzelne gesprochen haben würde, wenn er das jeweils Erforderliche am besten sagen wollte, wobei ich mich so eng als möglich an den ganzen Sinn des wirklich Gesagten hielt – so wird bei mir geredet.«

Wenn Thukydides andererseits politische und militärische Verhältnisse ausklammerte und damit die offizielle Geschichtsschreibung einschränkte, worunter sie bis in unsere Tage gelitten hat, will ich meinerseits hervorheben, daß sich die Regierung und die Geschichte der Kriegskunst erschreckend, ja, eigentlich verblüffend oft in den gleichen Zeichen und Wortlauten ausdrücken, die bereits von unseren eigenen kleinen individuellen Geschichten geprägt sind und sich deshalb einer Syntax beugen, deren Regeln wir immer noch nicht kennen.

So registriere ich mit einem gewissen Interesse, nicht zuletzt im Lichte seiner späteren Grenzverletzungen und seines Mitwirkens an feindlichen Handlungen gegenüber anderen Nationen, daß Marvel Aass dem Mädchen, das seine Wunde versorgt hat, zwanzig Dollar und einen Klaps auf den Hintern gibt, bevor er sie an die Luft setzt und zusammen mit dem fünfzehn Jahre jüngeren Alf Hellot das Hotel verläßt.

Draußen ist es stockfinster und warm. Die Zeit hat stillgestanden und auf sie gewartet.

Sie hängen sich an sie und folgen ihr über den offenen Platz.

In einer Seitenstraße liegt eine Art Café, das Speisen nach Südstaatenart und orientalische Küche anpreist. Shashimi, marinierter Fisch, eine Art japanischer Ceviche. Soul food, Seelenspeise aus Louisiana. Grüner gekochter Kohl mit Schweinebacke, in der Pfanne gebratenes Hühnchen, gegrillte Rippe mit echter kreolischer Soße, blutrote Bohnen und Reis, Pastete aus süßen Kartoffeln und kandierte Früchte, angegangene Seelen, gebraten im eigenen Fett und angerichtet in tiefer Melancholie. Bitte sehr: Alf Hellot bedient sich. Hartes Dekkenlicht trommelt auf leere Nachbartische, Bestecke klirren auf weißem Steingut, lautlose Kellner schweben zwischen den Tischen, Fliegen summen von der Herrentoilette herein.

»Er will wissen, warum«, sagt Alfemann zwischen den Bissen. »Der Alte. Warum du abgesprungen bist. Was passiert ist. Wie alles gekommen ist. Ich glaube, er fühlt, daß seine Welt aufgeht. Mit einem kleinen Rest, der nicht stimmt. Der Rest bist du. Darum.«

Marvel Aass, in rosa Seidenhemd, mit breitem Schlips, silbernen Manschettenknöpfen und Ringen mit großen Steinen an den Fingern, sagt, daß der alte Aug. Hellot erfahren solle, warum.

»Es ist ein Beispiel für die Ohnmacht des Beispiels«, sagt er. »Es war ja Aug. Hellot selbst, der dafür gesorgt hat, daß ich ausgesucht wurde. Zu der Zeit war er neugewähltes Mitglied der Landesleitung, hatte allerhand zu sagen. Begleitete mich selbst nach Oslo ...«

Hier wurden Marvel Aass und vierzig andere hoffnungsvolle Gewerkschaftsleute von Betriebsorganisationen im ganzen Land mit Impfstoffen vollgestopft und durch konsulare Formalitäten geschleust. Fast im Handumdrehen sitzt Marvel Aass an Bord einer silberblanken Douglas DC 4 Cloud Master und schnallt den Sicherheitsgurt fest. Es ist ein richtig eingeschneiter ostnorwegischer Februartag, den er im Begriff ist zu verlassen. Und ein richtig eingeschneiter norwegischer Mann, Aug. Hellot, der neben dem Flugplatzgebäude auftaucht. Es ist, als wären alle himmlischen Schneepflüge in Gang, als sollte das Paradies vom letzten Weihnachtsschnee geräumt werden und als wäre Aug. Hellot mitten unter die Schütte geraten. Es wälzt sich auf ihn herab. Er steht ganz für sich allein, in einem grünblauen Gabardinemantel und mit einem großen Herrenschirm über sich, das schwarze Dach schwer und weiß von Schnee. Mit dem freien Arm winkt Aug. Hellot, winkt und winkt und winkt. Dann winken die Propeller zurück, drehen sich, rotieren immer schneller, die Motorkraft rüttelt den Flugzeugkörper, in Marvel Aass zieht sich etwas zusammen, während sich die ganze Welt draußen mit dem dichten Schneetreiben verknäult. Das Flugzeug rollt zum Ende der Startbahn, wendet und erhöht die Geschwindigkeit. Die Räder rumpeln über den Boden, die Markierungslichter flimmern vorbei und sind verschwunden. Marvel Aass ist in der Luft, mit einem letzten Blick sieht der eingeschneite Aug. Hellot seinen alten Schützling in die neue Bahn aufsteigen, der er weiter als Marshallplan-Stipendiat folgen soll.

Nun sitzt sein Sohn in einem Café im Grenzland und hört Marvel Aass diese Bahn in einzelnen, anekdotischen Koordinaten schildern. In der ersten Runde steigt sie nur, steigt und steigt, auf Reiseflughöhe, und führt Marvel Aass vier und eine halbe Stunde durch die Luft, nach Prestwick in Schottland. Dann fünf und eine halbe Stunde nach Island und fünf Stunden Warten in Keflavik. Weitere neun Stunden in der Luft zwischen Island und Neufundland, vor dem letzten Sprung, der in New York City landet, sieben Stunden später.

NYC. USA. NATO.
MDAP. IUSY. CIA.
FYSA. IRS. IPP.
AFS. IBM. PWF.

Und WSTP, noch eine dieser buchstäblichen Initialgeschwülste, die durch die Sprache verbreitet werden, von den Kernwaffenarsenalen über die neuen elektronischen Kommunikationskanäle. Work-Study-Training for Productivity. Welche Art Arbeit? Welche Art Studium? Welche Art Training? Für welche Art Produktivität? Marvel Aass wird es herausfinden.

Die Aula im Hauptquartier der nordamerikanischen Gewerkschaftszentrale ist bis zum letzten Platz gefüllt. In den drei Tagen nach seiner Ankunft in der neuen Welt dachte Marvel Aass nur daran, wie er mit dem neuen Tag-Nachtrhythmus zurechtkommen könne. Die eingebaute Uhr in seinem großen, schweren Körper mußte nach den Zeigern gerichtet werden, die draußen in amerikanischem Tempo um die Zifferblätter rasten, und gleichzeitig wollte er soviel wie möglich von der Stadt New York sehen. Die endlosen Reihen von gebrauchten Autos mit dem Schild »Zum Verkauf« zu beiden Seiten der Einfahrt vom Flugplatz. Von allem, was Marvel Aass sah, hat nichts einen tieferen Eindruck auf ihn gemacht. Hunderte davon! Tausende! Ohne Ende! Wie neu anzusehen! Und nicht einmal einen Kratzer im Lack!

Von seinem Platz weit vorn in der Aula sieht Marvel Aass, wie der Direktor für das ganze WSTP-Programm zum Rednerpult geht, um die Teilnehmer willkommen zu heißen. In bündigen Wendungen formuliert er den Sinn des Work-Study-Training for Productivity. Erstens gilt es, die Entwicklung der Teilnehmer zum Leiter zu stimulieren. Zweitens soll das Programm Einblick in moderne amerikanische Unternehmensprinzipien geben. Weiter sollen sie sich die Dynamik aneignen, die hohe Produktivität schafft. Das Programm soll ihnen auch technische Einsichten vermitteln und durch Teilnahme an sozialen Aktivitäten Verständnis für den amerikanischen Lebensstil schaffen.

Ein sechster Punkt wird nicht mit klaren Worten benannt. Dafür taucht er ständig wieder auf in den Begrüßungsreden der Repräsentanten jedes Marshall-Landes und in den Ausführungen zur Konzeption, aus der hervorgeht, daß die Teilnehmer in die USA gekommen sind, um im Kampf gegen den Weltkommunismus gestärkt zu werden.

»Mr. Aass! Mr. Marvel Aass!«

Der Name steht zuoberst im Alphabet. Durch die Lautsprecher hört er ihn über den vollbesetzten Versammlungssaal schallen. Der Ernst der Stunde ist gekommen. Bis dahin hat keiner der Teilnehmer gewußt, wohin in den USA er geraten würde. Alfemann Hellot sieht das Ganze vor sich, sieht, wie sich Marvel Aass mit seiner ganzen Würde und in seinem besten Staat erhebt. Auf dem Podium angelangt, empfängt er einen warmen Händedruck und einen Schlag auf die Schulter zu einem breiten Lächeln und dem Bescheid, daß Marvel Aass of Norway in dem vor ihm liegenden Jahr in der Stadt St. Louis, Missouri, arbeiten und studieren wird. Von den anderen Norwegern wird eine Gruppe nach Bridgeport bei New York City gehen, die andere in die Zwillingsstädte Minneapolis und St. Paul oben in Minnesota. Aber St. Louis! Ein wirklich weißer Fleck auf der Karte. Doch ein Fleck, der bald Straßen mit Autoverkehr in alle Richtungen und Häuser und Wolkenkratzer und Silhouette und Frostrauch über dem Mississippi bekommt und ein Wohnheim draußen an der Washington University, wo Marvel Aass untergebracht wird.

Es geht nicht so sehr um zerbrochene Illusionen wie um Realitäten, die enttäuschen, und Illusionen, die trotzdem halten. Die Verhältnisse müßten eigentlich günstig sein. St. Louis hat eine große und wohlangesehene Bierbrauerei, pharmazeutische und elektronische Industrie. Und die Flugzeugfabrik McDonnell-Douglas. Aber nichts geschieht. Man hatte ihnen gesagt, daß sie nach ein paar Tagen Arbeit bekommen würden. Marvel Aass hat auf die Flugzeugfabrik gehofft. Nichts davon trifft ein. Nach drei Wochen sitzt Marvel Aass nach wie vor in der Studentenbude, versucht ein Rundfunkprogramm mit skandinavischer Musik hereinzubekommen und ist immer noch arbeitslos. Und die Universität! Was sollte er denn studieren? Das Angebot in den Schaufenstern? Er hat kein Geld und ist schlecht in Englisch. Eine Woche später bekommen sie Arbeitslosenunterstützung ausgezahlt. Sechs Dollar pro Tag. Die nächsten Tage vergehen mit Streit darüber, ob dreißig Prozent Steuer von der Unterstützung abgezogen werden sollen.

Der Tiefpunkt ist erreicht. St. Louis Blues.

Ende April wird Marvel Aass zusammen mit einem reichlichen Dutzend anderer Teilnehmer ostwärts nach Pittsburg geschickt – in weitere sechs Wochen Müßiggang. Dann finden die schönen Versprechungen der bunten Broschüren über das Programm eine Art Erfüllung. Zusammen mit zwei Belgiern wird Marvel Aass in ein technisches Programm gesteckt und soll in Pennsylvania herumreisen, um die Arbeitsbedingungen in der Stahlindustrie zu studieren.

Marvel Aass jeden Abend in einem neuen Motelbett. Jeden Morgen vor einem neuen Fabriktor. Wieder auf den Fersen eines bebrillten Mitarbeiters der Personalabteilung, treppauf, treppab. Weiter hinein in den technischen Wirrwarr des Industrialismus vermag Alfemann Hellot ihm nicht zu folgen.

Marvel Aass ist aus dem Blickfeld verschwunden, das ist klar. Er hat eine Entscheidung getroffen, und die Entscheidung trägt sicher einen hübschen weiblichen Namen. Er ist vom WSTP-Programm abgesprungen, untergetaucht, in der Versenkung verschwunden. Aber Alfemann glaubt nicht an diesen Übergang zu einer Barschlägerei in einem staubigen, verschlafenen Grenzort. Glaubt das nicht, was Marvel Aass ihn glauben machen will. Glaubt nicht, daß er sich die Flügel an der Sonne verbrannt hat und abgestürzt ist. Glaubt nicht an Marvel Aass als einen kleinen privatkapitalistischen Alexej Grigorewitsch Stachanow aus Kadijewka im Donbass, der die Norm zehnmal brechen wollte, vierhundert

Meter unter der Erde in einem abgelegenen Tal in den Appalachen. Glaubt nicht an ihn als Werkmeister in einer Quecksilbergrube in New Mexiko. Glaubt nicht an die Geschichten von Bohrwagen, Schnellzündern und Salven, die mir nichts, dir nichts abgehen. Glaubt nicht, daß er als Manager auf einer Baumwollplantage in Mittelamerika gefeuert wurde. Da ist etwas, das nicht stimmt, das nicht zu den Seidenhemden und den Smaragden an den Fingern und dem selbstgefälligen Ton paßt, mit dem sie die Goldberg-Variationen über die Unglücksfälle des Marvel Aass spielen. Es stimmt nicht, daß ihm von all dem so lange so übel war, daß ihm nun übel von sich selbst ist. Es ist eine dünne Geschichte, merkt Alfemann. Nicht viel, was nach Hause an Aug. Hellot zu schreiben ist. Aber es ist spät in der Nacht. Es ist nichts mehr zu sagen. Es ist eine Geschichte, die Marvel Aass zusammengebraut hat, um gutgläubige Norweger an der Nase herumzuführen und sie dazu zu bringen, diese Nase lieber wieder nach Norden zu wenden, bevor sie sie noch tiefer in anderer Leute Angelegenheiten stekken.

Die Küche mit der Seelenspeise ist zu, das Café geschlossen. Auf den Tischen rings um Alfemann und Marvel Aass spreizen die Stühle die Beine in die Luft. Zwei Kellner in Zivil stehen in der Küchentür und schlafen.

Alfemann Hellot und Marvel Aass gehen zusammen hinaus. Es ist Morgen. Die Sonne ist noch nicht aufgegangen. Im Osten zeichnet der Tagesanbruch einen kühnen roten Querstreifen, der Erde und himmlisches Dunkel trennt.

Der Händedruck ist hart.

Sie sagten ihre Niemals und Immer.

Ich werde dich niemals vergessen. Ich werde immer an dich denken.

Ich werde niemals an dich denken. Ich werde dich für immer vergessen.

Die Wüste veränderte die Farbe. Das Auto kam, und Marvel Aass ging.

Das Leben ist eine Botschaft. Du hast meine bekommen.

Er wartete eine Ewigkeit, bis er eine Lücke fand und in die Ausfallstraße einbiegen konnte. Freiheit war: ein gutes Auto und fünf Minuten Vorsprung.

Keiner kam von hinten, keiner von links. Der Spiegel war leer. Einige Millionen Emigranten hatten vor ihm dort gestanden, an der Einfahrt, mit angelassenem Motor; waren hinausgekommen aus den baufälligen Buden und dem Dreck im Hintergrund, waren abgebogen und hatten ihre Lücke im breiten asphaltierten Band der Autobahn gefunden. Der Verkehr packte Marvel Aass, zog ihn mit sich, verbarg ihn. Reifenmuster auf Asphalt, unsichtbar zwischen denen von tausend anderen unterschiedlich abgewirtschafteten Figuren. Auch sie setzten keine Zeichen, Amerika tilgt seine Spuren.

Marvel Aass riß ein Paket Kaugummi auf und steckte die Plättchen in den Mund, eins nach dem andern.

Zu beiden Seiten der Fahrbahn die gleichen Häuser, gleich groß, gleich teuer, gleich weit voneinander entfernt. Sie nahmen kein Ende. Es mußte ein Ort sein, in dem alle Einwohner Zahnärzte waren.

Oben auf den Anhöhen scharten sich ein paar trostlose Reiche-Leute-Villen zusammen, abwehrend und ängstlich. Die großen Einfamilienhäuser entlang der Straße wurden von einstöckigen Backsteinhäusern mit weißer Veranda hinter einem grünen Rasenstück abgelöst. Diese Typenhäuser zogen sich bis hinunter zum Mississippi, dort wurden es weniger und weniger – schwarze Zwischenräume wie Lücken von verfaulten und gezogenen Zähnen.

Schließlich war da noch offenes Land, Raststätten, Tankstellen und die weiterhin endlose Reihe von gebrauchten Autos zum Verkauf.

Gleich hinter der Bundesstaatsgrenze tauchten die ersten Waffenläden auf. Große Schilder machten Reklame für Handfeuerwaffen und Munition. Marvel Aass hielt nicht an.

Die Straße schlängelte sich zwischen niedrigen Erdhügeln hindurch. Die wogenden Maisfelder endeten, und der Weg fiel sanft zur Ebene am Fluß ab. Wie ein graubrauner Lehmfußboden lag das Delta vor ihm, flach, heiß und schmutzig.

Er hielt an und ging in den erstbesten Ort. Ein sirrend heißer Tag stand vor den Elendshütten im schwarzen Ortsteil. Von schmalen Schattenplätzen bellten die Hunde mutlos das Auto an, im vermoosten Unterholz sangen die Vögel. Ein Mann wedelte sich mit der Hutkrempe Insekten vom Gesicht. Aass steckte Münzen in alle Schlitze, die er entdecken konnte, in Musikautomaten, Limonadenautomaten, Flipperspiele, Zigarettenautomaten, einarmige Banditen. Oh Boys. Grand Slams, World Series, Lucky Lindies.

Eine Drahttür wehte auf, ein dünnes Baumwollkleid, das zum Trocknen hing, flatterte im selben unmerklichen Lüftchen. Das Café, in dem Aass an der Theke stand und Bier trank, wie auch die Behausungen ringsum waren einfache Hütten aus ungehobelten Fichtenbrettern, zusammengenagelt auf einem gegossenen Fundament. Nur die Reklameschilder hielten die Wände zusammen und aufrecht. Außerdem waren sie außen mit brauner Pappe verkleidet, die jemand mit schiefen, weißen Streifen bemalt hatte, damit es wie gemauert aussah. Der Wind rüttelte an einem losen Pappstück. Auf der anderen Straßenseite lugten ein paar schwarze Kinder durch eine Drahttür, die schief in der untersten Angel hing. Ein Huhn gackerte, ein Esel schrie. Auf einer ungestrichenen Holzveranda knirschten in unregelmäßigen Abständen ein paar Schaukelstühle. Greise, die mit halbblinden Augen nach ihren Söhnen und Töchtern draußen auf den Baumwollfeldern ausschauten.

Vom Deich südlich des Ortes konnte Aass sehen, wie sich die Felder über die Ebene spreizten und darin verloren. Braune Finger einer großen Arbeiterhand mit dem Zentrum des Ortes als Handteller. Eine leere Hand. Ein Ort, den es auf keiner Karte gab. Tief im Süden, das komplette Nirgendwo. Aass ging hinunter durch das Gras längs des Deiches, vorbei an Kirche und Friedhof, weg vom schwarzen Teil des Ortes. Tiefe Regenwolken lagen im Süden wie ein dickes Futter am Horizont.

Er ging an Lattenzäunen vorbei, hinter denen sich große weiße Holzhäuser im Südstaatenstil befanden; überdachte Veranda an drei Seiten des Hauses, weiße Korbmöbel, Hängematten, Blumenpracht. Bougainvilea, Geranien, blühende Mandelbäumchen, Nußbaumhaine. Feucht dampfende Kiefern.

Aass ging zu den Läden und dem Supermarkt. Die Wärme war nicht nur feucht. Sie wurde drückender und drückender und schließlich triefend naß.

Ein gottverlassener Platz. Für Marvel Aass war es nicht so wichtig, wo Gott war oder nicht war. Aber hier sah es aus, als wäre auch kein Mensch da.

Er ging vier Stufen hinauf, über eine Veranda in den Laden, hinein in den Schatten.

An allen vier Wänden hingen Waffen. Aber es war kein Mensch zu sehen. Vorsichtig nahm Aass eine Büchse aus dem Gestell, legte sie an die Wange, krümmte den Finger um den Abzug, zielte, drückte ab. Die Kammer war leer. Noch ein Griff. Über der Tür, im Korn, hing der Kopf eines Kronenhirsches.

Ein wie ausgestopft wirkender Dreißigjähriger mit weißem kurzärmligem Hemd und rotem Kugelschreiber in der Brusttasche kam aus dem Hinterzimmer.

Er sah hinauf zu dem Hirsch und sah Marvel Aass an. Aass wußte, was er haben wollte. Er stellte die Büchse zurück und kaufte eine Pistole von großem Kaliber. Zwei Sätze Munition. Der Verkäufer packte alles in eine große braune Papiertüte.

»Danke«, sagte Aass und zeigte auf die Quittung.

»Mr. Danke, okay.« Der Verkäufer schrieb.

Aass trug die braune Papiertüte hinüber in das Lebensmittelgeschäft und füllte sie bis zum Rand. Als er wieder herauskam, mit der Tüte vor dem Bauch, und sie über die Straße zum Auto trug, folgte ihm eine Gruppe jüngerer Männer und Jungen, die im Schatten unter dem Halbdach vor dem Gebäude standen, mit den Augen. Sie hatten weiße Hemden an mit dunklen Schweißflecken unter den Armen, am Bauch und am Rücken. Neue, steife Jeans ohne Falten und Löcher. Ein paar Regentropfen schlugen vor ihnen auf die Erde.

Auf jeder Seite von Aass' Auto stand ein Lastwagen mit Anhänger. Auf den Ladeflächen befanden sich dicht an dicht Käfige voller Papageien, die entweder schliefen oder tot waren. Aass stellte die Papiertüte mit den Waren neben sich auf den leeren Vordersitz und fuhr schnell aus dem Ort. Der Weg schlängelte sich zwischen den mit Unkraut und Baumwolle bestandenen Feldern zu beiden Seiten der Fahrbahn hinunter zu dem von Westen kommenden Nebenfluß, fort von dem letzten niedrigen und dunklen Streifen des östlichen Hochlandes unter der sinkenden Sonne. Er fuhr zum Hauptlauf des großen Flusses, durch Sumpf, Moor, wassersüchtige Erde, Kreuzstichmuster von Zweigen, Lianen, verfaulenden Holzstämmen, Schlingpflanzen, zitternden Blättern über dem Sonnenfleckenspiel des Wassers, nassem Moos und klatschenden Kiefernzweigen, durch Wasserpfützen voll von Moskitoeiern, bedeckt mit aufgepeitschtem Schaum.

Aass nahm den Kaugummi aus dem Mund und klebte ihn, nach kurzem Zögern, hinter den Rückspiegel. Mit der rechten Hand holte er sich etwas aus der Tüte, und mit der linken steuerte er. Er stopfte einen mit Sesamsamen bestreuten Hamburger in den Mund, langte tief in eine Plastebox mit Chop suey, Puffreis und Keks, nahm einen Schluck amerikanischen Whisky aus der Flasche mit dem Vier-Rosen-Etikett, riß mit den Zähnen das Fleisch vom Knochen eines Hühnchens, gebraten nach Kentucky-Art, aß ein kaltes Schweinekotelett, ein paar Tacos, Reis mit Soyasoße, Pfannkuchen mit Ahornsirup.

Aass leckte sich die Finger ab und trocknete sie mit Zellstofftüchern, bis er das Lenkrad wieder richtig anfassen konnte. Er schüttete den Rest der Tüte aus, stemmte den Rücken gegen die Lehne und die Schenkel gegen die Sitzkante und hob sich vom Sitz an. Die Patronen lose in die Tasche, die Pistole in den Gürtel. Fertig damit, drückte er den Knopf des Autoradios und schickte den Sucher auf Reise über die Skala. Frankie Boy, Peggy Lee, Sarah Vaughan, Johnnie Ray, Guy Mitchell und namenlose schwarze Stimmen, voll von Lust und Verzweiflung. Well, the red light was my blues, and the blue light was my mind. All my love in vain. All my love in vain.

In schnurgeraden Reihen streckten die Plantagen Baumwollfelder in alle Himmelsrichtungen. Der Horizont bildete einen flachen, gleichmäßigen Kreis, einen geschlossenen Ring um den ganzen großen Jahreszyklus. Den Frühling, wenn der rote, klebrige Schlamm gepflügt werden mußte. Die betäubend heißen Sommertage, in denen, gebeugt über den Hackenstiel, Unkraut gejätet werden mußte. Und den Herbst, wenn die Baumwolle gepflückt werden mußte und die Baumwollsäcke durch die Furchen in der Erde geschleppt wurden, hinein in Scheunen, Lagerschuppen, und schließlich den Winter.

Das Land um Marvel Aass löste sich mehr und mehr auf. Die Nebenflüsse glitten enger und enger zu langen, rollenden Hauptläufen zusammen. Die Erde war so schwer, daß sie weiter und weiter unter das Flußniveau sank, unter die Wasseroberfläche und selbst unter den Meeresspiegel, sie sank und sank – und die Straße mit ihr. Aass kam es so vor, als würde das weite, durchschnittene Flachland auch den Himmel flach machen, so daß er sich dicht und platt und straff über die Erdoberfläche legte. Marvel Aass' nordischer Himmel, nur über eine viel größere Fläche ausgespannt. Ein Trommelfell, auf das die Tage trommelten und die Sonne mit einem hohlen Laut schlug. Der Schweiß lief Marvel Aass über die Stirn. Unter dem Hemd hinunter zum Leib, über seinen Bauch und Rücken, unaufhörliche Ströme, vom Leib abwärts, wie Nebenflüsse auf dem Weg zu einem großen Delta. Er erhöhte die Fahrtgeschwindigkeit, konnte nirgendwo länger sein. Würde er bleiben, würde er sich auflösen, physisch verschwinden, sich auflösen in den Wassermassen, zusammen mit ihnen ins Meer münden.

Mekong, Indus, die Amazonasmündung, das Sumpfgebiet bei Galveston. Aass war dort gewesen. Bayou, creek, everglades, delta, rovér: weder Land noch See, weder fester Boden unter den Füßen noch offenes Meer; kein Grund, Schlingpflanzen, Klapperschlangen, Krokodile, Sumpf.

Es begann zu regnen, hart und langsam. Donner rollte am Horizont. Das Auto und die Zeit waren gleich schnell. Weit draußen auf einem Baumwollfeld stand reglos eine Männergestalt.

Die Felder liegen rund um das Dorf. Die Dörfer liegen rund um die Stadt. Die Städte liegen rund um die Hauptstadt. Die Hauptstadt liegt rund um die Metropole, und rund um die Metropole liegt dicht der Slum.

Die Dunkelheit fiel. Fiel ein vom Meer, dicht wie die Brandung mit Schaum aus Sternen. Durch die Dunkelheit gab ein ferner Ort seine roten und gelben Neonzeichen. Die Dunkelheit um ihn war kompakt, die Ebene hatte ihre Formen verloren. Der Himmel war schwarzer Boden, in dem Augen Sterne schürfen.

Noch eine Viertelstunde waren das Auto und die Zeit beieinander. Der Ort kam näher. Hinter Nebel, Dunkelheit, stillem Regen. Hinter den Tropfen, mit denen die Scheibenwischer auf der Frontscheibe Ping-Pong spielten. Ein Ort. Ein fester Punkt. Häuser, die sich kaum aus dem Schlamm erhoben. Aber ein Ort – und Zeichen, die den Weg hinein wiesen. Tankstellen, Hamburgercafés, Motels. Das Schwarz-Weiß des Stahls gekrönt vom Technicolor des Kunststoffs.

Marvel Aass fuhr zwischen den Lichtern hinein. Hielt an, stellte den Motor ab. Griff mit der Hand hinter den Spiegel und steckte den Kaugummi wieder in den Mund. Die Kiefermuskeln begannen zu mahlen. Harter

Regen schlug gegen das Autodach. Die Räder standen bis zur Achse im Dreck. Licht von der Telefonzelle an der Ecke eines Wellblechschuppens.

Bodenloser Sumpf.

Doch Marvel Aass erreichte den Boden.

Und stand.

Fest.

1957

Schallmauer

Es war die Stimme, die mich aufhorchen ließ. Bis dahin war die Wache ruhig verlaufen, und sie war es immer noch. Eine zivile Linienmaschine war gerade in Bodø gestartet. Auf dem Radargerät vor mir sah ich, daß sie eine Rechtskurve machte und Kurs auf Norden nahm, in Richtung Bardufoss. Aber das, was ich hörte, und nicht das, was ich sah, machte mich hellwach und ließ mich an Yeager denken.

Charles E. Yeager, gern Chuck Yeager oder nur Yeager genannt, das amerikanische Fliegeras einer ganzen Generation. Der Krieg hatte ihn zeitig erwischt, aber als er endete, hatte Yeager, zweiundzwanzig Jahre alt, dreizehn deutsche Flugzeuge zu Boden geschickt. In den Jahren danach nahm er als Testflieger unerschrocken die Jagd nach seinen eigenen Schallwellen auf. Während der Testflüge für das Weltraumprojekt war er oben, in der obersten Schicht der Atmosphäre. Aber wie viele abgeschossene Feinde er sich auch zuschreiben konnte, wie viele Schallmauern er auch durchbrach, wie nahe an die Grenze zum leeren Raum er auch kam, er machte eine komische Nummer daraus, wenn er in seiner unerschütterlichen bäurischen Art im Radio davon erzählte, mit einem langgezogenen nasalen Alpenblöken aus den entlegensten Tälern der Appalachen, wo die Reste von Shakespeares elisabethanischem Renaissanceenglisch im Volksmund fortlebten.

Nach einer Weile begannen auch die anderen Jagdfliegerasse der US Air Force nach Yeagers Vorbild die Kentucky-Mundart anzunehmen. Alle Testflieger. Die Luftjockeys des Weltraumprojekts. Mit der Zeit hörte man auch auf den zivilen Funkfrequenzen Piloten, die nach bestem Vermögen die Flugleitstellen unten auf der Erde davon zu überzeugen suchten, daß sie es mit Eingeborenen aus den Gebirgstälern und Zechenorten in den Appalachen zu tun hätten. Schließlich beherrschte der Yeager-Sound die ganze Skala, auch die Kanäle über unserem Luftraum.

Der Däne, der die SAS-Maschine in Bodø übernommen hatte und nun weiter nach Norden führte, war auch in die Yeager-Schule gegangen. Wie eine heisere Gebirgsziege meckerte er mir die Mundart aus den nordamerikanischen Südstaaten ins Ohr. Ich sah, wie sich der leuchtende Punkt über den Schirm bewegte, hörte, wie der Pilot krächzte und sich räusperte und stockte, die Silben zusammenpreßte und bis zur Unkenntlichkeit auseinanderzog, bis er endlich herausbrachte, daß dies äh der Kapitän öh sei und daß er öh leider hm Däne und deshalb äh nicht in der hm Lage sei, ausführliche und äh detaillierte und eh öh farbige Schilderungen der äh Landschaft zu geben, die sie überflogen. Aber soviel könne er sagen, daß sie Norwegen zur Linken unter sich hätten und Schweden steuerbords auf der rechten Seite und den Himmel direkt über sich und die Höl... – eh die Erde – unter sich. Oho. Er wolle allen eine angenehme Reise wünschen.

Es war ein echter Blues oder eine Gospelnummer, vorgeführt mit elektronischer Hi-Fi mit Elvis Presleys weißen Phrasierungen aus dem tiefen, schwarzen Süden, in dem einen oder anderen elisabethanischen Versmaß zum Text von William Shakespeare oder einem seiner Zeitgenossen wie Cyril Tourneur oder John Webster. Und es wurde ein sicherer Hit. Die Passagiere lachten und klatschten, auch Fräulein Linda Hysøen, die die Nummer schon viele Male gehört hatte. Als der Applaus sich zu legen begann, blickte sie wieder auf die Seiten des Buches in ihrem Schoß, während der dänische Solist im Cockpit die Sprechanlage ab- und die automatische Steuerung einschaltete und sich weiter dem Flirt mit den Stewardessen widmete, diesmal als Echo eines Landsmanns in Prinz Hamlets Sprache. Linda Hysøen dagegen schlief ein wenig in der Luft zwischen Stetind und Rombakstøtta und erwachte erst, als das Fahrgestell unter ihr knarrend aus dem Flugzeugkörper gefahren wurde. Fräulein Hysøen sah sich verschlafen und verwirrt in der engen Kabine um, schaute hinunter auf den Boden, der im Winkel von dreißig Grad zu ihr stand, und fühlte unwillkürlich nach, ob der Sicherheitsgurt befestigt war. Das war er. Ihr Sitz neigte sich noch mehr nach links und bildete zusammen mit dem Flugzeug eine jäh fallende Kurve. Sie erwischte einen flüchtigen Schimmer vom Boden, den Rollbahnen und den Gebäuden auf dem Flugplatz, bevor die Maschine sich aufrichtete und die Nase zum Landstreifen wendete, der jetzt nur für die dänische Gebirgsziege und den Kopiloten vorn in der Kanzel sichtbar war.

Sich kreuzende Rollbahnen, niedrige Holzbaracken, zivil aussehende Wohnhäuser, Hangars, staubige Landstraßen, tiefgrüner Wald vor weißem, schneebedecktem Gebirge. Der Druck, als das Vorderrad den Boden berührte, pflanzte sich zusammen mit dem Bremseffekt durch ihren Körper fort. Das Flugzeug erreichte das Ende der Landebahn, der Druck auf ihren Körper ließ nach, die Maschine hielt an, wendete, rollte denselben Weg zurück und wurde vor das Abfertigungsgebäude dirigiert.

Linda hatte vage erwartet, empfangen, persönlich begrüßt zu werden, wenigstens ihren Namen respektvoll über den Lautsprecher ausgerufen zu hören. Etwas, das dem persönlichen Opfer entsprach, das sie ihrem Gefühl nach brachte, indem sie so weit hinauf in die arktische Einöde zog. Aber nein. Nicht einmal eine lumpige Nachricht lag im Verkehrsbüro und wartete auf Fräulein Linda Hysøen.

Sie stand am Fenster in der Ankunftshalle und sah betont gleichgültig zu, wie ihre zahlreichen eleganten Koffer vom Flugzeug herangefahren wurden.

Militärisches Gebiet. Alles, was sie um den Flugplatz herum sah, war davon geprägt. Die unnatürlichen Erhöhungen in der Landschaft fielen erst nach einer Weile ins Auge. Linda erblickte Reihen der ihr schon bekannten englischen Nissenhütten mit dem charakteristischen gewölbten Wellblechdach. Sie sah moderne Jagdflugzeuge von nordamerikanischem Fabrikat. Aber das meiste von dem, was sie sah, stammte aus anderen Verhältnissen, aus einem anderen Land und aus einer unwirklichen nahen Vergangenheit.

Beim finnischen Separatfrieden mit der Sowjetunion 1944 befand sich die deutsche Lappland-Armee plötzlich isoliert tief in Feindesland. Vom Hauptquartier in Rovaniemi rückte sie nach Norden vor, marschierte über Skoganvarre und Alta in Norwegen ein. Die Streitkräfte von der Lica-Front kamen von Osten. In ganz Nordfinnland und in der norwegischen Finnmark setzten die Nazis, wo immer sie gehaust hatten, ihre Waffenehre darein, keinen Stein auf dem anderen zu lassen. Wenige der Opfer dieser Strategie hatten Grund, sich mit der lobenden Erwähnung dieser Operation in der Kriegsgeschichte auszusöhnen, nachdem sie aus gekenterten Booten, aus Erdhütten und Bergwerksstollen aufgetaucht waren und mit eigenen Augen festgestellt hatten, wie gründlich die Deutschen zu Werke gegangen waren. Die Verheerungen hörten nicht auf, bevor die Hauptstreitkräfte Bardu im inneren Troms erreichten, wo General Rendulic für sich und den Stab auf Rundhaug das Standquartier errichtete. Im Laufe der vorangegangenen Kriegsjahre hatten Norweger und Deutsche Bardufoss gemeinsam so ausgebaut, daß es dem militärischen Standard völlig entsprach. Zusammen mit den anderen nordnorwegischen Flugplätzen von Ørland im Süden bis Banak und Høybukt im Nordosten war Bardufoss völlig in der Lage, die deutschen Gebirgsjäger zu versorgen und zu unterstützen, die auf der Kola-Halbinsel lagen und den einzigen eisfreien alliierten Konvoihafen zu überrennen versuchten. Aber Murmansk hielt stand, die Front erstarrte im militärischen Dauerfrost und taute nicht einmal unter der überlegenen deutschen Feuerkraft auf. Da kam der finnische Separatfrieden, die Finnmark wurde nach allen Regeln der Kriegskunst niedergebrannt, und dann wurde es still. Die Start- und Landebahnen des Tausendjährigen Reiches dämmerten in Reih und Glied längs der Küste dahin, sinnlos lang, überdimensioniert für die menschenleere norwegische Wildmark. Aber sie zeigten in eine bestimmte Richtung.

Das friedliche Zwischenspiel – bis zu dem Zeitpunkt, da geeignete Personen den Sinn der deutschen Dispositionen, der Bautätigkeit und der wohldurchdachten Strategie ganz begriffen – dauerte nicht lange. Mit kräftiger amerikanischer Hilfe und in einem erweiterten NATO-Zusammenhang fiel es nicht schwer, die Dinge im rechten Licht zu sehen. Parlamentarische Komitees für Verteidigung kamen zur Besichtigung – und sie sahen. Unter sachkundiger Anleitung von wohlinformierten Beamten und Offizieren aus dem Verteidigungsstab war es unmöglich, die Augen vor der günstigen geographischen Lage zu verschließen, die die Deutschen den nordnorwegischen Verteidigungsanlagen gegeben hatten, vor allem unter dem Gesichtspunkt eines eventuellen Konfliktes mit Unserem Großen Nachbarn im Osten. Relativ einfache und ökonomisch durchaus erschwingliche Verbesserungen würden zum Beispiel den Flugplatz Bardufoss wieder voll funktionsfähig machen, auch in Hinblick auf modernes Material, das sich nun, nach allem zu urteilen, durchsetzen würde. Am Geld sollte es nicht liegen. Und die Räder mußten nach der deutschen Okkupation sowieso wieder in Gang gebracht werden.

Mit anderen Worten: Als Fräulein Linda Hysøen aus Fana bei Bergen an einem Spätsommertag in der zweiten Hälfte der fünfziger Jahre mit dem Flugzeug von Bodø nach Bardufoss kam, herrschten seit Jahren auf den alten nordnorwegischen Exerzierplätzen optimistisches Leben und Bewegung. Klar, daß es etwas kostete, für den Frieden zu bauen, aber die Bauabteilung der Verteidigung baute, und die Resultate zeigten sich schnell. Nicht zuletzt, weil das deutsche Oberkommando die Weitsicht gehabt hatte, in den gleichen Bahnen zu denken und zu handeln, nur ein knappes Jahrzehnt früher. Fluglast auf Fluglast, bestehend aus Zwanzigjährigen, wurde in Bardufoss aus Militärmaschinen ausgeladen und mit Bussen oder Lastwagen weiter nach Heggelia, Setermoen, Maukstadmoen und Skjold verfrachtet, um Wehr und Schild der Freiheit gegenüber dem Osten zu bilden. Handliche Honest John Raketen, die leicht mit Atomsprengköpfen umgerüstet werden konnten, standen und warteten. Rekruten mit der höchsten Allgemeinbildung des Landes markierten mit rotem Fettstift Geschoßziele auf topographischen Karten, rechneten die ballistischen Kurven für Granaten aus, bestimmten Aufsatz- und Seitenwinkel für ihren tödlichen Flug, gaben Befehle an die Standorte, brauchten die Korrekturen von den vorgeschobenen Beobachtungsposten, um sich in das Ziel hineinzufressen, und folgten, ohne aufzumucken, dem Befehl: FEUER! – einmal, zehnmal.

Auf ihrem Platz vor dem Stationsgebäude kann Linda Hysøen das Echo von fernen Geschoßeinschlägen dumpf zwischen den Felsen rollen hören. »Haltet sie auf! Mit Geist?« Aber Linda hat ganz andere Dinge im Sinn als ihr Bergenser Landsmann Nordahl Grieg. Über dem arktischen Binnenland flirrt ein glühendheißer Sommertag. Unentwegt dreht sich das Rad der Sonne am Himmel. Tag und Nacht, Nacht und Tag mischen sich ihr Licht und ihre langen Schatten zu einem seligen, drei Monate währenden Lichtrausch.

Linda Hysøen läßt sich vorläufig nicht von diesem Rausch beeindrucken. In ein nüchternes und unauffälliges Ensemble in Beige gekleidet, wartet sie, wartet immer ungeduldiger auf den Bus, der aus südlicher Richtung kommen und sie weiter ins Tal hinunter mitnehmen soll. Schließlich entdeckt sie eine weißgestrichene Bank im Schatten und setzt sich, das Handgepäck zierlich neben sich. Wie immer – auf Reisen oder auch sonst – hat sie die Bibel griffbereit, in einer handlichen norwegischen Taschenausgabe, gebunden in weiches, dunkelblaues Kalbsleder. Sorgsam blättert sie die dünnen Seiten im Matthäus-Evangelium um und wedelt nach den Wolken von Mücken, die rasch ihre Chance sehen, sich gleich Bewunderern in dichten Scharen um den Kopf und die nicht unregelmäßigen Gesichtszüge der einsamen Frau zu sammeln, die in Matthäus 13 von dem Schatz und den Perlen liest. Das Himmelreich ist gleich einem Kaufmann, der gute Perlen suchte. »Und da er *eine* köstliche Perle fand, ging er hin und verkaufte alles, was er hatte, und kaufte sie.«

Es ging nicht. Die Mücken wurden zu aufdringlich. Die gewöhnliche Mücke läßt sich ja zur Not ertragen, sie summt einem lange um die Ohren, bevor sie sich setzt und ihr Geschütz in Stellung bringt. Aber die Kriebelmücke, die ist schlimmer, macht nicht das geringste Wesen, sitzt nur da, fromm und gottesfürchtig, und sticht an den gottlosesten Stellen. Linda Hysøen kratzt sich mit beiden Händen hinter den Ohren und schlägt dann nach einer langbeinigen Mücke. Im Matthäus-Evangelium wird daraus ein großer Blutfleck. Punkt. Sie kommt nicht weiter in der Heiligen Schrift. Ein junger Mann in weiten schwarzen Seemannshosen und Dienstmütze mit dem Posthorn über dem schwarzen Schirm leert den Briefkasten am Weg neben ihr. Linda Hysøen schüttelt die irdischen Überreste der toten Mücke aus dem Buch, legt das Lesezeichen hinein und schließt das Evangelium. Ein Düsenjäger schießt auf dem Flugplatz vorbei und bekommt Luft unter die Tragflächen. Bald ist von ihm nur noch eine blauweiße Stichflamme vor dem wilden Horizont der Gletscher sichtbar. Da gleichzeitig der ohrenbetäubende Lärm verstummt ist, steht Linda Hysøen auf und beginnt mit dem jungen Postbeamten ein Gespräch.

»Ist es den ganzen Sommer so schön gewesen?« Auf diese Frage möchte Linda Hysøen gern Antwort haben. »Das Wetter«, beeilt sie sich hinzuzufügen.

Die Antwort zeigt, daß der Postbeamte einer der Nachkommen jener südnorwegischen Siedler ist, die sich vor einhundertfünfzig Jahren in diesem Tal niederließen. Nicht was er sagt, macht das deutlich, sondern wie er es sagt.

»Wir haben kein' Sommer hier oben«, sagt er. »Wir haben drei Monate kein' g'führigen Schnee.«

»Aber heute?« forscht Linda Hysøen vorsichtig. »Heute ist es doch gut?«

Durch Schaden klug, fügt sie ein demütiges Fragezeichen hinzu. Und der Postbeamte findet die Frage einer Antwort wert, mit dem Rücken zu ihr, während er den Deckel des leeren Briefkastens zuschlägt: »Ja, in diesem Jahr fiel der Sommer auf einen Freitag.«

Linda Hysøen denkt gründlich und lange nach. Sie ist eine höfliche, wohlerzogene junge Dame.

»Dann ist also der Frühling spät gekommen?« versucht sie. Es ist Fräulein Hysøens allererste Begegnung mit Nord-Norwegern.

»Neinneinnein! Überhaupt nicht. Wenn der Harschschnee im Juni trägt, kommt der Frühling zeitig.«

Der Beamte hat den Postsack im Lieferauto verstaut und ist dabei, sich hinter das Lenkrad zu setzen, als Linda ihr eigentliches Anliegen vorbringt. Das mit dem Bus, wann er kommt oder nicht kommt, wann er geht oder nicht geht und eine eventuelle andere Fahrgelegenheit.

Er ist ihr weggefahren. Vor mehreren Stunden. Der Postbeamte schlägt die Tür zu und fährt weiter ins Tal hinunter. Linda Hysøen geht wieder in die Wartehalle, wo sie gerade die Abfertigung schließen. Ja, ein Taxichauffeur wohnt nicht weit. Er heißt Vilfred und hat ein feingeschnittenes, hübsches Gesicht.

Linda Hysøen steht im Türspalt und fühlt sich schikaniert und verlassen in der Einöde. Sie muß heute hinunter nach Olsborg. So und nicht anders ist das. Linda sagt es freundlich, aber es klingt, als hätte die ganze Obrigkeit beraten und beschlossen, ihr beizustehen.

Vilfred ist beim Mittagessen. Es riecht nach Räucherfisch und Milchreis. Aus der Küche hört man Topfgeklapper.

Nein, er habe seine heutige Tour nach Olsborg hinter sich, teilt Vilfred mit.

Aber Linda hat keine Wahl. Sie muß. Es ist wichtig. Es ist absolut notwendig. Das ist ganz sicher, daran gibt es keinen Zweifel. Die Schule kann jede Sekunde anfangen, und sie ist nicht da. Sie muß los, und zwar sofort.

Aber wenn das nun so wichtig ist. Vilfred kratzt sich die Bartstoppeln. Wenn das nun so überaus wichtig ist, warum ist sie dann nicht gestern losgefahren? Dann wäre es überhaupt kein Problem gewesen, heute ans Ziel zu kommen?

Vilfred geht zurück zum Reisbrei, und Linda Hysøen geht im Straßenstaub zurück zum Flugplatzgebäude und konzentriert sich darauf, sich nicht aufzuregen. Aber irgendwo braucht die Gereitzheit ein Ventil. Aus purem Zorn geht sie so schnell, daß ihr der Schweiß ausbricht, er brennt in den aufgekratzten Mückenstichen.

Sie hat sich gekratzt und hat gelesen und noch eine halbe Stunde gewartet, als sich ein Luftwaffenunterfeldwebel, der seinen Dienst beendet hat, endlich erbarmt. Während warme Luft durch die heruntergelassenen Scheiben hereinströmt, fahren sie die reichliche Meile hinunter nach Olsborg, durch flirrend trockenen Hochsommer. Tief am Nordwesthimmel flammt die Sonne. Manchmal fliegt eine Möwe über den Weg, und die Sonnenstrahlen färben ihr den Bauch rot. Zwei Jungen führen einen hitzigen Veitstanz auf, mit Mücken und ihren eigenen langen Schatten im Straßengrus als Partnern. Die Sonne wird matter und ausgebrannter, je länger sie fahren. Durch die Kratzer und den Staub an der Frontscheibe schaut Linda Hysøen direkt in sie hinein. Nach ein paar Fehlschüssen bekommt sie die Konversation mit dem Chauffeur in Gang, der, wie sich zeigt, im Waffendepot in Bardufoss Dienst tut und Linda Hysøen mit detaillierten Schilderungen von Bajonetten und Scheiden und den Verwundungen unterhält, die als Folgen des Nahkampfes mit dieser Waffe entstehen.

Das letzte Stück des Weges denkt Linda über anderes

nach und grübelt, ob sie bezahlen soll. Vielleicht ein Trinkgeld? Sich ein wenig erkenntlich zeigen? Sie tut es, gibt. Eine Krone. Linda Hysøen hat lange im Ausland gelebt. Von seinem Platz hinter dem Lenkrad sieht sie der Luftwaffenunterfeldwebel entgeistert an.

»Naturvölker haben einen anderen Zeitbegriff als wir. Faszinierend«, notiert Linda Hysøen am selben Abend im Tagebuch, vor allem mit dem Gedanken an den phlegmatischen Taxichauffeur, wobei sie die Reaktion des Luftwaffenunterfeldwebels, der dann wirklich ihr Kutscher wurde, völlig außer acht läßt. Dieser Soldat ist auf dem Wege nach Målselv noch nicht weit gekommen, als er das Auto an den Straßenrand lenkt und auf die Bremsen tritt. Dann steigt er aus dem Auto und wirft das Einkronenstück so weit, wie er nur kann, in den Kiefernwald. Erleichtert setzt er sich wieder ins Auto, das mit angelassenem Motor wartet. Und wenn bei späterer Gelegenheit die Rede auf seine elegante Mitfahrerin kam, antwortete er nur, gewiß doch, diese Dame aus der Stadt sei schon fein gebaut, vorne und hinten, ja. Und so vornehm und französisch, daß es eine Lust sei.

Denn Gerede gab es, mußte es geben. Vornehme Städterin und vom Süden zu sein und fein gebaut an allen Ecken und Enden, das konnte in Linda Hysøens neuem Milieu nicht unbemerkt bleiben.

Aber sie trägt es würdig und mit Stil. Sie gibt keine Trinkgelder mehr und macht ähnliche Schnitzer nicht noch einmal. Es geht gut. Das Schuljahr nimmt seinen Lauf. Pensum und Lehrpläne sind nicht dazu angetan, jemanden zu schrecken. Die Schüler, selbst die größten Flegel, sind nicht imstande, es mit der weltgewandten Dame aus Bergen aufzunehmen. Wie die Lämmer sitzen sie in Reih und Glied vor ihrem Katheder und hören zu, wie sie Leben und Vermehrung der Pflanzenfamilien erklärt. Dann dankt sie höflich für die Aufmerksamkeit und spaziert den kurzen Weg nach Hause. Linda Hysøen hat nie so reichlich Freizeit gehabt, und sie benutzt sie, um sich auf den Unterricht des nächsten Tages vorzubereiten und um mit großer Sorgfalt die kostbaren Gegenstände aus dem Umzugsgut auszupacken, die sie dann in der Wohnung in Übereinstimmung mit den Gesetzen gediegenen bürgerlichen Geschmacks aufstellt.

Im Lehrerzimmer sticht Linda Hysøen, ohne es zu wollen, kraß von der Umgebung ab. Nicht nur, daß sie schön ist. Eine andere Aura umgibt sie, macht sie fremd, unterscheidet sie. Geld? Herkunft? Ausbildung? Linda Hysøen?

Die Lehrerkollegen kennen den Namen. Ludvig S. Hysøen ist (war?) ein Bergenser Reeder, nahezu Oberschicht in der Shipping-Branche. Mowinckel, Westfal-Larsen und auch Hysøen waren alles Leute, die auf dem wirklichen Globus mit Spielsteinen Monopoly spielten. Sie muß Geld haben wie Heu, was hat sie hier zu tun? dachten die Lehrer an der höheren Schule in Målselv bei sich. Linda Hysøen sagte nichts, weder als Antwort auf die unausgesprochenen Fragen noch über andere persönliche und familiäre Dinge. Sagte nichts darüber, daß der alte Hysøen eigentlich von armen Leuten draußen auf Strilelandet stammt und daß die Familie durch ein paar rasche Einheiraten in den Bergenser Reederstand degeneriert oder kultiviert worden war oder wie man es nennen soll. In ein paar Generationen war die frische rote Strilefarbe der westnorwegischen Kleinbauern zu einer beige-britischen Oberklassentönung gedämpft worden. Schlanker Körper, in wenigen Jahren mager: britisch, westnorwegisch. Schmaler, feingeschnittener Mund, vielleicht, wenn man boshaft sein will, schon im Begriff, verkniffen zu werden. Aber ungeachtet dessen war Linda Hysøen schön, von einer Schönheit, die zeitlos und unverschleißbar wirkte, selbstleuchtend mit einem matten und dauerhaften Glanz. Kraft ihres sozialen und geographischen Hintergrunds hatte sie auch teil an Norwegens urbaner Kultur, einer Kultur, die in Haßliebe redselige und redegewandte Handelsleute und Advokaten und Tabakhändler und Fußballspieler hervorgebracht hatte und eine stattliche Generation rationalistischer Wissenschaftler und Intellektueller. Und unzeitgemäße anpassungsfähige Frauen mit milder Stimme, sanftem Wesen und farbloser Persönlichkeit, lebhaft interessiert an Zierpflanzen, Zierstickerei und Heckenbüschen.

Oberflächlich betrachtet, kann Linda Hysøen gut als ein Schulbeispiel für die letztgenannte Gruppe gelten. Daran ist nichts Merkwürdiges. Sie ist ausgebildet als Studienrat und Kandidat der Naturwissenschaften, mit Biologie als Hauptfach. Auch daran ist nichts Merkwürdiges, abgesehen davon, daß sich die Ausbildung auf das französische Abitur und das nordamerikanische Staatsexamen gründet. Auf irgendeinem friedlichen Fleck an der Ostküste, umgeben von Efeu und rotem Backstein, hat Linda Hysøen ihre Studententage verlebt. Und ist bekennende Christin geworden. Das beruhigt die Kollegen, mit denen sie in Kontakt kommt, und nicht zuletzt deren weibliche Ehepartner. Aber nichtsdestotrotz ist sie schön, von einer Schönheit, die ganz bestimmt nicht in der höheren Schule in Målselv im abgelegenen Troms zu Hause ist. Das beruhigt sie nicht.

Aber wenn sie den Mut hätten, sie näher zu betrachten, würden sie sehen, daß sie ein ovales, ernstes Gesicht hat, in dem sich der kräftige Knochenbau des Schädels durch ihre leuchtende Haut abzeichnet – das begann schon bei der Halbwüchsigen – und die ovale Gesichtsform länglich erscheinen läßt. Die Nase ist auch nicht direkt kurz und hat eine leichte Krümmung über dem geraden Mund. Von dem Grundton in Beige ausgehend, spielen ihre Farben ins Braune und Lichtblonde. Nichts davon stimmt mit irgendeinem aufsehenerregenden Bild von Der großen Schönheit überein. Aber es stimmt dennoch – alles. Keiner, weder Mann noch Frau, konnte an ihr vorbeigehen, ohne zweimal hinzusehen. Vielleicht schauten sie bloß nach, ob ein Lächeln wirklich stark genug war, den Ernst des länglichen Gesichts zu durchbrechen. Aber das geschah sehr selten. Wenn Linda Hysøen schön war, dann mit einem derartigen

Ernst und einer Feierlichkeit, daß es unpassend, um nicht zu sagen blasphemisch, gewesen wäre, wenn sie gewöhnlichen menschlichen Grillen und Schwächen nachgegeben hätte, wie sich lustig machen, scherzen und lächeln, flirten und zärtlich sein, rauchen, abgespannt oder erkältet sein, Menstruation und Grippe haben, irdische Freude zeigen und irdischen Trieben folgen. Es war eine strenge und erhabene Schönheit, die sich nicht unterstreichen ließ, sondern eher in starkem Widerstreit zu allem stand, was Schminke und äußere Staffage hieß. Ihr Haar wogte in Harmonie mit den Gesichtszügen frei und braun und natürlich zum Hals und auf die Schultern, und der Körper nahm den gleichen herrlichen Rhythmus auf bis zur weichen Begegnung ihrer Füße mit unserer sündigen Erde.

Linda Hysøen hatte ihre Schönheit gut gehütet und ihr eine mustergültige und würdige Behandlung zuteil werden lassen. Sie ist nicht ihre Sklavin geworden und mißbraucht und nützt sie ebensowenig aus. In ihren eigenen Augen mag sie dieser Gefahr am nächsten gewesen sein, als sie, zusammen mit anderen jungen Mädchen aus den besten Familien, als Mannequin für das örtliche Bergenser Großkaufhaus Kleider und die neuesten Wintermoden sonntagvormittags im Wintersportzug nach Voss vorführte. Die festverwurzelte lutherische Arbeitsethik mag die Schuld für diese sündigen Ausschweifungen tragen, die Linda kichernd ihren neuen Freunden in dem christlichen Milieu gesteht, in dem sie sich sogleich mit ruhiger und charakteristischer Energie zurechtzufinden versucht. Linda klagt nie, vielleicht ist auch das ein pietistisches Erbe.

Meine Arbeit ist mein Hobby, pflegt sie zu sagen und nimmt die Arbeit mit nach Hause in die zweite Etage des flüchtig zusammengezimmerten Holzkastens mit dem Dach aus Teerpappe, wo sie Bett und Stilmöbel und schöne Bilder an den Wänden und Familiensilber mit Monogramm hat.

Zusammen mit einer tiefunglücklichen Musiklehrerin

in mittleren Jahren, die ihre religiösen Anfechtungen teilt, unternimmt Linda Hysøen den Herbst hindurch lange Touren in der Gegend um Bardu und Målselv, Sjøvegan und Gratangen. Sogar eine Übernachtungstour mit dem Flußdampfer weit nordwärts nach Reisadalen, ohne daß aus diesem Grund eine tiefere Gemeinschaft zwischen ihnen entstanden wäre. Beide sind eifrig in der Bewegung freiwilliger Armeehelferinnen und haben also gemeinsame geistige Interessen. Vielleicht ist der Altersunterschied zu groß, vielleicht ist es auch etwas anderes. Eine Freundschaft entsteht zwischen ihnen nicht. Die übertrieben begeisterten Reaktionen der Musiklehrerin auch auf wenig geistvolle Bemerkungen von Linda stellen sie in einer Weise bloß, daß Linda sich ihrer eigenen billigen Triumphe schämt. Aber ihre Wanderungen geben Linda Hysøen Gelegenheit, mit eigenen Augen die arktische und subarktische Flora zu studieren und neue Exemplare für ihr reichhaltiges Herbarium zu sammeln: vom Silberwurz oder Dryas octopetala, vom zweiblütigen Alpenveilchen oder Viola biflora, vom roten Steinbrech oder Saxifraga oppositifilia, vom Alpenehrenpreis oder Veronica alpina, von der Rhododendronart Alpenrose, von der Alpengänsekresse oder Arabis alpina, von Fjellprydd oder diapensia lapponica, vom stengellosen Leinkraut oder Silene acaulis. Vom Gletscherhahnenfuß und von der weißen kalten Blume der issoleia Ranunculus glacialis. Alles in Linda Hysøens langen freien Stunden sorgfältig gepreßt und klassifiziert und im Verhältnis zueinander und zum Ganzen studiert.

Zweimal in der Woche nimmt die junge Studienrätin der Naturwissenschaften an den Zusammenkünften der Bibelgruppe teil, unter anderen mit dem Pfarrer, der auf dem Luftwaffenstützpunkt Bardufoss seinen Wehrdienst als Feldprediger ableistet. Hier studieren sie nicht nur die Heilige Schrift, sie lesen und diskutieren auch Søren Kierkegaard, Karl Rahner, Teilhard de Chardin, Martin Buber und andere tieflotende Schriftsteller, die gerade modern sind. Linda Hysøen ergreift auch die Initiative und bringt persönlich die christliche Schülervereinigung auf Trab, die am Einschlafen war, aber nun schnell großen Zuspruch findet. Anfang Oktober wird Linda von dem jungen Militärpfarrer zum Herbstball eingeladen. Das ist kühn in diesem christlichen Milieu, die Sünde selbst, und eine lange Reihe unmoralischer Gedanken dräut. Aber der Pfarrer ist ein aufgeklärter und moderner Theologe, der sich nicht alles und jedes von den Besonderheiten des norwegischen Luthertums bieten läßt. Auch Linda Hysøen meint nicht, daß ihr Glaube an Jesus Christus von Nazareth als ihren Erlöser unbedingt bedeutet, daß sie den gesamten Lebensstil der selbständigen norwegischen Kleinbauern übernehmen muß, so sehr sie ihnen auch durch Verwandtschaft und Sympathie innerlich verbunden ist. Mit freimütiger Freude nimmt sie die Einladung an und tritt an der Seite des Pfarrers in die Offiziersmesse des Fliegerhorstes, so anonym wie eine tropische Pflanze aus den Regenwäldern am Amazonas, die in der Tundra aufgegangen ist und ungestört in der beginnenden dunken Zeit weiterblüht. Sie tanzt Englischen Walzer mit einem sichtlich stolzen Geschwaderchef. Galant und ehrbar fegen sie durch den Saal und fegen gleichzeitig den Rest der Paare von der Tanzfläche, zwischen die Schatten und die Mauerblümchen längs der Wände.

Während sie so tanzt, den Handrücken der linken Hand leicht zum Uniformrücken des Geschwaderchefs gewinkelt, geschieht es, daß Linda Hysøen ihn zum erstenmal sieht. Als frischgebackenen Leutnant. Von den Schatten und den großblumigen Rosen an der Tapete her leuchten ihr Alf Hellots Augen entgegen. Zwei Augen, die sie gesehen hatte und die sie gesehen hatten – früher, vor langer Zeit in einem regennassen, mangangedüngten, üppig blühenden Garten Eden.

In den folgenden Tagen ritzte der Herbst mit immer schärferen Nägeln die Natur, der sich Linda Hysøen in Beruf und Freizeit verschrieben hatte. Griff mit den

Fingern, griff ordentlich zu, griff mit der ganzen Faust und hielt das Land in einem langen, trockenen Frost fest. Der Frost entzündete heftige Eisbrände, die das Gras mit beißenden Stichflammen von Kälte umbrachten und nur schwarze Flecken auf der irdischen Brandstätte zurückließen. Die offenen Wunden nach dem Eisbrand waren die Augen, die Linda Hysøen zwischen den Tapetenrosen in der Messe angesehen hatten. Sie gefroren und schwollen zu mächtigen Eisgeschwülsten an, in denen die tiefstehende Sonne glühte.

Linda ist aus dem Gleichgewicht. Sie muß sich ständig zusammennehmen und konzentrieren, um nicht zu gleiten und zu fallen. Die Kälte verdichtet sich immer mehr um sie, die Dunkelheit fällt schneller und schneller.

In einer Gesellschaft beim Militärpfarrer werden sie einander vorgestellt. Adam und Eva, eine Million Jahre nach der Vertreibung aus der Kindheit. Der Pfarrer, der sie zusammenführt, ist ein junger Mann, der auch Sinn für höhere Kochkunst und die Freuden der Tafel hat. Aus der Küche riecht es nach Huhn in gutem Wein, als sie sich zum erstenmal die Hand geben und sagen: »Linda Hysøen«, Und »Alf Hellot.« Und: »Freut mich.« Und: »Ganz meinerseits.« Dann können sie zu Tisch gehen. Außer seinen intuitiven Fähigkeiten, oder vielleicht im Zusammenhang mit ihnen, ist der Pfarrer auch ein guter Mensch. Er hat nicht nur Linda und Alfemann eingeladen. Das vierte Rad am Wagen ist die Musiklehrerin und Wandergefährtin. Das Essen schmeckt, der Wein ist erlesen, das Huhn gar, das Gespräch steif.

Das war im Grunde alles. Nichts von Bedeutung wurde gesagt, nichts Merkwürdiges oder Unerklärliches geschah, die Gäste brachen zeitig auf, Linda und Alfemann bedankten und verabschiedeten sich.

Am nächsten Tag rollte die Sonne eine letzte goldene Stunde den Horizont entlang, wie eine umgekehrte Mitternachtssonne, bevor sie endgültig hinter dem scharfen Rand der Erde untertauchte. Das Land lag im Dunkel, einem Dunkel, das, vom steifgefrorenen Grund der Erde her, wuchs und zunahm. Am Tage darauf war die Sonne ganz verschwunden. Ohne ihren Widerstand konnte der Frost die Dunkelheit bis zum goldenen Abglanz des Himmels heben. Die Dunkelheit stieg und fiel wie eine Woge. Unter der Woge ruhte eine gewaltige Einöde, endlos im hellsten Licht, endlos in der tiefsten Dunkelheit. Am Pol.

Hier wanderte Studienrätin Linda Hysøen endlich zusammen mit Leutnant Alf Hellot. Er hat sie aus dem Bereitschaftsdienst mitten in der großen Pause angerufen. Es ist nur ein Vorschlag von seiner Seite. Das mit der Wanderung. Aber ein konstruktiver Vorschlag, meint Studienrätin Hysøen. Bevor der Schnee fällt, bleibt Zeit für diese und weitere Wanderungen. Alfemann geht langsam und andächtig an der Seite der wunderschönen Frau. Bedeutendes wird nicht gesagt, aber Linda macht routiniert Konversation, so daß es nicht direkt peinlich wird. Um sie herum ist alles verblüht, bereit für den Winter. Heidekraut und Rentierflechte sind für Alfemann Hellot ein und dasselbe. Er geht und lauscht mit halbem Ohr den botanischen Darlegungen von Studienrätin Hysøen und denkt daran, wie unterschiedlich man die Natur wahrnehmen und erleben kann. Seine wochenlangen Jagdtouren in dem herbstlichen Schießgelände, Farbexplosionen in Gelb, Rot, Braun, die Augen auf den blauen Horizont des Terrains gerichtet, die Mühe, den Hund zum Stehen zu bringen, die Sinne auf alles gespannt, was sich in dem flammenden Blickfeld bewegt, ein Schneehuhnschwarm rauscht von einem Felsen, ein Hase verschwindet mit langen Sprüngen über einen Gletscher. Alfemann geht immer mit gesichertem Gewehr, diese eine Chance gibt er dem Wild, keine weitere. Und da geschieht es: der Hund steht, ein Vogel ist die Ursache. Alf Hellot entsichert, geht in Schußnähe, Kimme und Korn im Augenwinkel, Finger am Abzug, der Rückstoß gegen die Schulter, der Schuß, der widerhallt, und der getroffene Vogel, der schwer zu Boden fällt. »Allez!« und »Apport!« wenn er geholt werden soll.

Wieder ein Schneehuhn im Sack und dann weiter. Das war es, worum sich das Ganze drehte. Jagd auf das Tier an sich, den Vogel über sich. Einsamkeit, Schweigen, der Überblick, der weite Horizont, abschüssige Felswände, ausgedehnte Tagesmärsche, ein emporschnellender Fisch, der in der Dämmerung Ringe in dem blanken Wasserspiegel zeichnet; die Wasserstiefel an und das Netz auslegen, eine oder zwei Forellen mit der Angel rausholen, den Blinker glitzernd mit dem Fisch durch das dunkle Wasser kommen sehen, Runde auf Runde auf die Haspel rollen, jede zweite Stunde abends nach dem Netz sehen und schließlich zur Nacht todmüde in einen Schlafsack kriechen.

Aber nun sitzt Alfemann Hellot fest. Er hält die Angel. Er hat sie auf dem Grund, einem Grund, den er noch nicht kennt, dessen Tiefe er aber nach und nach ausloten wird. Bei den ehrbaren Touren am Tage zusammen mit Linda Hysøen erlebt er die Natur an sich und um sich herum auf eine ganz neue Weise. Hier ist es eine Frage der Konzentration, gehen, den Blick auf den Boden gerichtet, langsam gehen und sich niederbeugen über Alpenrosen, Fettkraut, Seidennelken, Renrosen, Timotheegras, Weidenröschen und die anderen Pflanzen, deren Namen alle gleich neu für ihn sind. Gemessen in Kilometern sind es kurze Ausflüge; langsam und umständlich bewegen sie sich in dem Gelände, wie er es als Berufsmilitär nennt, mit einem Fotoapparat, einer Schultertasche und Carl von Linnés Lappländische Reise als einzigem Gepäck. Eifrig, als wüßten sie, daß sie einander erforschen, beugen sie sich über die Pflanzen. Die Leute glauben, daß man, wenn man einander unter die Haut kommen will, Herz und Nieren prüfen muß. Aber Alfemann betrachtet nicht Lindas intellektuellen Horizont, Linda studiert nicht seine Darmflora. Sie betrachten die Welt um sich herum. Für Linda Hysøen ist Linné der Inbegriff des christlichen Menschen. »Es gibt keinen geistigen Himmel für die Seelen«, sagt sie. »Auch nicht für einen Christen. Und wir sind alle Christen in dem

Sinne, daß wir von Gottes Gnade umfangen werden. Linné war der erste, der entdeckte, daß die Blüten, die vor seiner Zeit als das Bild reiner Unschuld angesehen wurden, in Wirklichkeit die entblößten Geschlechtsorgane der Pflanzen sind. Das war mehr als genug, um viele seiner Zeitgenossen zu verärgern. Aber«, sagt Linda zu Alfemann Hellot, der andächtig an ihrer Seite geht, »so führte Linné sie, und uns, noch näher an Gott. Denn wir Menschen können Gott nur kennen, indem wir die Welt kennen.«

Alf Hellot fühlt als Reaktion auf ihre zweideutigen Worte, etwas anderes aufsteigen, etwas, das sich schwer kontrollieren läßt und es schwierig macht, nach wie vor unangefochten an ihrer Seite zu gehen. Aber Alfemann hat gelernt, sich zu beherrschen, er kann seine Stimme, seine Gefühle und Triebe unter Kontrolle halten. Der stille Kampf zwischen ihm und Linda, wohin sie den Blick richten sollen, endet unentschieden. Sie blicken weder hinauf in den Himmel noch hinunter auf die Erde. Sie blicken sich an. Wenn Blicke befruchten könnten! Er hat ins Schwarze getroffen, sie pflückt eine seltene Blume. Jagdtrophäe an der Wand, gepreßte Staubgefäße im Herbarium. Der Jäger schießt sich selbst, die Botanikerin pflückt ihre eigene Blume. Ohne ein Wort gehen sie weiter.

Aber im Laufe der Zeit, die noch von diesem langen und farbensprühenden Herbst verbleibt, kommt Alfemann Hellot Fräulein Linda Hysøen immer näher und damit auch einer Lebensform, von deren Existenz er kaum etwas geahnt hat. Sie unterhalten sich über Hysøens altes Sommerhaus in Lovra, über die geistesgestörte Großtante und über die Fügung des Schicksals, wie Linda sagt, die sie beide hier im Norden, unter rauherem Himmel, zusammengeführt hat. Aber für Linda Hysøen ist Lovra ein Thema, das bald erschöpft ist, es ist eins von vielen exotischen Reisezielen, die sie im Laufe der Jahre kennengelernt hat, ausgehend von dem Haus bei Bergen, an das sie immer noch als an ihr Heim denkt. Ein stattliches Herrenhaus aus rotem Backstein im englischen Stil auf Milde in Fana ist das Heim der Kindheit, erklärt sie dem zweifelnden Alfemann Hellot. Casa Rosada trägt offiziell denselben Namen wie der argentinische Präsidentenpalast, heißt aber sonst im Volksmund meistens Hyseschloß. Dieser häusliche Herd, wie Linda sagt, ragt so hoch über grüne Parkbäume und dichten englischen Rasen empor, daß er viele Jahre lang eine wohlbekannte Landmarke für die Seefahrer in diesem Teil der Provinz Midthordland darstellte. Hier haben Linda und ihre drei Schwestern schon als Dreikäsehochs auf einem privaten Platz Tennis gespielt, wenn das Bergenser Wetter es zuließ; hier hat sich jede von ihnen auf ihrem klassischen Musikinstrument vervollkommnet, sie haben private Freiluftkonzerte gegeben, bei denen sie Streichquartette aus dem Barock und Rokoko vortrugen und großen Beifall von Eltern, Verwandten, Freunden und High-Society ernteten. Hier haben sie für das Familienalbum posiert, vor einer Wandsektion, in der die Bücher von dem bekannten Dekorateur und Innenarchitekten Knagh-Pedersen speziell ausgewählt und als Hintergrund für Hysøensche Familienporträts arrangiert waren. Hier haben sie all das, was sonst noch an künstlerischen und gesellschaftlichen Talenten in ihnen stecken mochte, entwikkelt und verfeinert (neben der Bratsche, Lindas Lieblingsinstrument) durch Klavierspiel, Poesie und englische Handarbeiten. Innerhalb der acht Wände des Hauses haben sie Lebende Bilder aufgeführt, die zum Beispiel »Die Einschiffung nach Kythera« darstellten, und realistische Sittenschilderungen und Melodramen über Leben und Tod mit dem versoffenen und teuflisch verführerischen Vater als Protagonisten und der Mutter als seiner christlich gesinnten, sanft wankelmütigen und ewig versöhnlerischen Antagonistin. Einst ein blühendes rosiges junges Mädchen von Vestlandet, hatte sie durch die zahlreichen Entbindungen Vitalität und Kraft eingebüßt, die sich nun in den kleinen Mädchen wiederfanden, die um sie heranwuchsen. Oft legte sie sich krank ins Bett, ohne andere nachweisliche Leiden als Hühneraugen, die sie ständig in teuren Privatkliniken des In- und Auslandes behandeln ließ.

In den Zwischenakten zwischen den aufreibenden Familienszenen entfaltete sich ein reiches gesellschaftliches Leben um das Hyseschloß, mit zahlreichen und gutbetuchten Gästen in ewigem Reigen. Oft waren es Geschäftspartner und Leute aus der Schiffahrt, die zum schäumenden Champagner in das Haus der Freude kamen, aber auch Künstler verschiedener Qualität und Kategorie. Mit den Kunsthistorikern vom Museum Bergen und von Rasmus Meyers Sammlungen am gleichen Ort plauderten Frau Hysøen und ihre charmanten Töchter gern und geistreich über den defekten Knauf auf dem Silberdeckel des Reimerskruges und über norwegische Bauernantiquitäten, die nun ständig im Preis zu steigen schienen. Insgeheim träumte Frau Hysøen von Sommerhochzeit, der Reihe nach für jede der vier Töchter, vom Sommer weiter westlich, von verschwenderisch grünen und üppigen Klimaoasen im Innern der Fjorde und weißen Damasttüchern auf tiefgrünem Rasen, von opulenten Menüs, erlesenen Weinen, ausschließlich munteren und geistvollen Reden, von Blumen auf allen Beeten, rankenden Pflanzen an allen Wänden und in prachtvollen Tafelaufsätzen und, als natürlichem Mittelpunkt des Festes, von hochgewachsenen, breitschultrigen und angemessen verlegenen Diplomkaufleuten – aus guter Familie, Sicherheit ausstrahlend – an der Seite der Töchter. Aber am meisten von allem träumte sie von Blumen, von der Welt als einem Gartenhaus, tapeziert mit lebenden Blumen, in dichtem Flor auf dem Boden, entsprungen den dornigen Wänden der Hecken, geflochten zum hohen Dach des Laubsaals. An Frau Hysøens Rabatten verkehrten nicht nur Knagh-Pedersen und Hysøen-Andrésen und andere würdige Repräsentanten für bestes Bergenser Toastmasterbürgertum. In den Mittsommernächten träumte auch der Poet Wildenvey in ihrem Himmelbett und trug seine wehmütig-munteren Verse ins

Familienalbum ein. Die große Garbo hatte unter ihrem Dach übernachtet, der Maler Henrik Sørensen war ein lieber Gast. In der pompösen Eingangshalle hatte der religiöse Freskenmaler Emmanuel Vigeland seine unverkennbaren Spuren gesetzt, und bei zahlreichen Krocketschlägen machte der Schriftsteller Ronald Fangen Ende der dreißiger Jahre ebenso wohlgemeinte wie nutzlose Versuche, die verstockte Schiffsreederseele des alten Ludvig Hysøen zur Oxfordbewegung zu bekehren. »Bless him trotz alledem!« sagte Linda. »Er sei dafür geehrt!«

In dieser stimulierenden Umgebung wuchs die kleine Linda auf und lernte schnell, bestimmt und freundlich mit dem Dienstpersonal umzugehen – Fertigkeiten, die sehr gelegen kamen, als sich die Scheidung der Eltern schließlich auf offener Bühne, außerhalb der vier Wände des Schlafzimmers, abspielte. Lange Zeit hatte sich der steinreiche Schiffsreeder Hysøen mit all seinen hübschen Töchtern in der braungebeizten Bibliothek im Westflügel seines rosa Palastes draußen auf Milde eingeschlossen und getrunken, einsam und verzweifelt Schnaps gesüffelt, hinter vorgezogenen Gardinen, umgeben von Vestlandsmotiven der Düsseldorfer Maler in schweren Goldrahmen und in Riesenformat, teuren Ölschinken der Malerfreunde und antiquarischen Prachtwerken wie Reiseschilderungen, Topographie, Geelkercks kostbaren Kartenblättern und alten Festungsprospekten im Original. Hier erspähte Linda Hysøen endlich einen Schimmer von Vaters vierzig Jahre jüngerem Telefonfräulein, das nun Ludvig Hysøens Gespräche nach draußen zum letztenmal vermittelt hatte.

Um die Kinder zu schonen, wohnte Frau Hysøen im Sommer nach Abschluß der Verhandlungen über die Scheidung an der Côte d'Azur. Die beiden ältesten Mädchen waren alt genug, selbst zurechtzukommen, und bereits gut in der Schweiz untergebracht. Ludvig Hysøen zog mit der Zeit ebenfalls aus, zusammen mit der Telefonistin. Aber er verkaufte nicht. Das Hyseschloß blieb zurück – eine leere, dunkle, verschlossene Schale um gute Zeiten im Privatleben, in der Nordseeschiffahrt und für die Linien zur US East Coast. In den vestländischen Sommernächten träumte auf den verwilderten Rasenplätzen draußen kein Wanderer mehr mit Silbersprenkeln im Haar, die begabten Hysøentöchter streuten nicht länger freigebig ihre Gaben unter die höhere Bergenser Bourgeoisie, Ludvig Hysøens sogenannte Stentorstimme donnerte nicht mehr zwischen den Wänden, bis ihn die Gemahlin bremste, bevor er so grob wurde und der Skandal eine vollendete Tatsache war: »Ja, doch, Ludvig, das spülen wir mit dem Kaffee runter.«

Die Kaminfeuer knistern nicht mehr lustig in allen Räumen, einschließlich der Badezimmer (von denen es vier gibt), keine Verseschmiede oder Pinselschwinger klopfen an die Bronzetür des Mäzens, all das ist lange, lange her, nur der Regen trommelt ohne Unterlaß auf die glasierten holländischen Dachpfannen und fällt in dichten Schauern auf den Park, wo nur das Unkraut kräftig in die Höhe schießt.

Linda und auch jede der drei anderen Schwestern hat an ganz anderen Stellen des Globus ihre ordentliche und solide Ausbildung bekommen, in Übereinstimmung mit persönlichen Fähigkeiten und Neigungen. Die Jüngste, Heddy, ist zum Beispiel dabei, ihren Doktor in anorganischer Chemie an einer Technischen Universität in Südkalifornien zu machen. Aber Linda hat einen anderen Weg gewählt, als sie auf eigenen Beinen stehen sollte. Nach zehn Jahren im Ausland mußte sie eine Entscheidung treffen, und sie wählte Norwegen, und sie wählte gründlich. Sie wählte die weiterführende Schule und zog nordwärts nach Målselv in Troms, um ihre teuer erworbenen Kenntnisse dem heranwachsenden Geschlecht in diesem Krähwinkel an der Grenze zum großen Nichts zur Verfügung zu stellen, so bietet es sich zumindest dar, wenn man alles aus der Sicht von New York City oder Paris betrachtet, wozu Linda Hysøen ja reichlich Gelegenheit gehabt hatte. Nicht allein von purem Idealismus getrieben, sondern auch von ihrem Spezialinteresse für arktische Flora, nach jahrelangem Universitätsstudium auf diesem Gebiet und umfassender Feldarbeit am Großen Sklavensee und Baffinland in Nordkanada, hatte sich Linda getrost auf den Weg gemacht.

Für einen Augenblick versiegt ihr Redestrom. Es hat gut getan zu sprechen, und der junge Fliegerleutnant, der an ihrer Seite geht, vermag mit einfachen Mitteln zu zeigen, daß er den Strom von Worten versteht, ob er in Wasserfällen und weißen Stromschnellen dahinjagt, in einem tiefen, unergründlichen Kolk zur Ruhe kommt oder still und schwer dem Meer zufließt, das sie beide weit, weit draußen zu ahnen scheinen. Linda und Alfemann sind nebeneinander stehengeblieben, sehen sich um und hören ferne Detonationen von den Geschützen im Schießgelände. Genau unter ihnen auf einem Absatz, fast einem Gesims im Felsen, liegt ein schwarzer Weiher mit hohem Schilf an den Rändern. Weiße Luftblasen steigen zur Oberfläche. Ein durchnäßter Holzstamm schwimmt an Land.

Alfemann hebt den Blick und schaut in die Ferne.

»Kann das Senja sein?« fragte er und berührt Lindas weiche Hand. »Weit dort draußen?«

»Die Innenseite«, fügt er schnell hinzu, und spürt ihre Hand, die behutsam antwortet.

Ein intensiver Augenblick zwischen ihnen, die endlose Aussicht vor ihnen. Sie läßt wieder los, sagt fast tonlos: »Nein, nein«, und wendet die Nase wieder heimwärts.

»Innenseite«, wiederholt Alfemann Hellot und folgt ihr auf den Fersen. »Die ist zum Denken da. Die Innenseite des Schädels. Aber es ist die Außenseite, die schön ist, sagen Leute, die es wissen müssen. Dort hast du das Meer direkt.«

Die religiöse, christlich gesinnte Linda Hysøen antwortet nicht. Vielleicht hört sie nicht. Lebensanschauung und Herkunft müßten sie und den militanten Atheisten Alf Hellot mit mächtigem Druck in entgegengesetzte Richtungen schleudern. Aber die Anziehungskraft zwischen ihnen ist stärker. Zusammen folgen sie dem schmalen Pfad, der durch die Baumgrenze abfällt, in das nackte Unterholz zur Talsohle hin, wo sie herauskommen – ein noch seltsameres Paar, als Kitty und Alfemann es jemals sein konnten. Sie nähern sich dem Schießgelände und können allmählich die Sprache der Waffen skandieren, das Feuer aus Geschützmündungen und Granateinschläge, das schwere Daktylus-Dröhnen der Kanonen, Maschinengewehre, die knatternde Hexameter durch endlose heroische Blankverse schießen, gemischt mit den trochäischen Punktierungen der Granatwerfer. Sie sind unmittelbar am Gebiet des letzten Stützpunkts der deutschen Lapplandarmee. Sie gehen, Hand in Hand jetzt, durch eine Landschaft aus überwachsenen Panzerfallen, eingestürzten Schützengräben und Blindgängern. Auf dem Weg zurück nach Olsborg ist es Alfemann, der das Wort führt, ein deutliches Echo der kriegerischen Umgebung. Kampf ist eines seiner Schlüsselworte, Front auch. Und Klasse. Erniedrigung. Erbitterung und Widerstand. Und Kampf in modernerem Sinne als der veraltete Klassenkampf. Der Kampf für Freiheit. Alfemann erzählt von etwas, das er »Einser« nennt und, wie sich zeigt, Fliegerstaffel 331 bedeutet. Er erzählt vom Fliegen als Abfangjäger. Er schildert russische Flugzeugtypen. Er erklärt, daß Winken mit den Tragflächen als internationales Zeichen die Aufforderung zur Kursänderung ist. Mehrere Male ist Leutnant Hellot in der Luft gewesen und hat nicht-alliierten Flugzeugen gewinkt, die sich norwegischem Luftraum genähert haben. Alfemann erzählt das in einer norwegisch-amerikanischen Mischsprache, von der nicht einmal Linda Hysøen, perfekt in den beiden Ursprungssprachen Norwegisch und Englisch, viel versteht. Geduldig muß Alfemann erklären, das also, »scramble« der Befehl ist, in die Luft zu gehen, wenn auch nicht buchstäblich, und »hot scramble« heißt, es schnell zu tun, und »silent scramble«, es zu tun, ohne die Funkstille zu durchbrechen, und daß bis zu einem Engel zu klettern bedeutet, auf zehntausend Fuß zu steigen, und daß »Zombie« unbekannt bedeutet und »X-ray« die offizielle NATO-Bezeichnung für fremde, nichtidentifizierte Flugzeuge ist.

Zum ersten Mal hört Linda Hysøen von den Gerüchten. Sie sind seit Jahren im Umlauf. In allen Luftwaffenstützpunkten nördlich des Polarkreises schwirrten sie herum. Ein Pilot von der Staffel 333 meint sogar, er habe den Anlaß der Gerüchteflut mit eigenen Augen gesehen. Meint, gesehen zu haben, hat es aber niemals gemeldet: ein schwarzes Flugzeug ohne Kennzeichen und mit enormer Tragflächenspanne. Es hielt eine Geschwindigkeit zwischen 0,5 und 0,6 Mach und eine Höhe von fünfzigtausend Fuß, bis es plötzlich in die obere Atmosphäre zu steigen begann, wie von einer gegenläufigen Schwerkraft in den leeren Raum gesogen.

So das Gerücht, das bei seinem Reigen durch Wachstuben, Fliegerbaracken und Offiziersmessen eine Reihe phantasievoller Erklärungen als Zugabe zu dem Spitznamen die schwarze Dame erhielt. Je nach dem Alkoholgehalt im Blut wurde die schwarze Dame zum Satelliten erklärt. Zum Spionageflugzeug. Russisch oder amerikanisch! Freund oder Feind? Atmosphärisches Phänomen? Besuch von fremden Planeten? Fliegende Untertasse? Kleine grüne Marsmenschen? Eine Staffel Engel aus dem Paradies? Oder ganz einfach Blindgänger eines Raketentestprogramms?

Alf Hellots erotischer Trieb folgt einer ebenso geheimnisvollen ballistischen Kurve. Er verbreitet alle ihm bekannten Gerüchte. Die wenigen sicheren Auskünfte über die schwarze Dame hat Alfemann von mir, es gibt keinen Grund, das zu verschweigen. Auch Linda Hysøen weiht er ein. Ein großes, leuchtendes Radarecho hat den Schirm mehrerer Stationen überquert. Unabhängig voneinander haben es mehrere Operateure auf dem Höhenradar registriert. Oberhalb aller geltenden Höhenrekorde. Genauso plötzlich ist es wieder verschwunden. die schwarze Dame.

Linda Hysøen ist peinlich berührt. Sie hofft nur, daß

es keine militärischen Geheimnisse sind, die ihr der junge Fliegerleutnant preisgibt. Sie unterbricht ihn, will nichts mehr wissen, schneidet weitere Intimität ab. »That's not my cup of tea«, sagt sie und gibt Alfemann zum Abschied die Hand, als sie vor ihrem Haus in Olsborg stehen: »That's not exactly my cup of tea.«

Nun gut, es ist nicht ihr Problem. Aber Alfemann ist in seiner Bahn gefangen. Er setzt sich ins Auto und fährt wieder hinauf zum Fliegerhorst. Am nächsten Morgen hat sich die Kälte um einen weiteren Grad verschärft und rieselt klirrend trocken und weiß über die gefrorene Erde. Ein florleichter Teppich aus glitzernden Kristallen bedeckt sie und verbirgt alle Gefühle und alles Leben unter der strengen weißen Oberfläche. Linda Hysøen und Alfemann sehen sich weiterhin oft in der Öffentlichkeit, mit der Musiklehrerin als Anstandsdame. Aber ohne einander näherzukommen, im Gegenteil. Die Kälte wird immer strenger, treibt die rote Quecksilbersäule mit unsichtbaren Hammerschlägen hinunter. Mit jedem neuen Frosttag wird eine weitere Wärmenuance aus der Farbskala des Lichts vertrieben, bis nur noch unterirdisches Neon dem Dunkel im Übergang von der weißen Erde zum schwarzen Himmel standhält. Abgesehen vom Grottenlicht und dem Schnee, ist alles Dunkelheit, hohe und unendliche Dunkelheit mit einer schwachen Morgendämmerung, die sofort als Abenddämmerung wieder in der gleichen düsteren Endlosigkeit versinkt. Die Kälte hat ihre gewaltige Klaue in die Erde geschlagen und weist die Menschen zurück, verweist sie auf sich selbst. Immer weißer und schärfer wird die Kälte, bis sie überall ihr glitzerndes Gebiß aufreißt. Und zubeißt. In die Wangen, durch die Handschuhe in die Fingerkuppen, mit scharfen Zähnen durch das Stiefelleder.

Mit kurzen, schnellen Schritten geht Alf Hellot auf dem Rückweg von der Messe durch das dämmrige Mittagslicht. Die Schuhsohlen knirschen auf dem Schnee. Der Atem wird Dampf, wird vor dem Mund zu weißem

Frostrauch und wieder zu schwarzen Schatten, die über den Schnee irren und sich im Schein der Lampen in der Lagerstraße auflösen. Alf Hellot umkreist sich selbst und kreist zwischen seinen vier Wänden und merkt, wie die Kälte und die trockene Luft die statische Elektrizität zum Steigen bringen. Die Spannungen um ihn, zwischen ihm und der Welt, sind derart, daß alles, was er anfaßt, Funken sprüht. Jedesmal wenn er berührt wird, sprüht er Funken. Aber Linda Hysøen ist ebenso fern wie der Händedruck zwischen ihnen elektrisch geladen ist.

Die Winterstürme kommen. Der Schnee fällt nicht wie anderswo vom Himmel herunter. Der Wind bringt ihn mit, er fährt heulend flach über den Boden, peitscht den Schnee zusammen, setzt ihn als sprühend weiße Fackeln auf die Dachfirste. Aber eines Tages ist die Sonne wieder da. Ganz unten am Horizont, kaum sichtbar. Studienrätin Hysøen und Leutnant Hellot fahren zusammen Schi. Eine Schweißflamme versucht zum harten, eingefrorenen Schatz in der Erde vorzudringen. Eine Riesenhand reguliert den Brennstoff, und die ersten Strahlen schlagen sprühend gegen den Horizont. Und sind verschwunden. Die Sonne war da, aber sie hat nicht am Himmel gestanden. Sie liegt. Liegt und wiegt sich rot und matt am weißen Horizont, bevor sie untertaucht. Alf Hellot hat ein Gesicht wie altbackenes Weißbrot. Die Sonne zeigt sich wieder und streicht warmen Honig darüber. Alfemann und Linda können sich im Freien treffen, ohne daß ihre Gesichter verbissen und vor Kälte verzerrt sind. Denn nun scheint die Sonne, flammt hoch über Erde und Himmel, lange, stark und blendend. Und der Schnee schmilzt, sackt zusammen, löst sich in der klaren Luft auf, verdampft, rinnt davon in reißenden Strömen. Der Frost zieht sich in sich selbst zurück, läßt dunkel und vorsichtig die ersten Formen von Erde darunter sehen. Öffnet Wege zwischen Häusern, Urgestein, schneelosem Moor und offenem Wasser.

Dann bleibt alles stehen. Erstarrt. Nichts geschieht mehr. Die Erde hat sich gezeigt, aber sie öffnet sich nicht. Dunkel und kalt bleibt sie stehen. Der Mai kommt, und der Mai geht, genauso unbeweglich und unnahbar. Steinhimmel, Graulicht, nackte Bäume und gespreizte Zweige über grauen Büscheln von vorjährigem Gras.

Für Linda Hysøen wird der stillstehende, festgefrorene Frühling ein langer und völlig perverser Gewissenskonflikt zwischen der reinen christlichen Seele des Winters und den Sinnen, die gnadenlos über ihr flammen. Aber sie ist niemals wirklich im Zweifel. Sie hat den Mann ihres Lebens getroffen. Alf Hellot ist es, den sie haben will. Sie will ihn mit allen Sinnen lieben. Das Verlangen brennt ihr im Körper, verzehrt jeden vernünftigen Gedanken, verzehrt ihre Tage und Nächte, macht sie warm und feucht, kalt und bebend. Aber Linda Hysøen hält durch. Abgesehen vom Militärpfarrer, den sie als Beichtvater benutzt, sieht keiner, was sich in ihr bewegt. Mit ihrem charakteristischen Gang (der, wie sich zeigt, von den ersten Stilettabsätzen in der Gemeinde Målselv herrührt) kommt sie zu ihrem Unterricht in Fortpflanzungslehre getrippelt, der ganz ohne Disziplinschwierigkeiten abläuft, und trippelt ebenso leicht (um die Holzdielen nicht zu beschädigen oder im Schneerost auf der Treppe hängenzubleiben) zurück ins Lehrerzimmer, wo sie sich, äußerlich unangefochten, mit ihren Kollegen unterhält, aber immer wieder davon schockiert ist, daß sie Obst, zum Beispiel Apfelsinen, mit den Fingern essen. Sie benutzen nicht Messer und Gabel, um die Frucht zu schälen und die Bissen in den Mund zu stecken. Das schockiert Linda Hysøen. Aber sie beherrscht sich. Sie hält aus.

Alfemann Hellot hingegen droht, völlig den Verstand zu verlieren. Das wäre wohl auch passiert, wenn er nicht so drastische Methoden gehabt hätte, sich abzureagieren und seine Gefühle zu kompensieren. Er wacht jeden Morgen zeitig auf und hat von Lindas Handtasche geträumt, die er jede Nacht mit seinem Samen füllt. Sie nimmt die Tasche unter den Arm und geht in den Schnee hinaus. In wachem Zustand kann Alfemann durch knochenhartes Training die Träume eine Armlänge auf Abstand halten. Er trainiert für die norwegischen Meisterschaften im fliegerischen Fünfkampf, in dem er immer noch Titelverteidiger ist. Er unternimmt lange Sturzflüge mit der »Gans«, wie der Thunder-Düsenjäger mehr oder weniger liebevoll genannt wird, bis der Überdruck seinen Körper flach gegen den Sitz preßt, die Gedanken an Linda aus seinem Kopf, Kraft und Potenz aus dem Körper schwinden. Er heizt die Sauna so heiß, daß die Offizierskameraden meinen, er müsse auf Monate und Jahre hinaus fortpflanzungsunfähig werden. Die Scheite im Holzofen glühen rot wie die Temperatursäule im Thermometer, die um hundert Grad Celsius schwankt, das Harz tropft von den Deckenbalken. Dann richtet Alf Hellot den Wasserschlauch auf den Ofen und spritzt lange, lange, immer wieder, bis der Dampf ihn in seinen Würgegriff nimmt und die anderen hinaus unter die kalte Dusche jagt, während Alfemann sitzt, das Kopfhaar versengt, das Gesicht verbrannt, den Blick verschleiert, Brandwunden in den Achselhöhlen, im Schritt und in den Kniekehlen, die Hoden pochiert, bis der ganze Körper hellrot und weiß marmoriert ist. Erst dann gleitet Alfemann Hellot von der obersten Pritsche herunter. Die Dusche beachtet er nicht. Nicht einmal die dreißig Grad Kälte draußen merkt er, wenn er sich nackt in den Schnee wirft. Aber Linda Hysøens Augen fühlt er, und die Stimme trifft seinen empfindlichsten Punkt, als sie sich am nächsten Tag treffen und ihr glänzender Blick dem seinen begegnet und sie fast unhörbar nur dasselbe Wort »nein, nein« hervorstößt, mit der Zunge, durch den Mund, über die Lippen.

»Hat es geklappt?« fragen die Kameraden bei der morgendlichen Einsatzbesprechung.

»War sie so weich, daß du sie aufs Brot schmieren konntest?«

»Ging das Brot auf, als du's in den Ofen geschoben hast? Wurde es hart und gut zum Reinbeißen?«

»Hast du ihrs gesteckt?«

»Ist die Begeisterung in stehende Ovationen übergegangen?«

»Oder hat sich der Applaus schnell gelegt?«

»Hat sie sich gespreizt?«

»Es hat geklappt«, antwortet Leutnant Hellot dunkel und klemmt den Helm unter den Arm. »Es wurde Matthäus 3, 11.«

»Was?« tönt es hinter ihm. »Glaubt sie noch an das Weihnachtsevangelium? Oder du an die unbefleckte Empfängnis? Nein, Hellot, das ist zu nichts nutze. Wenn du am Wochenende mit zum Lachsfischen willst, mußt du auf Draht sein. Und da mußt du es vorher ordentlich mit den Weibern getrieben haben.«

Aber die Tür ist zugeschlagen. Leutnant Hellot ist draußen, außerhalb der Fliegerbaracke und außerhalb der Reichweite von Barackenwitzen, draußen in frischer Luft und in ohrenbetäubendem Düsenlärm. Feines Flugwetter, mit guter Wolkendecke, klar und trocken und immer noch nicht warm. Ein junger wehrpflichtiger Unteroffizier hat die »Gans« aus dem Hangar gebracht. Immer noch mit einem Pfahl im Fleisch rennt Alfemann hinüber zu der warmgelaufenen Maschine.

Wir sind beim ersten Wochenende im Juni angelangt. Die Hoffnung ist hellgrün und hat Blattspitzen wie Mauseöhrchen bekommen. Die Sonne steht mitten am Himmel, der Wald ist von einem rosa Schimmer umgeben. Linda Hysøen und Alfemann Hellot sitzen in Olsborg im Vorgarten von Studienrätin Hysøen in Liegestühlen. Zum erstenmal hat Alfemann gesehen, wie sie eingerichtet ist. Es ist das erste Mal, daß er so etwas sieht. Ihre Originalgrafiken und Stilmöbel machen ihn nur aggressiv. Aber es gelingt ihm, sich zu beherrschen. Am meisten wundert er sich über die Bibelsprüche. Sie sind überall, auf Sofakissen gestickt, als Erinnerungszettel an

Lichtschaltern und Gewürzgläsern befestigt, mit Tusche auf den Schaft der Gummistiefel geschrieben. Selbst nach den eingehenden Berichten über das Hyseschloß auf Hop schockieren ihn die Abbildungen des Lebensstandards der Hysøens im Fotoalbum zusammen mit Erläuterungen wie »Zu dieser Zeit lebten wir in Nizza«. In Nizza! Warum um alles in der Welt in Nizza! Oder Ausbrüche wie »Touch wood!« Warum um alles in der Welt kann sie nicht sagen »Auf Holz klopfen«!

Es gibt vieles, was Alf Hellot nicht versteht, selbst als sich das Fotoalbum versöhnlich um die Vergangenheit geschlossen hat. Alf Hellot fragt sich selbst, aber niemand anderen, nicht einmal Linda. Er platzt nicht mit dem heraus, was er denkt. Er hat gelernt zu schweigen. Er sitzt an der Sonnenseite neben Linda Hysøen und fühlt die Wärme. Er ist in tadelloser Uniform, ohne Uniformjacke, die Ärmel korrekt aufgeschlagen und den Schlips zwischen dem zweiten und dritten Knopf in das Hemd gesteckt. Er sitzt neben Linda Hysøen und fühlt, wie die Wärme über ihnen und zwischen ihnen ist und die Luft erfüllt. Es ist der Frühling, es ist der Sommer, der über sie gekommen ist mit einem einzigen großen Sprung. Wie vom Himmel gefallen sitzen sie vor dem weißgestrichenen Holzhaus und können zuschauen, wie das Laub an den Bäumen ausschlägt, sehen, wie die Mauseöhrchen mit einem Schlag zu grünen Elefantenohren geworden sind, wie die Blumen erblühen und die Geschlechtsorgane der Pflanzen sich hemmungslos vor aller Welt entfalten. Alfemann Hellot hat den Hemdkragen geöffnet. Er lockert den Schlips und sitzt eine Weile so. Dann zieht er Hemd und Unterhemd der Luftwaffe aus. Er steht vom Liegestuhl auf und streckt sich, so lang wie er ist, auf dem Boden aus. Das Gras sträubt sich, wächst ihm entgegen, nimmt seinen Körper auf, hebt ihn und wiegt Alfemann in seinem grünen Bett. Im Nachbarhaus sind sie dabei, die Innenfenster aus den Rahmen zu nehmen. Im trockenen Gras knistert Feuer, und es riecht nach verbranntem Reisig. Linda sitzt immer noch im Liegestuhl. Sie öffnet einen Knopf am Halsbündchen. Schließt die Augen, wendet die blinde Gesichtsmaske zur Sonne.

»Jetzt ist es gut«, meint Alf Hellot. »Jetzt ist es richtig gut, im Gras zu liegen.«

»Ohne Flecken zu bekommen?«

Linda hat einen Rock an. Sie gleitet vorsichtig hinunter auf den Boden, bleibt mit untergeschlagenen Beinen sitzen. Sie ändert die Stellung, zieht den Rocksaum weiter über die Knie.

Sie hat sogar eine Wolldecke mit, die sie im Gras vor sich ausbreitet. Alfemann Hellot, mit sauermilchweißem Oberkörper, dreht sich auf den Bauch, den Kopf in die Hände und die Ellbogen auf die Erde gestützt. Zögernd nimmt Linda die gleiche Stellung ein.

Alfemann fühlt, wie die Sonnenstrahlen ihre warme Sprache auf seinen Rücken schreiben; Linda kitzeln sie die Waden. Sie liegen unbeweglich auf dem Bauch, nebeneinander, der Wind säuselt, die Herzen schlagen gegen den Boden, die Zeit steht still. Alfemann rückt näher an sie heran, macht den einen Arm frei und legt ihn über sie.

»Sie sehen uns! Die Nachbarn!«

Linda rührt sich nicht und sagt es leise, in den Boden hinein. Sie liegt auf dem Bauch, den Kopf auf den Unterarmen.

Freudig würde er es die ganze Welt sehen lassen. Aber Alfemann dreht den Kopf, sieht hinüber zu den Nachbarn. Er schüttelt den Kopf und muß noch einmal hinsehen. Und noch einmal. Doch es stimmt.

»Wir sehen sie jedenfalls nicht«, flüstert er ihr, über sie gebeugt, ins Ohr.

Linda zuckt zusammen, muß sich umdrehen und auch hinschauen. Auf den Ellbogen gestützt, schaut sie. Sie zwinkert mit den Augen und schaut. Aber sie sieht es nicht mehr. Das Nachbarhaus ist weg. Das weiße Nachbarhaus ist verschwunden, verschluckt von dem dichten grünen Laubwerk. Während sie und Alfemann auf dem

Bauch lagen, sind die Birken ausgeschlagen. Der Wald rings um sie herum ist dicht und schließt sie miteinander in ein schwankendes grünes Lustschloß ein. Niemand sieht sie. Über den Baumkronen ist Gottes Auge blaugrau und ohne Pupille. Linda seufzt. Sie weiß, was geschehen muß. Sie öffnet sich. Sie kommt. Mit allem, was sie besitzt und hat, kommt Linda Hysøen. Plötzlich und kraftvoll macht sie sich von seiner Körperschwere frei. Wie ein starker und geschmeidiger Zweig bringt sie ihm ihre vollreifen Früchte entgegen. Alfemann fühlt, wie ihn der Sturm packt, aber der Pfahl in seinem Fleische trägt die schweren Zweige. Linda ist über ihm, Linda ist überall. Die Spannung, mit der der Winter sie aufgeladen hat, schlägt nicht nur Funken. Die Funken werden zu Feuer, das auflodert. Ein Feuer brennt und flammt zwischen ihnen, ein Feuer, das wie die Sonne über ihnen einer ungebrochenen Bahn folgt und das auch den strengen Rhythmus von Tag und Nacht sich selbst verbrennen läßt. Nacht und Tag, Abend und Morgen, Alfemanns und Lindas Körper verflechten sich, werden zu einer einzigen leuchtenden Woge. Sie prallen zusammen, steigen und sinken, unentwegt, in der endlos himmlischen Bahn der Sonne und des Körpers.

Studienrätin Linda Elisabeth Hysøen und Leutnant Alf Hellot, beide dienstlich in Målselv, verloben sich am Mittsommertag. Über die einfache Hochzeitszeremonie, die nach relativ kurzer Zeit folgte, kann gesagt werden, daß ich nicht als Trauzeuge für Alfemann geladen wurde, was enttäuschend genug war. Aber ich kann gleichwohl vermelden, daß alles in geziemenden und religiösen Formen vor sich ging, und daß Alfemann seiner Auserkorenen einen schmalen, glatten Goldring mit eingraviertem Verlobungsdatum schenkte, während Linda ihrem Zukünftigen eine antiquarische Ausgabe von Linnés »Lappländische Reise« verehrte, unerwarteter Weise mit einem Vers von Elias Blix, dem Psalmendichter und Kirchenminister aus Gildeskål in Nordland, auf dem Titelblatt. Es handelt sich um den fünften Vers des Psalms »Mit Jesus sein und bleiben« und lautet so:

»Du hast mich angenommen
Als ich ein Kind noch war.
Durch Dich hab ich gewonnen
So manch gesegnet Jahr.
Du sollst auch Kraft mir geben
Bis an das Ende mein:
Laß mich in Dir dann leben,
In Dir mein Atem sein.«

Während des ganzen Sommers und Herbstes hallt dieser Vers in Linda Hysøen Hellots Gedanken wider. Ja, Widerhall ist eigentlich ein allzu milder Ausdruck. Die Worte rütteln sie auf. Der Psalmendichter konnte mehr als sein Vaterunser. Sein Vers hatte doppelten Boden, und was sie unter dem zweiten Boden sah, erschreckte Linda H. Hellot: Himmlische Seligkeit und irdisches Glück waren ein und dasselbe. Ihre eigenen Gedanken und die weisen Worte des Militärpfarrers überschnitten einander kreuz und quer: Nach alter Tradition ist die Seele die Braut und Christus der Bräutigam, der Geliebte. Die Atmosphäre gibt uns ein verzerrtes Bild vom Himmel und ist gleichzeitig die Bedingung dafür, daß wir auf der Erde leben können.

Nein. Linda versteht nicht. Sie denkt wieder an den Fliegerhorst. Sie wankt die Treppe der Fliegerbaracke hinunter, weg von ihrem letzten Kuß. Er erstarrt zu Eis, sobald sie nach draußen kommt, und bleibt ihr am Mund stehen, macht das ganze Gesicht zu einer von ihren schwarzen Sünden verzerrten Seelenmaske. Es ist das erste Mal, daß sie Alfemann im Militärkomplex besucht hat. Das Barackenmilieu, der spöttische Blick des Wachtpostens, der gesehen hat, wie sie Arm in Arm mit Leutnant Hellot das Lagertor passierte, die ganze Armseligkeit dieser öden Männerwelt, alles schockiert sie.

Wenn Linda überhaupt an das Soldatenleben gedacht hat, dann geleitet von den Klassikern aus ihrer französischen Lyzeumszeit, sagen wir Montaigne, der in seinen Essays feststellt, daß kein Lebenserwerb so ansprechend ist wie die Kriegskunst. »Es ist eine Beschäftigung, die auszuüben edel ist«, sagt Alsbjørn Aarnes in seiner sehr freien norwegischen Übersetzung, »denn die höchste und strahlendste Tugend ist Tapferkeit, und sie ist ehrenvoll, weil nichts nützlicher, vernünftiger und gebräuchlicher ist, als Größe und Frieden seines Vaterlandes verteidigen zu wollen. Es erscheint gut, unter so vielen jungen, edlen und tatkräftigen Männern zu leben; der Anblick der tragischen Ereignisse, deren Zeuge man täglich ist, der einfache und freimütige Umgangston, das männliche und ungezwungene Leben, die Mannigfaltigkeit der Handlungen, der kühne Wohllaut von Trommeln und Hörnern, der Ohr und Seele erfreut und wärmt, die Ehre in diesem Beruf, ja, selbst die Fährnis und Rauheit tragen dazu bei, die Freude zu erhöhen ...«

Hat Linda gedacht. Jetzt entdeckt sie, daß der Soldat, den sie liebt und mit dem sie gute und böse Tage teilen will, inmitten einer umfangreichen Sammlung von Urkunden, Medaillen und blankgeputzten Pokalen lebt, außerdem sind da Handfeuerwaffen, ein mexikanischer Sombrero an einem Nagel an der Wand, ein Klassenbild aus Arizona in den USA, auf dem Alf Hellot in Sergeantenuniform zu sehen ist, mit dem Flügel auf der Brust. Eine andere Fotografie zeigt die Turnerriege vom Verein Lovra, in verwaschenen hellblauen Trikots mit weißen Schulterstreifen, nach dem Sieg in einer norwegischen Meisterschaft im Riegenturnen. Diese Gegenstände repräsentieren Alfemanns ganzen Einsatz für Behaglichkeit in seiner Umgebung. Die übrige Einrichtung besteht aus einem Standardbett, ausgestattet mit der Bettwäsche der Verteidigung, einem Schreibtisch und ein paar Stühlen und einem Holztaburett, wie Linda sagt, um nicht das vulgäre Wort Schemel gebrauchen zu müssen. Ein Extraraum für Putzwolle, schmutzige Unterhosen und Reservereifen für das Auto. Abgesehen davon: nichts, nicht einmal Gerümpel.

Linda Hysøen, auf dem besten Wege Linda H. Hellot zu werden, ist etwas betroffen, auch über sich selbst. Daß sie einen Menschen lieben kann, der es in einer so tristen Umgebung aushält. Alf Hellot ist unerforschtes Land für sie, aber das ändert nichts. Sie liebt ihn ohne Einschränkung. Sie läßt sich mit dem Tau des Lebens netzen. Sie preßt sich auf dem schmalen Schlafsofa in der kahlen Unterkunft mit den schäbigen, deutschen Besatzermöbeln eng an ihn. Linda und Alf Hellot, nackt. Ein Körper, legiert aus zwei unvereinbaren Teilen. Sie liegen unbeweglich, hart zusammengepreßt, und Linda meint, daß sie es weiß. Und sie weiß, daß Alfemann auch wissen muß. Nichts wird gesagt, aber gerade deshalb muß er es verstehen. Als Flieger muß er verstehen, daß sie gerade einen neuen Menschen aus dem Universum herbeigerufen haben. Durch Sternennebel, Galaxien, Konstellationen und Sternbilder, glühend heiß nach der Fahrt durch Atmosphäre und flammendes Nordlicht haben sie ihn empfangen, ihn mit ihrer Liebe und ihren Bewegungen sicher aus dem äußersten Raum hereinmanövriert. Zusammen haben sie ihn zur Landung auf der Erde gesteuert, tief hinein in ihre Gebärmutter. Dort soll er wachsen und neun lange Monate gehütet werden, bis er den Übergang in das Menschenleben außerhalb von ihr erträgt. Auf dem schmalen, verschlissenen Schlafsofa, das unangenehm knarrt und zu stark gefedert ist, haben ihre Bewegungen ein neues Wesen irgendwo, unfaßbar weit draußen im Universum eingefangen und auf die große Reise geschickt. Das ist das große Wunder. Und wie sie da zusammengeflochten liegen, Arme und Beine, Beine und Arme, Mund in Mund, fühlt Linda dieses Wunder in sich pochen.

»Himmelskörper«, flüstert sie. »Himmelskörper, Himmelskörper.«

Sacht läßt sie den Zeigefinger der linken Hand dem Bogen zwischen seinem Gesäß und seinem Kreuz folgen. Der Bogen ist ansteigend, und bevor er abbiegt, zieht Linda den Finger von Alfemanns warmer Haut zurück. Linda Hysøen denkt wieder an den Herrgott, an die Schöpfung, da Gottvaters Samen als glitzernder Sternennebel in den Weltraum sprühte.

Leutnant Hellot, der zwischen Schlaf und Wachsein hin- und herschwankt wie ein Stromnetz bei allzu großer Belastung, hört fern das Wort Himmelskörper und denkt gleich an Flugkörper und an Raketen. Sie sind bald aus dem Blickfeld. Eine wohlige Gleichgültigkeit, als kühlte sich sein Körper so stark ab, daß er zu erfrieren droht, breitet sich in ihm aus.

»Sprengkörper«, murmelt Alfemann. »Sprengkörper, Sprengkörper.«

Zwischen drinnen und draußen ist ein Temperaturunterschied von über sechzig Grad Celsius. Linda Hysøen hat sich verabschiedet und geht aus der Baracke. Die Lagerstraße liegt still und leer. Aus den Baracken dringen keine Geräusche. Weit unten im Nordwesten steht das Nordlicht am Horizont wie Rampenlicht an der weißen Bühne der Erde. Gleich einem selbstleuchtenden Bühnenvorhang wallt es in Falten über den Himmel, wie weicher, biegsamer Marmor. Von Ost und West suchen scharfe Scheinwerfer nach dem dunklen Mittelpunkt des Himmels, ohne daß ein Akteur erscheint. Über dem großen Saal der Erde bekommt der Schnee eine Extraschicht Reif. Die nackten Zweige der Bäume besticken die schwarze Nacht mit weißen Bibelsprüchen in einem geheimen Alphabet.

Der Tretschlitten vor Linda ist ein schmächtiger Holzrahmen auf zwei schmalen Stahlkufen. Sie zieht ihn aus dem Schnee. Frost und Rauhreif haben Handgriff und Sitz mit mattem ziseliertem Silber überzogen. Behutsam hebt sie das kostbare Fahrzeug in die Lagerstraße, gibt Schwung und gleitet hinunter zum Tor. Die Kufen funkeln unter ihr. Sie muß hindurch. Der Wachtposten vor dem Schilderhaus grüßt spöttisch. Dann ist sie draußen. Linda fährt die Fernstraße entlang. Der kalte Stahl der Kufen schneidet emsig und zischend durch den festgetretenen Schnee. Sie tritt aus Leibeskräften, es gleitet leichter, nach einer Weile kommt sie besser in Fahrt. Linda Hysøen fährt nach Hause. Mit dem linken Fuß steht sie auf der Schlittenkufe, mit dem rechten stößt sie sich vom Weg ab. Eine hinkende, asymmetrische, ruckhafte Bewegung, die plötzlich einsetzt, schneller wird, fast aufhört und wieder zunimmt. Vom Stelldichein mit dem Mann ihres Lebens fährt Linda Hysøen heimwärts, in einer klaren, klirrend kalten Frostnacht, mit mattem Halbmondschein und dem unaufhörlich wechselnden Nordlicht wie biegsamer, phosphoreszierender Marmor.

Ein Auto tastet sich ihr durch die Dunkelheit mit zwei langen gelben Fühlhörnern aus Licht entgegen, begegnet den Fühlhörnern eines anderen Autos, das aus entgegengesetzter Richtung an Linda vorbeifährt, zieht sie ein, blendet das Licht ab. Mit niedergeschlagenem Blick fahren die beiden Autos aneinander vorbei, doch Linda Hysøen ist geblendet.

Blind gleitet sie in der Schneepflugspur weiter. Hoch oben im Norden, auf der Kuppe des schwebenden Erdballs, auf einem einfachen Tretschlitten aus Holz und Stahlkufen, graviert mit den kostbarsten Mustern und Verzierungen. Linda Hysøen streckt sich und setzt den ganzen Körper zu der ruckweisen Vorwärtsbewegung ein. Blitzende Chirurgenmesser der Kälte führen in ihrem Gesicht die plastische Operation aus, die die Lehren des Lebens tief in ihre Gesichtszüge schneiden und sie bis zur Unkenntlichkeit verändern wird.

Linda Hysøen stößt sich ab. Und wird wieder gefangen. An anderer Stelle, auf dem Weg.

Tief in Granit

Auf der anderen Seite, auf der Südseite des Fjords – hinter dem Frostrauch, hinter den Einbuchtungen des Küstenstreifens, hinter den erstarrten weißen Wellen der Landschaft, hinter dem Festungswerk, hinter dem niedrigen Horizont – stockte die Sonne, stand still, festgefroren auch sie im frostharten Boden. Tief unter dem Horizont, tief unten in den endlosen finnischen und russischen Einöden stand sie und glühte schwach und bronzefarben über verschneiter Heide, weißbereiftem Wald, tiefgefrorenem Sumpf und vereistem Wasser. Hinter den Zwergbirken krümmten sich die Schatten bleicher und bleicher und waren bald eins mit dem rosa Schimmer des Schnees. Unten am Ufer waren alle Schatten ausgelöscht, bedeckt von der weißen Asche, die von dem lodernden Flammenfest des Sommers zurückgeblieben war. Durch den Frostrauch über dem Fjord blies ein eisiger Wind von der Barentssee in die Gluten, und für eine kurze Vormittagsstunde glomm es unten am Himmel über dem Land im Süden. Wo der Wind zupacken konnte, riß er den trockenen Schnee von den Felsen und streckte ihn in sprühenden weißen Fackeln dem goldenen Abglanz des Tages entgegen. Aber die Wärme konnte die Erde nicht erfassen, das Feuer flammte nicht auf, die Gluten erloschen nach und nach, aus dem harten, gefrorenen Grund schoß nur eine düsterblaue Schneidbrennerflamme durch den Schnee. Und der Schnee aus dem Osten preßte den Frostrauch draußen über dem Varangerfjord noch dichter zusammen.

Das Bild stammte von früher. Tausend Frostblitze hatten es unauslöschlich in meine Augen gebrannt. Sobald ich die Tür öffnete, war es wieder da, bis ins kleinste Detail. Der Wind heulte auf und mischte sich mit dem Chor von zwölf, fünfzehn Bierbässen, der immer noch aus der Messe hinter mir dröhnte. Es waren Veteranen von der

Lizafront, die sangen – voll des Triumphs, daß die NATO sie angeworben hatte, damit sie ihre blutig erworbenen Ortskenntnisse aus ihrer Zeit als Feldkommandeure auf der Kola-Halbinsel mit uns teilten. Nun stimmten die deutschen Gebirgsjäger mit rauhen Kehlen an:

»Ein Grab am Fjord, ein Kreuz am goldenen Tore,
ein Stein im Wald und zwei an einem See –:
ein ganzes Lied, ein Ruf im Chore:
›Die Himmel wechseln ihre Sterne – geh!‹«

Das tat ich, ging hinaus in die Kälte. Nach der Schwüle in der Messe war es, als würde man sich in ein neues Element stürzen. Die Kälte schnürte sich um den kleinen nackten Fleck mitten im Gesicht zusammen, wo die eigene Haut nicht von Tierhaut und Pelzwerk bedeckt war. Ich schloß die Tür und ließ den Soldatengesang hinter mir, zog die Mütze noch tiefer in die Stirn, stellte die Ohrenklappen noch enger, schlug den Kragen höher über das Kinn, knöpfte den obersten Knopf des Pelzrokkes zu und ging mit knirschenden Schritten die Treppe hinunter. Die Temperatur des kalten Krieges war noch um einige Grade gefallen.

Ich hatte das Auto mit angestelltem Motorwärmer unten am Kai stehen. Der Frost ließ mich die dämmrige Straße hinunter Spießruten laufen. Wie ein Steinzeitmensch in Pelze und Häute gekleidet, auf dem Weg zu einer unterirdischen Grotte, hatte ich stark das Gefühl, daß mich meine raschen Schritte zurück in die Zeit trügen. Ich erklomm jedenfalls den kleinen Höhenzug und nahm die Böschung in Angriff, die hinunter ins Zentrum führte. Bei klarem Wetter konnte man mit bloßem Auge drüben die Fischerhalbinsel sehen und damit den äußersten Vorposten im Leningrader Militärbezirk. Vajda Guba. Petschenga. Kola-Basis. Murmansk. Jetzt sah ich kaum die Hand vor Augen, aber hinter mir, hinter dem ganzen windgepeitschten Ort, sahen und hörten die Funkmaste und die rotierenden Radarantennen den

Funkverkehr vom wichtigsten militärischen Punkt der Welt.

Ich kam hinunter ins Zentrum. Kein Mensch zu sehen. Ein einzelner PKW heulte mit dem Nordost um die Ecke und navigierte weiter zwischen Wächten und Schneewehen auf der Straße. Ich ließ ihn vorbei und ging im Schneetreiben weiter. Der Ort hatte noch einen Straßenzug, parallel zum Fjord, und ein paar kurze Ausfahrt- und Querstraßen, die vom Meer hinauf zu der nackten Hochebene führten.

Eigentlich war es kein Ort. Es war eine Kreuzung aus zwei Orten mit gleichlautenden Namen – ihren Ausgangspunkt hatte sie in den dem Festland vorgelagerten Inseln –, so wie die Radaranlage, zu der ich unterwegs war, eine Kombination von zwei sehr unterschiedichen Sensorensystemen war, bei der das Oberkommando wenigstens einmal die Rivalität zwischen den Waffengattungen überwunden und Radar und Funküberwachung im selben Bunker plaziert hatte. Der Ort war finnisch und samisch gewesen mit einem norwegischen Amtmann, Handelsmann und Gottesmann, der seine Untertanen des Meer nach Fisch absuchen ließ. Jetzt hatte der Ort neue Herren bekommen und neue Einwohner, die den Himmelsraum nach geheimnisvollen Zeichen absuchten.

Unten am offenen Wasser biß der von Osten kommende Schnee noch kräftiger in die Wangen. Durch die Klappen der Pelzmütze konnte ich Möwenschreie ahnen. Die Vögel hingen dicht über den Fischkuttern, die wettergeschützt innerhalb der Mole lagen. Im Hafenbassin schaukelten rote und blaue Navigationslichter mit den sich kräuselnden Wellen auf und nieder.

Ein Leuchtfeuer blinkte fern. Erstarb wie Sehnsucht. Und kam wieder wie Schmerz. Die letzte Spur des Tages glühte an der Südseite des Fjords auf. Der Ort lag auf demselben östlichen Längengrad wie Istanbul und Kairo, folgte jedoch Osloer Zeit. Der Tag-und-Nacht-Rhythmus war verdreht, zugleich prägte noch etwas anderes das Licht der dunklen Jahreszeit. Während die anderen Orte in der Arktis sich nordwärts dem Nordmeer, Eismeer oder der Barentssee zuwenden, liegt dieser Ort nach Süden, zur See und zum offenen Wasser hin. Weckt Erinnerungen an Wärme und eine ferne Sonne hinter dem Horizont. Eine Sonne, die immer zu ahnen, die da und nicht da ist. Ein Platz für Luftspiegelungen, Trugbilder über dem Meeresspiegel. Ein guter Platz für Gespenster.

Ich schloß das Auto auf und begann die Frontscheibe abzukratzen. Der Wind kroch durch Mütze, Pelz und Lederstiefel in mich hinein. Er sparte nicht mit Munition. Er blies quer durch mich hindurch, durchbohrte meinen Rücken mit Eiskugeln von winzigem Kaliber. Ich stellte den Motorwärmer ab, setzte mich hinter das Lenkrad und konnte beim ersten Versuch starten. Nichts ist so warm wie ein warmes Auto und nichts so kalt wie ein kaltes.

Ich fuhr aus dem Zentrum fjordeinwärts.

Es ist keine lange Autofahrt. Ich bog vom Hauptweg ab und fuhr auf guter Schneedecke ein paar hundert Meter vom Ufer landeinwärts. Ein weißes Holzstaket streckte sich kaum über den Rand der Schneewälle. Innerhalb des Zauns ragte zwischen den Schneemassen ein Antennenwald auf. Die sichtbaren Gebäude sind niedrig und unauffällig. Ich parkte vor einem Betonklotz. Er ist mit Ventilationsöffnungen versehen und sonst völlig ohne architektonischen Krimskrams oder Ornamente. Die glitzernde weiße Radarkuppel verschwamm mit den Schneewehen. Ich schloß den Motorwärmer an und ging zur Eingangstür. Sie war ganz weiß, wie mit Schnee eingerieben. Der Wind hatte den Schnee auch in die Wände ringsum gepeitscht, so daß sich die Verschalungsstreifen im Zement deutlich abzeichneten.

Die Tür führt in einen Windfang. Das Schneetreiben folgte mir auch dort hinein, bildete dünne weiße Streifen auf dem Betonfußboden. Ich öffnete die nächste Tür, eine Panzertür, und ließ den heulenden Wind und den Schnee endgültig hinter mir zurück. Auf dem Weg weiter hinein nahm ich Schal und Mütze ab und stampfte den Schnee von den Stiefeln.

Ich ging eine kurze Treppe hinunter und wieder durch eine Tür. Der Korridor dahinter war lang und weißgekalkt und von weißen Leuchtröhren an der Decke grell erhellt. Er führte im Zickzackmuster weiter in den Fels hinein, mit scharfen Vorsprügen für Nahkampf und Nahverteidigung. An beiden Wandseiten waren Nischen, die sich tief in der Wand zu Schießscharten verjüngten. Ich folgte schnell den Kurven des Korridors, vorbei an Brustwehren und Schießscharten, bis zum ersten Kontrollposten.

Das war vor der Einführung der Fernsehüberwachung, so daß der Kontrollposten aus einem bewaffneten Wächter und einer Gittertür quer über den Flur bestand. Ich zeigte meinen Ausweis und sah dem Wachhabenden in die Augen. Er warf einen Blick auf meine Identitätskarte, die mit Namenszug und Porträt versehen war. Einen Augenblick erwiderte er meinen Blick, um sich zu versichern, daß die Landschaft des Gesichts mit der Darstellung auf dem Passierschein übereinstimmte. Das stimmte, es war Person, den er vor sich hatte. Der Wächter räusperte sich und drückte auf den Knopf, der die Gittertür öffnete: »Was machte der Laborant, als er zum Labyrinth kam?«

»Laberte rum«, antwortete ich und ging durch die offene Tür hinein.

Ich schwitzte schon in der Wintermontur. Der Korridor ging in einen zwischen zwei Türen liegenden Schleusenabschnitt über. Durch die eine Tür kam ich in einen kurzen Gang mit roten und blauen isolierten Leitungen an den Wänden. Ein Unteroffizier in kurzärmeligem Sommerhemd kontrollierte und fertigte mich vor der anderen Tür ab. Dann schwenkte eine fünf Tonnen schwere, explosionssichere Stahltür zur Seite und öffnete sich zum Allerheiligsten, zum Hochaltar der elektronischen Kathedrale, deren Kuppel über die Erdoberfläche emporragte, fünf Etagen aus atomsicherem Granit über meinem Haupt.

Nach den langen Korridoren mit dem grellen Licht wirkte der Operationsraum halbdunkel, mystisch, verheißungsvoll, als würde das kalte Winterdunkel der Polarnacht hoch über uns zusammen mit der Frischluft in den eisblauen Fels gefiltert.

Ich hängte meine Sachen auf, während sich die Augen langsam an die dämmrige Umgebung gewöhnten. Um mich herum standen die Radargeräte, leuchtend grüne, rote und blaue Lichtsignale auf den Bildschirmen. Durch das Halbdunkel glimmten die Skalenfenster, Signalrelais und Konsolen dunkel in allen Farben des Polarlichts. Die Elektronik summte wie stromführende Mollusken, aber nicht mit dem tiefen Brausen des Meeres, sondern mit den hohen Tönen des Raumes. In der Luft der charakteristische trockene und bittere Geruch von der elektronischen Maschinerie. Neben den Radargeräten leuchteten Instrumente mit Digitalzahlen, von denen ich Daten in Form von Ziffern ablesen konnte. Auf den Bildschirmen kreiste ein dünner Lichtstrahl im gleichen Tempo wie die Radarantenne oben auf dem bombensicheren Gestein. Aber die Bildschirme waren leer. Der Sturm hatte die Flugzeuge aus dem Luftraum und die Impulse vom Schirm gefegt. Alles deutete darauf hin, daß es ein ruhiger Dienst werden würde.

Von der Frischluftanlage brummte es schwach durch den Luftfilter, und das Brummen mischte sich mit dem Grottenlaut des Computerwerks, dem Blip Blip Blip – wie elektronisches Regentröpfeln aus dem Raum. Der abtretende Operateur hatte sich vom Gerät erhoben und stand wie ein paläolithischer Künstler vor einer flimmernden Ausstellung elektronischer Höhlenmalerei.

»Still und ruhig«, stellte ich fest.

»Nada«, zitierte er die Buchstabiertabelle. »Nada Zero. Du und Fräulein Nada Zero, ihr habt die ganze Wache für euch allein. Viel Vergnügen!«

Ich winkte ihm nach, als er auf dem Weg zur Schleuse

war, hinaus in den Winter, und setzte die Kopfhörer auf. Ich überblickte rasch Radarsignale und aktuelle Radarkennungen. In der Altamiragrotte in Nordspanien malten sich unsere Vorväter in paläolithischer Zeit den schönsten Himmel aus Tierfiguren an die steinerne Decke der Höhle. Bison, Auerochse und Wildschwein, Hirsch, Wildpferd und Wolf wurden in naturalistischen Strichen und naturgetreuen Farben in die ewigen Jagdgründe der Kunst verwiesen.

Ein paar Jahrtausende später, in der jüngeren elektronischen Steinzeit, saß ich in einer tieferen Grotte und jagte einen anderen Tierkreis am Himmel. Von Der schwarzen Dame will ich nicht noch einmal reden. Auch Kapitän Ahabs weißen Wal will ich diesmal nicht erwähnen. Aber sollte der russische Bär versuchen, sich in die Höhle zu schnüffeln, hatten wir die Instruktion, sofort HASE auf der direkten Leitung nach SACEUR in Rocquencourt zu rufen, das heißt, das europäische Oberkommando der NATO etwas außerhalb von Paris zu benachrichtigen. Hotel Alfa Saba Echo, wie die Buchstabiertabelle besagt.

Aber vorläufig gab es keinen Grund, der Bär! zu rufen. Die abgerundete, mattleuchtende Zwölf-Zoll-Glasscheibe vor mir war immer noch leer. Die Elektronik summte. Der dünne Lichtstrahl auf dem Panoramabildschirm zeigte, daß die Radaranlage über mir die Augen nicht geschlossen hatte. Das eine Gerät zeigte Richtung und Abstand von der Station an. Das Höhenradar warf seine Strahlen hunderttausend Fuß hinauf in die Nordlichtzone, während das Radargerät für die Seeraum- und Erdbeobachtung den ganzen Horizont absuchte.

Das dreidimensionale Resultat war auf dem Schirm vor mir sichtbar. Aber das Resultat war mager. Abgesehen von dem zerklüfteten Umriß der norwegischen Küste westwärts nach Troms zu, waren die Schirme leer. Die Abendmaschine nach Oslo durfte nicht fliegen und stand ruhig in Bodø. Es war ungewöhnlich still auf der zivilen Funkfrequenz. Kein barscher und witziger Flugkapitän führte seinen Passagieren und der Leitstelle im Turm von Bardufoss schwarzen Blues in Shakespeare-Englisch vor. Was auch meine langen Antennenohren erfreut hätte, darf ich wohl hinzufügen.

Auch auf den militärischen Frequenzen hatte der Funkverkehr aufgehört. Gewöhnlich gingen alliierte Schiffe und Flugzeuge nicht weiter als bis zu 24° östlicher Länge. Um die Flagge zu zeigen, zogen norwegische Kampfflugzeuge ein paarmal im Jahr zur Grenze, setzten Kondensstreifen, die sich langsam am weiten Himmel auflösten, und tankten in Høybuktmoen auf. Aber dies war nicht der Tag für derartige nationale Demonstrationen.

Ich hob den Blick von der dunkelleuchtenden Glasplatte vor mir. Um den Schirm herum standen Schränke mit Kontakten, Schaltern und Meßgeräten. Alle Meßgeräte und Instrumente für jede elektronische Einheit waren auf Konsolen neben den Radarschirmen gesammelt. Leuchtende Reihen von polygonen Digitalzahlen hielten die Daten über jedes Signal fest, das durch die Störsendungen von der anderen Seite in den Deckungsbereich der Station drang. Alle Zeichen wurden wie mit dem Staubsauger in die Apparaturen gesaugt und als Daten unter den metallenen Schädeldecken der Elektronenhirne gespeichert. Von dort starteten sie ihre lange Fahrt zum Analysezentrum in Oslo und zu der einhundert Hektar großen Computerfarm der NSA in Fort Meade, Maryland, USA.

Ich hörte Geräusche hinter mir. Richtete mich im Stuhl auf und blickte zur Tür. Mein Kollege Radarkontrolleur kam ins Operationszentrum. Er hatte den für einen Kryptologen würdigen Namen Løe Brorson, Adolf Løe Brorson, um genau zu sein, und eine Fähigkeit, Codes zu knacken, von der ich, ohne zu übertreiben, sagen kann, daß sie in weiten Kreisen geschätzt wurde. Wir nickten uns zu, bevor er sich ans Telefon setzte und mit SACEUR auf der direkten Leitung nach Rocquencourt zu sprechen begann. Über Adolf Løe Brorson, der, während er sprach, die Arme ausstreckte, wie um die Handflächen an einem der glühenden Schirme zu wärmen, könnte man, auch über den Namen hinaus, vieles sagen. Wenn man seinen Code geknackt hätte. Und das habe ich.

Wir haben im Kursus für Radaroperateure in Grökallen und auf einem Lehrgang in einem gottverlassenen ostnorwegischen Garnisonsnest zusammen die Schulbank gedrückt. Sind trainiert und gedrillt worden in einfacher Kommunikation mit Morsesignalen, Winkzeichen, Funktelex verschlüsselt, Funktelex in Klartext, Funktelefonie, Kryptologie und Decodierung. Die beiden letzten Fachgebiete waren es, in denen Løe Brorson mit einer merkwürdigen Form schöpferischer Phantasie glänzte.

Dann wurden wir zusammen in eines der Operationszentren eines Luftverteidigungssektors geschickt. Ich wurde auf die übliche Weise überprüft, zugelassen und weiter hinunter in das Allerheiligste beordert, in den Bunker mit den Radarschirmen oder den gen Ost gerichteten Augen und Ohren der Freiheit, wie es unsere Vorgesetzten bei feierlichen Gelegenheiten auszudrücken beliebten.

Ich saß also unten am Radar und sah so weit, wie das Auge der Freiheit sehen kann, während das große Licht, Codeknacker und Kryptologe Løe Brorson, in der Lagerstraße über meinem Kopf herumlief und nichts verstand. Erst viel später.

Da kam endlich die bittere Wahrheit heraus. Adolf Løe Brorson stammte aus einer Ortschaft, die Svelgen heißt, gelegen im Bezirk Sogn og Fjordane, und war außerdem Sohn eines der rührigsten Mitglieder der Christlichen Volkspartei in der Landgemeinde. Soweit wirkte alles unantastbar. Das glaubte auch der kleine Adolf. Aber so einfach war es nicht. Bei einer Gelegenheit hatte die Chemiearbeitervereinigung in Svelgen, die bei weitem nicht als die roteste gilt, den Vater des künftigen Kryptologen zum Kassierer gewählt. Es soll ein authentisches Foto in einer Gewerkschaftschronik geben, auf dem Løe oder Brorson senior in einem Arbeiterumzug mitgeht und einen Zipfel der roten Fahne hält – zum großen Unglück für mindestens einen seiner Nachkommen, wie es eine Weile schien.

Die stabsmäßige Behandlung des Sicherheitsrisikos, das nun das nächste Familienmitglied im Kielwasser dieser Affäre darstellte, mußte auf Grund der Natur der Sache, wie es heißt, umfassend sein und sich lange hinziehen. Eine, zwei, drei und vier Wochen lief Adolf Løe Brorson herum und trug nicht vertrauliche Post von Büro zu Büro und begriff immer weniger. Dann kam die Mitteilung, vom Langleybunker in Virginia, Fort Meade, Maryland, SACEUR in Paris oder gar aus der Festung Akershus in Oslo: Adolf Løe Brorson könne unter die Erde gehen. Und dort ist er geblieben, zum großen Glück für die Sache der Freiheit.

Er war mit dem Telefonieren fertig, als ich aus meinen Gedanken auftauchte und den Blick wieder auf ihn richtete. Meine Augen hatten sich allmählich soweit an das unterirdische Polarlicht gewöhnt, daß ich zwischen Blau und Türkis an der pastellfarbenen Wand hinter ihm unterscheiden konnte.

Aber es waren nicht die Pastellnuancen, die Adolf Løe Brorson beschäftigten. Er saß über den Bildschirm gebeugt. Der Radar hatte etwas aufgefangen. Ich schwang mich auf dem Drehstuhl herum.

Endlich ein Lebenszeichen! Der Sturm mußte sich die Hörner abgestoßen haben, bevor er Kola rammte. Auf dem Schirm sahen wir, daß eine MiG 16 auf dem Olenegorsk-Flugplatz bei Murmansk abgehoben hatte. Als leuchtender elektronischer Pfeil auf dem Radarschirm sichtbar, setzte sie zu einem Bogen um Varanger und Nordkyn an, in respektvollem Abstand zum norwegischen Luftraum.

Der Kurs stimmte mit einer bekannten Flugstrecke überein, das Ziel war identifiziert, das Flugzeug erhielt seine NATO-Klassifikation, der Flug seine Nummer im Datenspeicher. Die Antennenohren registrierten den Funkverkehr vom Flugzeug hinunter zur Erde. Wir hörten, wie sich zwei Kommandeure über dies und das unterhielten. Ein Beobachtungsposten der Artillerie gab den Feuerbefehl zurück an den Standort. Von Überwasserschiffen und U-Booten gingen Routinemeldungen zurück zum Stützpunkt. Alles war normal, und zusammen mit einem Heer von anderen untertänigen Höhlenmalern zeichneten Adolf Løe Brorson und ich das Normale in ein feinmaschiges Netzwerk von Codes, Frequenzen, Metaphern und Symbolen ein – gigantisches Porträt Des Unbekannten jenseits der Grenze. Ein Schreckbild haben wir gezeichnet, eine Leinwand überladen mit taktischen Raketen, Langstreckenbombern, Amphibienfahr zeugen, Artilleriezugmaschinen, Feldhaubitzen, Marineinfanterieregimentern, geländegängigen Lastwagen, Granatwerfern, Luftabwehrregimentern, Mannschaftstransportwagen. Das war das Normale, und vom elektronischen Bild dieses Normalen sollte sich das eine enthüllende Detail grell abheben.

Ein rotes Licht.

Ein rotes Licht fing an zu blinken, zuerst in meinem Hinterkopf, dann auch auf der Konsole neben dem Bildschirm. Es blinkte bösartig und hitzig, und andere folgten. Da braute sich etwas zusammen. Ich warf einen Blick auf den Schirm, entdeckte aber nach wie vor in der elektronischen Grütze unter der Glasscheibe nur die Umrisse meines eigenen Gesichts und meiner eigenen Angst.

Da sah ich es. Plötzlich. Der Radarstrahl hatte ein Flugzeug eingefangen. Auf dem Bildschirm vor mir blinkte es groß und leuchtend auf.

Es kam von der anderen Seite, deutlich von Land entfernt, aber innerhalb der Seegrenze. Ein klares und konturenscharfes Echo. Die Geschwindigkeit war nicht aufsehenerregend. Mach 0,7, das heißt etwa 540 englische Meilen in der Stunde. Aber der Radarimpuls stimmte mit keinem der Flugzeuge im Register überein. Und die Höhe war unwahrscheinlich groß, ganz oben im oberen Viertel der Ortungszone des Radars. Es antwortete nicht mit der richtigen Kennung auf den Anruf der Station, den Anruf Løe Brorsons. Es antwortete überhaupt nicht. Mit enormer Tragflächenspannweite und unbekanntem Profil zeichnete es sich klar und leuchtend auf dem Radarschirm ab. Und es hielt den Kurs. Keine Rede von Luftspiegelung oder Sinnestäuschung. Kein Wetterdienstballon, Luftschiff oder Satellit.

Flugzeug. Damenbesuch. Aber nicht Fräulein Nada Zero. Die schwarze Dame.

Løe Brorson stand direkt hinter mir. Ich drehte mich um und sah ihn an. Er nickte. Ich rief die Hauptstation des Sektors. Ich übersetzte den Code in elektrische Impulse.

In wenigen Sekunden würden Luftwaffenhelferinnen und Wehrpflichtige das unbekannte Flugzeug auf einer großen horizontalen Karte eingetragen haben. Der Kennungsoffizier würde schnell die Klassifizierung von Zombie, unbekannt, in X-ray ändern. Das Flugzeug mußte fremd und nichtalliiert sein. Es folgte keinem normalen Kurs, gab keine Kennung, die Impulsgrößen waren unbekannt. Es mußte besonders sorgfältig verfolgt werden.

Ich glaubte nicht daran, aber zur Sicherheit verglich ich das Echo noch einmal mit den bekannten Profilen im Register.

Iljuschin war gewöhnlicher Flugplatzarbeiter gewesen, bevor er seine Fähigkeiten als Flugzeugkonstrukteur anwenden konnte. Artjom Mikojan war Bruder des Altbolschewiken Anastas Mikojan. Wer Gurewitsch war, weiß ich immer noch nicht. Abgesehen davon, daß er zusammen mit Mikojan dem MiG-Flugzeug den Namen gegeben hat. Aber der Leuchtpunkt auf dem Schirm war weder eine Iljuschin noch eine MiG noch eine Tupolev oder ein anderer Flugzeugtyp dieser Herkunft.

Es entsprach nicht dem Buch. Es stimmte nicht.

Løe Brorson schüttelte auch den Kopf und zuckte die Schultern. Wir wußten beide, was nun geschehen würde. Wir konnten beide ein Koppelungsschema lesen. Hinter der Verkleidung der Instrumentenkonsole vor uns starteten die Kommunikationslinien. Das Wort würde Fleisch werden, um es so auszudrücken. In dichten Büscheln quollen die isolierten Leitungen aus der Konsole in die pastellgrüne Wand, wie durchgedrehte Sprache aus dem Fleischwolf. Und das war nur der Start. Die Meldungen würden von Luftlage- und Kennungsoffizieren doppelt und dreifach geprüft werden, bevor sie den Chef der operativen Abteilung im Kommando der Luftstreitkräfte erreichten, den blutjungen Oberst Eeg.

Dann würde der Alarm ausgelöst, das Wort würde durch Oberst Eeg zu Fleisch, zu Handlung werden: »Scrambleorder, Alarmstart, Kurs 180° auf maximale Höhe. Silent scramble. Kontakt mit Katzenauge auf Kanal 5.«

Katzenauge war selbstverständlich mein Codename. Durch das Winterdunkel sah mein leuchtender Radarblick zwei Abfangjäger mit ohrenbetäubendem Lärm starten. Und gleichzeitig totenstill; lautlos, ohne die Funkstille zu unterbrechen, weder in Klartext noch verschlüsselt. In derselben Sekunde, in der die Alarmglocke ertönte, würden zwei Piloten in Fliegerkombination die Becher auf den Tisch knallen, daß der Kaffee überschwappt, alle Karten zeigen, die sie in der Hand haben, die Zigarette ausdrücken, die Bunten Blätter und Comics fallenlassen oder Agnar Mykles jüngsten skandalumwitterten Roman, der sich immer an ganz bestimmten Stellen öffnet, wenn der Auftrag ausgeführt ist und das Buch wieder zur Hand genommen wird. Ich sah die beiden Piloten mit dem Igelschnitt durch den grell erleuchteten Korridor schwerfällig zum Bereitschaftshangar sprinten, wo die warmgelaufenen Jagdflugzeuge standen und warteten. Ich sah sie die Fallschirmgurte strammziehen, sich selbst mit dem Fliegerhelm krönen, schnell die Checkliste durchgehen, die Cockpithaube schließen, auf

Bordbetrieb übergehen, bis sie am äußersten Ende der Startbahn mit angezogenen Bremsen standen – bebend, mit fünfzehntausend getrimmten Pferdestärken hinter sich – und warten, bis der Flugleiter im Turm an der Nordseite des Flugplatzes den Luftraum von zivilem Verkehr geräumt hatte. Bis der Turm das Startzeichen gab und die Kräfte in den beiden Flugzeugkörpern über der Startbahn explodierten, mit blaufunkelnden Streifen von den Strahltriebwellen.

Ich richtete den Blick wieder auf den Bildschirm und kontrollierte den Kurs des unbekannten Leuchtpunktes. Er steuerte direkt auf die zerrissenen Radarkonturen der norwegischen Küste zu. Ich verglich den Kurs mit codierten Stellen für strategische Punkte und verletzbare militärische Anlagen. Mit Hilfe der Koordinaten der neuen Position versuchte ich die Flugrichtung im Verhältnis zu vorherigen Positionen zu finden.

Es gab nur eine Möglichkeit.

Bodø.

Bodø?

Ich verstand die Zeichnung nicht.

Ein Kratzen in der Leitung. Das Sektorenbeobachtungszentrum meldete sich: »Radarkontrolle. Katzenauge. Übernehmen.«

Ich quittierte und überprüfte erneut den Schirm. Die beiden Abfangjäger waren noch außerhalb der Ortungszone. Der Bildschirm zeigte nach wie vor nur die unbekannte Maschine. Ich fühlte, wie sich etwas hinter mir bewegte. Es war immer noch Adolf Løe Brorson. Er starrte an mir vorbei hinunter auf den Schirm.

»Dort!« sagte er. »Unsere Kunden sind im Laden.«

Auf dem Bildschirm kamen jetzt zwei neue weiße Echos zum Vorschein. Zwei Radarechos unterwegs zum dritten. Der Einser zuerst, der Zweier ein paar Seemeilen dahinter zur Sicherung. Elektronisches Billard. Und wir hatten zwei Stoßbälle zum selben Spielball angeschoben.

Wir hatten sie schon mehrere Minuten auf dem Radar,

als der Einser die Funkstille brach. Er rief mich, Radarkontrolle. Katzenauge. Wohlbekannte Geräusche auf Kanal 5. Klartext mit Verzerrer. Die Stimme war die alte, vertraute. Ich schaltete selbst den Verzerrer ein, so daß Radarkontrolle und Abfangjäger die einzigen waren, die sich direkt verstanden.

»Alter Adler!« sagte ich und drückte den Knopf. »Alter Adler!«

Die Antwort kam sofort: »Alter Bär! Liegst du immer noch im Winterschlaf?«

»Weiß eins«, sagte ich, »ich habe etwas Großes. Ich habe eine schwarze Dame für dich.«

Alf Hellot antwortete aus zwanzigtausend Fuß Höhe: »Alter Bär! Ich wußte es. Du bist mein Mann bei den Unterirdischen. Ich übernehme jetzt. Siehst du die Dame noch? Küßt sie Gott?«

»Weiß eins ist eifersüchtig.«

Das war der Zweier. Ich erkannte ihn wieder. Uno oder Patton oder Uno Patton war noch immer genau derselbe verrückte Flugnarr, der er immer gewesen war.

Ich antwortete: »Der Radar nimmt alles auf bis hunderttausend Fuß. Ich habe einen Kurs von drei null Grad. Die Geschwindigkeit ergibt ein Mach von 0,7. Höhe 68000 Fuß. Ich verstehe das nicht. Bodø? Die kahlen Berge von Utrøst? Å im Alphabet? Ultimo Thule? Paradies auf Erden? Du bekommst neue Koordinaten für das Ding, wenn du Sichtkontakt hast. Macht eine Kursabweichung links von dreißig Grad, damit ich euch identifizieren kann.«

»Kanntest du ihn?«

Ich hatte dauernd den Atem von Adolf Løe Brorson im Nacken. Ich antwortete nicht gleich. Ich sah auf den Schirm. Tief unten in der Granithöhle, in der Dämmerung der Geschichte, im kalten Polarlicht über früher elektronischer Steinzeit sah ich die beiden neuen Radarechos vom Kurs abweichen, wie ich es angewiesen hatte, und die Jagd nach dem dritten Echo aufnehmen. Ich machte den Mund auf, um etwas ins Mikrofon zu sagen, ließ aber statt dessen den Sendeknopf los und sagte halb rückwärts gewandt: »Es gibt keinen, den ich länger gekannt habe. Der Einser dort oben sieht, glaube ich, nicht mehr den Unterschied zwischen mir und seinem eigenen Schatten.«

Weiter kam ich nicht. Alfemann Hellots Stimme kratzte mir erneut im Ohr.

Leutnant Hellot, jetzt oben zwischen drei und vier Engeln, ständig mit Patton am Schwanz, meldete Sichtkontakt. Er sah die Konturen eines Flugzeugs in der hohen Dunkelheit über sich.

Das war alles. Sie nahmen die Verfolgung auf, stiegen schnell, beschleunigten die ganze Zeit. Donnerten hinauf durch den Unterschalltunnel, der Schallmauer entgegen, auf Jagd nach dem Unbekannten und ihren eigenen Schallwellen.

Sie waren ohne jede Chance. Aber sie waren nicht mehr allein. Der Schirm vor mir wimmelte mehr und mehr von Flugaktivität. Das Abfanggeschwader mußte eine ganze Staffel in die Luft geschickt haben. Die Flugzeuge rieselten über den Schirm wie Zimt auf die elektronische Grütze. Elektronisches Snoockerbillard, nicht Karambole. Aber auf dem Höhenradar sah ich, wie sich die schwarze Dame von Alfemann Hellot und Patton losriß, sich davonkatapultierte, weg von den Mikrowellenstrahlen, die die Radarantennen nach ihr warfen. Hinaus übers Meer, hinaus aus der Atmosphäre, hinaus in den leeren Raum?

Auf der Notfrequenz hörte ich Alfemann in englischer Sprache rufen: »X-ray. X-ray. Maschine landen. Maschine landen. Weiß zwei folgen. Weiß zwei folgen.«

Danach war die Notfrequenz stumm. Keiner antwortete. Der Bildschirm war leer, das Echo fort. Der Radar fing es nicht mehr.

Und es kam auch nicht zurück. Der Radarschirm war mit wohlbekannten Zeichen übersät. Diejenigen, die sich zuletzt aus der Luft gemeldet hatten, sammelten sich wieder und flogen im Verband zurück zum Stützpunkt. Alle, außer Alfemann Hellot und Uno Patton. Sie waren von der schwarzen Dame mitgezogen worden, hinaus aus der Ortungszone des Rundsichtradars, weg von der Obergrenze des Höhenradars.

»Rakete«, stellte Adolf Løe Brorson hinter meinem Rücken fest. »Ferngesteuert. Übungsprogramm«, betonte er. »Reine Routineübung«, wiederholte er. »Eine Niete«, sagte er. »Attrappe. Sie wird im nördlichen Eismeer verschwinden. Keiner wird sie vermissen. Sie ist voller Zement. Die wird keinem schaden. Frag deinen Einser, ob er fotografiert hat.«

»Er hat Bilder«. Ich war dessen ganz sicher.

»Haben andere Stationen sie auf dem Radar gehabt?«

»Negativ. Nichts. Null.«

Adolf Løe Brorson sagte, der Rapport würde in groben Zügen darauf hinauslaufen, daß eine Attrappe, eine Rakete ohne Sprengstoff an Bord, im Zusammenhang mit einem Übungsprogramm abgefeuert, in unseren Luftraum geraten und dann ins Meer gestürzt war.

Ich antwortete nicht. Adolf Løe Brorson hatte bittere Erfahrungen. Er wollte sichergehen. Nach dem zersetzenden Fahnetragen des Vaters wollte er nicht noch einmal als Sicherheitsrisiko betrachtet werden. Ich, der überhaupt keinen Vater hatte, war in dieser Hinsicht ein leichterer Fall für den Sicherheitsdienst. Aber ich protestierte nicht. Zuerst wollte ich jedenfalls Alfemanns Bilder sehen. Ich sagte: »Die Abfangjäger gehen zurück nach Bodø. Südlich vom Vestfjord ist das Wetter besser. Bodø ist offen. Bitte Andenes, Weiß eins und zwei Funkhilfe zu geben, damit sie nach Bodø gehen können, oder laß Banak sie herunterholen, wenn sie zuwenig Treibstoff haben.«

Das Telefon steht auf dem Brett links vom Bildschirm und dem Fernschreiber. Auf dem Paneel dahinter haben wir die Tastaturen des Funkgeräts und des Retrospektoskops. Neben der schachbrettgemusterten Konsole mit leuchtenden Tasten, der Codeliste und dem Heft mit Ziffernanweisungen hatte ich aus eigener Initiative einen maschinegeschriebenen Zettel mit Klebestreifen an die Verkleidung geklebt. Brorson hatte schon Stielaugen danach gemacht. Er hörte auf zu senden und las in aller Ruhe den Text.

»Was ist das da?« wollte er wissen.

Ich blickte nicht auf. Ich sagte: »Gedicht. Das ist ein Gedicht. Das siehst du doch.«

»Tief in Granit schlief ich am Morgen der Geschichte?«

»Ich fand, es paßte«, sagte ich. »Tief in Granit und so.«

»Ja, wenn du Morgen der Geschichte gegen Abend der Geschichte austauschst.«

Ich sagte, daß die Kommunisten meinen, wir lebten immer noch im Morgengrauen der Geschichte.

Der Kryptologe sah mich an, als wäre ich ein Code, den er zu knacken versuchte.

»Vielleicht deshalb, weil sie einen ordentlichen Knall haben wollen, um einen neuen Tag grauen zu lassen.«

»So war es wohl nicht gedacht.«

Ich sagte das, wie man etwas so hinsagt, nicht um etwas auszudrücken, sondern nur wegen des Geräusches passender Länge.

Løe Brorson hörte auch nicht zu. Er beugte sich über das graue Paneel, verzog das Gesicht und las die ganze Gedichtstrophe:

»Woher komme ich? Wind Jahves
einsam wehend um den Ararat?
Ein Funkensturm von Trojas Brand?
Von allem komme ich! Tief in Granit
schlief ich am Morgen der Geschichte …
Ich füllte die Krippe in der heiligen Nacht.
Alles kommt von mir! –Herde der Lämmer,
Fall der Imperien und Götterdämmerung.«

Adolf Løe Brorson konnte dechiffrieren, aber nicht rezitieren. Er stockte dauernd, bewegte die Lippen in stummen Versuchen, den verborgenen Sinn hinter den Worten, in den Worten, zwischen den Worten herauszubekommen, bevor er weiterlas. Ich ließ ihn gewähren. Ich sagte nichts. Die Bildschirme vor uns waren wieder leer.

»Hast du das selbst geschrieben?«

»Ja«, sagte ich und schluckte. »Nein. Ich habe es abgeschrieben.«

»Mach weiter damit. Ich mag so was.«

Adolf Løe Brorson drehte sich auf dem Absatz um und ging zum Dechiffrierungsraum, ohne mein Interesse für moderne Lyrik in irgendeiner Weise auffallend zu finden. Den Lesern, die das eventuell tun, kann ich nur antworten: Verehrte, das ist noch gar nichts verglichen mit dem, was meine mehr oder weniger Kollegen von der Überwachungspolizei und dem Sicherheitsdienst über dieses Thema wissen. Die Tagesarbeit dieser Beamten, wie ich selbst von Amts wegen bei etlichen Gelegenheiten beobachten konnte, besteht vor allem darin, aus Zeitungen des vorigen Tages und Zeitschriften auszuschneiden und die Ausschnitte alphabetisch zu archivieren. Die Schere ist ihre wichtigste intellektuelle Waffe, und um keine Verwirrung zu stiften, gehen sie methodisch so vor, daß sie mehr nach Namen als nach Sachfragen ausschneiden. Da moderne Dichter ihrem wahren Wesen nach sowohl zersetzende Elemente als auch fleißige Lieferanten von Beiträgen für periodische Publikationen sind, verfügen die Überwachungsbeamten somit über ein imponierendes und wohlgeordnetes Archivmaterial von Gedichten der meisten Genres, Essays über das Wesen der Dichtung und Schriftstellerinterviews, in denen die Urheber nach bestem Vermögen die Beweggründe für lyrische Äußerungen darlegen.

Hiernach ist es Sache der verschiedenen Analysezentren, semantisch und linguistisch den gebrochenen Wortlaut und die Syntax der Textcodes zu deuten, die die inneren Feinde des Reiches in die Lage versetzen, Kontakt mit den äußeren Feinden herzustellen. Auf diese Weise haben sich die Geheimdienste, soweit ich das beurteilen kann, tiefere Einsicht in die moderne Literatur verschafft als zum Beispiel die sprachwissenschaftlichen Institute an den Universitäten. Um so mehr Grund zu bedauern, daß die Literaturforschung, die von den Geheimdiensten betrieben wird, nur in so verschwindend geringem Maße der Allgemeinheit zugute kommt. Aber soviel kann ich wohl verraten, daß sich mancher heruntergekommene Poet gerademachen und sich selbst mit anderen Augen ansehen würde, wenn er Kenntnis von den intensiven Studien bekäme, die seinen Werken – sowohl national als auch international zuteil werden in Forschungszentren wie Langley, Virginia, Fort Meade in Maryland, an Stätten der Gelehrsamkeit wie Wiesbaden und Bad Tölz in Westdeutschland und nicht zuletzt in der Distriktshochschule in der Platous gate in Oslo.

Doch genug davon! Ich saß allein im Operationszentrum am Radar und studierte andere Typen von Zeichen als Schriftzeichen. Der leere Bildschirm glühte in der polaroiden Dunkelheit. Die Frischluftventilatoren brummten einschläfernd. Über mir, hoch über dem Granit, unsichtbar auf allen Schirmen, hing der Himmel tief, war die Nacht schwarz, hatte die Luft die Farbe und Schwere des Erzes. Und die geheimen Kräfte des Zeichens.

Weit draußen am Horizont, wo sich das nördliche Eismeer mit dem Nordatlantik trifft, stand eine gewaltige Amboßwolke, wo alle vier Winde tropische Regengüsse, arktische Kälte, Funken von Trojas Brand und den hohen blauen Tag draußen im Westen zusammenschmiedeten. Zu Thors Hammer, Blitz, Böen, Gewitter, Hagel, Sturm und Regen.

Orkan.

Der unentwegt an Land schlug. Und auf alles, was dazwischen kam.

»Charlie Bravo!«

Es war die Stimme von Weiß zwei. Patton aus Oslo rief. Er bat den Turm um Instruktionen. Notfrequenz. Notsignal. Er hatte Schwierigkeiten. Er brauchte Hilfe. Er rief Turm Andenes, aber ich und Leutnant Alf Hellot hatten die gleiche Frequenz im Ohr.

Der Turm konnte nichts machen. Sie konnten ihn nicht auf den Landeradar nehmen. Sie baten um Position.

»Charlie Papa!« Es war etwas Flehendes in Pattons Stimme, etwas, das er nicht von der internationalen Buchstabiertabelle hatte. Als ob Uno Patton zu sagen versuchte: »Guter Turm, sei mein Gott und Vater!«

Mit einem raschen Seitenblick auf das Retrospektoskop sah Leutnant Hellot sein Gesicht vor sich. Den oberen Teil hinter dem Visier, vom Helm eingerahmt. Und er sah das Bild von Uno Patton und sich selbst in der Druckkammer im Flugmedizinischen Institut vor dem simulierten Aufstieg auf zehntausend Fuß, während der blutjunge Arzt, der ihre Reaktionen überwacht, nervös den Funkkontakt mit der Umwelt überprüft.

Nun war der Funkkontakt das einzige, was Patton noch hatte. Aber seine kecke Oslostimme war keck wie je. Sie wirkte nicht länger flehend. Er war jetzt völlig ruhig und beherrscht. Patton war mitten in einem Handlungsschema, das er einemillionmal simuliert hatte. Und tausendmal ausgeführt.

Als wenn es sich um eine Routineoperation handelte, sagte er: »Weiß zwei an Kontrolle Andenes. Ich habe Triebwerkausfall. Rauch im Tragflächenansatz. Der Rauch breitet sich in der Kabine aus. Ich mache mich fertig zum Springen.«

Vom Turm plapperten sie weiter von Position. Aber Uno Patton hatte seine letzte Position gegeben. Er wußte, wo er war. Er ging dazwischen: »Hier Weiß zwei. Ich bin klar zum Sprung. Ich springe jetzt! Ende. Schluß.«

Es war einige Minuten her, daß Alfemann Sichtkontakt mit ihm gehabt hatte. Unwillkürlich preßte er die Hände fester an das Steuer und dachte an den festgeschnallten Piloten auf dem Weg hinunter durch den Orkan. Er dachte an den Fallschirm, ob er sich jetzt entfalten würde. Er dachte daran, wie es ist, in der Luft zu hängen, mit dem Seidenschirm über dem Kopf und dem

Eismeer im Winterorkan unter den Stiefeln. Eine Stimme vom Turm schnappte nach Luft: »Verdammt!«

»Gütiger Jesus«, sagte eine andere.

Oh, Patton! Oh, Numero Uno! Über die größten Ereignisse spricht keiner. Die teuersten Erinnerungen bekommen keinen Nachruf. Die drei Worte vom Turm waren das letzte, was ihm gesagt wurde, bevor er ins Meer stürzte. Leser! Neige dein Haupt in Andacht vor diesem Tollkopf!

Die Notfrequenz war auch still. Eine halbe Minute, bis wir begannen, uns um Alfemann zu sammeln.

Wie er da in der Kanzel saß, hatte Alfemann Hellot das Gefühl, ein Papierflugzeug zu führen. Von unten her spürte er ständig Orkanattacken, die das Fahrzeug, in dem er saß, umstülpten. Die Maschine sackte ab, und Hellot hatte sie kaum abgefangen, als sie auf die Seite geschleudert wurde und ins Trudeln ging. Hellot kämpfte, um die Maschine zu stabilisieren – ein Geschwader von einander kreuzenden Blitzen um sich herum.

Die Kurve, in die die Maschine ging, flachte ab. Er bekam sie unter Kontrolle und warf einen bittenden Blick auf die Zeiger. Er war mit vier 870-Liter-Treibstofftanks gestartet. Wenn er richtig rechnete, hatte er noch Treibstoff für fünfzehn Minuten Flugzeit an Bord. Und er hatte die Kontrolle. Der automatische Peiler zeigte ruhig geradeaus. Er preßte den Gashebel weit zurück, um die geringstmögliche Drehzahl zu bekommen. Hellot warf einen Blick auf die Unwetterwolken unter sich. Der Turm würde ihn geschickt und vorsichtig durch die Suppe lotsen.

Aber Andenes war geschlossen. Er konnte nicht hinunterkommen. Es war nicht nur der Seitenwind auf der Landebahn, der zu stark war. Häuser schwankten, einige stürzten ein. Die Leute gingen in die Keller. Ihre Autos, die sie am nächsten Tag wiederfanden, zeigten mit den Rädern in die Luft. Unter den Besatzungen der Orion-Flugzeuge, die Andenes als Hauptstützpunkt für Seeraumüberwachung haben, gehen immer noch Legenden über diese Sturmnacht um. Schon früh am Abend konnten die meteorologischen Beobachter melden, daß der Orkan anfing, den Asphalt von den Straßen und den Beton von den Rollbahnen zu blasen. Zahlreiche glaubwürdige Zeugen sahen das gleiche. Der Orkan fetzte mehrere Asphaltstreifen von der Schotterschicht und schwenkte sie in einem gleichmäßig steigenden Bogen hinaus aufs Meer. Daß sie wie rote Läufer aussahen, mag einem speziellen atmosphärischen Phänomen zuzuschreiben sein. Auf jeden Fall waren Leute draußen auf den Läufern. Sie sahen aus, als wären sie auf dem Weg von der Arbeit nach Hause. Und sie gingen ruhig weiter. Das war das seltsamste. Als wäre nichts geschehen, spazierten sie weiter über die schwebenden roten Asphaltbänder. Spazierten und spazierten. Die Autos fuhren weiter, die Fahrer in dem gewaltigen Seitenwind an das Lenkrad geklammert, und die Fußgänger krümmten sich zusammen, um den Aufprall des Windes zu vermindern, hielten den Hut fest, schlugen den Mantelkragen hoch, schützten das Gesicht. Die Radfahrer hingegen waren längst abgestiegen, aber auch sie gingen weiter, beugten den Kopf über die Lenkstange und schoben das Fahrrad vorwärts, aufwärts und hinaus aufs Meer. Und dann hinunter in die schäumenden Wogen. Denn plötzlich begann das Asphaltband zu fallen, flachte sich langsam zur See ab. Ein befreiendes Gefühl! Es wurde immer leichter zu gehen, das Ende des Asphaltbandes fiel immer schneller, bis es schließlich ins Meer stürzte, irgendwo weit draußen bei Tromsøflaket, wo die Fußgänger und Fahrzeuge nacheinander in den Wogen verschwanden. Genauso erging es dem Mond, der seitdem vielerorts auf Andøya nicht gesehen worden ist. Aber es war dennoch die unerschütterliche Ruhe, mit der die Leute weitergingen, erst oben in der Luft und dann unten zwischen den Wogenkämmen, die den größten Eindruck auf alle machten, die Zeuge des merkwürdigen und erschreckenden Anblicks waren. Zu ihnen gehörte auch Alfemann

Hellot, der für kurze Augenblicke durch die Wolkenschicht sah. Der Allerletzte, den er erblickte, als er auf dem roten Läufer geradewegs ins Meer ging, war Uno, den sie Patton nannten und der aus Oslo kam.

Das also ist der Weg. Aber Alf Hellot weigerte sich, ihn zu gehen. Er hatte noch Treibstoff für zehn Minuten. Andenes war geschlossen. Bardufoss ebenfalls. Die schweren Sturmwolken fegten südlich von Bardudalen zweihundert Fuß hoch über den Boden. Hellot bekam Anflugverbot vom Turm in Bardufoss, der ihn bat, sich statt dessen bei der Flugaufsicht Banak zu melden. Mit dem kleinen Finger drückte Hellot den Sendeknopf und wechselte zur Frequenz von Banak über. Der Seitenwind lag auch hier über der zugelassenen Grenze für Landeerlaubnis. Aber die Treibstoffanzeiger waren noch weiter jenseits der Grenze. Es war unzulässig spät. Alfemann mußte hinunter.

Ihr Landeradar hatte ihn jetzt aufgefaßt. Sie korrigierten den Kurs. Der Turm gab an, wieviel Zeit er noch hatte. Er war schwer bestückt. Sie wiesen ihn an, alle Munition zu verschießen. Und alle Raketen abzufeuern.

Hellot bestätigte, völlig kalt jetzt. Es war keine Frage von Mut. Oder Kühnheit. Oder Tollkühnheit. Oder Mut der Ansichten. Mut war ein Zeichen von Inkompetenz. Etwas erreichen, was man nicht kann. Leutnant Alf Hellot konnte. Mit gutem Grund schätzten die alten Griechen den Mut am niedrigsten von den menschlichen Tugenden. Wer ein hitziges Gemüt hat, eitel und mit physischen Vorzügen ausgestattet ist, der hat es leicht, mutig zu sein.

Alfemann brauchte das nicht.

Der Turm hatte ihn herunterdirigiert, dahin, wo sie ihn haben wollten. In zehn Sekunden sollte er durch die Wolkendecke stoßen, Bodenkontakt bekommen und aus tausend Fuß den seichten Porsangerfjord im Schneegestöber sehen. Und, wenn die Position stimmte, auch die nackten Felswände an der Westseite des Fjords.

Hellot kam in der Mitte des Fjords durch, auf geradem

südlichem Kurs. Im Schneegestöber unten war es genauso dunkel wie in den Wolken oben. Aber es dauerte nur Sekunden, bis Alfemann das Kreuz der orangefarbenen Landebojen sah, die den Weg zu der doppelten Landebahn wiesen. Die Leuchtbojen an der Steuerbordseite blinkten, um ihm zu zeigen, welche Bahn er nehmen sollte.

Aber er kam nicht hinunter. Er strich tief über das Zentrum von Lakselv und die flachen Sandbänke auf dem Fjordgrund. Dann führte er das Flugzeug mit einem Vollkreis von 360 Grad gegen den Wind. Die Zonenlampen, die in die Bahndecke vor ihm gegossen waren, leuchteten. Zu beiden Seiten der Landebahn blinkten Kantenlichter. Hellot war klar zum Finale, zur letzten Phase des Anflugs.

Er visierte die Mittellinie an und landete nach Norden auf Bahn drei fünf. Die Treibstoffzeiger lagen unbeweglich bei Null. Hellot zog den Landeklappengriff ein klein wenig an. Mit der anderen Hand schob er die Steuersäule vorsichtig von sich.

Um Haaresbreite. Mittelstreifen direkt vor der Nase, Kantenlichter zu beiden Seiten, Schnee in dichtem weißem Raster über dem ganzen Blickfeld. Das Flugzeug krängte und wurde aus der Flugrichtung gedreht. Hellot bewegte Seiten- und Querruder. Gab weniger Gas und fuhr die Landeklappen voll aus. Die Bremskraft rüttelte das Flugzeug. Nur noch ein paar Meter zur Bahngrenze und zu dem Punkt, wo das Fahrzeug Boden greift. Die Triebwerke zogen das Flugzeug nicht länger. Um den Leerlauf aufzuwiegen, zog Hellot das Steuer an sich, so daß die Flugzeugnase nach oben zeigte und er das Flugzeug beinahe überzogen hätte. Als das Hauptfahrwerk den Boden berührte, spürte er, wie die Maschine erneut krängte. Mit einem Handgriff löste er die Bremsschirme hinten am Flugzeug aus. Der Lärm der Triebwerke schwoll an, und er spürte, wie die Radbremsen faßten, zusammen mit der Triebwerkkraft im Rückwärtsschub. Das Bugrad kippte nach unten, der Seitenwind riß und zerrte am Flugzeug, warf es aber nicht um. Allmählich wurde die Geschwindigkeit geringer. Hellot nahm die Kantenlichter deutlicher wahr und das Licht vom Turm, der vorbeiglitt und im Schneetreiben aus dem Blickfeld verschwand.

Am Ende der Landebahn stoppte er das Flugzeug. Er wartete. Er wagte wegen des Windes nicht zu wenden, und er wagte nicht auszusteigen.

Er brauchte nicht lange zu warten.

Er meinte Sirenen zu hören. Das erste, was er sah, war das orangefarbene Blinken des Warnlichts auf dem Dach. Dann sah er zwei Frontscheinwerfer durch das Schneetreiben kommen und zum Schluß den Jeep selbst. Danach kam eine Zugmaschine im Zeitlupentempo. Hellot vergaß nicht, die Aktbilder, die er von der schwarzen Dame aufgenommen hatte, aus der Kamera zu nehmen. Er steckte den Film in eine Tasche der Fliegerkombination und löste sich aus den Sicherheitsgurten.

Das Unwetter war über ihm, sobald er die Kabinenhaube geöffnet hatte. Hellot kroch hinunter auf den Boden und hinein in den Jeep. Der Chauffeur sah ihn nur an und gab Gas. Während sie hinüber zum Stationsgebäude fuhren, konnte Hellot in der Dunkelheit kaum die Hangarumrisse und den Schnee erkennen, der in langen waagerechten Streifen im Fjord lag. Am äußersten Ende der Landebahn wurde das Flugzeug an die Zugmaschine gekoppelt und zum Werkstatthangar gezogen. Die Lampen über der Rollbahn hingen paarweise wie Trauben und warfen weißes Licht hinunter auf die Stahltüren der Hangaröffnung. Die Garagentüren der Feuerwache waren ebenfalls offen. Von einem hohen Lichtmast floß gelbes Scheinwerferlicht über einen Schlagbaum und ein Wachhäuschen.

Zwei Stunden später, nach der technischen Kontrolle des Flugzeugs, nach dem Rapport, saß Alf Hellot in der Messe, die Hand um ein Glas mit einem kalten Drink. Er hatte Linda angerufen: »Touch and go! Um Haaresbreite! Lob und Dank!« Er hatte nicht zu Hause angerufen. Sie wußten ja sowieso nichts. Die Eiswürfel klirrten im Glas, auch wenn er meinte, das Glas ganz ruhig auf der Theke zu halten. Im Spiegel hinter der Bar wirkte sein Gesicht weiß wie Speck.

»Ich sehe aus wie ein Brosmius«, sagte Hellot zum Barkeeper und zu sich selbst und bat um eine Schachtel Streichhölzer.

»Ich sehe aus wie ein Hyse – ein Schellfisch«, sagte er. »Ich sehe aus wie ein Mitglied der Hysefamilie.«

»Hyse – Schellfisch?« sagte der Barkeeper und gab ihm die Streichhölzer. »Ich dachte, es handele sich um die Dorschfamilie.«

Hellot sagte, daß dies schließlich auf dasselbe hinauslaufe.

Er riß ein Streichholz an und blieb sitzen und sah die Flamme an, die in der zitternden Hand flackerte. Hellot blies das Streichholz aus und gab dem Barkeeper Papier und Tabak. Es blieb zwischen den beiden. Kein anderer war in der Messe. Hellot bekam die fertiggerollte Zigarette zurück und steckte sie zwischen die Lippen. Der Barkeeper gab ihm Feuer und sah, wie Hellot den Rauch in die Lungen zog.

»Kenne ich nicht«, sagte der Barkeeper. »Brosmius. Steht hier nicht auf der Speisekarte.«

Alf Hellot hustete Rauch.

»Ist das ein Tiefseefisch?« Der Barkeeper plauderte weiter über den Brosmius.

»Der Zweier?« kam es schließlich zwischen Husten und Rauch aus Hellots Mund. »Weiß zwei. Hast du ihn gekannt?«

Der Kellner warf einen raschen Blick über den leeren Speisesaal in intimem Gelb und Blau. Er hatte kein Gesicht, dafür eine schwarz-weiße Uniform und schwarzes Haar auf dem mittleren Glied des Mittelfingers.

»Patton?« antwortete er.

»Wir nannten ihn so. Er hieß Uno.«

»Ja«, sagte der Barkeeper. »Er war oft dabei, wenn die

hier oben Übungsschießen hatten. Er war ein munterer Fisch. Nun ist er ein toter Fisch.«

Am Ende des Tresens leuchtete eine Musikbox giftgrün und geleegelb. Draußen heulte der Wind einen Schlager vom Vorjahr.

Alfemann Hellot, mit ausdruckslosem Gesicht, die eine Hand um das Glas, die andere um die Zigarette, heulte mit, ohne eine Miene zu verziehen. »Ja, er mußte sterben, um ein Denkmal zu bekommen.«

»Standbild.«

Das stand fest. Der Barkeeper sah nicht aus, als hätte er mehr Weisheiten auf Lager. Patton hatte sein Monument bekommen.

Der Barmann trocknete Gläser. Leutnant Hellot leerte seins.

»Gin«, sagte er. »Flasche. Flasche Gin.«

»Gin und Bitter?«

»Nicht Bitter. Gin. Eine. Flasche. Gin.«

Hellot bekam eine ganze Flasche und ein neues Glas. Er unterschrieb die Rechnung und schob das leere Glas weg. Dann drehte er die Flasche um und goß einen steifen Doppelten direkt auf die Bartheke. Sein Blick traf die ausdruckslosen Augen des Keepers. Hellot schenkte noch einen Drink auf die gleiche Art aus. Und noch einen, bis die Flasche fast halbleer war. Er stellte sie auf die Theke und ließ sie stehen.

»Nimm den Rest«, sagte er und stand auf. »Zum Polieren. Der kann's gebrauchen, Mann! Der Tresen. Und alle Tische. Müssen aufpoliert werden. Und die Wände. Viel zu matt, Mann! Und der Fußboden. Bohn're den.«

Gin fiel in großen Tropfen von der Theke herunter.

Leutnant Hellot machte auf dem Absatz kehrt und ging. In der Tür drehte er sich noch einmal um: »Ich kann nicht sterben. Die Erde ist voll von anderen Leuten. Keiner hat sich selbst dort gesehen.«

Dann ging er wirklich. Draußen nahm ihm der Wind den Atem. Zusammengekrümmt ging er hinauf zur Fliegerbaracke. Er kontrollierte die Zeit. Nach einer Stunde schaffte er es, die Zigarette selbst zu drehen. Aber er kam noch nicht zur Ruhe. Er saß hellwach und starrte auf den Telefonapparat. Die Nummer hatte er.

Hellot nahm den Hörer ab.

Es war besetzt. Er wählte die Nummer dreimal. Die Leitung war jedesmal besetzt.

Hellot überlegte. Wählte drei neue Ziffern und fragte die Auskunft, wer unter der Nummer Persons aufgeführt sei.

Die Telefonistin suchte lange. Sie war ihrer Sache sicher, als sie fertiggesucht hatte. Die Antwort verwunderte Alfemann nicht. Er hatte angerufen und das Besetztzeichen einer Nummer gehört, die nicht existierte.

Alf Hellot dankte für die Hilfe. Dann rief er bei der Verteidigung an und fragte nach Person. Aber Person gab es nicht. Selbstverständlich existierte keine Person mit diesem Namen. Doch Alf Hellot gab nicht so leicht auf. Er wiederholte, beharrte: Person mit P. Der, der am Radar sitzt.

Und da ging am anderen Ende der Leitung ein Licht auf: »Oh, Sie meinen den Funkbevollmächtigten Person?«

Funkbevollmächtigter, nicht schlecht. Leutnant Hellot wunderte sich nicht. Genau den meinte er.

»Ich werde verbinden.«

»Verbindlichsten Dank.«

Sofort, als ich den Hörer abnahm, sagte Alfemann ohne Einleitung: »Warum lächeln alle Leute von Vadsø im Nordlicht?«

Ich mußte ihm zu Ehren die Posaunenlache anschlagen: »Weil wir glauben, wir werden mit Blitzlicht fotografiert.«

»Ich habe den Film. Was sagst du? Was haben wir gesehen?«

Ich sagte, daß wir die schwarze Dame erneut gesehen hätten.

»Aber wer ist sie?«

Ich hatte mir gerade einige Gedanken darüber gemacht. Über Kapitän Ahab und den weißen Wal. Daß das Meer nicht länger das rechte Element für ihn war. Auch nicht das Festland. Aber der Raum, die Luft über uns. Daß er die Farbe verändert, schwarze, enorme Flügel bekommen hatte. Aber ich sagte nichts.

»Heraus mit der Sprache! Und zur Abwechslung mal Klartext. Oder wenigstens den Schlüssel zum Code!«

Die arktische Stille zwischen uns war laut und elektrisch geladen.

»Es gibt Dinge, die von der Sprache nicht abgedeckt werden. Decknamen halten sich lange. Typenbezeichnungen. Ein Buchstabe und eine Zahl. Sie schweben über den Worten, über der ganzen Sprache. Trotzen jeder Beschreibung, wie es heißt. So geben deine Negative das beste Bild von einer Macht, die ihren eigenen Namen nicht zu sagen braucht.«

»Das geht über meinen Verstand.«

»Weit. Über meinen auch.«

»Ende.«

Alf Hellot stand am Fenster der Fliegerbaracke und sah, wie der Sturm draußen gegen das Spiegelbild schlug.

Höhere Pläne

Wir schreiben Dienstag. Den 17. Dezember 1957.

Wir schreiben Paris. Und wir können mit Sicherheit schreiben, daß es nach zwei Uhr nachmittags gewesen sein muß, denn Linda H. Hysøen hatte Le Monde vom Mittwoch, dem achtzehnten mit. Die Zeitung fiel vor Alf Hellot auf den runden Kaffeehaustisch. Er konnte gerade noch feststellen, daß Ministerpräsident Einar Gerhardsens Rede die Hauptschlagzeile war, als die Pariser Ausgabe der New York Herald Tribune hinterhergeflattert kam und den Tisch und Le Monde zudeckte. Alf Hellot las die Überschrift: »Oslo bittet um Aussetzen der Entscheidung.«

Er bekam einen winterlichen Kuß auf die Stirn und sah hoch. Linda Hysøen Hellot sank ihm gegenüber auf den Stuhl.

Sie sah aus, als hätte der schöne Wintertag draußen Beine bekommen, wäre damit in das Café Malakoff spaziert und hätte sich am Tisch des uniformierten Fliegerleutnants niedergelassen. Klirrend kühl und bereift. Als sie den Mantel auszog, wirkte das so, als schüttelte sie die äußerste Rauhreifschicht ab. Sie wies mit dem Kopf auf die Zeitungen, die zwischen ihr und Alfemann auf dem Tisch lagen.

Aber Alf Hellots Augen folgten ihrer Bewegung nicht. Er sah hinaus, hinaus durch die unergründliche Spiegelarchitektur, die ein französisches Café zu einem ebenso unübersichtlichen und geheimnisvollen Platz macht, wie es ein orientalischer Basar oder ein levantinischer Soukh ist. Er sah über Lindas Kopf hinweg an den Spiegelbildern vorbei. Draußen vor den Fensterscheiben, auf der anderen Seite des Trocadero-Platzes und des Reiterstandbilds von Marschall Foch, strömten dichte Schwärme von Lunchgästen aus den Metromündungen. Hinter ihnen lag das alte UNO-Hauptquartier Palais Chaillot wie eine Art pompöses Treibhaus und versperrte mit Glas und Stein die Aussicht über die Seine. Seit dem Frühjahr 1952 hatten das internationale Sekretariat der NATO und die ständigen Delegationen der NATO-Länder hinter den hohen Treibhauswänden geblüht. Und in eben diesem Gebäude, hinter den breiten Rücken der Sicherheitswachen, hinter Pressefotografen mit klickenden Kameras, hinter Beamten in Nadelstreifen und Aktentaschenträgern, hinter den schweren Säulen und hohen Glaswänden des Palastes hatte Einar Gerhardsen aus Norway zu allen gesprochen: zu Präsidenten und Bundeskanzlern und Regierungschefs und Ministerpräsidenten der kleinen Nationen der Allianz. Außerdem zu SACEUR höchstselbst, dem Oberkommandierenden für Europa, dem Norwegernachfahren Lauris Norstad. Und last, doch nicht least, zu Paul Henri Spaak, genannt Generalsekretär, weil er der Sekretär der Generale war.

Schon bei der ersten Gelegenheit, bei der ersten Sitzung der Regierungschefs, hatte der magere Norweger angefangen, mit den Fingern auf den enormen Tisch zu trommeln, in dessen Platte der NATO-Stern eingelassen war. Als er das Wort erhielt, sprach er norwegisch, mit einer Stimme, die in ausländischen Ohren schneidend und unbehaglich klang, und der Inhalt, übersetzt in die Weltsprachen, machte auf die westliche politische Elite den gleichen Eindruck.

Als Gerhardsen vorgetragen hatte, was ihm am Herzen lag, als die Verwirrung, die der Beitrag schuf, geklärt, der Eindruck von Zersplitterung zwischen den Allianzpartnern gedämpft und die Sitzung beendet war, stürzten die fünfzehnhundert akkreditierten Journalisten an Telefone und Fernschreiber und berichteten, daß Norwegen darum gebeten habe, die Stationierung der amerikanischen Mittelstreckenraketen in Europa auszusetzen. Und daß der norwegische Ministerpräsident mit seiner Rede die anderen Regierungschefs gezwungen habe, ihre Unterstützung der Stationierung zu modifizieren.

Linda Hellot trug ein Schmuckstück am Hals, ein schlichtes Goldkreuz, das sie andauernd in den Mund steckte. Indem sie den Nacken nach hinten beugte, zog sie die Kette stramm, als wäre diese eine Fessel, die sie vergeblich zu zerbrechen suchte. Statt dessen gelang es ihr, Alfemanns Blick zu fangen. Er war blaugrau wie das Schneelicht draußen. Als sie ihn endlich hatte, hielt sie ihn lange fest.

»In der Politik«, sagte sie, als hätte sie seine Gedanken gelesen, »ist die Kaltluft durch Bulganins Rundbrief an die Regierungschefs in der NATO präsent. Aber wahrscheinlich hat nur unser eigener Regierungschef diese Propagandanummer nicht durchschaut.«

Alf Hellot hatte auf dem Boden seiner Tasse noch einen schwarzen flockigen Rest von seinem Espressokaffee, der kalt im Mund ätzte. Er schluckte ihn mit einer Grimasse.

Er sagte: »Es nützt nichts. Wir einigen uns sowieso nicht. Aber die Note des Kremls wurde vom Außenministerium in Washington abgewiesen, ohne daß Eisenhower sie gesehen hatte.«

»Taktische Atomwaffen«, stellte Linda Hysøen Hellot fest, »sind nur eine natürliche Weiterführung der konventionellen Artillerie. So lange der Kreml daran festhält, seine Artillerie mit Atomsprengköpfen auszustatten, können wir unsere Jungs nicht mit veralteten Waffen von vor dem Atomzeitalter ausrüsten.«

Jetzt war die Tasse völlig leer. Alf Hellot stellte sie geräuschlos auf die Untertasse.

»Du wolltest einkaufen?« sagte er und erhob sich mit einem Ruck.

»Es ist eine Strapaze, durch die Geschäfte zu laufen, aber mit diesem Kostüm kann ich mich einfach nicht mehr sehen lassen. Komm, wir gehen!«

Er half ihr in den Mantel, der sich immer noch eisig anfühlte, und hielt ihr die Tür auf, hinaus aus dem Spiegelkabinett des Cafés.

»Du bist nett.«

Das traf es wohl nicht gerade. Eher war es doch so, daß die Klasse, in die Alfemann Hellot hineingeboren worden war, ihm ein unauslöschliches Gefühl von Gemeinschaft, von Zusammenhang, Solidarität, Gesellschaft gegeben hatte. Während Linda Hysøen ein echtes Kind der Villenkultur war, mit vornehmer Hausnummer, mit einem Platz weit vorn in der Schlange. Und Alfemann war nett. So dürftig war ihre Erklärung. Nett. Im Gegensatz zu solidarisch war das eine Eigenschaft, von der Linda eine Vorstellung hatte. Nicht durch Verwandte und Freunde, sondern durch Ammen, Haushaltshilfen, Köchinnen, Näherinnen, Stubenmädchen – Dienerschaft. In all den Jahren war deren Solidarität von der Herrschaft gekauft und ausgenutzt worden. Bis weder sie noch Linda den Unterschied zwischen solidarisch und nett sahen.

Sie waren draußen in der Kälte. Die Tür schloß sich hinter Linda. Sie sagte, zu Alfemann gewandt: »Dort drüben mußt du hin? Zur Vorlesung?«

Von dem offenen Platz vor dem Café, neben dem treibhausartigen Palast, öffnete sich nach Süden zu die Aussicht über die Stadt. Frostrauch stieg von der Seine auf. Das Marsfeld lag weiß, ohne Blutspritzer. Zwischen den ausgestellten Beinen des Eiffelturms konnten sie die lange, niedrige Fassade der Ecole Militaire aus dem 18. Jahrhundert sehen. Leutnant Hellot kannte auch die Rückseite. Das Gebäude war Sitz der NATO-Hochschule für Verteidigung. Hier wurden zivile Bürokraten und Offiziere vom Oberstleutnant aufwärts durch Halbjahreskurse gejagt, mit dem türkischen General Tekin Ariburun als Schulleiter.

Alfemann sagte ja. »Ich muß in einer Stunde dort sein. Wir haben reichlich Zeit.«

Er spürte Linda an seiner Seite, dicht neben sich, ihren Arm unter seinem, den Handschuh auf dem Uniformärmel. Arm in Arm spazierten sie die Präsident-Wilson-Avenue hinunter zur Pont de l'Alma. Ein Sandprahm und ein Rundfahrtboot fuhren in dem Frostrauch, der über dem Fluß stand, aneinander vorbei.

Linda sagte: »Wie war sie eigentlich, die Kleine aus Lovra? Die, die mit Baskenmütze, Isländerpullover und Dufflecoat herumlief und sich Existentialist nannte?«

Sie ging mit Isländerpullover und Dufflecoat, nicht mit Baskenmütze. Und sie nannte sich Extenzialist, nicht wie du sagtest.«

»Da müßte sie hier gewesen sein. Vielleicht ist sie hergekommen?«

»Vielleicht. Ich glaube nicht. Ich glaube, sie hat sich in etwas verwickelt.«

»Ich glaubte, man käme nach Paris, wenn man in etwas verwickelt ist? St. Germain de Prés. Aux deux Magots. Café de Flor?«

»Die Cafeteria im Kreml ist in ihrem Fall wahrscheinlicher. Sie wurde ...«

Alfemann fand das Wort nicht.

Linda fand es.

»Völlig anti«, sagte sie und drehte sich zu einem erleuchteten Schaufester um.

Leutnant Alf Hellot, in tadelloser Uniform, ließ den Blick auf Linda Hysøen Hellot ruhen, die offenbar nicht fand, was sie suchte, und sich ihm wieder zuwandte, erst im Halbprofil und dann, als sie merkte, daß er sie anstarrte, en face. Sie trug ein braunes Ensemble, das ihren beigefarbenen Grundton gedämpft aufnahm. Die weihnachtliche Straße mit bunten Lichtern, weißem Flitter und grellem Geschenkpapier paßte schlecht zu ihren Farben. Vom Eingang eines großen Warenhauses strömten aus einer Musete-Ziehharmonika die Klänge von »Fröhliche Weihnacht« und mischten sich mit dem Straßenlärm und dem zwischen ihnen herrschenden Schweigen. Linda, eine große Statisterie von raffiniert posierenden Schaufensterpuppen in ausgeklügelten Pariser Gewändern hinter sich, schien tief in Gedanken darüber versunken, welch trauriges Schicksal es sein mußte, ganz anti und gegen alles zu sein.

Aber Frau Hysøen Hellot dachte nicht mehr an das verirrte Mädchen, das Kitty geheißen und das Alfemann in Lovra gekannt hatte und das dort, ausgerechnet dort, herumgelaufen sein und sich Extenzialist genannt haben sollte. Dachte nicht daran, daß sie sich selbst und ihr Leben in etwas verwickelt hatte. Auch nicht an Moskau und die Herren im Kreml und deren Knechte in Workuta und das Politbüro und stehend dargebrachte Ovationen des Zentralkomitees, versammelt im Plenum.

An nichts dergleichen dachte Linda. Linda starrte den uniformierten Ehemann an und dachte daran, wie er es aufnehmen würde. Dachte daran, wie sie es sagen sollte und wie er reagieren würde. Sie sah das Fliegeras, ihren Luftjockey, vor sich auf dem Trottoir unter dem Flitter der herausgeputzten Weihnachtsstraße, mit dem dichten Autoverkehr dahinter, und sie dachte, wie erleichtert sie war. Dachte, ob sie es überhaupt ertragen hätte, wenn er noch bei der Abfangstaffel gewesen und sie obendrein schwanger geworden wäre. Wenn sie mit einem Körper, der ihr fremd war, weiter in einer engen Dienstwohnung oben in der Arktis herumgelaufen wäre und darauf gewartet hätte, daß der Tod kommen und mit der klammen Hand des Militärpfarrers an die Tür klopfen würde. Wenn sie gezwungen gewesen wäre, auch noch das Kind im Leib zu der wachsenden Angst in der Brust zu tragen, der Angst vor Absturz, Havarie, Triebwerkausfall, flame-out und wie nun all die Unglücke hießen, die sich in sie eingeprägt hatten und jederzeit mit dem dünnen Aluminiumrohr explodieren konnten, das Flugzeugkörper genannt wurde.

Aber Alfemann war immer mit dem Fahrwerk zuerst heruntergekommen. Und er hatte nicht nur überlebt und zwei Sprossen auf einmal auf der Karriereleiter genommen. Nein, eines Abends hatte ein ganz anderes Schicksal als der Tod und dessen geistlicher Bote an die Tür geklopft. Das entgegengesetzte Schicksal: eine offene Einladung zum Leben und zur ganzen Fülle des zivilisierten Daseins. Eine Einladung in Die Stadt der

Liebe. Und die Einladung kam an einem glänzenden Festabend, wie es sich für eine Botschaft dieser Art gehört.

Kann es das sein, was man Schicksal nennt? Leser! Hör zu und urteile selbst.

Es ist Winter im hohen Norden geworden, nach dem hohen Sommer. Als alle Knospen gesprungen waren. Alle Gewächse gereift. Die Welt grün und unbeweglich stand. Die Blüten sich nie schlossen. Die Sonne flammend am Nordhimmel stand und der Mond wie eine Paradieswolke im Süden hing. Als die lichtgrüne Hoffnung paradiesisch grüne Langeweile geworden war. Als die Mäuseohren taub für Vernunft waren. Als die Mücken kamen, die Kriebelmücken. Man den ersten Stich spürte und das unangenehme Jucken. Die Schwärme dichter und dichter wurden, und die Gereiztheit tausend Flügel hatte und Blut saugte. – Wenn die gnadenlose Sonne niemals beglückt. Wenn das Blättergrün des Waldes brüchig und spröde ist wie das erste Eis des Herbstes. – Was soll's! dachte Alfemann über das Zusammenleben mit Linda. Es wird schon gehen. Ehe die Lichttrunkenheit in schlaflosen Katzenjammer übergeht. Ehe die Sonne wie ein Projektil dem Abend entgegenstürzt. Ehe die Blätter an den Zweigen vereisen und fallen. Ehe die Dunkelheit niedersinkt. Ehe die Herbststürme kommen. Ehe der Schnee fällt und alles zudeckt. Ehe die Bridgepartner nicht mehr zum Aushalten sind. Ehe der Frost endgültig die Oberhand gewinnt. Ehe die Kälte mit weißen Knöcheln zupackt. Ehe ein Flieger zu Linda und Alfemann Hellot herunterkommt, von ganz oben, vom Rang eines Obersten, von der Spitze des Kommandosystems, mit Düsenstreifen und Sternen und Ordensalat auf der Uniform.

Das Geschwader, das zu dieser Zeit in Bardufoss stationiert war, konnte fünfzehnjähriges Jubiläum feiern, gerechnet vom bescheidenen Start in Schottland während des Krieges. Die spartanische Messe war für das Jubiläumsfest hübsch geschmückt. Die Luftwaffenhelferinnen hatten hervorragende Arbeit geleistet. Das Menü, kalter gekochter Lachs, Markbouillon, Rentierbraten und Multbeeren mit Sahne, war ausgezeichnet, Getränke wurden großzügig ausgeschenkt. Die Herren in ihren Paradeuniformen mit glitzernden Orden und Medaillen waren männlich und elegant, während die Vertreterinnen des schönen Geschlechts in langen Roben und mit frischfrisiertem Haar aufwarteten. Mit blitzenden Sternen in Rot und Gold und weißen Litzen an den himmelblauen Uniformen präsentierte sich der Verteidigungsstab in Oslo und das Luftkommando Nord-Norwegen in Bodø, letztgenanntes war durch den nach wie vor unverschämt jugendlichen Oberst Eeg vertreten, den Alfemann Hellot noch von der Fliegerschule und von dessen Inspektionsreise zu Aviation Cadets in Erinnerung hatte, und der nun also zum Oberst avanciert war.

Während des ganzen langen Essens und der umfangreichen Folge von bisweilen guten Trinksprüchen, Begrüßungen und Gratulationen war Leutnant Alf Hellot ein aufmerksamer und schlagfertiger Toastmaster. Linda hatte einen plumpen Stabsmajor zum Tischherrn, einen Offizier und Gentleman, der nicht einmal die Kriegsteilnehmermedaille besaß und sich auch nicht entblödete, unter der Tischkante zu fummeln, als die Dessertweine unter der Paradejacke zu wirken begannen und er das Skål auf Seine Majestät den König glücklich ausgebracht hatte.

Aber nichts konnte einen Schatten auf das glänzende Fest werfen. Linda paßte schnell die Gelegenheit ab, Alfemann zu seinem Einsatz zu gratulieren, sobald Oberst Eeg seine Dankesrede gehalten hatte, die Tafel aufgehoben war und die tapferen Streiter mit ihren Damen in Polonäse vom Tisch in den Ballsaal gingen, wo die Luftwaffenhelferinnen mit Dekorationen und Ausschmükkungen wiederum ganze Arbeit geleistet hatten und nun zwischen den Gästen und der reichhaltigen Bar in Verteidigungsstellung gegangen waren.

Als Linda mit ihrem Tischherrn den obligatorischen

Walzer getanzt hatte, blieben sie und Alfemann an der Bar stehen. Alfemann genehmigte sich einen dünnen und wohlverdienten Drink, nachdem er während des Soupers sehr zurückhaltend gewesen war. Linda stieß mit ihm an, mit Mineralwasser, und so kam es, daß sie auch dabei war, als Oberst Eeg aus einem Kreis höherer Offiziere ausbrach und herüberkam, um dem Toastmaster des Abends zu gratulieren.

Linda war soweit informiert, sie wußte, daß dieser Oberst eines der großen norwegischen Fliegerasse aus dem Krieg war, Teilnehmer des Angriffs auf Dieppe und zahlloser anderer Flüge über dem Kontinent. Er hatte mehrere abgeschossene Heinkels und Messerschmitts auf seinem Konto und eine entsprechende Reihe ehrenvoller Auszeichnungen auf der linken Seite der Uniformbrust. Linda wußte auch, daß er einen Schlüsselposten in Bodø innegehabt hatte und Norwegens jüngster Oberst in diesem Jahrhundert war. Was sie nicht wußte, war, daß er gerade zu einem neuen Dienst beim NATO-Hauptquartier in Paris beordert war, mit dem Rang eines Generalmajors für die Dauer der Abkommandierung.

Nachdem er Linda vorgestellt worden war, wandte sich Oberst Eeg wieder zu Alfemann und sagte: »Wir treffen uns wieder, Leutnant. Imponierend! Wirklich. Imponierender Einsatz, auch diesmal! Skål!«

Sie tranken und sahen sich hinterher, nach Lustspielmanier, tief in die Augen. Der Oberst sah aus, als hätte er noch etwas auf dem Herzen. Aber er rührte im Glas herum, ohne die richtigen Worte zu finden, sog die grüne Olive vom Cocktailstäbchen, nippte wieder am Drink. Dann richtete er zwei traurige Augen auf Alfemann: »Lieutenant, s'il vous plaît, permettez-moi une question. Parlez-vous français?«

Linda wechselte einen raschen Seitenblick mit Alfemann, der antwortete: »Oui, bien sur, mon colonel, avec ma femme je ne parle eh pas autre langue, eh language.«

Alfemann Hellot konnte sich nicht sicher auf französischen Seilen bewegen, und das, auf dem er eben die Balance gehalten hatte, war ein typisches Schlappseil. Aber an Lindas Gesichtsausdruck sah er, daß er relativ heil hinüber auf die andere Seite gekommen war. Wie eine geübte Trapezkünstlerin reichte sie ihm die Hand und fügte schnell hinzu: »Oui, mon colonel, c'est vrai ça.«

Wahr und wahr. Aber das war alles. Damit war es getan. Den Rest des Abends schwebte Linda mit der Musik in einem Rausch umher, der absolut nichts mit ihrem Alkoholkonsum zu tun hatte. Alfemann war nachdenklicher und hatte nahezu ein Schwindelgefühl im Magen. Sache war also, daß Oberst Eeg zum Dienst im NATO-Hauptquartier abkommandiert war, oder draußen in Rocquencourt Dienst tun sollte, südwestlich von Paris, um ganz genau zu sein. Und das fällt mir nicht schwer, da ich selbst bereits im Kommunikationszentrum in Rocquencourt eingesetzt war, um es als erster zu hören, wenn die Münder der Freiheit in Vardø oder an der türkischen Ostgrenze dem SACEUR »HASE!« zurufen würden.

Hierher war also der junge norwegische General abkommandiert, zusammen mit seinem noch jüngeren Adjutanten. Gleich neben Versailles, sozusagen im Schatten des Lustschlosses des Sonnenkönigs, lag Alfemanns neue Dienststelle. Wahrscheinlich war es eine reine Impulshandlung von Oberst Eegs Seite. Der junge Toastmaster hatte mit seiner sicheren Leitung des Jubiläumsessens einen starken Eindruck auf ihn gemacht. Und er konnte Alf Hellot als Cadet major für vierhundert Kadetten an der Williams AFB in Arizona nicht vergessen haben. Bei Tisch hatte er sich bei Leutnant Hellots nächsten Vorgesetzten erkundigt. Sie konnten sich schwerlich eine bessere Wahl denken. An Ort und Stelle, an der Bar in der Messe, kam wie ein Blitz aus heiterm Himmel für Alfemann das Angebot. Adjutant! In Paris! Es war nicht zu glauben. Er und Linda brauchten nicht viele Blicke zu wechseln, Worte brauchten sie überhaupt nicht zu wechseln.

Alfemann griff zu.

Es war wie ein Märchen. In der letzten Zeit hatte

Linda mehrere Male vorsichtig angedeutet, ob Alfemann nicht daran denken sollte, sich nach einer zivilen Arbeit umzuschauen, wenn seine Verpflichtungszeit abgelaufen war. Nun waren solche Gedanken wie weggeblasen. Um das Praktische im Norden zu erledigen, das Packen und alle Formalitäten, hatten sie nur eine knappe Woche Zeit. Leutnant Hellots Vorgesetzte legten seiner Versetzung in die neue Dienststelle keine Hindernisse in den Weg. In der Schule konnte Linda eine Vertretung beschaffen.

Es mußte einfach gehen. Sie schafften das Packen und den Umzug rechtzeitig und fuhren zusammen südwärts. Linda machte den jähen Übergang ins Großstadtleben erträglich. Auch für Alfemann. Sie kannte die Stadt aus dem Effeff und weigerte sich, draußen im Offiziersghetto zu wohnen. Die Shipping-Kontakte der Familie Hysøen wurden angekurbelt. Nach zwei Wochen im Hotel wohnten Linda und Alf Hellot komfortabel gleich am Parc Monceau.

Alfemann wußte sich anzupassen. Die Arbeit als Schreibtischoffizier gab reichlich Gelegenheit zu Erkundungen in verschiedenen Teilen des Geländes, das Linda die Seine-Stadt nannte. In kurzer Zeit war er so fortgeschritten, daß er sich auf eigene Faust mit Bus und Metro bewegen und, lässig an eine Bartheke gelehnt, Bestellungen aufgeben konnte, die nicht einmal auf der längsten Speisekarte standen: »Un panaché, s'il vous plaît!«

Jetzt warf Alfemann einen raschen Blick auf die Armbanduhr und sagte zu Linda, daß sie noch eine Viertelstunde Zeit hätten. Sie waren ganz hinunter zur Seine gekommen, schwenkten ins nächste Eckcafé und bestellten an der Theke schwarzen Kaffee.

»Es ist ernst«, sagte Alfemann und versuchte, munter zu wirken. »Hier laufe ich von einem Museum ins andere und gucke atonale Kunst an und werde in Jazzclubs geschleppt, um nonfigurative Musik zu hören. Und die französischen Filme, in die du mich lockst, hören ja immer dort auf, wo sie anfangen sollten. Wie das enden soll, weiß ich nicht. Jedenfalls nicht im Generalstab!«

Die Zeit der Mittagspause war gerade vorbei. Das Café war voll von kaffeetrinkenden Franzosen und dampfenden Wintermänteln. Der Ausschnitt, den Linda von ihrem eigenen Gesicht im Spiegel gegenüber sah, ließ erkennen, daß sie den munteren Ton, den Alfemann angeschlagen hatte, nicht aufnehmen würde.

»Wenn du nichts sagen kannst«, sagte sie, »dann kannst du nichts sagen. In Ordnung. Aber etwas geht vor sich. Etwas, bei dem Leutnant Hellot dabei ist. Etwas, das wichtiger ist, als einen Steuerknüppel zu halten.«

»Aufklärungen können leicht Verwirrung schaffen.«

Alf Hellot war plötzlich auch ernst, auf der Hut, in voller Verteidigung, mit erhobener Deckung. Linda sagte: »Und ich habe immer gedacht, daß richtige Aufklärungen die Verwirrung aufklärten.«

»Auch richtige und vollständige Aufklärungen können vollständige Verwirrung schaffen.«

»Das geht weit über meinen Verstand.«

»Wenn Aufklärungen von einem hohen, geheimen Gebiet auf ein niedriges, nicht geheimes angewandt werden.«

Linda Hysøen Hellot seufzte. Das Spiegelbild hinter der Theke gab ihre nicht gerade erhebenden Gefühle wieder.

Alf Hellot senkte die Stimme.

»Es kann passieren«, sagte er, »daß wir eine gewisse Rolle spielen können. Daß Norwegen es kann. Brückenbauer zwischen Ost und West sein. Es gibt Willen zum Kontakt auf beiden Seiten. Gerhardsens Rede ...«

»Gerhardsen? Bloß ein Ministerpräsident. Was ist das denn schon.«

Linda redete zu laut. Alf Hellot sagte das nicht direkt. Aber er senkte selbst die Stimme noch etwas mehr. »Nein«, er flüsterte fast, »du irrst dich, er ist nicht bloß ein gewöhnlicher Ministerpräsident. Gerhardsen – das ist Norwegen. Es stimmt, was sie gesagt haben, daß derjenige, der seine Seele gewinnt, die Seele Norwegens gewinnt. Und daß er nicht noch mehr Raketen haben will, das hat er klar gesagt. Seine Rede hier in Paris hat Aufsehen erregt, international.«

»In unserer Sprache ist nichts Wichtigeres gesagt worden, seit Joyce in Finnegans Wake Gott in gebrochenem Norwegisch sagen ließ: ›Lukke døren!‹«

»Nicht die Tür zu für Verhandlungen, wie deine Zeitungen in Norwegen die Leute glauben machen wollen.«

Alfemann tat, als merkte er den Sarkasmus nicht, und sprach unbeirrt weiter. »Die Menschen haben Angst, sie wollen eine Öffnung. Das wollen einige Staatsmänner auch. Die Sowjets haben interkontinentale Raketenstreitkräfte aufgebaut. Der Sputnik zeigt, daß sie auf bestimmten Gebieten überlegen sind. Zum erstenmal können die USA direkt getroffen werden. Die Sowjets haben Vergeltungswaffen. Sie können auch auf einen amerikanischen Atomangriff antworten, indem sie Westeuropa mit konventionellen Waffen okkupieren. Die offizielle amerikanische Antwort ist das Angebot von Mittelstreckenraketen an die NATO-Partner. Aber es sind auch andere Signale gekommen.«

Alf Hellot trank seinen Kaffee aus.

Der Barkeeper leerte Satz von der Espressomaschine in einen Behälter unter der Theke. Weder er noch seine Gäste sahen nach Geheimdienstagenten mit guten Norwegischkenntnissen und langen Ohren aus.

Alfemann fuhr fort: »Nach dem Treffen, auf dem Gerhardsen norwegisch gesprochen und die NATO-Politiker erschreckt hatte, nach dieser Rede während des Essens bei Präsident Coty hat Eisenhower einen norwegischen Diplomaten gebeten, am nächsten Tag mit ihm Kontakt aufzunehmen. Von norwegischer Seite hat General Eeg für gewisse Sicherheitsmaßnahmen um das Treffen gesorgt. Der Name des Diplomaten sei ungenannt, aber am Tag darauf hat er wirklich ein kurzes, vertrauliches Gespräch mit dem amerikanischen Präsidenten gehabt. Eisenhower ist besorgt über die Verschlechterung der internationalen Lage und besonders über die zunehmende Macht des militärisch-industriellen Komplexes.«

»Des militärisch-industriellen Komplexes!« Linda unterbrach ihn: »Du bist es, der Komplexe hat. Du solltest dir zu gut sein für derartiges sozialistisches Tollhausgerede. Die Verteidigung und die Militärindustrie sind bei der Entwicklung in Forschung und Technik immer voran gegangen, auch für zivile Zwecke. So ist es immer gewesen, und das weißt du sehr gut. Nimm nur die Elektronengehirne. Die Firma IBM wurde von Forschern gegründet, die vom Manhattan-Projekt abgesprungen sind, nachdem die Bomben über Hiroshima und Nagasaki abgeworfen waren.«

»Dann sind Linda H. Hellot und Präsident Eisenhower unterschiedlicher Meinung, was die Militärindustrie betrifft. Und die Verantwortung liegt vielleicht schwerer auf Eisenhower als auf dir. Er ist zu jedem politischen Schachzug bereit, um aus der unbehaglichen internationalen Situation herauszukommen. Er meint, Norwegen könne ein Brückenbauer zwischen Ost und West sein.«

Alf Hellot machte eine Pause. Das Antlitz des norwegischen Soldaten war beschwert von der Verantworung, die der Nation auferlegt war. Er sagte: »Der norwegische Diplomat, der Eisenhower aus seiner Zeit als SACEUR, als Chef für die alliierten Streitkräfte in Europa kennt, kam mit dem Vorschlag, daß der amerikanische Präsident Ministerpräsident Chrustschow zu einer Konferenz auf einem norwegischen Schiff mitten im Atlantik treffen sollte. Dort könnten sie in Ruhe und Frieden Maßnahmen zur Entspannung diskutieren, nur umgeben von einigen wenigen Ratgebern.«

»Auf dem Nordpolschiff ›Fram‹ «, schlug Linda H. Hellot vor. »Draußen auf einem Meer von schwerem Wasser. Mit Nansen und Amundsen als Kapitän und Steuermann, Bjørnstjerne Bjørnson als Ausguck im Mastkorb und Sam Eyde als Chefmaschinist? Thor Heyerdahl am Ruder und Sonja Henie als Stewardess. Auf diese Weise kann Norwegen vielleicht auch Brückenbauer zwischen Nord und Süd werden?«

Alfemann tat der Uniform nicht die Schmach an, auf so etwas zu antworten.

»Ich meine nur«, sagte Linda, »daß Norwegen ein wunderliches Land ist, wenn es sich derartig phantasievolle Botschafter leistet.«

»Norwegen soll den Kontakt zum Osten vermitteln«, sagte Alfemann sauer. »Eisenhower hat dem Diplomaten eine Adresse in Washington gegeben. Nur über die können wir sicher sein, daß der Präsident wirklich das Signal bekommt, das wir vermitteln sollen.«

»Das ist der Punkt, an dem der Adjutant des norwegischen Luftwaffenattachés ins Bild kommt? Kurier?«

»Ich habe den Eindruck, daß General Eeg volles Vertrauen zu mir hat.«

Alf Hellot, mit einem Gefühl, zuviel gesagt zu haben, hatte es plötzlich eilig. Er legte das Geld für den Kaffee auf die Theke.

»Dann gehen wir.«

Linda wartete, bis Alfemann die Tür geöffnet hatte und sie zuerst auf den Bürgersteig hinausgehen ließ. Es dämmerte. Die Weihnachtslichter glitzerten vor dem abgasroten Adventshimmel. Das Auto stand in einer Seitenstraße.

Linda setzte sich hinein. Durch die heruntergelassene Scheibe sah sie Alfemann an. Sie schloß die Augen, öffnete sie wieder und sagte, als hätte sie es von einem Merkzettel an der Innenseite der Augenlider abgelesen: »Wer in seinem Werk nach Würde strebt, wird sich auf einige wenige Figuren beschränken; denn so wie die Fürsten ihre Autorität mit Hilfe von kurzen Ansprachen erhöhen, so erhöht der sparsame Gebrauch von Figuren den Wert des Werkes.«

»Du mußt mich verstehen. Einige Dinge müssen geheimgehalten werden.«

»Daran zweifle ich nicht. Was gedenken sie nun zu tun?«

Linda hatte den Motor gestartet und sah durch das Fenster schräg zu Alfemann hinauf.

»Ich weiß nicht. Ich bin nicht ihr Chef.«

Er wußte nicht. Sie antwortete nicht. Kurbelte die Scheibe hoch, lenkte das Auto vom Bürgersteig weg und verlor sich im zunehmenden Verkehr.

Er nahm drei Stufen auf einmal die Treppe hinauf. Rannte fast den langen Korridor entlang. Leutnant Hellot war verspätet. Der General hatte ihn gebeten, sich im Hörsaal zu melden. Hellot blieb vor der Tür stehen und brauchte nur ein paar Sekunden, um den Atem wieder unter Kontrolle zu haben.

Im Hörsaal herrschte Halbdunkel. Hellot trat schnell ein und schlich sich zur Hinterwand des Raumes. Er blieb stehen und versuchte sich allmählich zu orientieren.

Zuerst sah er nichts. Dann sah er durch einen Spalt in der Gardine draußen auf dem Exerzierplatz eine braungelbe Stute mit einem untadeligen Reiter auf dem Rükken vorbeigaloppieren. Die Hufe wirbelten Schnee und gefrorenen Sand auf.

Dann waren sie verschwunden. Ein Lichtbildapparat projizierte ein leuchtendes leeres Viereck an eine weiße Leinwand hinter dem Rednerpult am anderen Ende des Hörsaals. Alfemann hörte die Stimme des Vortragenden. Die Umrisse der Zuhörer ringsum begannen sich aus dem Halbdunkel abzuheben.

»Diese Offiziere«, schrieb Flaubert in einem Brief an Turgenjew, »die mit weißen Handschuhen an den Händen deine Spiegel zerschlagen, die Sanskrit können und sich auf deinen Champagner stürzen ..., sie schrecken mich mehr als Kannibalen.«

Während draußen der Dressurreiter das Fenster zum zweitenmal passierte, entdeckte Alf Hellot die leicht erkennbare Silhouette von General Eeg weit vorn im Saal. Gleichzeitig fing er an, die Worte des Vortragenden in einen verständlichen Zusammenhang zu bringen.

Sie kamen in Englisch, mit einem ausgeprägten französischen Akzent, und erklärten die Ursachen für den nahe bevorstehenden französischen Sieg über die Aufrührer in Algerien, dann und wann illustriert durch ein Bild auf der Leinwand hinter dem Katheder.

Nicht nur Ben Bella, der französischer Infanterist in Indochina war, sondern auch wir haben von der Viet Minh gelernt, wurde vom Rednerpult doziert. Und weiter: die Viet Minh führte nicht Krieg. Sie erforschte militärische Ethnographie. Wenn unsere Luftwaffe sie mit Bomben überschüttete, antworteten sie damit, den Reis in noch geraderen Reihen zu pflanzen, damit wir sehen sollten, daß ihnen die Hand nicht zitterte. Meine Herren: Was für eine Sprache hat auf lange Sicht die größere Kraft, die des Bombenregens oder die der Reihen mit Reis?

Oder: Können Bomben überhaupt einen Punkt hinter die handgeschriebenen Zeilen der Reispflanzen setzen.

Oder: Der Vortragende lud die Versammlung ein, sich den frischgebackenen Fähnrich aus Saint-Maixent vorzustellen, der seine Truppe in ein Dorf im Hanoidelta führt, das Lehrbuch »Elementares Vietnamesisch für Anfänger« in der einen Hand und den Zeigefinger der anderen am Abzug der Maschinenpistole. Er wedelt nervös mit der Waffe, schaut auf die Lautschrift im Buch und stottert: »Ist hier jemand, der die Viet Minh unterstützt? Vortreten!« Und dann, wenn keiner antwortet: »Keine krummen Touren«, bevor sich der Zeigefinger krümmt und er losfeuert.

Noch konnte der Vortragende nicht sagen, in welchem Grad die Niederlage in Vietnam dem Faktum zuzuschreiben war, daß Vietnamesisch eine Tonsprache ist, in der ein und dasselbe Wort, nur mit verschiedenen Akzentzeichen, sechs unterschiedliche Bedeutungen haben kann, je nach Betonung. Der Vortragende wußte es nicht, wußte aber, daß man in dieser Frage forschte und daß die Forschungsresultate bereits mit ermunterndem Ergebnis in Nordafrika angewandt wurden.

Das Hauptthema der Vorlesung bildeten die französischen Erfolge im Krieg in Algerien. Der Feldzug in der Sahara war auch das Motiv der meisten Lichtbilder.

Sie zeigen lächelnde frischgebackene Offiziere von St. Cyr. Auf dem nächsten Diapositiv sind sie tief im Atlasgebirge, gekleidet in knöchellange Kaftane wie Fellachen. Als Fallschirmjäger in Tarnanzügen. Auf Urlaub in Algier mit Käppi auf dem Kopf. Barhäuptig in einer Bar in Bab el Oued in der Stunde für Anislikör und Kemia. Kompaniechefs in Paradeuniform werden von General Zeller dekoriert. Sie posieren unter der Fahne des 2. Fallschirmjägerregiments der Fremdenlegion mit den Inschriften Kamerun 1863, Indochina 1949 – 54. Offiziere mit Narben und Medaillen, beides gleichmäßig verteilt.

Der Vortragende schildert die letzten französischen Operationen, wobei die englischen Wörter immer verquollener klingen. Harki und Fellagha, Verräter und Patriot. Djebel, oued, bled. Gebirge, Fluß, Ebene. Katiba. Durch die fremdartigen Worte begann sich auch vor Alf Hellot das Bild der Wüstenschlacht abzuzeichnen, wie es sich aus der Sicht des Bataillons-Hauptquartiers darbot, mit vagen, wärmeflirrenden Umrissen oder in schwarzer, eiskalter Dunkelheit unter dem Feuerwerk von Sternen und Artilleriegeschossen. Tief in der Sahara, weit hinter dem Atlasgebirge, mit einer Luftfeuchtigkeit von absolut Null, mit Salzfelsen, die sich wie weiße Schneelandschaften im Nachtfernglas abzeichnen. Nirgendwo und nirgendwann ist die Nacht höher, sind die Sterne blanker und näher und ist die Stille gewaltiger als in den letzten Minuten, bevor die schwere Artillerie aufspielt, bevor die Feigenbäume sich mit schwarzen Stämmen und weißen Blättern im Blitzlicht der Detonationen spreizen, bevor die Pipermaschinen aufsteigen, bevor die Rotoren der Hubschrauber anfangen sich zu drehen, die Sonne die scharfe Kante der Erdoberfläche kreuzt und die Fallschirme wie verblühter Löwenzahn über die Sanddünen schweben. Oberst Bigeard von den

Seinen der Held von Dien-Dien-phu genannt, hat von General Salan freie Hand bekommen. Hoch oben in Djebel Mezarif, zwischen Timimoun und Colomb-Béchar, etwas südöstlich der marokkanischen Grenze, leitet er persönlich den Angriff auf die strategisch wichtige Höhe 895. BK OP hat Zielangabe und Befehl zum Einschießen bekommen. Umständlich frißt sich ein 81-mm-Granatwerfer in sein Ziel. Mit einem Fuß auf dem Boden rückt die Infanterie vor. Ihr gegenüber stehen Djonouds von Bezirk III unter Amiroches Kommando. Das Gewehr neben sich, verneigen sich die Partisanen gen Mekka. Dann gehen sie in Verteidigungsstellung. Hoch über ihnen beten die Fallschirmjäger ein stilles Gebet, bevor sie hinaus in den leeren Raum stürzen, hinunter in den Nebel des Krieges.

Über General Eegs Kopf war ein Plakat aufgehängt, auf dem eine gewaltige Hand einen verbundenen Finger in die Luft hält. Der Text unten auf dem Plakat mahnt: »Faites soigner la moindre blessure.« Laß auch die kleinste Wunde nicht unbehandelt.

Der General lud seinen Adjutanten nach der Vorlesung zum Essen ein. Sie standen im Korridor vor dem Hörsaal. Ob Leutnant Hellot Zeit habe?

Zeit und Zeit.

Abendessen. Nur sie beide. Eeg lud ein.

Er hatte einen Citroën vom klassischen Typ auf dem Platz vor der Kriegsschule geparkt. Lang und schwarz, mit tiefliegendem, übersättigtem Bauch. Sie fuhren durch den Frostrauch über die Brücken. Dann die Kais entlang. Auf dem Concorde-Platz bog Eeg ab nach Montmartre und Clichy. Er fuhr schnell und aggressiv, und er wußte, wohin er wollte. Bei (På) Barbés kommt die Metro ans Tageslicht und fährt reichlich eine Etage über der Straße weiter. Der General bog vom Clichy-Platz ab und folgte der Metro weiter nach Osten.

Draußen fiel die Dezemberdunkelheit auf die überfüllten Mietskasernen, die sich gegenseitig stützten im

Angesicht der vom Flutlicht umstrahlten Kuppeln von Sacre Coeur, der Tortenkathedrale, die blutrünstige Konditoren zur Erinnerung an den Fall der Pariser Kommune aus Stein gebacken hatten.

Der Citroën fuhr über den Stalingrad-Platz, über den Kanal und die Schleusen, südwärts. Beim Hauptquartier der FKP ging die Metrolinie wieder unter die Erde. Der General fuhr an ein paar weiteren Metroausgängen vorbei und parkte in Belleville.

Der Boulevard, der diesen Namen trägt, war menschenleer und schlecht beleuchtet. Von den Marktbuden auf dem Mittelstreifen standen nur noch die Rohrskelette. Heruntergelassene Eisenjalousien schlossen die Ladenfassaden zu beiden Seiten des Boulevards. Hier und da fiel Licht aus einem Café auf das Trottoir. Sie gingen Seite an Seite weiter den Boulevard hinunter, bis General Eeg nach links in eine Nebenstraße einbog.

Das Café, in das sie schließlich eintraten, war wie ein Schaufenster von dünnen Leuchtröhren erhellt, die an der Decke ein geometrisches Muster bildeten, und innen in grellen Pissoirfarben gemalt. Es war reichlich Platz. Die meisten Gäste schienen Nordafrikaner zu sein. Sie sahen aus, als hätten sie genug mit sich zu tun. In den Fenstern, die zusammen mit der Eingangstür die ganze Fassade zur Straße ausfüllten, waren tunesische Kuchen aus Kokos, Marzipan, Gelee und Mandeln ausgestellt, deren Farben gut zum Rest der Einrichtung paßten. Neben den Kuchen saß ein Kellner in leuchtfarbener Nylonjacke und Zipfelmütze.

Alfemann Hellot erhielt den Kurierauftrag zwischen Happen von Merguez-Würsten, Semuliegrütze, gelben Bohnen und Gemüsesoße, nachdem der General und er zuerst angestoßen und zwei scharfe Schnäpse als Vorhut hinunter in die innereren Regionen geschickt hatten.

Mehr konspirativ war es nicht. Alf Hellot verließ Belleville zusammen mit General Eeg, zufrieden und satt, mit einer zusätzlichen Ledertasche in der Hand und dem immer gedämpfter werdenden Klang der weisen

Worte des Generals im Ohr: »›Si vis pacem, para bellum.‹ Und das bedeutet, Leutnant, daß wir, wenn wir den Frieden wollen, uns für den Krieg rüsten müssen. Will man eine Sache weiß haben, muß man sie schwarz färben. Tritt man für das Gute ein, muß man das Böse tun. Wer eine Sache will, muß das Entgegengesetzte ausrichten. In unserem Beruf ist das ein Paradox, mit dem wir immer leben müssen. Verstehst du, Leutnant?«

Auf dem Rückweg im Auto hatte Alfemann reichlich Zeit, über eine Antwort auf diese Frage nachzudenken.

Die Rue Legendre, geboren irgendwo oben in der Nähe von Clichy, verläuft durch eine reiche Ansammlung menschlicher Daseins- und Lebensformen: Moden, Wohnungen, Völkerschaften, Gaststätten, Spielplätze, Querstraßen, Schaufenster, Fassadenreihen, Straßencafés, Eisenbahnschienen, Gemüsemärkte, offene Plätze und Straßenkreuzungen mit Verkehrsampeln – bis die Straße vor sattem Wohlstand und Langeweile und Verschrobenheit irgendwo weit draußen am Westrand stirbt, nicht weit entfernt vom Place de L'Etoile. Sie hatte die Mittagshöhe des Lebens passiert und trug unverkennbare Zeichen mondänen Lebensüberdrusses. General Eeg bremste das Auto und ließ Alfemann aussteigen.

Sie war an zwei Seiten von hohen, hellen Mauern umgeben, Etage auf Etage übereinandergestapelt. Weiße Fensterläden, schwarze, schmiedeeiserne Ornamente an den Fassaden, und Hausnummern mattleuchtend an den Laternenpfählen auf dem Trottoir.

Es schneite leicht. Eine einzelne Schneeflocke tanzte durch die offene Tür in den Wagen und lag einen Augenblick weiß auf dem Sitz, der noch warm von Alfemann war, bis sie schmolz und mit dem letzten Wort zum Abschied fort war. Noch bevor die Autotür zuschlug, der Motor die Räder packte und in Fahrt brachte und der Widerhall des Abschieds zusammenfiel mit dem leicht fallenden Schnee.

Straße und Trottoir waren weiß, aber um das Metrogitter hatte sich ein schwarzes Viereck gebildet. Alfemann

Hellot stand auf dem Metrorost und spürte die Wärme vom Triebwerk der Stadt zu sich emporströmen, die gesammelte Körperwärme von fünf Millionen Menschenkräften. Wer das Weiße will, muß für das Schwarze eintreten? Schwarze Fußspuren hinter sich auf dem Trottoir zurücklassend, ging Alfemann zur Haustür.

Er öffnete die Außentür und die innere Tür elektrisch. Den Fahrstuhl unten ließ er unbenutzt. Er nahm drei Stufen auf einmal, folgte der Treppe viermal um den Fahrstuhlschacht.

Auf der letzten Zwischenetage verharrte er, bis sein Atem wieder normal war. Das Licht im Treppenhaus ging aus. Er stand im Dunkeln und hörte nur das Geräusch seines Atems und den Rhythmus seines klopfenden Herzens. Dann nahm er die letzten Stufen, drückte auf den Lichtschalter und steckte den Schlüssel ins Türschloß.

Linda saß am Kamin mit einem aufgeschlagenen Buch im Schoß. Die Seligkeit der Wiederholung oder Der selige Augenblick der Wiederholung, worüber sie und Søren Kierkegaard sich zu unterhalten pflegten. Außer dem Kamin, an dem sie saß, gab es noch einen an der anderen Schmalseite, und über jedem hing ein großer Spiegel. Die Doppelspiegelung machte den Raum unendlich, wenn das Endlose darin bestand, das Endliche im Unendlichen zu wiederholen.

»Bist du es?«

»Nein, ich bin nur ein Schatten meiner selbst.«

Sie lächelte darüber, und er beugte sich vor und küßte sie aufs Haar, legte die Hand auf ihre Schulter. Sie nahm sie und hielt sie dort fest.

»War es angenehm? Essen für dich steht im Kühlschrank.«

Alfemann sagte, daß er gegessen habe. Couscous und Merguez-Würstchen mit tunesischen Süßigkeiten als Nachtisch.

Linda fuhr hoch: »Alfemann! Daß du das kannst! Daß du das willst! Und dann durchgedrehtes Fleisch! Du mußt doch wissen, daß solche Würstchen stets Einladungen für alles sind, was Eingeweidewürmer heißt. Jedenfalls in einfacheren Gaststätten. Als wir letztens beim dänischen Marineattaché waren, erzählte der Erste Botschaftssekretär, daß die Tochter von Rampling – du weißt, Hauptmann Rampling bei der britischen Botschaft –, daß sie sich eine ernste Ascarisinfektion zugezogen hat. Und beide Eltern sollen mit Amöben herumlaufen, weil sie unvorsichtig mit einem Salat waren. Und du machst es dir im ersten besten Loch bequem und ißt durchgedrehtes Fleisch! Geh zu Moulin de la Salatte oder Patachou, wenn du unbedingt auswärts essen mußt!«

Die Stilmöbel, der Tisch und die eleganten Stühle, nach unterschiedlich numerierten Ludwigs von Bourbon benannt, standen unbeweglich auf ihren Leopardentatzen, die Krallen tief im Teppich. Zwei Stehlampen mit flordünnen Schirmen schwankten auf schlanken Antilopenbeinen. Die Badewanne stand auf vier Löwentatzen im Badezimmer. Draußen im Hof gurrten lebendige Tauben auf den Gesimsen. Mit Radarblick und Mikroskop hätten wir sicher sehen können, wie die Bakterien ihre zersetzende Partisanentätigkeit in Alfemann Hellots Eingeweiden trieben. Linda hatte die Politik wirklich »verinnerlicht«! Nicht einmal als Psychologie, sondern als Pathologie. Und ihr Krankheitsbild von der Gesellschaft war voll von Schmarotzern, die mitten unter uns, um nicht zu sagen, in uns, Zersetzungsarbeit betrieben.

»In Rocquencourt und Bougival läuft bald jeder zweite Mensch mit Hakenwürmern herum. Die Symptome sind ständige Diarrhoe oder Verstopfung, schlechter Allgemeinzustand, Proteinmangel und Verdauungsbeschwerden. Alles zusammen.« Linda war nicht zu bremsen. »Du hast doch wohl vom jüngsten Kind von Botschaftsrat Jörgens in Ankara gehört, das gestorben ist, nachdem es Eis auf der Straße gegessen hat? Das soll zwar unten in Izmir gewesen sein, aber immerhin. Es ist ganz einfach lebensgefährlich, ganz gleich, wo im Süden du bist. Besonders Erdbeeren, Salate, Eis von der Straße, alles Obst ohne Schale. Und da kommst du daher und hast durchgedrehtes Fleisch gegessen!«

Das schräge Mansardendach wurde von hohen Erkerfenstern durchbrochen, die das Schneelicht, gedämpft durch dünne weiße Gardinen, hereinließen.

»Ist das ansteckend?« sagte Alfemann. »Können sie auch auf andere übertragen werden, die Würmer, die jetzt in mir herumwüten?«

»Ich warne dich nur. Das ist kein Spaß. Und es ist nicht so einfach, daß man nur zum Arzt zu gehen braucht. In der Botschaft sagen sie, daß es in ganz Paris nur eine Klinik gibt, der man wirklich vertrauen kann, und das ist das amerikanische Hospital. Sonst können dir die sonderbarsten Dinge passieren.«

Die Zeit ist grau und zähflüssig wie Zement, und sie rinnt langsam in ein Schicksal, das aussieht, als hätte es wie eine fertige Gußform dagestanden und auf Linda Hysøen gewartet. Und sie kennt ja niemanden, der Verschalungen machen und Eisen binden kann. Sie hat niemanden, den sie bitten kann, ihr Schicksal auf andere Weise zu formen.

Alfemann sagte: »Ich glaubte, es wäre die Botanik außerhalb des Darms, die du studiert hast. Nicht die Darmflora. Ascariswurm, war das der Name, den du für die Schlange in unserem inneren Paradies hattest?«

»Der oder der Spulwurm. Sie wandern im Gallen- und Pankreasgang. Aber die meisten ernsthaften Komplikationen entstehen dann, wenn die Zahl der Ascariswürmer groß wird. Andere Schmarotzer, wie Hakenwürmer, Strongyloides und Giardia, können auch weh tun. Aber im großen und ganzen sind sie nicht so schlimm.«

»Sie bekommen eine gute Mahlzeit«, sagte Alfemann. »Wenn sie das Essen mit mir und General Eeg teilen. Ich habe den Kurierauftrag erhalten, über den wir gesprochen haben. Ich bin darauf eingestellt, daß ich kurzfristig fahren muß.«

»Entschuldige, daß ich mit meinen Trivialitäten des Alltags in die große Politik eingebrochen bin.«

Linda versuchte vergeblich, ironisch zu wirken: »Aber Ara hat, wie du weißt, heute frei, und ich habe nur aufgeräumt und eingekauft und das Essen für uns zubereitet.«

Ara war das algerische Dienstmädchen, das in der Mädchenkammer auf dem Dachboden wohnte und den Haushalt besorgte, wenn Linda in der skandinavischen Schule unterrichtete.

»Was ist mit der Zeitung?«, fragte Alfemann, um das Thema zu wechseln. »Haben sie etwas von dir angenommen?«

Linda machte eine Kopfbewegung: »Ich will ja nicht Skribent für Morgenposten werden, das ist es nicht. Das ist nur Spreu im Wind. Ich will, ich meine etwas, das tiefer dringt, hinunter in das Archetypische, das Absurde, hinunter in die Irrgänge der Seele.«

Gewiß doch. Alfemann nickte nur. Das tat er energisch und mehrere Male, so daß eine Pause entstand. Als sie hinreichend lang war, ging er hinüber zum Fernseher und schaltete ihn ein. Aber das Programm mußte zu Ende sein. Oder irgend etwas stimmte nicht mit dem Apparat. Oder mit dem Sender. Oder mit dem Kontakt zwischen Sender und Empfänger. Das Bild war voller Schnee, der Ton kratzte. Leutnant Hellot stand lange und blickte auf den leeren Bildschirm, wie einer, der glaubt, die Hände würden mehr naß, wenn er sie länger unter den Wasserhahn hält.

Er stellte ab. Und schaltete das Radio daneben an. Es war schlecht eingestellt auf BBC. Ein Ostküstenamerikaner las vom Manuskript. Alf Hellot spitzte die Ohren. Er kannte die Stimme.

Irgendein amerikanischer Diplomat, der während des ganzen Herbstes eine Vortragsreihe hatte. In dieser Sendung hielt es der Diplomat für angebracht, darauf hinzuweisen, daß es grob unrealistisch sei, wie Adenauer und Foster Dulles zu glauben, durch westdeutsche Atombewaffnung könnte man freie Wahlen für ein vereinigtes Deutschland erzwingen. Vielmehr würde die Errichtung von Raketenstützpunkten in Westdeutschland ein für allemal die Chancen für eine Zusammenführung der beiden deutschen Staaten verderben. Kennan, das war der Name. Alfemann drehte den Ton lauter. Linda drehte ihn leiser und ging schlafen. Alfemann setzte sich und stellte den Sender richtig ein.

Kurz nach Neujahr flog Leutnant Alf Hellot, in Zivil, via Keflavik und New Foundland nach New York. Linda fühlte sich zu mitgenommen und elend, als daß sie ihn zum Flugplatz hätte begleiten können. Sie hatte mehr als eine vage Ahnung davon, in welcher Mission er unterwegs war. Sie würde es schon allein schaffen. Nein, sie hatte doch jetzt nur das bißchen Teilzeitbeschäftigung. Nein, sie hatte jetzt nur an sich selbst zu denken. Nein, alles würde bestimmt gut gehen. Sie würde das Fort halten, während Alfemann mit den Indianern die Friedenspfeife rauchte.

Alfemann verstand die Zeichen immer noch nicht. Sie brachte ihn hinaus zum Taxi und erzählte durch die heruntergekurbelte Scheibe von dem Kind, das sie im Leib trug.

Dann winkte sie dem Chauffeur. Der Schnee ging in Schneeregen über, in dem das Taxi bald verschwand.

Knappe vierundzwanzig Stunden später saß Alfemann auf dem Rücksitz in einem anderen Taxi, das mit ihm durch ein eingeschneites Manhattan stampfte. Er hatte seit über drei Jahren keinen Fuß mehr in die Staaten gesetzt. Aber er erinnerte sich an ein Hotel, das weit oben am Broadway von einem Norweger betrieben wurde. Es kostete das Taxi fast ganze anderthalb Stunden, das weiße Verkehrsinferno zu bewältigen.

Als er endlich angekommen war, verließ Alf Hellot das Hotel nicht mehr. Er bestellte Essen aufs Zimmer und schlief eine unruhige Nacht lang hinter sieben Riegeln, die Dokumentenmappe als Partner im Doppelbett. Es war streng verboten, telefonisch Kontakt aufzunehmen. Er lag im Bett und fingerte am Handgriff der Kuriertasche, horchte auf die Straßengeräusche und dachte an Linda: an das Taxi, das anfuhr, den Schnee, der in Schneeregen überging, an ihren abgewandten Körper mit dem neuen Lebenskeim in sich.

Am nächsten Vormittag flog er weiter nach Washington.

Dort stand die Quecksilbersäule noch tiefer als in New York, aber der Verkehr glitt leichter. Hellot fuhr vom Flugplatz mit einem Taxi. Im Zentrum wechselte er in einen neuen Wagen über und bat den Chauffeur, eine Runde durch die Stadt zu fahren.

Capitol. Das weiße Haus. Das fünfeckige Haus. Bankpaläste. Die Tausend Straßenecken um die architektonischen Symbole von Weltmacht. Aber wenn Alf Hellot St. Georg war, so kam ihm doch kein feuerspeiender Drachen aus dem Herzen des Dunkels entgegen. Er traf auch nicht den König, um ihn zum rechten Glauben zu bekehren, und er konnte die Königstochter nicht aus den Klauen des Drachen retten. Die Stadt, durch die das Taxi fuhr, lag still und weiß und unschuldig, bedeckt von einer federleichten Schicht jungfräulichen Schnees.

Alfemann wechselte noch einmal das Taxi. Dann murmelte er dem Chauffeur die Adresse zu. Es war gewiß weit draußen, der Mann am Lenkrad sagte etwas von Georgetown. Das Auto fuhr über die bewaldeten Hügel an der Kathedrale. Alf Hellot war einmal auf der Bollings AFB, beim Hauptquartier der US Air Force zwischengelandet. Das war alles. Er kannte dic Stadt nicht. Er ließ das Taxi hinaus in die Vororte fahren. Die stillen Straßen wurden immer stiller, mit verschneiten Rasenrabatten, Radfahrwegen und nackten Bäumen zwischen Fahrbahn und Backstein und gefrorenem Efeu an den niedrigen Villenwänden.

Hellot bat den Fahrer zu warten. Leichter Schnee hing in der Luft, als er die Tür hinter sich zuschlug. Frostrauch vorm Mund. Die Straße um ihn herum wirkte wie ausgestorben, ohne ein Geräusch. Das Haus war aus

Backstein, aber jemand hatte die Steine weiß und den Mörtel dazwischen braun gemalt. Die Klingel an dem schwarzen Türrahmen war goldfarben. Hellot klingelte und stellte fest, daß sein Puls normal war.

Er ließ den Klingelknopf zum zweitenmal los. Der Ton hinter der Tür klang spröder als der Schnee, der um ihn herum durch die gefrorenen Zweige klirrte.

Das Gesicht im Türspalt hätte sein eigenes sein können. Eine erstarrte Seelenmaske aus Kraft und Männlichkeit. Der Doppelgänger öffnete die Tür ganz, so daß Alfemann sein Spiegelbild vollständig sehen konnte. Hinter dem Mann, der die Tür geöffnet hatte, standen noch zwei, sicherheitshalber. Alfemann hatte ein Gefühl, als sähe er sich selbst in einem dreiteiligen Schneiderspiegel. In einer neuen und viel zu großen Uniform.

Piloten, dachte er. Die das gemacht haben, was ich gemacht habe. Die dasselbe machen wie ich. Die können, was ich kann. Alf Hellot sagte das Kennwort. Bravo Charlie. Oder etwas ähnlich Törichtes. Der Mann drinnen konnte seinen Teil der Aufgabe. Delta Echo. Echo. Echo. Radarecho. Selten, außer wenn er ein Flugzeug führte, hatte Alfemann Hellot das Gefühl, daß sich wirklich etwas ereignete. Und das er dort war, wo es sich ereignete.

Die Dokumentenmappe wechselte von einer Hand in eine andere. Hier ereignete sich etwas. Die Tür zur Geschichte war angelehnt. Alfemann Hellot übergab die Botschaft, die ihm anvertraut war.

Die Tür wurde wieder zugemacht.

Die Leere im Rücksitz des Taxis war überwältigend. Er hatte keine neue Adresse zu nennen. Er begegnete den Augen des Fahrers im Rückspiegel.

Zutiefst in sich selbst, hatte er den anderen nicht gefunden.

Denselben.

»Fahr!« sagte Alf Hellot. »Fahr los!«

1960

Überschalltunnel

Es war ein farbensprühendes Gemälde, zur Schau gestellt von Gott und Mensch. Um es zu beschreiben, hätte die Kunstexpertin Linda Hysøen Hellot zweifellos das Wort barock gewählt, wie es viele Jahre später auch die Rüstungsexpertin Mary Kaldor tat, als sie den technologischen Inhalt von endlosen Verbesserungen bei ständig höheren Kosten und immer weniger sichtbaren Ergebnissen beschrieb, von Mustern, die sich nicht veränderten.

Hauptmann Alf Hellot wiederum hatte niemals Ähnliches gesehen oder eine ähnliche Begrüßung erlebt. Obwohl der Rahmen des Bullauges und die Tragfläche sein Blickfeld einengten, reichte es doch, um ihm das starke Gefühl zu geben, daß er auf dem Weg in ein Bild sei, auf dem Diego Velázquez oder ein anderer Meister des spanischen goldenen Zeitalters das verfeinerte Zeremoniell bei einem pompösen Staatsakt schildert, mit allen Zutaten von der Palette modernster Technologie. Alles zwischen Himmel und Erde strahlte von martialischem Pomp und Pracht. Noch vom Flugzeug aus konnte Alfemann sehen, wie das grüne Gewand der Erde aus dem türkisfarbenen Ornat des Fjords herauswallte, in endlosen Schattierungen zwischen dem reinen Samt der Felder und dem Purpur des knospenden Waldes. Langsam und blau strömten die Flüsse dahin, gleich adligen Blutadern hin zur königsblauen Todeswunde, die der Fjord tief in das Herz des Landes stieß. Vor Hellot zeichnete sich die Landebahn des Hauptflugplatzes wie eine schmale Hand auf der bleichen Brust der Erde ab. Der Pilot richtete die Maschine auf und setzte zur Landung an, und über den Radar, tief unten im Fels unter Jessheim, sah ich den Impuls des Flugzeugs vom Bildschirm verschwinden.

Alf Hellot fühlte, als das Hauptfahrwerk aufsetzte, wie

sein Herz stockte, einen Schlag übersprang, um dann in irdischem Rhythmus weiterzuschlagen, als das Flugzeug vorwärtsrollte und das Bugrad die Bewegung stabilisierte. Sobald die Maschine auf ihren Platz gewinkt war und unbeweglich am Fuße des himmelanstrebenden Kontrollturms vor den niedrigen Flugplatzgebäuden in Spätbarock stand, als Gedröhn und Geheul des Jets sich gelegt hatten, hob das Musikkorps an mit glockenreinen Zimbeln, hellgestimmten Kornetts, wirbelnden Paradetrommeln und schmetternden Trompeten. General Sonnenkalb war als erster draußen auf der Gangway und unten auf dem Boden, das ganze Offizierkorps stand aufmarschiert und wartete in voller Montur. Das Oberkommando, das Luftkommando Ostnorwegen, der Platzkommandant.

Der Luftwaffeninspekteur Generalmajor Eeg. Der Kommandeur General Bull, die Generäle Mohr und Christie, der Chef des Materialamtes, die Obersten Kaldager und Nagel und Oberst Ryg vom Personalstab. Fanfare auf Fanfare zu Ehren zentraleuropäischer Kriegernamen. Generalsmützen mit bordeauxrotem Band, Obristenuniformen mit weißen Litzen, Uniformbrüste mit farbenprächtigen Ordensschnallen, scharfgeschnittene Profile, blaublitzender Stahl der Handfeuerwaffen der aufgestellten Ehrenkompanie. Und ganz am Rande des Bildes, am purpurnen Waldsaum im Hintergrund, hätte Linda H. Hellot gesehen, wie sich Caravaggios Landsknechte, Taschenspieler und Straßenräuber niederließen, während ein Mädchen wie Kitty Brechts Mutter Courage wiedererkannt hätte, die sich, vor den Marketenderwagen gespannt, auf der Landstraße dahinschleppte. Und über dem Ganzen, wie verspielte Posaunenengel, mit Spielkarten auf dem Seitenruder, sah ich auf dem Bidschirm die Impulse der Superflugzeuge des Demonstrationsteams Flying Jokers beim Kunstflug mit Loopings und Rollen, Doppelachten und Aufschwüngen in allen möglichen und unmöglichen Gruppierungen und Spielarten.

Mitten in dieses schwülstige Kriegeridyll senkte sich dann die angemeldete Lockheed Constellation, die Maschine des kommandierenden Generals der US Air Force in Europa. Wie ein brüllender Engel drosselte sie die Triebwerke und fiel auf den freien Platz ein zwischen die üppigen dekorativen Elemente im Vordergrund des großartigen Gemäldes.

Die Adjutanten verließen als letzte das Flugzeug, und der letzte von ihnen war Hauptmann Hellot. Der frische Frühlingswind blies ihm ins Gesicht und streckte Windsäcke, Fahnen und Flaggen stramm und militärisch von den Stangen vor dem Hauptgebäude. Die höheren Offiziere waren bereits intensiv in die Begrüßungszeremonie verwickelt. Mehr oder weniger stramm und straff fielen sie in den Takt der Janitscharenmusik ein und begannen die Front der aufmarschierten Luftwaffenrekruten der Ehrenkompanie abzuschreiten – gedruckte Zeilen epischer Prosa auf Buchseiten aus Beton. Von höchster Stelle wurden Befehle gegeben und weitergeblafft, die Dienstgrade abwärts mit Hilfe des Echos, bevorzugtes Wirkungsmittel des Barocks, eines Echos, das mit jedem Mal, da es von den Zinnen der Macht hinab zu den Gemeinen auf der untersten Stufe schallte, gröber und gröber klang. In strammer und mechanischer Choreographie vermischten sich die Kommandorufe mit der Hornmusik, dem Schurren der Absätze auf dem Beton der Rollbahn und mit den zusammenknallenden Hacken. Gewehrkolben wurden vom Boden gehoben, Karabiner über die Schulter geworfen und präsentiert, und behandschuhte Hände zitterten steif und phallisch an Mützenschirmen.

Alfemann Hellot ließ sich stets von der äußeren Pracht beeindrucken, ließ sich von Tempo und Präzision ergreifen, von der ganzen Aura über dem kriegerischen Ritual. In strammer Haltung, den Frühlingswind im Gesicht, stand er und lauschte den Klängen der Nationalhymnen. Danach wechselten die Musikanten die Noten. Der Chef der Ehrenkompanie grüßte mit der Hand an der Mütze, machte auf dem Absatz kehrt und kommandierte Gewehr ab! Rührt euch!, bevor er erneut eine Kehrtwendung machte und mit dem Falkenblick den hohen Würdenträgern zum Hauptgebäude folgte. Die Musik spielte wieder auf. Die Fliegergeneräle und die zivilen Repräsentanten der Verkaufsabteilung der Flugzeugfabrik verschwanden, die Ehrenkompanie marschierte aus dem Rahmen, der das militärische Meisterstück umgab, und auf dem Bildschirm vor mir explodierten die Flying Jokers in einem Bombenkrachen und verschwanden wie Granatsplitter in alle Himmelsrichtungen. Dann nagten der Wind und der Zahn der Zeit an den Resten des Heldenbildes.

An jedem Offiziersstern sind fünf Zacken, die ganz außen von einem kleinen Kreis umgeben sind, damit man ihn an die Uniform nähen kann. Alf Hellot ging – drei Sterne an jedem Jackenaufschlag – mit zackigen Armbewegungen zum Stationsgebäude. Er genoß den Frühlingswind im Gesicht. Er hatte so lange in der Arktis gelebt, daß er den Frühling richtig schätzen konnte. Lindas Frühling, ihrer beider Frühling, Mozarts Frühling. Den schönen, milden, der die Bäume wieder grün machte. Und der nun an Bach und Quelle die kleinen Veilchen wieder blühn ließ. Mit all seinem grünen Samt und seiner purpurnen Herrlichkeit in siegreichem Kampf gegen die graue Okkupation des Frostes. Vom Flugzeug aus hatte Alfemann das Ganze gesehen, die einander kreuzenden Landepisten und Rollbahnen mit ihren unergründlichen Zeichen für den Himmel, wo die Spielkartenengel der Flying Jokers sich weigerten aufzugeben und sich im Blauen tummelten, Flügelspitze an Flügelspitze. Alf Hellot hatte gesehen, wie sich die Flüsse durch die Endmoräne hinunter zu der sich windenden Landebahn verzweigten. Gesehen und gesehen, gesehen, wie die Nase des Flugzeugs sicher auf die Landebahn bei Vannsjø zeigte, und er hatte einen letzten Schimmer von der Parklandschaft auf Jeløya draußen im Westen erhascht, bevor das Flugzeug aufsetzte und

Hauptmann Alf Hellot unwiderruflich wieder zu Hause war.

Die Zeremonie draußen auf der Landebahn war vorbei. Die Musik hatte ihren letzten Vers gespielt, die Soldaten waren abmarschiert, und Hauptmann Hellot hatte die Generäle Sonnenkalb und Eeg vom Hauptgebäude hinüber zur VIP-Unterkunft eskortiert.

Denselben Weg, auf dem er seinerzeit während der Aufnahmeprüfung für die Fliegerschule das diffuse Niemandsland zwischen zivilem und militärischem Leben durchquert hatte. Alf Hellot führte die prominenten Gäste in die Messe. Während des anschließenden Lunchs wurde eine lange Reihe von Reden gehalten und gegenseitige Glückwünsche zum Sabre-Programm wurden ausgetauscht. Alle, die das Wort ergriffen, waren sich rührend einig, daß der Thunderjet, die hochgeschätzte »Gans«, nun reif zum Auswechseln sei. Alle wesentlichen Fakten besagten, daß der Übergang zu einem neuen Allwetterjäger jetzt dringend geboten war. Sogar die Politiker hatten das Unumgängliche eingesehen.

Nach den Reden stellte sich General Eeg zusammen mit den zivilgekleideten Repräsentanten der Flugzeugfabrik in Positur, bevor er seine Unterschrift unter den Kaufvertrag setzte. Den eingeladenen Pressefotografen zuliebe wurden herzlicher Händedruck und breites Lächeln ausgetauscht. Die Bilder von der Zeremonie zeigen Hauptmann Hellot als eines von vielen undeutlichen Gesichtern im Hintergrund. Als die Fotografen das Ihre im Kasten hatten, bekamen die Journalisten Stöße von prächtigen Drucksachen in die Hand gedrückt, und durch Hauptmann Gløhr wurden sie in Geheimnisse eingeweiht wie, daß das Demonstrationsteam von der 332. Staffel den Flugzeugtyp F 86F Sabre (North American) flog, einen einsitzigen Jäger mit einer Spitzengeschwindigkeit, die fast zweimal so schnell wie der Schall war. Sie konnten mit einem Mindestabstand von zwei Metern zwischen den Tragflächenspitzen operieren. Dann wurden anerkennende Worte über die NATO, das

Königshaus und die Freiheit gesagt. Mehrmals wurden die Vertreter der Presse an den Wahlspruch der 336. Staffel »Zusammenhalt und Stärke« und an die tiefe Wahrheit erinnert, die in diesen einfachen Worten lag.

Hauptmann Hellot durfte abtreten, gleich nachdem der offizielle Teil des Programms abgewickelt war. Bevor der amerikanische General ihn entließ, bat Sonnenkalb seine norwegischen Kollegen, auch bei späteren Gelegenheiten einen Verbindungsoffizier zu entsenden, der ein ebenso tüchtiger Kerl war wie Hauptmann Hellot. »You know it, and we know it: Hellot is a hell of a lot!« schloß der General und hieb Alfemann eine schwere Pranke auf die Schulter.

Danach bekam der abgehende Verbindungsoffizier ein dickes Buch verehrt, mit schwarzem Umschlag und dem Titel On Thermonuclear War in großen weißen Buchstaben auf der Vorderseite. Alfemann hatte es schon vorher auf allen Schreibtischen im Pentagon gesehen. Er dankte korrekt, und nach ein paar Floskeln über das Befinden von Frau und Kind durfte Hauptmann Hellot endlich abtreten.

Er wartete in der Bar bei einem Glas Mineralwasser mit zwei Eiswürfeln, die sich langsam auflösten, während der Kellner ein Taxi bestellte und weiter seiner gewöhnlichen Beschäftigung nachging. Es war nach norwegischer Zeit immer noch hellichter Tag. Hellot trank das Mineralwasser in kleinen Schlucken und fühlte, wie der Zeitunterschied zwischen Bolling AFB bei Washington DC und Hauptflugplatz Rygge in seinem Körper rumorte.

Er kaute die Eiswürfelreste und bat den Taxifahrer, ihn über Halmstad zu fahren. Der Fahrer wartete vor dem Kontor der Sparkasse Vaaler-Rygge, an die Kühlerhaube gelehnt, während Alfemann seine Dollars in norwegisches Geld umwechselte und dann einen Armvoll roter Rosen kaufte. Ja, Rosen. Die Verkäuferin im Blumenladen hielt sehr viel von Rosen. Für jeden Tag, den er weggewesen war, eine. Zusammen mit dem Handgepäck und den Rosen füllte Hellot auf dem Weg hinein nach Moss den ganzen Fond des Taxis aus. Durch den Rückspiegel warf ihm der Fahrer immerfort Blicke zu. Alfemann war zwar nicht so lange fort gewesen, aber um das peinliche Schweigen zu brechen, machte er den Mund auf und fragte, ob in der Zwischenzeit etwas in der alten Heimat passiert sei.

Und ob!

»Wie man's nimmt. Oj, oj! Leute!« Der Fahrer saß und lauerte nur auf den Startschuß. »Nichts Neues unter der Sonne, wie man im In- und Ausland sagt. Aber ein bißchen was passiert doch hier in Krähwinkel. Wenn's nur nicht vorbeipassiert. Hallo!«

Er redete, ohne sich umzudrehen. Mit einem Blick in den Spiegel kontrollierte er dann und wann, ob Alfemann zuhörte. Der Fahrer fuhr fort: »Nun sollen wir Norweger ja auch Fernsehen kriegen. Zehn Jahre nach der übrigen Welt. Nun dürfen wir die unten im Süden auch sehen, nicht nur hören. Der König drückt auf den Knopf, und dann geht's im Herbst los. Da wird auch der Autoimport freigegeben. Also es passiert schon ein bißchen was.«

»Und ob!«

»Oj, oj! Fernsehen und Autos werden freigegeben! 1960 wird ein denkwürdiges Jahr, vergessen Sie meine Worte nicht. Und die wiege ich auf der Goldwaage, bevor ich sie austeile. Wie Aga Khan. Er wiegt sich selbst auf der Goldwaage und teilt das Schlachtgewicht an die Armen in Afghanistan aus. In Gold.«

»Hm«, sagte Alf Hellot und wechselte das Thema: »Und der Frühling war schön? Es ist alles schon so weit. Der Wald und das Ganze.«

»Und der erste Mensch auf dem Mond. Wird ein Norweger sein. Oj, oj! Einer aus dem Süden. Geschickt vom Norwegischen Rundfunk. Hallo, bist du dort? Ende.«

»Hochgeschickt mit Rakete? Vom Rundfunk hochgeschossen?«

»Hochgeschissen ist das richtige Wort. Wenn sie nur dort blieben.«

»Im Süden?«

»Oder auf dem Mond. Ist mir wurscht.«

Sie waren in der Stadt angelangt. Das Taxi rollte langsam die Villenstraßen entlang. Alfemann hatte geglaubt, er würde ganz ruhig sein. Aber er fühlte das Herz durch die Uniform und den Puls in den Fingerspitzen. Als er sie sah, durchfuhr es ihn. Er schlug die Wagentür zu und steckte dem Fahrer ein Bündel Scheine in die Hand.

Linda stand draußen auf der Treppe und empfing ihn in einem grauen Wollkostüm und roter Bluse mit einem extravaganten Kragen, der wie Blut aus dem groben Tweedstoff über der Brust quoll. Die Verkäuferin im Blumengeschäft hatte recht gehabt. Die Rosen paßten. Sie umarmten sich hart und gingen ins Haus.

Der kleine Terje Alf (nur Alfemann benutzte beide Vornamen) erkannte seinen Vater offensichtlich wieder und zeigte nach einer Weile offen seine Freude, nachdem die batteriegetriebenen Spielsachen aus dem Koffer ausgepackt waren.

Dann war wieder Linda an der Reihe. Sie führte ihn herum. Sie hatte Stilmöbel gekauft, Eßzimmer und Flur fertig tapeziert und ausgestattet. Dann war das Gästezimmer dran. Alfemann verlor sich in Gedanken, blieb stehen und schaute aus dem Fenster in der zweiten Etage auf die grünen Triebe an den Birkenzweigen und welkes Gras vom Vorjahr über schwarzem Humus.

Er fühlte, wie sich Lindas Arm unter seinen schob.

»Ich bin stolz auf dich«, sagte sie. »Das Gipfeltreffen in Paris. Ich meine, wenn man ein wenig den Hintergrund dessen kennt, was in der Presse veröffentlicht wird, wenn man etwas von all dem weiß, was dahinterliegt, ja, da bin ich stolz auf meinen Mann.«

»Wir sollten unsere Rolle als Brückenbauer nicht übertreiben.«

»Aber der Kontakt! Der wurde hergestellt?«

»Zwischen uns.«

»Aber zwischen uns und – ihnen?«

»Von der Mitte und aufwärts.«

»Von der Mitte und abwärts, ist das der Kontakt zwischen uns?«

Linda sah ihn an. Er war sich nicht sicher, was sie meinte. Er war sich nicht sicher, was er selbst gemeint hatte. Die Worte waren nur so gefallen. Und liegengeblieben.

Terje Alf zog seine Eltern an den Händen, den Hosenbeinen, dem Rocksaum. Sie ließen sich mitziehen, hinaus auf den Gang, die Treppe hinunter. Linda hatte, als Teil der Renovierung, auch Kunst gekauft. Asger Jorn. Eine der Collagen, mit Ausgangspunkt in Paris.

»Däne«, erklärte sie. »Fuhr im Taxi in der ganzen Stadt herum. Riß alles, was er an alten Plakaten sah, von den Lattenzäunen. Dann fuhr er nach Hause ins Atelier und klebte es auf seine Weise wieder auf. Ich fand, es war als Erinnerung an die Rue Legendre geeignet.«

»Das ist ein Unterschied«, sagte Alfemann.

»Ein herrlicher Unterschied.«

Sie traten durch die offene Tür hinaus auf die Terrasse. Der Geruch nach verbrannten Zweigen mischte sich mit Heringsgeruch.

»Ich habe Gäste für heute abend eingeladen. Wir wollten so gern feiern, daß du wieder zu Hause bist. Es kommen zwei gute Freunde, Major Gløhr und Frau.«

»Sagtest du Major?«

»Ja, er ist mit Volldampf auf dem Weg in den Adjutantenstab des Schlosses. Ist nur zeitweilig nach hier unten abkommandiert. Du erinnerst dich doch an ihn. Gløhr aus Kristiansund N. Er ist aus deinem Jahrgang.«

Gewiß, Alfemann Hellot erinnerte sich an Gløhr aus Kristiansund Nord. Major! Plötzlich spürte Alfemann den Zeitunterschied. Der knurrte laut. Aber er war nicht sicher, ob es nur am Abstand der Zeit lag. Oder lag es am Abstand zwischen Washington DC und Moss. Er fluchte, leise und inbrünstig.

Linda sah ihn verwundert und bekümmert an, wie der Meeresgott eine Woge ansieht, die ohne Erlaubnis steigt. Hellot schäumte, sie gebot Ruhe.

Freunde. Nun ja, Freunde. Man gewöhnt sich an sie.

Alfemann sagte nichts. Aus langer Erfahrung wußte er, daß Linda unbedingt zu denen gehörte, die Freunde hatten und ständig Gesellschaften für sie veranstalteten. Freund? Das Wort gab es nicht einmal in der Sprache, die Alf Hellot aus Lovra mitgenommen hatte. Er glaubte auch nicht, daß es das in der Wirklichkeit gab, außer in ausgesprochenen Kriegssituationen. Da war die Rede von Freund oder Feind. Aber in einer Tischgesellschaft? Im besten Fall neutrale Kampfrichter. Das einzige, was Freunde Alf Hellot mitbrachten, war noch größere Einsamkeit, die sie, wenn sie gingen, wie eine unbezahlte Rechnung hinterließen.

»Sag etwas, Alf Hellot. Sag etwas anderes als Unflätigkeiten zu mir.«

»Ich habe keine Freunde. Ich habe – Major – Gløhr seit hundert Jahren nicht gesehen. Ich will, daß wir den Abend für uns allein haben.«

»Jetzt ist es zu spät, da etwas zu machen. Und ich dachte doch nur –«

»Du hast kein Herz im Leibe. Du hast es weggedacht.«

Es mochte sich schlimmer anhören, als es gemeint war. Aber Linda fing nicht an zu weinen, erregte sich auch nicht. Alfemann war ein großer Bewunderer ihrer Selbstbeherrschung und Disziplin. Aber sie antwortete auch nicht. Sie starrte mit einem Blick vor sich hin, der ebenso gedankenvoll wie leer sein konnte.

»Ich will sagen«, versuchte Alfemann, »daß ich wohl an Intellektuelle im allgemeinen gedacht habe. Daß sie Tinte statt Blut in den Adern haben. Daß sie kein Herz im Leibe haben. Daß sie es weggedacht haben.«

Es wurde in dieser Version wohl auch nicht viel besser. Linda sagte nur: »Zwischen uns ist ein Meer.«

»Das Meer, das ich fasse, habe ich nicht befahren.«

Linda Hysøen Hellot, mit der gute und schlimme Tage

zu teilen Alfemann gelobt hatte, sah ihn ernst an: »Mit dir stimmt einfach was nicht!«

Sie drehte sich auf dem Absatz um und ging wieder ins Zimmer.

»Deshalb falle ich auseinander«, sagte Alfemann murmelnd zu der nonfigurativen Kunst an den Wänden in der Diele. Und zu Terje Alf, der dastand und ihn mit einem Modellflugzeug in der Hand bittend ansah.

Der Motor wollte nicht mehr. Alf Hellot nahm den Jungen an die Hand, und zusammen stapften sie in den Keller, um Werkzeug zu suchen. Das Flugzeug startete sofort, und ein beeindruckter kleiner Bengel verschwand schnell durch die Tür.

Alfemann ging wieder hinauf, um gut Wetter zu erbitten. Er fand die Gekränkte im Wohnzimmer. Sie sah zu ihm auf und sah wieder hinunter. Wollte nicht zeigen, worin sie las. Alfemann blieb über sie gebeugt stehen. Sie schloß das Buch und wandte ihr kleidsam ernstes Gesicht Alfemann zu.

»Es tut mir leid«, sagte er. »Ich bin etwas durcheinander. Das muß der Zeitunterschied sein. Ich habe gedacht, ich laufe eine Runde. Einzige Methode, den Körper wieder ins Gleichgewicht zu bringen.«

»Lauf du! Lauf nur! Das Leben läuft dir dennoch davon.«

Linda legte die Beine übereinander und schlug das Buch wieder auf.

Einen Augenblick stand er unschlüssig da. Dachte, daß sich das wie ein Telefongespräch aus großer Entfernung anhören mußte. Linda sprach, und er war der schwarze Apparat. Er nahm die Wendeltreppe zum zweiten Stock in drei großen Sätzen.

Oben ging er ins Schlafzimmer und holte den Trainingsanzug aus dem Gepäck. Er fand weniger Erinnerungszettel mit Bibelsprüchen in Lindas Fußspuren als früher. Etwas von Simon, genannt Zelotes. Der hing im Schlafzimmer. Und Ostern hatte seine Spuren gesetzt. Mehrere Bibelsprüche handelten vom Ende des jungen

Lebens Jesu von Nazareth. Und zwischen dem Badezimmerspiegel, der Alf von Kopf bis Fuß wiedergab, und den Kacheln dahinter steckte ein Zettel mit Nordahl Bruns Osterpsalm.

»Jesus lebt, das Grab zerbarst!
Gott verlieh ihm Auferstehung.
Fest wie Felsen ist der Trost,
daß sein Blut und Tod uns rette!
Blitz zuckt auf, die Erde bebt,
das Grab zerbarst, und Jesus lebt!

Ich gewann, Jesus gewann;
Todesstoß in Sieg verwandelt,
Jesus alles überwand,
mir hat Freiheit er gegeben,
hat den Himmel mir geöffnet,
er gewann und ich gewann.«

Alf Hellot las, während er sich umzog, von jenem, der am Radar saß und den Himmel offen fand, der den Blitz zucken, die Erde beben, das Grab bersten sah, und er würde leben. In Laufschuhen, Turnhose und einem Trainingsanzug aus Frotté mit Kapuze und der Aufschrift Aviation Cadets auf dem Rücken ging er pfeifend die Treppe hinunter. Eine schnelle kleine Runde. »Bin gleich zurück.« Er hörte nicht, ob Linda antwortete.

Er lief auf Asphalt, hinaus aus dem Labyrinth der Villenwege nach Süden, Richtung Hauptflugplatz. Die ersten Kilometer hatte er das Gefühl, als müßte er den Körper von den Toten erwecken. Aber schon am Rand des Zentrums fühlte er sich warm, leicht und stark. Er verlängerte das Schrittmaß, atmete schneller, geriet ins Schwitzen. Von Zeit zu Zeit kontrollierte er den Puls und die Uhr.

Eine halbe Stunde. Er verlangsamte das Tempo zu leichtem Jogging und begann zu gehen. Blieb stehen, dehnte sich und lief den gleichen Weg zurück in die Stadt. Aller zweihundert Meter legte er einen Hundertmeterspurt ein. Der Lauf, der Blutkreislauf, der Kopf, alles funktionierte, wie es sollte. Alfemann fühlte sich leer und leicht, durchweht von seinen eigenen Kräften.

Er war eine gute Stunde unterwegs. Auf den allerletzten Kilometern legte er ein paar Intervalle ein, in denen er sich ganz ausgab. Niemand war zu sehen, als er durch die Pforte in den Garten einbog. Ausgepumpt warf er sich auf den Rasen und fühlte die Erde gegen den Rükken schlagen. Ihm wurde schwarz vor Augen. Ein Automotor wurde draußen auf dem Weg hochgejagt. Im Haus nebenan war ein Gemischtwarenladen. Die Eindrücke hatten keinen Zusammenhang. Hauptmann Hellot, in durchgeschwitztem Trainingsanzug, lag auf dem Rükken, die Knie in der Luft, und schüttelte die Schenkelmuskeln locker. Im Villengarten in der norwegischen Kleinstadt Moss war Frühling in der Luft. Im Haus warteten sie auf Alfemann. Er hörte Vogelgezwitscher und zartes Säuseln in schütteren Baumkronen, das Blattwerk war die unruhige Oberfläche eines Sees, dessen tiefer Grund seine Augen waren.

Alfemann lag verschwitzt, ausgepumpt, erschöpft. Zersprengt. Alle Bande, die ihn zusammenhielten, waren zerfetzt, die ganze Schale, die ihn einschloß, war zersprengt. Über den Rasen verstreut, Opfer einer langsamen Explosion, lag Alfemann da, ein losgerissener Arm hier, eine Hand und eine Gesichtsmaske dort, ein Fuß in einen Baum geschleudert, das klopfende Herz an der Erde. Nonfigurativ, zersprengt.

Ganz oben auf den hohen Stämmen rüttelte ein zunehmender Wind an den Baumkronen. Hellot, ohne Zusammenhang, lag immer noch da und schaute zum zitternden Oberflächenkräuseln der Blätter hinauf. Licht stach ihm in die Augen. Er nahm sich zusammen, setzte sich auf. Die Glieder seines Körpers fielen an ihren Platz. Im Nachbarhaus hinter der Ligusterhecke wurde ein Fenster zugeschlagen. Alfemann schnürte die Laufschuhe auf. Mit nackten Füßen, in jeder Hand einen Schuh, ging er durch das Gras zur Verandatür.

Linda saß am Flügel und blätterte in Noten. Sie hatte sich zum Abendessen umgezogen und war so schön, daß Alfemann schauderte. Er ging zum Klavierhocker. Berührte sie nicht, stand nur ganz nahe. Die Noten eines Stückes, das Estrellita von Ponce hieß, waren aufgeschlagen. Während sie wartete, hatte sich Linda durch eine sentimentale Partitur gespielt. Um sich zu ihm hin zu spielen? Sie berührten einander mit dem Atem. Linda sagte: »Du schwitzt. Bist du weit gelaufen?«

Als sie sich ihm zuwandte, mußte sie eine gewaltige Kopfbewegung machen, um das Haar aus den Augen zu schütteln und der Frisur den rechten Fall zu geben.

»Eine gute Stunde. Wie ist es hier gelaufen?«

»Nur kalt den Rücken hinunter.«

Sie sah zu Alfemann auf.

»Es vergeht gleich«, sagte sie. »Und es ist zuwenig. Es ist nichts. Auf das Haus aufpassen. Auf das Kind aufpassen. Und auf das Telefon aufpassen. Sogar die Bücher in den Regalen wenden mir den Rücken zu.«

Alfemann antwortete immer noch nicht.

»Es ist nicht so«, fuhr Linda fort, »daß das Ganze weniger ist als die Summe der Teile. Aber die Teile vernichten sich gegenseitig, wenn sie miteinander verknüpft werden sollen. Das ist es, was unsere Zeit ausmacht.«

»Hast du darüber geschrieben?«

Alfemann fand endlich die Sprache wieder. Linda nickte.

»Ja, Aftenposten will die Betrachtung über Ionesco nehmen. Aber das ist es ja nicht, was ich will.«

»Aber das wolltest du doch.«

»Aber ich will tiefer bohren, unter die äußere Wirklichkeit, hinunter in die Tiefe des Bewußtseins, bis zur Grundsituation des Menschen. Ganz hinunter in das Absurde. Der Mangel an Gott. Die Gewalt gegen die Natur. Das Problem des Bösen. Der Tod. Und der Krieg. Alles, was sinnlos ist – wie der Beruf, den du gewählt hast.«

»Nein, schlimmer.«

»Als das Sinnlose?«

»Weit schlimmer.«

»Aber nein. Das zeigt die Betrachtung.«

»Daß hohes Niveau und Tiefenbohrung Gegensätze sein müssen?«

Linda H. Hellot saß mit den Händen im Schoß, den Oberkörper über die Klaviertasten gebeugt. Leise und langsam, mit gleich starker Betonung auf jedem Wort sagte sie: »Du mußt duschen und dich umziehen. Dann mußt du zu Terje hineingehen und sein Gutenachtlied singen. Vergiß ja das Abendgebet nicht.«

Alfeman ging hinauf ins Bad. Das große Frottéhandtuch war noch feucht von ihrem Körper. Ein feuchter, parfümierter Dampf hing in der Luft und roch nach gepfeffertem Samen. Er zog sich aus und stellte die Dusche an.

Alfemann machte sich schnell fertig und zog den Hausmantel an. Von unten dröhnten verworrene Klavierakkorde herauf. Im Kinderzimmer saß Terje Alf mit den neuen Spielsachen im Bett.

Bomberombom bommel

Terje schlug die Trommel

Eigentlich sollte Alfemann Vorsänger sein, aber der Junge sang sich selbst in den Schlaf zu den Tönen von unten – atonal, sprachlos. Bomberombom und bommel. Und Trommel und Trommel. Gesang und Atem mischten sich unmerklich und rhythmisch. Langsam gewann der Atem die Oberhand über die Melodiestummel und wurde zu Atemzügen, leicht erst und unregelmäßig, unsicher in der Richtung, als gäbe es noch einen Weg zurück vom Schlaf. Dann schwerer und fester, des Weges sicherer. Gleichmäßig und friedvoll. Ein und aus, aus und ein trommelte der Atem auf das dünne Fell des Traums, auf der Paradetrommel, die an der Spitze ging und den Takt hielt auf dem Marsch ins Traumland, wo die Instrumente still wurden, der Atem ging, müde Körper schlafen durften.

Alf Hellot hatte sich zum Abendessen umgezogen und kam im dunklen Anzug ins Eßzimmer herunter, immer noch dösig, nachdem er neben Terje Alfs Bett eingeschlafen war. Halb im Trance half er beim Tischdecken. Damast und Silber, handgestickte Servietten. Alfemann kam allmählich zu sich. Er öffnete die Flaschen und dekantierte den Wein. Das Frühlingslicht schummerte vor den französischen Fenstern.

Herr und Frau Major Gløhr waren perfekte Gäste. Weder zu früh noch zu spät. Major Gløhr aus Kristiansund N sah aus wie immer, das heißt, so als käme er direkt vom Dienst als UNO-Beobachter auf der Croisette in Cannes. Er war wie maßgeschneidert für den Dienst bei Hofe. Seine Frau hingegen war spitz und nicht besonders nett, sie hatte eine desperate Angst vor dem Vergangenen und einen ebenso fieberhaften Drang nach dem Kommenden. Züge, die in eine hochgradige Nervosität mündeten.

Alfemann empfing sie und half ihnen beim Ablegen. Er benutzte die Gelegenheit, Frau Gløhr ein Kompliment zu ihrem Mantel zu machen.

Major Gløhr sagte: »Ja, ist er nicht flott. Aus echter Vorhaut gearbeitet.«

»Thomas«, sagte Frau Gløhr und lächelte Alf Hellot an, »wurde nicht beschnitten. Er wurde nur ein bißchen beschnippelt. Als sie den Zipfel erwischten.«

»Soso. Sexy.« Major Gløhr lächelte sein gewinnendstes Lächeln: »Hauptmann Hellot ist ein moralischer Mann. Er will nichts von solchem Geschwätz wissen. Dies ist ein moralisches Haus.«

»Alfemann moralisch?« Frau Gløhr blinzelte ihm zu. »Aber gewiß doch! Er ist so moralisch, daß ihm eine Moral nicht reicht. Er muß zwei davon haben. Doppelmoral. Und noch eine extra, in die die Doppelmoral reinpaßt.«

»Alfemann, Alfemann, stimmt es, daß du es faustdick hinter den Ohren hast?«

Alf Hellot hängte den Mantel auf. Er sagte: »Was nennst du faustdick?«

»Vielleicht sehen wir das Dicke wegen der Ohren nicht?«

Alfemann reichte Frau Gløhr den Arm und geleitete sie ins Zimmer. Hinter ihnen sagte Major Gløhr: »Da siehst du, Alfemann. Da siehst du es wieder. Ich habe es immer gesagt, aber du weigerst dich, mir zu glauben, daß die Frauen im Gebiet von Oslo immer obenauf gewesen sind. Während die Mannsleute nichts zu melden hatten. Historisch gesehen ist das Matriarchat die herrschende Gesellschaftsform gewesen.«

Linda Hysøen Hellot erschien und empfing sie mit offenen Armen. Sie sah glänzend aus, mit einem schlichten Halsschmuck und einem kurzen schwarzen Kleid.

»Ist das wahr?« rief sie aus. »Wirklich? Das mit Oslo und dem Matriarchat? Wie nett! Und mehr als anderswo?«

Major Gløhr verbeugte sich tief und galant.

»Ja, meine Dame. Jetzt ist die Wissenschaft ihrer Sache sicher. Moderne Forschung läßt keine Zweifel. Die Antropologik und nicht zuletzt die Pseudosophie haben bewiesen, daß Namen wie Ammerud und Diesen gerade in diesem Gebiet viel häufiger sind als anderswo. Der Ausdruck Osloer Kessel scheint ebenfalls in Richtung Matriarchat zu deuten!«

»Während das Patriarchat Tokerud als Hauptsitz hatte?«

Das war wieder Frau Gløhr. Sie legte die Hand auf Linda Hellots nackten Unterarm.

»Thomas Gløhr«, fügte sie hinzu, »würde sich von vorn gut als Attrappe machen, findest du nicht?«

»Als Attrappe?«

»Als Zielfigur im Schießgelände. Oder als eine Bombe voll mit Zement. Vollkommene Nachahmung eines Gegenstandes, in diesem Fall eines Mannes. Seele wie ein Stoppelacker. Klar für Schießübungen.«

»Eigentor!« bemerkte Major Gløhr mit angestrengtem Lächeln.

Das Feuer der Liebe, dachte Alf Hellot, erlischt nie,

flackert aber schwach, in einer langsam brennenden Hölle. Er sagte: »Whisky Soda? Gin Tonic? Sherry? Campari? Cinzano?«

»Alfa Bravo«, antwortete der Major. »Echo Foxtrott.«

»Aber wir haben noch nicht Willkommen gesagt«, sagte Linda. »Willkommen, Willkommen.«

Sie gingen zu Tisch.

Während des Essens wurden vor allem die Probesendungen des Fernsehens erörtert und dabei speziell die Frage, ob das Licht im Zimmer aus oder an oder gedämpft sein sollte, um die bestmögliche Bildqualität zu bekommen. Für Frau Gløhr war der Vergleich mit einem Kinosaal so offenkundig, daß er ein unwiderlegbares Argument für das Ausschalten des Lichts bedeutete, so daß der ganze Raum um den Apparat im Dunkeln blieb.

Hiernach gingen sie dazu über, den moralischen Verfall heutzutage zu diskutieren. Abgesehen von Alfemann blickten sie düster auf das Leben in den neuen Trabantenstädten rings um die Hauptstadt – ausgerissene menschliche Wurzeln, die Leute in Kästen übereinander verstaut und arme Schlüsselkinder, die vielleicht in Blöcken wohnten und deren Eltern den ganzen Tag lang auf Arbeit waren und die den Schlüssel an einer Schnur um den Hals trugen, damit sie die Tür zur abwesenden Kernfamilie aufschließen konnten. Was Wunder, daß Pöbeleien und Jugendaufruhr dabei herauskamen.

Dieses Thema führte natürlich zu Major Gløhrs neuer Tätigkeit im Adjutantenstab des Schlosses. Linda versuchte, einige Kommentare über die besonders tieflotenden Sonntagspredigten von Hauptpastor Enger in der Kirche von Røa einzuflechten, in denen auf die Auflösungstendenzen der Zeit wirklich eingegangen wurde. Aber sie wurde übertönt von Major Gløhr, der, überwältigt vom guten Wein des Hauses, eine feuchte Debatte über die Möglichkeiten einleitete, auf dem Vannsjø Wasserschi zu laufen.

Er ging im Wasser. Oder er kam nicht hinauf auf die Schier. Frau Gløhr wollte nicht vom vorigen Thema ablassen. »Apropos«, fiel sie dem Gemahl mehrmals ins Wort, bis sie endlich durchkam und berichten durfte, daß in naher Zukunft ein Familienkursus in der Hauptflugstation beginnen werde.

»Familienkursus!«

Drei Stimmen gleichzeitig.

Doch, es sei wirklich wahr. Der Familienkursus sei ein Teil der zivilen Ausbildung des Personals. Durch Vorlesungen und Gruppendiskussionen und mit Hilfe der neuesten audiovisuellen Unterrichtsmittel solle das militärische Familienleben, wenn nicht voll auf den Kriegsfuß, so doch jedenfalls wieder auf die Füße gebracht werden.

Für Major Thomas Gløhr war das der blanke Unsinn. Eine Vergeudung von Zeit und Kräften. Er wußte von einer Reihe von Ehen, die ohne vorherige Erfahrungen beider Partner eingegangen waren, und von Familienleben, das ein und zwei Menschenalter gewährt hatte, ohne daß die Partner zwischendurch zum Kursus gerannt wären.

Linda H. Hellot hingegen sah darin eine ausgezeichnete Idee und eine wirklich konstruktive Maßnahme, nicht zuletzt für uns in der Verteidigung, deren Familienleben ständig von Bereitschaft und Wachen, Dienstreisen und Abkommandierungen hierhin und dorthin bedroht wird. »Nicht wahr, Alfemann?«

Gewiß, Alf Hellot konnte dem schon beipflichten. Er war militärischer Weltmeister im Hindernislauf und in der Escape-Übung. Dieser Situation entfloh er, indem er schwieg und nickte. Und lauschte: den Gesprächen, dem Gesagten und dem Ungesagten, das sich steigerte, Stufe um Stufe bis zum Explosionsniveau – Phasen eines privaten Kriegsspiels, dessen Ausgangspunkt die Zersplitterung der Kernfamilie war.

Gäste einladen war der erste Zug. Anzug und Gesichtszüge zurechtziehen der nächste. Deine Züge und meine Züge. Und deren Züge. Ein unerwarteter Schachzug. Starke Charakterzüge und Schutzüberzüge. Ein kalter Zug von der Tür vor dem letzten Zug.

Oder nur eine unbändige Lust, die Pistole zu ziehen. Etwas Desperates zu tun, etwas, das außerhalb der Konventionen lag, in deren Rahmen alles und außerhalb desselben nichts verziehen wurde. Sich herausziehen. Die anderen mit sich ziehen.

Gewiß, Alf Hellot konnte schon beipflichten. Aber er sagte auch weiterhin nichts.

Sein Schweigen führte immer dazu, daß der Bühnenvorhang über der Festvorstellung in Lindas Gesicht fiel, er bedeckte die Bühne und ihr Kostüm mit tiefen Falten und die Stirn, die Augenpartie und den Mund mit Runzeln. Da war das Gesicht zu, die Vorstellung zu Ende. Die Gäste merkten es auch, Frau Gløhr merkte es. Der Rest des Gesprächs war unartikuliert und rituell wie Applaus. Aber die Hauptdarsteller ließen sich nicht noch einmal herausrufen. Es blieb nichts weiter übrig, als sich geräuschvoll zu erheben, mit blauen Zähnen zu lächeln und zu gehen. Das Zusammensein klang aus vor der Konfrontation.

»Ich glaube, wir machen uns auf. Wir bedanken uns.«

»Guten Heimweg. Dank für den Besuch.«

Dann Linda und Alfemann. Nur sie, allein zu zweit.

Aufräumen, den Abwasch stehenlassen.

Linda sagte: »Es ist etwas mit dem Ton. Oder vielleicht liegt es an all dem Modejargon in der Sprache. Aber sie sind doch jovial. In gewisser Weise sind sie mir doch etwas wert, viel sogar.«

»Sie sind keine Waren.«

»Waren?«

Linda sah Alfemann fragend an.

»Sie sind nicht zum Verkauf. Sie kosten nur ein bißchen Selbstüberwindung. Übrigens kannst du sie gratis von mir haben.«

»Was ich auf meine einfache Weise zu sagen versuchte«, sagte Linda, »zwar, daß ich sie trotzdem mag.

Und es ist mein volles Recht, meine eigene Sprache zu sprechen.«

»Von Jura ist nicht die Rede.«

»Jura?«

»Ja, Recht.«

»Nein, falsch.«

Das war noch ein Punkt. Wie in einem geschlossenen Regelwerk, wie in den elektronischen Kommunikationssystemen, wie in den Atomkriegsspielen war Macht gleich Macht über die Sprache. Macht, die Stimme zu kontrollieren und sie in elliptischen Kurven, Parabeln, Metaphern und Szenarien zu formen: die Treppe aufwärts. Über die Raketenlücke springen. Die Machtbalance wiedergewinnen. Unter dem amerikanischen Atomschirm über die Atomschwelle steigen. Und von der Position der Stärke aus die Treppe wieder abwärts.

Alf Hellot war schon auf dem Weg über die Treppe in andere Höhen. Als er im Hausmantel wieder herunterkam, hatte Linda doch schon abgewaschen. Aber sie war mild und sanft und sagte, das sei ihre Form von Yoga und Meditation und daß sie gern eine Liste aufsetzen wolle mit Plänen für die ersten Wochenenden nach Alfemanns Rückkehr aus Nordnorwegen. Sie hatte sogar einen Entwurf in vier Punkten geschrieben, den sie Alfemann zeigte.

Da war also erstens ein Sonntag auf dem Kollen, was für sie Larkollen bedeutete. Ende Mai. Alle drei? »Wassertemperatur zum Baden?« hatte Linda notiert und dick unterstrichen. Darunter kam Punkt zwei. Da stand Haus und Garten. Für den Garten war der Samstag reserviert, und sonst gab es immer eine Menge praktischer Dinge, für die man den Sonntagnachmittag verwenden konnte. Als dritten Posten hatte Linda eine Fahrt hinüber nach Bergen und hinaus nach Milde auf dem Programm. Vielleicht etwas für sie und Terje allein? Aber im Sommerurlaub wollte sie Alfemann mithaben: vierzehn leuchtende Tage in Antibes.

Vielleicht. Alfemann hatte nicht so weit voraus gedacht. Er gab Linda das Blatt Papier zurück. Blitzartig sah er sich nach wie vor allein im Raum zusammen mit einer blendend schönen Frau. Wurde ein sexueller Spielball, der vom Stoßball angestoßen wurde. Sie glitten lautlos umeinander, stießen zusammen, stießen einander ab, stießen gegen die Bande und wurden wieder zu neuen Positionen geschickt. Wellen, Laut und Licht. Linda setzte sich wieder ans Klavier, machte ein paar zögernde Anschläge, unterbrach sich selbst: »Uff, Bartok und sein ewiges As-Dur!«

Sie blätterte in den Noten weiter, zu Mozart. Seine Musik konnte sogar Alfemann erkennen. War er auch der Mann mit allen Eigenschaften, so fehlte ihm doch auf jeden Fall eine. Er war total unmusikalisch, um nicht zu sagen amusisch. Wenn das Musikkorps der Garnison zehn Strophen der norwegischen Nationalhymne oder Stars and Stripes Forever gespielt hatte, rief Alfemann Hellot, jedesmal gleichermaßen verwundert: »Das kommt mir doch bekannt vor!«

So war es zum Schluß auch mit dem Stück, das Linda spielte. Sie berührten einander. Die schwarzen und die weißen Tasten. Sie fanden einander. Die Hände erreichten sich, die Finger flochten sich ineinander, die Lippen trafen sich, Zungen und Atem, tief ineinander. Zwei grelle Dissonanzen forderten – und erhielten Befriedigung in der Konsonanz der Körper.

Zuerst fühlte sie sich nur leer. Dann kam der Schmerz. Als der Körper nichts mehr zu geben hatte – und zu nehmen. Auch wenn Frauen mehr schmerzliche Erfahrungen haben als Männer. Auch wenn Linda ein Kind geboren hatte und wußte, daß Frauen nicht auf den Mount Everest klettern müssen oder Amerika entdecken oder auf Schiern über Grönland laufen oder Höhenrekorde mit dem Flugzeug aufstellen oder der letzte sein müssen, der ausweicht, wenn zwei Autos auf einer öden Landstraße aufeinanderzurasen; wußte, daß Frauen nicht nach extremen Lebenssituationen suchen müssen, sondern sie in sich haben.

Hellot, halbnackt, das Bewußtsein tief im Körper versunken, vermochte nur mit Handflächen und nackter Haut zu antworten. Hinter den geschlossenen Augenlidern rollte ein Film ab: sonnenwarme Steine in einem Flußbett, aus dem das Wasser wegreguliert und nur das weiße Geröll übrig war, gebrauchte Gummis im sonnenverbrannten Gras zwischen den Steinen, Flaschen, zusammen mit scharfen Glasscherben, im Gras verstreut. Es roch nach schalem Bier.

Beim Einschlafen sah Alf Hellot einen gelbgekleideten Schiläufer rhythmisch schwingend und mit guter Balance im Diagonalgang durch eine weiße Landschaft fahren, wo schwarze Birken mit nackten Zweigen schrien. Feiner Schnee rieselte von den Tannen.

Er mußte geträumt haben.

Alf Hellot saß aufgerichtet im Bett. Jemand hatte ihn geküßt. Mit offenem Mund. Sie hatte es auf der Zunge gehabt. Auf der äußersten Zungenspitze. Und es aus ihrem Mund in seinen geführt. Einen kleinen Punkt aus kaltem Metall. Eine Schraube, eine Mutter. Eine Schraube ohne Mutter hatte sie auf der Zunge gehabt. Und in seinen Mund geführt. Hellot fühlte nach. Ließ die Zungenspitze vorsichtig in der Mundhöhle kreisen.

Nichts. Zähne und Füllungen. Er mußte es verschluckt haben. Aber er hatte es geträumt. Oder er hatte es überhaupt nicht so geträumt. Oder umgekehrt. So daß der Traum endete, wo die Erinnerung mündete.

Hellot versuchte zurückzugehen, durch den Traum, zum Anfang.

So.

Und führte es in seinen Mund. Eine Schraube ohne Mutter hatte sie auf der Zunge gehabt. Eine Schraube, eine Mutter. Einen kleinen Punkt aus kaltem Metall. Hinüber in seinen. Aus ihrem Mund. Auf der äußersten Zungenspitze. Sie hatte es auf der Zunge gehabt. Mit offenem Mund. Jemand hatte ihn geküßt.

Alf Hellot saß aufgerichtet im Bett. Er hatte geträumt.

Wie eine dunkle Hand zog der Wind das Rollo nach draußen durch das offene Fenster. Immer noch war er in Rhythmus und Syntax des Traumes befangen. Aber er war jetzt wacher. Er begriff, wo er war. Er drehte sich um. Lichtstreifen von einer Straßenlaterne der Stadt Moss schnitten sich zu beiden Seiten des Rollos in den Raum, Schattenrisse von leblosen Gegenständen zeichneten sich ab, die Nacht war feucht wie Humus. Und die Decke bewegte sich auf und ab von Lindas Atem.

Alf Hellot merkte, daß er im Bett saß, den Rücken hart an die Wand gepreßt. Er kroch unter die Decke. Warf sich ein paarmal von einer Seite auf die andere, schließlich, halb auf dem Bauch liegend, spürte er, wie der Schlaf ihn erneut überkam.

Er wußte nicht, ob er schlief oder wach war. Draußen machte der Wald einen gewaltigen Sprung in den Sommer.

Der Wind nahm zu, und die Blätter zitterten und wechselten die Farbe, von grün zu grau, und sie wechselten die Seite, die obere nach unten und die untere nach oben, und sie wechselten stille Laute.

Bis alles Frieden war.

Einen Augenblick blieb sie am Fußende stehen und sah auf den schlafenden Mann hinunter. Er lag auf dem Rükken in friedvollem Schlaf, die Arme neben dem Körper auf der Decke. Sie war unschlüssig, wie lange sie warten konnte, bis sie ihn weckte. Sie ging um den Bettpfosten und setzte sich neben ihn, beugte sich vor über sein Gesicht, das verschlossen war vom Schlaf. Hob die Hand über seine Stirn, senkte sie und zog sie wieder zurück, ohne ihn zu berühren. Dann stand sie plötzlich auf, ging über die Dielen, riß am Rollo und zog die Gardinen zur Seite.

Das scharfe Morgenlicht traf Alf Hellots Gesicht wie die Spitze des Instruments, mit dem der Archäologe an einen Fund stößt, der tausend Jahre tief unter der Erde gelegen hat. Die helle Archäologie des Frühlingsmorgens flutete durch das Fenster und grub ihn ganz aus.

Alf Hellot hörte wieder die Stimme. Er mußte aufstehen. Er mußte etwas sagen. Er sagte oder glaubte zu sagen: »Ich muß ausgeschlafen haben. Ich merke den Zeitunterschied nicht mehr.«

Sie saß wieder über ihn gebeugt. Licht und Schatten zeichneten eine große Blutader schräg von ihrer Nasenwurzel zum Haaransatz.

Die Stimme war immer noch da. Es war spät. Das Licht quälte ihn. Er schlug die Augen wieder auf. Es war Linda.

»Dein Vater. Es ist ernst.«

Wort Gottes, Sprache der Mutter, Land des Vaters. Die Bibel, die Muttersprache, das Vaterland. Die Norweger mögen keine Fremden. Keine fremden Wörter und keine fremden Namen. Die Straßen in norwegischen Orten sind nicht nach Ausländern benannt. Die einzige Ausnahme, die Alf Hellot kannte, war ein schwedischer Religionshistoriker und Redakteur, der sich während des letzten Weltkrieges gegen die deutsche Okkupation des Nachbarlandes geäußert hatte. Ein kurzes Stück der äußeren Ringstraße um Oslo trägt seinen Namen. Alfemann fuhr den Torgny Segerstedts Veg entlang, dann weiter die Ringstraße ostwärts, die übrigens nach Rolf Wickstrøm und Viggo Hansteen, norwegischen Märtyrern des Widerstandes der Arbeiter gegen den Nazismus, benannt ist.

Die Straße, nach der er suchte, war noch nicht auf dem Stadtplan verzeichnet. Auch einen Namen hatte sie noch nicht bekommen. Aber das Gebiet war leicht zu finden. Halbfertige Mauerblöcke und Reihenhäuser ragten aus dem braunen Lehmboden, während die Baukräne immer noch Bauteil auf Bauteil setzten. Von der Sinsenkreuzung fuhr Alfemann an Kaldbakken vorbei und durch Groruddalen. Schließlich fand er auch die Straße oder den Weg, richtiger gesagt, und die Nummer.

Sie war an der frischgebeizten Wand eines Reihenhauses mit vier Wohnungen angebracht. Zwei von ihnen standen noch leer. Am Eingang D war ein Zaun gezogen, und die Tür kam ihm bekannt vor. Dort klingelte Alfemann.

Klingelte noch einmal und drückte die Türklinke herunter.

Die Diele sah aus, als hätte jemand versucht, dort zu wohnen, und es dann aufgegeben. In der Stube dämmerte Lebensabend gegen die leeren Fenster. Aber Alfemann sah niemand. Er sah eine Hängelampe an der Decke, ohne Licht, und im Trauerflor der Schatten Möbel aus dunklen, tropischen Hölzern.

Er hörte ihre Stimme, bevor er sie sah. Ausgedörrt vom Weinen, knarrte sie seinen Namen aus einem versteckten Winkel in der Stube und in ihr selbst. Alfemann drehte sich um und sah, daß der Kummer noch einige gewichtige Zeilen auf das Pergament ihres Gesichts geschrieben hatte. Aber das Steinharte in Konstanses Zügen war durch den Kummer weicher geworden, und die Dämmerung dämpfte es noch mehr. Sie sagte: »Konrad war hier. Parelius. Und Haakon. Vom Jugendverband Ivar Mathisen. Und Gerhardsen. Schickte Telegramm. Es sind so viele gekommen, daß man glauben konnte, sie wären schon zu den Trauerfeierlichkeiten eingeladen.«

Alf Hellot hörte sie das sagen und sah den Vater vor sich. Einen einsamen Mann in Hemdsärmeln sah Alfemann. Aug. Hellot im karierten Wollhemd, hinter Eisblumen und Topfpflanzen in einem weit entfernten Fenster. Im Haus ging er immer in Socken. Alfemann sah ihn vor sich. Ein langer Knochen von Mann, ein abgenagter Fleischknochen, ein Knochen im Sekretariat. Der nun woandershin unterwegs war.

»Er wäre Bürochef geworden.« Konstanse Hellots Stimme setzte den Text unter das Erinnerungsbild: »Wenn er hätte ...« Sie bekam das nächste Wort nicht heraus. Der Kummer war so nahe, daß sie nur Worte für Tod und Abwesenheit hatte.

»... leben dürfen«, hörte Alfemann Hellot sich sagen. Er billigte unvollständige Sätze nicht. Alf Hellot, in voller Hauptmannsuniform, mit geradem Rücken, elastischem Körper, kurzgeschnittenem rötlichem Haar. Durch die Dämmerung konnte er eine gerahmte Fotografie von Aug. Hellot als AIF-Läufer im Schilanglauf erkennen. Heller Windschutzanzug mit bauschigen Hosen, Startnummer auf der Brust, gestrickte Ohrenwärmer, die von über dem Kopf gekreuzten Bändern gehalten wurden. Niemals ein richtig großer Läufer. Aug. Hellot machte einzig und allein mit, weil die Arbeiter auch Sportler haben sollten.

»Er war ein guter Mann. Er diente den arbeitenden Menschen sein Leben lang. In der Gewerkschaft und in der Partei.«

Draußen hörte Alfemann die Baukräne auf vollen Touren arbeiten. Er grübelte darüber nach, wie die Mutter seine Gedanken lesen konnte. Eine Laderampe wurde schräggestellt. Sie wartete, bis die Ladung von der Rampe gerutscht und das Geräusch verstummt war, bevor sie weitersprach: »Er war einer von den großen Bäumen. Eine wirklich kernige Kiefer. Du und ich, wir haben alles verloren. Aber es wird leer sein ohne ihn, auch sonst. Das sagen sie alle. Ein großer leerer Raum. Eine kahle Stelle im Unterholz.«

Aug. Hellot. – Wie er dastand, in Alfemanns Erinnerung, war er nur Haut und Knochen. Der Kopf der allergrößte Knochen. Große abstehende Ohren, große traurige Augen, jede Andeutung von Haarwuchs geschnitten oder glattrasiert. Die Falten in der Stirn verliefen asymmetrisch zu einer tiefen Furche über der Nase. Sie durchschnitten sie schräg in einem Bogen, der an das Profil einer Sprungschanze erinnerte. Die Aufsprungbahn über dem linken Auge verschwand fast hinter Hautfalten und buschigen Brauen.

Aber es war der Körper, das Knochengerüst vor allem. Überdimensional und verwachsen wie bei einem fluoridierten Tier. Wie eine Nebenwirkung der Aluminiumproduktion. So stand Aug. Hellot in Alfemanns Erinnerung. Knochen, die alles zersprengten, was Gewebe, Fleisch, Sehnen und Haut hieß. Knochen, die aus Kleidern, Hosenbeinen, Ärmeln, Kragen spießten.

»Er müßte ausgestopft werden«, hatte Marvel Aass gesagt.

Und ausgestellt werden als ein klassischer Menschentyp des Aluminium-Zeitalters.

Alfemann fühlte nichts. War innerlich ganz hart. Aber viele Tränen waren in seinem Körper geschmolzen und brennend durch die Augen hinausgeronnen, bis sie in der Gußform der Erinnerung erstarrten. Es mußte das sein, was man Trauer nannte. Noch nicht dreißig Jahre alt, war Alf Hellot tief vertraut mit plötzlichem Tod und Gefahr. Patton und all die anderen hatte er mit militärischen Ehren zu Grabe getragen. Einen Augenblick sah er einen festgeschnallten Körper in einer brennenden Aluminiumhülle. Aber er schob den Gedanken von sich, zurück zu Aug. Hellot. Es war ein Körper gewesen, der Raum für große Kräfte gehabt hatte. Und für große Torheit. Am besten in dieser Reihenfolge. Aug. Hellot gab niemals auf, wenn er das Ziel vor Augen hatte. Aber ab und zu kam die Torheit zuerst und machte sich mit der gleichen unbändigen Kraft geltend. Alfemann hatte zu denen gehört, die die Folgen zu spüren bekamen. Unwillkürlich straffte er die Muskeln und streckte den Nakken, zwinkerte mit den Augen zu dem dunkelnden Bild des Vaters hin, das in der halbmöblierten Reihenhauswohnung langsam unsichtbar wurde.

Ihr Mund hatte die ganze Zeit nicht stillgestanden. Konstanse Hellot mußte reden. Der spitze Mund in ihrem grobgeschnittenen Gesicht ging unaufhörlich, die Nase war auch spitz, der Blick scharf und das kluge Gehirn gut getarnt hinter den ewig bekümmerten Stirnfalten und unter dem streng dauergewellten Haar.

Endlich hörte Alfemann, was ihre Stimme sagte.

»Du warst wohl zu klein, um dich noch daran zu erinnern.«

Die Worte übertönten die Arbeitsgeräusche draußen. Aber sie stellten keine Frage, stellten nur fest.

»Aber nein, so war es ja gar nicht«, berichtigte sie sich selbst. »Da warst du ja schon ein großer Schuljunge, du. Ich bin es, die sich nicht richtig erinnert. Genau am Tag des Friedens war es. Als wir zwei oben auf dem Brekkehammaren gesessen haben. Erinnerst du dich?«

»Ja, Mutter.«

»Wir sind ganz oben bei der Hütte auf der Brekkeheia gewesen. Auf dem Weg nach unten haben wir uns am Brekkehammaren hingesetzt und uns ausgeruht. Haben dort gesessen und über den Ort geschaut. Erinnerst du dich?«

»Als wenn es heute wäre.«

»Der Frühling. Es war ja mitten im schönsten Frühling. Der lange herrliche Frühling drüben in Lovra. Vom März, wenn der Winter nachläßt, bis zum Juli mit dem Sommerregen. Dazwischen, das ist die angenehmste Zeit. Da gibt es keinen angenehmeren Platz als Lovra.«

Auf dem Radio stand die Fotografie eines jungen Abiturienten. Alfemann betrachtete das Bild von sich mit Studentenmütze und blauem Anzug und überlegte, ob sich die Mutter in der üppigen vestländischen Natur verirren würde. Aber sie kannte die Pfade und wußte, wohin sie wollte:

»Und dort oben haben wir auf dem kleinen Felsvorsprung gesessen. Gesessen und über den Ort geschaut, auf die Flagge gesehen, die hochgezogen wurde, auf die Leute in den Straßen, die klare Frühlingsluft, die ausgebrannten Öfen der Fabrik. Auf den Frieden, der ausbrach. Und an deinen Vater unten in Deutschland gedacht. Wie es ihm gehen mochte. Damals wußten wir ja so wenig über die Konzentrationslager, über das, was sie mit den Menschen machten. Aber er ist doch nach Hause gekommen. Und darüber hinweg ist er auch gekommen. Fürs erste. Er war ein starker Mann, dein Vater.«

Der ausgehungerte Aug. Hellot irgendwo unten auf dem Kontinent, wo rings um ihn das Dritte Reich an allen Ecken zusammenstürzte. Und sie beide, er und die Mutter, auf dem Berg über Lovra, mit dem leuchtenden Frühling zu ihren Füßen. Gleichgewicht zwischen Schönheit und Angst, Sentimentalität und Tod.

»Aber er hat noch fünfzehn Jahre gehabt. Fünfzehn gute Jahre.«

»Ja, Mutter«, sagte Alf Hellot. »Fünfzehn gute Jahre.«

»Aber du weißt nicht, wie er war. Du hättest sehen sollen, wie er war.« Sagte Konstanse. Aber sie dachte an etwas anderes: »Ich bin zu ihm ins Bett gekrochen und habe mich neben ihn gelegt. Er sollte meinen Körper spüren, einen letzten Abdruck davon dorthin mitnehmen, wohin er fahren würde. Er hat von dir bis zuletzt geredet. Gesagt, daß du stolz sein sollst. Daß wir auch stolz sein sollen. Auf die Uniform und alles. Daß wir jetzt die führende Klasse sind. Daß wir die Macht haben. Sollte man das nicht zeigen?«

Alf Hellot war nicht sicher, wo sie aufgehört hatte zu zitieren, und begonnen, im eigenen Namen zu sprechen.

»Doch«, sagte er. »Doch. Erzähle, wie er war.«

»Du kannst dir nicht vorstellen, wie er gewesen ist. Zu der Zeit, als ich ihn getroffen habe. Nur er hat das so machen können. Aber er hätte es auch nicht auf andere Art gekonnt. Eines Tages ist er einfach in das Tal gewandert. Hinunter nach Vinjakvelven. Er ist von Osten gekommen, übers Gebirge. Ich hatte ihn einmal vorher in Odda getroffen. Es war ein langer Weg, den er zurückgelegt hatte, um mich wiederzusehen. Oben von Setesdalen, über die ganze Heiberghochebene und über Dyraheio. Dann hat er in der Tür gestanden, hat dagestanden und die ganze Türöffnung ausgefüllt und nach mir gefragt. Du hättest ihn sehen sollen! In seinem besten Staat. Und nach mir gefragt! Da konnte man nur alles stehen- und liegenlassen.«

»Und gehen?«

»So ein Mann war er. Ich war ein junges Mädel von sechzehn. Noch ein Kind. Meine Brüder waren einer nach dem andern ihrer Wege gegangen. Vinjakvelven war keine Stelle zum Bleiben. Alle mußten raus. Mutter und Vater wußten das genausogut wie wir Jungen. Dein Vater ist gekommen und hat mich geholt. Nach einem Monat hatte ich den Dialekt abgelegt und sprach ordentlich norwegisch. Es galt wegzukommen. Und alle Spuren zu verwischen.«

»Und frei zu werden?«

»Einen Schritt nach dem andern. Ich weiß nicht mehr, wie wir es geschafft haben. Aber dein Vater hat gewußt, was er wollte. Er war so stark. In jeder Beziehung. Erinnerst du dich an den alten Sundquist in Lovra? Den sie Weinkenner genannt haben? Er hat erzählt, wie er einmal in einem Graben gestanden und sich mit einem Steinbrocken abgequält hat. Einem mächtig großen, runden und unhandlichen Biest. Weinkenner hat aufgeben müssen. Hat da im Graben gestanden und gewartet, daß jemand mit einem Heber oder einem Brecheisen vorbeikommen würde. Da ist dein Vater vorbeigekommen. Das war gleich nachdem wir nach Lovra gezogen waren. Also dein Vater ist stehengeblieben und hat sich Zeit genommen, hat zu Weinkenner hinuntergeschaut und gefragt, ob er den Stein herauf haben wolle oder ob er wegen was anderem im Graben stehe. Und da hat Weinkenner ja zugeben müssen, daß es so war und nicht anders. Wenn man noch ein paar Leute dazuholen könnte, so hätte er nichts gegen eine helfende Hand, hat er gesagt. Da hat dein Vater den Alten angesehen. Nicht ein Wort hat er gesagt und ist hinunter in den Graben gestiegen. Hat Weinkenner zur Seite geschoben, den Stein in die Arme genommen und ihn über die Kante gehoben. Dann ist er selber hinterhergesprungen und weitergegangen. So war er. Aber da ist noch etwas anderes gewesen, wovon Weinkenner erzählt hat. Das war in einem alten Lagerschuppen unten am Kai. Dort hatte er einen Fremden untergebracht, der mit einem zahmen Bären herumgereist ist. Wer wollte, durfte mit dem Bären ringen, für Geld.

Er hat sich vor nichts gescheut, dein Vater, als er jung

war. Hat dem Mann Geld gegeben und ist in den Bärenzwinger gegangen. Hat einen Ringkampf mit dem Petz gemacht. Ihn auf den Rücken gelegt. Er selbst hat wie ein Fels gestanden, haben die, die zugesehen haben, gesagt. Während Meister Petz umgefallen ist. Ein Mann ist ein Mann, pflegte Weinkenner zu sagen. Aber Aug. Hellot ist Aug. Hellot.«

Alfemann nickte. Stumm und unmerklich in dem dämmrigen Raum.

»So habe ich ihn in Erinnerung. Auch nach Deutschland.«

Die Erinnerung an die unermeßlichen Kräfte des Mannes hatte Konstanse Hellot richtig aufleben lassen. Ihre Stimme war klarer und trug weiter. Es wirkte, als spräche sie zu vielen und nicht nur zu sich selbst und Alfemann.

»Ich weiß nicht, warum ich das alles erzähle. Es ist das, was in mir auftaucht. Ich habe hier allein gesessen. Seit – seit ich alleingeblieben bin. Da kommt es hervor, wallt in einem auf wie in Wehen. Kleinigkeiten, an die ich in den letzten zwanzig Jahren nicht mehr gedacht habe. Jetzt melden sie sich. Er ist damals bei den Kommunisten gewesen, dein Vater. Ja, wir sind alle beide dabei gewesen, eine kurze Zeit, hast du das gewußt? Du bist noch ein kleiner Kerl gewesen, gerade geboren. Wir hatten ein Häuschen bekommen, Stube und Küche, weit drin in Åbødalen. Draußen im Schuppen hatten wir ein paar Schafe. Hatten ein Stückchen Wiese in Høgenuten gepachtet, damit wir Heu für sie hatten. Alles sehr bescheiden, weißt du. Aber das Fleisch konnten wir gut gebrauchen. Und die Wolle haben wir in eine Manufaktur gegeben und dafür Garn zurückbekommen. Wenn im Frühling Lammzeit war, hat dein Vater immer draußen geschlafen, hat sich in den Heuschober eingegraben und im Stall übernachtet, um zur Stelle zu sein, falls was passieren sollte, wenn die Lämmer kamen. Aber sonst haben wir zusammen im Bett oben auf dem Dachboden gelegen und gewartet, daß du aufwachen und nach Essen schreien würdest, und den Ratten zugehört, die hinter der Verschalung die Wand hinaufkrabbelten und kratzten. Dein Vater hat immer an der Wandseite gelegen und mit seiner mächtigen Faust zugehauen, daß es in den dünnen Brettern krachte. Kopfüber ist dann die ganze Bande wieder runter, wo sie hergekommen war. Und wir haben mucksmäuschenstill gelegen und gehört, wie sie wieder anfingen hochzuklettern.«

»Daran kann ich mich nicht erinnern. Ich bin bestimmt nicht wachgeworden.«

Alfemann hörte selbst, daß er es allzu klar und deutlich sagte. Aber er mochte Sentimentalität nicht. Er wollte einen Schlußstrich ziehen.

»Er war ein großer Mann. Du kannst stolz auf deinen Vater sein, Alfemann.«

Alfemann hatte das Gefühl, strammzustehen und seine Truppe abzumelden, als er sagte: »Ich habe ihn nur als Vater betrachen können. Anderer Kontakt ist mit ihm nicht möglich gewesen. Freundschaft war unmöglich. Kameradschaft ebenfalls. Er war etwas, das ich akzeptieren oder ablehnen mußte. Mein Vater. Das war das einzige, was er versuchte zu sein. Vielleicht sind wir deshalb ein so gutes Gespann gewesen.«

»Ja«, sagte Konstanse Hellot. »Er hat Respekt eingeflößt. Er hat auf Disziplin gehalten. Aber du kannst sagen, was du willst. Wenn er sich umsehen würde, wenn er und Nordahl und Gerhardsen sich umsehen würden, dann könnten sie sagen, daß durch sie manches anders geworden ist. Es sind nicht viele, die das sagen können. Eine Menge hat sich verbessert hier im Lande.«

Alfemann sah sie plötzlich vor sich. Konstanse und Aug. Hellot – beide zusammen. Als Eigenheimbauer, gerade ins eigene Nest eingezogen. Und Alfemann, im Flegelalter, ist dabei. Schwarze Teerpappe, helle Kiefernholzbretter mit leuchtenden Aststellen im Dunkel, brauner Preßstoff, schmutziggrauer Zement. Das ist der Rahmen um ihr neues Leben. Innerhalb des Rahmens gibt es tausend Dinge zu tun, aber nicht an die erinnert sich Alfemann. Er sieht Konstanse vor sich, so gefangengenommen von den Seelenqualen und dem Schicksal irgendeiner zweifelhaften Romanfigur, daß sie nicht ein einziges von all den tausend Dingen tut. Sie tat das 1001. Jede Nacht schlug sie ein Buch auf und flog mit ihm in das Abenteuer, las und las die Nacht hindurch bis zum hellen Morgen, tagaus, tagein. Las, wenn Alfemann sich abends hinlegte, saß am Küchentisch und las, wenn er wieder aufstand. Und las weiter den lieben langen Tag. Vernachlässigte das Haus, vernachlässigte den Einzug, vernachlässigte Mann und Kind, vernachlässigte Alfemanns Stullenpaket und die Thermosflaschen, die Aug. Hellot mit zur Arbeit nehmen wollte, vernachlässigte sich selbst, pfiff darauf, wie sie aussah, ließ Strickzeug und Näherei liegen, den Abwasch stehen, die Essenreste antrocknen, Staub und Schmutz liegen, ließ alles drunter und drüber gehen, während sich Aug. Hellots Wut und Eifersucht schwarz und drohend über ihr und ihrem papierenen Liebhaber auftürmte, zu einer mächtigen Faust wurde, die sich in berechtigtem Zorn ballte und auf den Tisch schlug: Nun ist es genug! Aber nein, es war noch lange nicht genug, es waren noch hundert Seiten bis zum Genug. Von was für einer Person, was für einem Buch, was für einer Geschichte?

Alfemann versucht nicht einmal, sich daran zu erinnern. Und er weiß genau, daß er auch niemals danach fragen wird, weil die Antwort, wenn es sie gibt, allein Konstanses Sache ist.

Sie unterbricht seine Überlegungen: »Ich weiß nicht. Ich weiß nicht, ob ich es ertrage.«

Dieses archaische Wort. Alfemann wußte nicht, warum sie gerade das gebrauchte. Aber er verstand doch, was sie meinte.

»Du stehst es durch«, sagte er. »Du schaffst auch das.«

Sie weinte immer noch nicht. Sie ertrug es. Alfemann fragte nach etwas ganz anderem.

»Hinterher«, sagte er. »Wenn das Begräbnis vorüber ist.«

Konstanse hatte sich gefaßt. Sie würde nach Westnorwegen fahren: »Tante Kjellaug hat mich gebeten zu kommen. Da werde ich wohl auch eine Fahrt nach Lovra machen. Es ist keine Plackerei für sie, wenn ich ein paar Wochen bei ihr wohne, sagt sie. Das hier …«, Konstanse Hellot blickte um sich, »ich weiß nicht, ob ich verkaufen oder was ich machen soll.«

Alf Hellot war aufgestanden und sah nach der Tür.

»Ich muß gehen«, sagte er. »Du kannst wohl noch warten. Mit dem Verkaufen, meine ich.«

»Ja, das mußt du wohl. Du bist ja nicht mehr klein.«

Draußen in der Diele brannte das Licht. Hinter Konstanse hing ein eingerahmtes Foto von irgendeiner Feierlichkeit in der Arbeiterbewegung. Das Sekretariat des Dachverbandes der Arbeitergewerkschaften? Das Präsidium eines Parteitages? Aug. Hellot und die anderen, Schulter an Schulter. Nordahl, P. Mentsen, Karsten Thorkildsen. Einar Strand.

»Nein«, antwortete Alfemann. »Die haben mich groß gemacht.«

Er stand draußen an der Pforte, die einer von den alten Arbeitskollegen in Lovra zur Silberhochzeit angefertigt hatte, als Gruß von der Gruppe der Maschinenwerkstatt. Sie trug die Initialen von Konstanse und August. KH auf der einen Hälfte der Pforte. AH auf der anderen.

Alfemann machte sie auf und ging hinaus. Die schmiedeeisernen Buchstaben waren kunstvoll ineinander und mit dem Rahmen verschlungen, Rokokoverzierungen im Stil der bäuerlichen Rosenmalerei. Der Schöpfer wollte daran erinnern, woher er selbst und das Silberbrautpaar Hellot kamen. Alfemann fügte die Teile zusammen und schloß die Pforte hinter sich.

Draußen war der Arbeitstag zu Ende. Die Drahtseile der Kräne hingen still und glänzend vom Himmel herunter. Die Lichter der Stadt begannen aus der Dunkelheit des Frühlingsabends hervorzukommen. Die Hänge um das Oslotal zeichneten sich klar vor dem Widerschein am Horizont ab, ehe sie den Tag abrundeten und mit dem dunklen Fjord ausgewischt wurden. Die Stadt zündete ihr Licht an, vom Zentrum bis zu den Reicheleuteviertelnn draußen im Westen. Neonlicht. Straßenlaternen. Schaufensterbeleuchtung. Nahlicht und Fernlicht. Wie ein Sternenhimmel lag die erleuchtete Stadt zu Alfemanns Füßen. Dieser Anblick hätte ihm – Aug. Hellot – gefallen, dachte er. Daß der Mensch mit Hilfe des Regens und der Schwerkraft den Himmel umgedreht, ihn durch Rohrleitungen geführt und die Sterne über die Erde ausgestreut hatte.

Auf dem Weg in den umgedrehten Himmel benutzte Alfemann zuerst das Auto. In seinem Hinterkopf nahm ein Melodiefetzen Form an, und nach einer Weile kamen losgerissene Wörter hinzu, erst einzeln, dann mehrere im Zusammenhang. »Das Korn wächst«, murmelte Alfemann Hellot. »Das Korn wächst, wächst das Korn?« So etwa. »Da sollen die jungen Geschlechter.« Was sollen die jungen Geschlechter? »Bringen die Ernte ein.« Da hatte er es, so ging der Vers. Ob Kåre Holt der Verfasser war? Das Armaturenbrett beleuchtete Alf Hellots Gesicht schräg von unten. Eigentlich war er programmiert, die Bilder von der Natur und ihrem ewigen Kreislauf zu verwerfen. Den Kreislauf zu durchbrechen. Herr über ihn zu werden, sich von ihm loszureißen. Darum ging es. Aber der Text saß dennoch mit tiefen Wurzeln in ihm.

Während er fuhr, sah Alf Hellot es vor sich, sah das glühende Holz, die hohen Flammen vom Lagerfeuer, die Funken, den Rauch, der sich in der hellen Sommernacht auflöste und eins wurde mit dem Morgengrauen über dem Tyrifjord. Die gezackte Silhouette der Fichtenhänge sägte sich in das dichtere Dunkel über dem flachen Land. Alf Hellot war wieder im Lager des Jugendverbandes. Sie hatten sich erhoben, hielten sich im Kreis an den Händen und sangen von dem Korn, das wächst. Nein, er hatte keinen Sinn für den Text. Aber er saß in ihm drin und hatte eine schöne Melodie. Und es war die erste Begegnung mit dem Korn und den Fichten und dem ostnorwegischen Naturgefühl. So sang er mit. Von den jungen Geschlechtern, die die Ernte einbringen sollten. Die ernten sollten, was Aug. Hellot und die anderen gesät hatten.

Alfemann war draußen auf der Hauptstraße. Der große, schwere Vorkriegswagen warf seine Frontlichter in den Verkehr, der zum Zentrum strebte, und rollte in der gleichen Richtung hinterher.

Für Konstanse Hellot am leeren Fenster waren die Bremslichter das letzte, was verschwand. Zwei glühende Punkte, die im Abgas glommen, schwächer wurden und ganz erloschen.

Der Weg lag offen. Die Bahn war klar, nur zu beschreiten. Zwei Stunden später schloß Alf Hellot das Cockpitdach über sich, schnallte die Gurte fest, tauschte das Lenkrad mit dem Steuerknüppel und hob ab.

»Ich rufe aus Bodø an. Ich muß mich kurz fassen.«

Die Verbindung war schlecht. Linda war weit weg, obwohl sie laut rief: »Bodø? Hast du Bodø gesagt?«

Seine Finger spielten mit der Leitungsschnur, durch die der Ruf kam, wanden sie, knoteten sie.

»Es ist Schluß«, sagte Alf Hellot zu dem schwarzen Telefonhörer. »Für immer. Der Tod ist nicht nur eine Durchgangsstation, wie du glaubst. An der wir nur die Pferde wechseln und weiterreiten, jeder in seiner Richtung, aufwärts oder abwärts. Zu ewiger Glückseligkeit oder direkt in die Verdammnis. Es ist der Schluß, der endgültige Schluß. Und nur das.«

Es blieb lange still, bis er am anderen Ende etwas hörte.

»Es gibt einen Theologen«, sagte Linda schließlich. »Katholik, überdies. Rahner. Karl Rahner. Er hat einige verblüffende Formulierungen zu dieser Frage. Wenn wir sterben, sagt er, ist es nicht so, daß sich die Seele vom Körper löst und ewiges Leben erhält. Im Gegenteil, der Mensch kann sich niemals von der Materie lösen, aus der er gemacht ist. Das Wort ist nun einmal Fleisch und Blut geworden. Wenn wir sterben, verlassen wir die materielle Welt nicht. Wir dringen nur tiefer in sie ein. Unser toter Leib wird eins mit der Welt. Das ist die Erlösung. Eins mit der Welt zu werden, das bedeutet, eins mit Gott zu werden. Alle sind wir Christen, alle sind wir umfangen von Gottes Gnade. Ich glaube, dein Vater wurde erlöst, Alfemann. Es war nicht das Ende, was wir auf dem Friedhof sahen.«

Alf Hellot sagte: »Verwesung und Erlösung ist also dasselbe? Meinst du das?«

»Alfemann!« In Lindas Stimme war Trauer. »Dein Kopf ist gut. Zu gut, um ihn die ganze Zeit unter einen Helm zu stecken. Zu gut, um ihn als Sprengkopf zu gebrauchen. Ich habe doch nur versucht, etwas über deinen Vater zu sagen. Daß ich ihn wirklich geschätzt habe. Daß nicht sicher ist, daß wir so weit voneinander entfernt waren, wie er glaubte, und wie du glaubst. Ich meine, wir forderten doch Wissen, alle beide. Wissen über die Welt, um die Welt zu verändern. Und die Forderung nach Wissen ist gleichzeitig eine Forderung nach Wirklichkeit. Der einzige Weg für uns Menschen, Gott kennenzulernen, führt durch die Wirklichkeit, durch die Welt, indem wir unseren Körper der Welt öffnen und in ihr aufgehen.«

Alfemann nahm plötzlich das Büromilieu um sich herum wahr, den Regen an der Scheibe, die grauen Rollbahnen draußen und die tarnfarbenen Kasernen. Er sagte schnell: »Ich muß jetzt Schluß machen. Es war gut zu reden. Ich rufe aus Bardufoss wieder an.«

»Alfemann?«

Die Frage im schwarzen Apparat. Sie hing an einem dünnen Draht.

»Ja.«

»Nur ein Zitat. Shakespeare: ›Love is not love – Which alters when it alteration finds – Or bends with the remover to remove.‹«

Behutsam drückte Alfemann den Hörer auf die Gabel, aber er unterbrach nicht den Kontakt zu mir. In der Abhörstation unter dem Fels von Reitan hörten die Zentrale und die Kryptoabteilung den Lagebericht mit. Ich hatte offene Leitungen und lange Ohren.

Hauptmann Alf Hellot hatte die Hand immer noch auf dem Telefonhörer.

Nie so einsam, niemals so allein wie an einem Nachmittag, wenn die Uhr fünf, der Tag zu Ende ist, und die Nacht und das Versprechen auf Schlaf noch weitab liegen, jenseits der chinesischen Mauer um unser eigenes Reich der Mitte.

Er zog die Hand zurück.

Sah auf die Uhr am Handgelenk. Streckte die Hand

aus und hob den Hörer wieder ab. Wählte eine neue Nummer mit weniger Ziffern, geringerem Aufwand.

Die Messe meldete sich. Der Koch hatte panierten Rotbarsch mit Kohlrabimus, Salzkartoffeln und geschmolzener Margarine zu bieten. Maisgrütze zum Nachtisch. Auch hier kein Trost. Hellot bedankte sich und legte auf. Durch die regenfleckigen Scheiben sah er, wie sich die Landebahnen über die Landzunge im Meeresdunst verloren. Die Arbeit an der Erweiterung der Rollbahnen und der Hangarkapazität war in vollem Gang. Ganze Geschwader sollten in Hangars unter dem Granit. Und es war offenbar eilig. Sie machten Überstunden. Hellot sah die Assistenten unbeweglich hinter den rot-weißen Landvermessungsstäben stehen, während die Vermessungstechniker ein Auge zukniffen und sich hinter den gespreizten Beinen des Theodoliten niederbeugten. Ein blauer Raupenschlepper zog einen langen Zug von Wagen über die Rollbahnen und schwenkte zu einem parkenden Linienflugzeug hinüber.

»Na, morgen wird wohl gefeiert, Hauptmann?«

Hellot drehte sich langsam auf dem Bürostuhl um und blieb mit dem Rücken zu Schreibtisch und Fenster sitzen. Vor sich hatte er sie wie auf einem goldenen Tablett serviert, alle die Sterne und Streifen. Den Luftwaffeninspekteur in höchsteigener Person, Generalmajor Eeg und seinen jungen Generalskollegen Tufte-Johnsen. Weiter den Standortkommandanten Oberst Heine-Eriksen, den Chef seines Operationsstabes Major Kolbjørn Lunne und Oberstleutnant Spirdal von der Administration. Last not least Oberst Rørholt, Verbindungsoffizier zur Allianz.

Ob er den 1. Mai feiern würde? Alfemanns Gedanken schweiften vom internationalen Kampftag der Arbeiterklasse zum Begräbnis zurück. Frühling und Begräbnis gehören zusammen. Wenn sich die Erde nach einem langen Winter öffnet, ist die Stunde gekommen. Aug. Hellot hatte sich nicht zurück nach Lovra gewünscht, um dort in die Erde zu kommen. Aber eingeäschert werden wollte er auch nicht. Ein ordentlicher Sarg und der Sarg in die Erde – so wie es sich gehörte, sollte es sein. Østre Gravlund in Oslo. Der Sand, der auf den Sargdeckel rieselt. Die hohlklingenden Verheißungen des Pfarrers. Die Kränze, vom Sekretariat, von der Partei, vom Norwegischen Chemiearbeiterverband, von der Familie. Aug. Hellot war einer der ersten, die fielen. Aber auch wenn sie fielen, würde seine Generation weiterleben. Gerhardsen und seine Jungs, Haakon, Meisdalshagen, Magnhild Hagelia, Konrad, Mentsen, Azak. Das Norwegen, das sie geschaffen hatten, würde weiterleben.

»Sie lächeln?« sagte der Stabschef.

Tat er das? Hellot sagte: »Ja, es ist Tradition in unserer Familie, am 1. Mai die Einigkeit und internationale Solidarität der Arbeiterklasse zu demonstrieren. Gegen Diktatur und Volksdemokratie.«

Der Stabschef wollte nicht nachgeben. Es war deutlich, daß er Alfemann provozieren wollte: »Aber die Sozialdemokratie, insbesondere der Jugendverband, ist doch stark vom Pazifismus infiziert. Sie sind nicht stubenrein, wenn es um die Sicherheitspolitik geht.«

»Infiziert?« sagte ein glatzköpfiger Major. »Sind die krank, oder was?«

Alf Hellot antwortete: »In Friedenszeiten sind wir Militärs stark von konservativem Denken geprägt. Jetzt hört es sich an, als habe der Frieden zu lange gedauert.«

Der Staffelchef neigte zum Philosophieren.

»Der Mensch ist ein Unglückswurm«, sagte er versöhnlich.

»Wir hungern, wir leiden Not«, sagte der Versorgungsoffizier.

Der Mann vom Sicherheitsstab war bis jetzt still gewesen. Er sagte: »Was heißt Arbeiter. Wir arbeiten wohl alle. Ich meine, alle stehen doch morgens auf und trotten zur Arbeit. Selbst wenn der eine mit diesem und der andere mit jenem beschäftigt ist. Ich für mein Teil meine, daß es die Zirkulation des Geldes ist, wodurch die Gesellschaft in Gang gehalten wird.«

»Die Arbeiterklasse ist die eine Sache.« Das kam von einem Hauptmann, nur wenig älter als Hellot. »Aber das Bürgertum, wer ist das? Die in Burgen wohnen? Und wo sind sie? Hütten und Häuser, aber keine Burgen, heißt es nicht so in der Nationalhymne?«

Die beiden letzten Redner blickten den Luftwaffeninspekteur an, Bestätigung heischend, daß sie das Richtige gesagt hatten. Aber General Eeg verzog keine Miene. Auch der Mann von der Allianz tat ihnen den Gefallen nicht. Loran C lauschte und peilte und ließ andere die Schlußfolgerungen ziehen.

Der Stabsoffizier brach das peinliche Schweigen: »Es ist aus und vorbei mit den Ideologien. Die Ismen sind tot.«

»Besonders der Tourismus«, murmelte Hellot. »Und der Automobilismus.«

»Vom Realismus gar nicht zu reden.« Der Generalinspekteur erhob endlich die Stimme.

»Was glauben Sie, Hauptmann?« fügte der Geschwaderchef hinzu, als Hellot nicht antwortete.

Hellot glaubte nichts. Er dachte an einen weiteren Abend mit dieser Art Lebensweisheit aus den tiefsten Tiefen der Flasche. Einen großen Teil der Zeit war König Alkohol Oberkommandierender der Streitkräfte und das Bierglas das Zepter der Macht.

»Befreien Sie mich!« sagte Alf Hellot und sah General Eeg an. Jüngster General des Landes war er, ernannt, bevor er vierzig war. »Befreien Sie mich von diesem läppischen Adjutantenposten. Ich will wieder in den operativen Dienst. Ich will in die Luft. Ich will Abfangjäger fliegen. Ich bin nicht zum Höfling geschaffen. Der Teufel mag Verbindungsoffizier sein. Ich nicht. Aide-de-champ! Das Adelsunwesen wurde vor einhundertfünzig Jahren in Norwegen abgeschafft. Es ist an der Zeit, daß der Feudalismus auch aus der Landesverteidigung verschwindet.«

Der Staffelkommandeur pfiff. Der Operationschef sagte: »Starker Tobak. Der ist sicher ein bißchen durcheinander.«

»Man braucht sie ja nur anzusehen«, fuhr Hellot fort. »Thomas Gløhr, Terje Barr, Arne Pran und all die Typen dort. Nicht, daß ich sie schlechtmachen will – Pran ist ja einer von den Jungs, interessiert an Fußball und so. Aber da hat man den Typ. Kriegsschule, ein paar Monate bei der Truppe. Bataillonsassistent in der Garde. Papiere auf einem Schreibtisch im Oberkommando hin- und herschieben. Drei Wochen als Kampfrichter in Gokk. Dann sind sie Hauptmann und rutschen direkt in den Adjutantenstab des Schlosses. Aktiver Dienst als Instrukteur für Festparaden auf der Kriegsschule. Das nächste Mal siehst du sie in der Zeitung, und da stehen sie mit Schnüren unter den Epauletten und hören zu, wie der König die Thronrede vorliest. Danach können sie als Militärattaché auf Hawaii oder als Festungskommandant kurztreten. Das sind die Lebenserfahrungen eines gewöhnlichen militärischen Pfefferkuchenmanns. Sie werden hart davon, und brechen leicht.«

»Das ist der Weg.« sagte der Geschwaderchef. »Zu Sternen und Streifen.«

Er wandte den Blick nach oben, als ob die Decke Sterne hätte.

»Na, Hauptmann Hellot«, sagte der Sicherheitsoffizier lächelnd, »haben Sie Ihre Karten fertig gemischt? Sonst würde ich auch gern einen Stich machen.«

Hellot unterbrach ihn: »Es ist schon verdreht, aber doch genau nach den Regeln. Die anderen sind Knaben aus der Oberklasse, sie durchlaufen die Seekriegsschule und tun eine Weile Dienst, um sich ein bißchen Offiziersfirnis zu verschaffen, einen Dienstgrad in der Reserve, sie werden mit einer persönlichen Waffe ausgestattet und in der Behandlung verstockten Personals trainiert.«

Nun wurde es völlig still. Alle Flugzeuge mußten gestartet sein. Keines landete. Sonst hätte es sich um einen Absturz handeln müssen. Um einen lautlosen Absturz. Alle sahen General Eeg an. Er ließ sich Zeit.

»Leutnant«, sagte er. »Nein, Entschuldigung, Hauptmann Hellot. Es gibt eine Sache, die wir in der Luftverteidigung gar nicht stark genug unterstreichen können.«

Er hatte eine kalte Pfeife in der Hand und benutzte das Ausklopfen zu einer Kunstpause: »Und das, was wir gar nicht stark genug unterstreichen können, ist: ein Schlag aus der Luft, das ist die eine Sache, ein Schlag in die Luft dagegen etwas ganz anderes.«

Alf Hellot saß so, daß er den Flugplatzkommandanten genau im Profil sehen konnte. Er hatte pomadisiertes Haar und glich, wenn sein Lächeln sich wie Hobelspäne in den Mundwinkeln kräuselte, dem Playboy Porfirio Rubirosa oder Ali Khan.

Hellot lachte auch. Als alle fertig gelacht hatten, fügte General Eeg hinzu: »Einverstanden, Hauptmann?«

»Völlig, General!«

»Sie fliegen morgen nach Bardufoss?«

Hellot nickte.

»Wir treffen uns in der Operationszentrale. Aber vorher muß ich ein privates Telefongespräch führen.«

Er erhob sich schnell. Grüßte militärisch, Hände an der Hosennaht, eine Kopfbewegung, Kehrtwendung und hinaus.

Hoher Himmel. Später Nachmittag. Später Winter oder zeitiger Frühling. Messer in der Luft. Ein scharfer Windstoß schnitt einen tiefen Spalt blauen Himmel aus den Regenwolken. Alf Hellot fühlte den Wind im Gesicht und rannte durch die Böen hinüber zur Fliegerbaracke.

Nie so einsam, niemals so allein. Der Schlaf war immer noch weit entfernt.

Alfemann ließ die Wählerscheibe los und preßte die Hand um den Hörer.

»Hallo?« Eine Frauenstimme mit den hellen Vokalen von Sørvestlandet. »Hällou?« Es war eine Stimme, die das Ohr küßte, durch die Leitung, durch den Hörer.

»Ja, hallo. Hier ist Alf. Hellot, Alfemann.«

Er hörte Geräusche, als versuchte jemand, sich in der Muschel umzudrehen. Dann wieder die Stimme, wohlbekannt, ganz dicht bei ihm. Lovra. Kitty sagte: »Alfemann, du! Das kommt unerwartet. Rufst du aus Oslo an, Rygge? Nein, stimmt ja, du pflegst dich ja in Texas aufzuhalten oder im Paradies. In Bergen.«

»Du hast mich einmal zu einem Drink eingeladen, zu dem ich nein sagen mußte. Kannst *du* ja sagen? Im Monty? Hier in Bodø. Hotel Norrøna vielleicht?«

»Drink? Du meinst jetzt?« Kittys Stimme bekam einen anderen Klang: »Ich bin ja eben erst aufgestanden. Kam direkt von der Schicht. Ich weiß nicht. Ausgehen und Schnaps trinken ist nicht gerade besonders verlockend. Wie geht's der Familie?«

Gegenüber ihrem Sarkasmus klang sein ehrliches Interesse falsch. Alfemann versuchte, sich nichts anmerken zu lassen, und antwortete mit unschuldsvoller Stimme: »Danke sehr. Gut. Sehr gut.«

»Ich habe in der Zeitung über deinen Vater gelesen. Über den Todesfall. Eine traurige Nachricht. Mein Beileid.«

Alfemann dankte. Dann sagte er nichts mehr. Die Lügen, die er aussprach, offenbarten Wahrheiten, für die er keine Worte fand. Er schloß die Augen.

»Bist du noch da? Alfemann?«

Ihre Stimme wirkte näher. Daß sie den Kosenamen gebrauchte, gab Hoffnung.

»Klar bin ich hier, Mann!« Er mußte zu Kosenamen übergehen, auch er. »Das hier war dumm, vielleicht. Ich wußte nicht, daß du im Schichtdienst bist. Hast du nur Nachtschicht? Im Rønvik-Krankenhaus oder in dem andern?«

»In dem andern. Im Bezirkskrankenhaus.«

»Kannst du? Heute abend?«

»Es gibt eine Art, abzulehnen, die verstanden wird. Und das ist, nein zu sagen.«

»Und das ist nicht deine Art?«

»Wohl nicht.«

»Dann also abgemacht. Wollen wir sagen um sechs? Sieben?«

»Acht. Wir organisieren nämlich den Tanzabend im Volkshaus. Es gibt Unterhaltung und Musik mit Collies Band.«

»Wir?«

»Der Arbeiterjugendverband, die Ortsvereinigung hier.«

»Dann ist es abgemacht.«

»Um acht Uhr. Ich habe eine geometrische Tendenz, die dritte Ecke bei allen Dreiecken zu sein.«

»Wir reden miteinander«, sagte Alf Hellot. Aber Kitty hatte den Hörer schon aufgelegt.

Draußen hatte es aufgehört zu regnen. Blaue Himmelszipfel zerrissen die in alle Richtungen ziehenden Wolken. Die dunkle Zeit war zu Ende. Es war Frühling, und im Westen entzündete die Abendsonne auf ihrem Weg durch die Wolken am Horizont einen endlosen Fackelzug – ihr und ihm zu Ehren.

Während sie auf das Klarzeichen warteten, sagte Hauptmann Hellot: »Sie sind sicher durch die Hangars geführt worden, zusammen mit den Standortchefs. Ich frage mich. Die Leute fragen sich. Sie sehen ein Flugzeug, das nur in der Nacht landet. Ein schwarzes Flugzeug ohne Kennzeichen, das schnell in einen abgesperrten Hangar gezogen wird. Die Leute fragen sich. Warum dort nur amerikanische Wachen sind. Klar, daß sie sich fragen. Sie fragen andere. Sie bekommen ausweichende Antworten. Sie treffen Amerikaner in der Stadt. Die Amerikaner reden. Sie sitzen neben uns in der Messe bei ihrem Mittagessen. Da sind sie auch nicht stumm. Die Leute fragen uns. Die Leute fragen sich. Eines Tages erfährt dann auch der Iwan die Antwort.«

Sie bekamen das Klarzeichen und passierten den Kontrollposten. General Eeg antwortete, ohne sich umzudrehen: »Der Thunderjet hat eine Reihe technischer Probleme gehabt. Unter anderem eine Funkfrequenz, die die interne Zusammenarbeit problematisch macht.«

Hauptmann Hellot nickte müde.

»Mhmh, ja. Schwierigkeiten mit der Zusammenarbeit.«

Sie gingen durch einen weißgekalkten Tunnel mit Leuchtstoffröhren an der Decke und Schießscharten in den Wänden. Hellot gab nicht auf.

»Wie auch immer, es sind schmutzige Sachen«, sagte er. »Das ganze U-2-Ding.«

»Der Zweck heiligt die Mittel.«

»Und was ist der Zweck?«

»Der Zweck ist, das Mittel zu heiligen.«

»Du meine Güte! Was ist dann das Mittel? Die Waffen? Die Gattungen der Landesverteidigung? Wir?«

General Eeg ging immer noch. Er wandte sich zu Alf Hellot und antwortete mild und freundlich: »Das Mittel ist das, was uns eine Entwicklung zu besseren und moderneren Waffensystemen ermöglicht. Das bringt die Industrialisierung voran, die Kapital fordert, importabhängig, energieaufwendig und kenntnisintensiv ist. Sie kann nur durch autoritäre Leitungsformen und Unterdrükkung erreicht werden. Aber sie ist in dem Sinne kreativ, daß sie stetigen ökonomischen Zuwachs schafft und die bewaffneten Kräfte auf der ganzen Welt in einer gemeinsamen Waffenkultur zusammenbindet. Ist die Antwort ausreichend, Hauptmann?«

Der General hatte an einer Stelle mitten im Redefluß innegehalten. Den Blick hielt er auf einen unsichtbaren Punkt an der weißgekalkten Wand hinter Alf Hellot gerichtet, und sein Mund wurde zu einem Megaphon für eine auswendiggelernte geniale Rede mit starken genitalen Untertönen und mit einem Gehabe, als hätte er gerade die Gleichung für den Quantensprung vom Industriestaat zum Atomstaat formuliert.

Hellot stand zunächst sprachlos in dem sezierenden Oberlicht. Dann sagte er: »Das, das da – das ist eine vollständige Perversion der Idee von technischer Entwicklung. Das ist ...«

Er wollte sagen krankhaft, fand aber das Wort nicht

und griff nach einem anderen Faden: »Früher versuchten die Wissenschaftler, die Ewigkeitsmaschine zu konstruieren. Jetzt haben sie die atomare Höllenmaschine zuoberst auf den Produktionsplan gesetzt.«

General Eeg war weitergegangen. Hellot meinte eine Antwort von dem blauen Uniformrücken zu hören, von weit vorn im Korridor, wo der General an einem neuen Kontrollpunkt stehengeblieben war. Was machte der Laborant, als er ins Labyrinth kam? Hellot kam gerade noch rechtzeitig, so daß die beiden Offiziere gemeinsam passieren konnten. Die Stahltür vor ihnen wurde mit einem Dröhnen geöffnet. Sie gingen nebeneinander weiter und hörten, wie die Tür hinter ihnen schwer ins Schloß fiel.

»Unsere Aufgabe«, sagte Hauptmann Hellot durch das Geräusch ihrer Schritte in dem grottenartigen Gewölbe, »unsere Aufgabe ist es, unseren Luftraum zu verteidigen. Bekomme ich Meldung über eine schwarze Dame in 60–70tausend Fuß Höhe, die aussieht wie ein Mittelding zwischen einer Düsenmaschine und einem Segelflugzeug, mit einer Spannweite von etwa 30 Metern, dann steige ich auf und hole sie.«

Hellot meinte ein kleines Lächeln über das Gesicht des Generals huschen zu sehen. Aber keiner von beiden sagte etwas. Es gab nichts mehr hinzuzufügen. Sie trennten sich, und jeder ging in seine Richtung.

Die Operationszentrale und die Zentrale des Luftverteidigungssektors SOC liegen in einem Bunker tief unter der Erde. Hellot nahm den Aufzug nach oben. Er fühlte sich wie ein Schwimmer nach dem Tauchen. Ein Schwimmer, der nach dem Tauchen in großer Tiefe nach oben kommt und mit den Kopf gegen dickes Eis stößt. Die Lungen drohen zu platzen, er kann nicht rufen, wieder und wieder stößt er den Kopf gegen das Eis. Über sich kann er Schritte von schweren Stiefeln hören, die auf und ab gehen. Er kann die schemenhaften Gestalten ahnen, die Stimmen in einer seltsamen Akustik hören, kann sehen, wie Sonne und Schneelicht die Eisfläche balsamieren, während er unablässig gegen die durchleuchtete Sperre stößt. Denn er kann die ganze Zeit Licht von oben sehen, blaues Eislicht, Polarlicht und unterirdisches Grottenlicht, kalt wie Neon. Bevor die Lungen zersprengt werden, die Stimme in einem Ruf ertrinkt, der nicht steigt und nicht trägt, sondern in Schaum und Wasser bricht.

Hauptmann Hellot wechselte mit keinem ein Wort, bevor er den Ausgang erreichte. Dort erwiderte er korrekt die Ehrenbezeigung des Postens. Vor ihm lagen zweigeschossige Baracken in gelben und olivgrünen Tarnfarben um einen offenen, viereckigen Stellplatz. An der Stange in der Mitte schlug eine Flagge im Wind. Über den Rollbahnen, den Hangarunterständen mit ihren abgerundeten Torfdächern, über den abgestellten Jagdflugzeugen mit Tarnnetzen, über der weißen Radarkuppel war es still und halbhell. Die Landemarken, die den Einflug von Süden markierten, waren erleuchtet. Zu beiden Seiten der Rollbahnen lagen immer noch von den Räumfahrzeugen aufgeschüttete hohe Schneeberge. Der Nordwest füllte die Windsäcke mit salziger Meeresluft. Ein kleines Flugzeug wurde mit den Windböen über den Vestfjord in Richtung Lofoten geworfen. Eine Stahltür knirschte vor einer Hangaröffnung. Hellot sah Licht von der Fliegerbaracke und hörte Stimmengewirr. Nördlich der Bahnen blinkte der zivile Kontrollturm. Eine Ordonnanz saß hinter dem Lenkrad eines Jeeps bereit und wartete auf ihn. Hellot sprang hinein, und die Ordonnanz fuhr geradewegs zum Tor in der streng bewachten Umzäunung des Flugplatzes.

Hinaus aus dem Militärgelände, hinein in die Stadt an der Nordseite des Flugplatzes.

Das Zentrum von Bodø wurdc am 27. Mai 1940 von deutschen Flugzeugen bombardiert. Als die Luftwaffe ihre Last abgeworfen hatte und vom Himmel verschwand, lag die Hälfte aller Häuser in Trümmern. Es war eine neue und wiedererstandene Stadt, durch die sich Alf Hellot fahren ließ. Den meisten Häusern sah man es an, daß sie eilig hochgezogen worden waren. Ein paar Stockwerke und wenige oder keine Verzierungen an den nackten Steinfassaden, die außerdem vom Wind gepeitscht und vom Regen gescheuert wurden.

Kitty saß am Schalter im Volkshaus und mußte noch eine halbe Stunde Eintrittskarten verkaufen. Gedämpft begleitet von einem schnulzigen Tango und dem Geräusch vieler schleifender Füße auf der Tanzdiele kamen sie und Alfemann überein, sich in einer Bar in der Storgata zu treffen.

Hauptmann Hellot entließ die Ordonnanz vor dem Eingang zur Bar. Er ging hinein und bestellte einen sogenannten Polar. Während er auf Kitty wartete, nutzte er die Zeit, um einem uneingeweihten, angesäuselten Handelsreisenden die Ingredienzen des roten Gebräus, das er vor sich hatte, zu erklären: russischer Wodka und gerührte Preiselbeeren.

Dann kam sie.

Nein, Kitty wollte nichts haben. Zusammen gingen sie hinauf zum Hotel.

Der Festtrubel hallte weit über die Straße. Das kleine Hotelzimmer, in das sie schließlich kamen, war verqualmt und voller Stimmengewirr.

»Oslo!« verschaffte sich eine unverkennbar amerikanische Stimme Gehör. »Ja, wir haben uns umgesehen. Sure, wir haben die Stadt abgehakt. Wikingerschiff, Vigelandschiff, Kon-Tiki-Schiff, Framschiff und Backschiff, Stortingsmonument und andere Figurengruppen.«

»Extremistengruppen!« wurde protestiert.

»Und Gruppenverkauf unter der Gürtellinie.«

»Schlag unter der Gürtellinie?«

»Nein, Verkauf. Unter der Gürtellinie. Persona non gratis. Definition für Prostitution. Aber der Monolith hat mir gefallen. Er kam mir gewissermaßen bekannt vor.«

»Der wäre hübsch gewesen, wenn Fritdhjof Nansen ihn aus Gummi gemacht hätte.«

»Aus Gummi? Als Eisbrecher?«

»Als Schutzmittel. Ein paar Nummern kleiner.«

»Symbolisch«, sagte der Amerikaner. »Mit allen Samenzellen, die nach oben krabbeln. Ohne das Ziel zu erreichen.«

Kitty und Alfemann sahen sich an. Hellot sah zuerst weg, zum Fenster hinaus. Der Wind fuhr um die Hausecken. Im Hafenbecken hatte die See weiße Schaumkronen. Der Landegodefels auf der vorgelagerten Insel erhob seine regengraue Granitwand aus dem Meer und versperrte die Aussicht. Die Stadt Bodø und der Flugplatz liegen draußen auf der schmalen Landzunge, die sich nördlich des Saltstraumen ins Nordmeer erstreckt. Alf Hellot, am Fenster in einem überfüllten Hotelzimmer unten am Hafen, warf einen Blick auf die Uhr. Der 1. Mai war nur noch ein paar Stunden entfernt. Am 67. nördlichen Breitengrad herrschte immer noch tiefer Winter.

Ein Möbelwagen mit Schnee auf dem Anhänger schwankte schwerfällig auf der Straße unter ihm vorbei. Die Frontscheinwerfer strichen matte Lichtstreifen über die Häuserwände und verschwanden. Mit ihnen verschwanden auch die irdischen Güter eines Kollegen, dessen Einsatz hier zu Ende war? Abrupt drehte Alf Hellot dem Fenster den Rücken zu.

Außer dem, der Oslo abgehakt hatte, war mindestens noch ein Amerikaner im Zimmer. Er hatte ein großes, schönes, fleischiges Gesicht und langes, silberweißes Haar, das sich hinter den Ohren lockte. Er saß über das kleine batteriegetriebene Grammophon gebeugt, fand die Rille und tauchte den Stift noch einmal in dieselben beiden Melodien, zuerst in die schnelle und dann in die Ballade. Während er diese startete, warf er Kitty einen einladenden Schlafzimmerblick zu.

»I don't know what to say«, tönte das Grammophon.

»Charlie Rich!« hörte Alfemann Hellot sich sagen. »Das ist doch Charlie Rich. Ich kenne den Burschen. Er spielte 1953 in der Messe der Williams AFB. Genau der. Ich wußte, daß er eines Tages groß rauskommen würde.«

Kitty sagte nichts.

»Okay«, sagte der norwegische Major. »Okay, okay, okay. Okay? Da sind eben dreißig Mann mit blauer CIA-Marke in der Stadt, so what? Da sind auch vier Piloten hier. Da haben sie einen eigenen Hangar zur Verfügung. Da wohnen sie in einer Spezialunterkunft. Da ist das Flugzeug schwarzgemalt. Da hat es kein Kennzeichen. Da landet es immer in der Nacht. Da wird es sofort in einen Hangar mit amerikanischen Wachen gezogen. Da liegt der etwas abseits. Da darf keiner von uns Norwegern hinein. Da ist die schwarze Dame keine fliegende Untertasse. Da hat sie keine grünen Marsmenschen an Bord. Okay, na und? Etwas muß schließlich geheim sein in dieser Welt. Wir können die andere Seite nicht wissen lassen, was wir wissen, bevor wir es selbst wissen, bloß weil wir eine offene Gesellschaft sind und die sich hinter einem Eisernen Vorhang verschanzt haben.«

»Das stimmt!« sagte der Lachsfischer aus Finnmark. »Diese Politik bekommt meine Stimme. Und dann einen doppelten. Darf ich die Dame zu ein – einem Gläschen Portwein einladen?«

Der Lachsfischer hieß Hagerup, mit Vor- und Zunamen. Und Hansen irgendwo in der Mitte. Hagerup Hansen Hagerup. Zusammen mit dem Schnaps und dem Portwein reichte er gedörrte Heilbutthappen herum, eingekauft für teures Geld in Otto Kochs Geschäft.

»Ich esse nur Fisch mit Dynamitgeschmack«, fügte er mit vollem Mund hinzu.

Es war das zweite Mal, daß Marvel Aass etwas sagte. Das erste Mal sagte er leise zu Alf Hellot: »Es ist notwendig. Es ist notwendig, daß wir uns nicht kennen.« Seitdem hatten sie sich nur mit Blicken gemessen. Alfemann sah, daß Marvel Aass fetter war als je zuvor. Die Jahre, die inzwischen vergangen waren, hatten sich wie Jahresringe um seinen Körper gelegt. Nun brauchte er doppelte Hosenträger.

Jetzt aß er gedörrten Heilbutt und sagte: »Gewisse, gewisse Luftstreitkräfte sind immer direkt dem alliierten Kommando unterstellt, so zum Beispiel die Abfangjäger, die wir ständig hier in Bodø in Bereitschaft stehen haben.«

Alf Hellot sah von Marvel Aass zu Kitty und wieder zu Marvel Aass. Dann sagte er: »Es gibt etwas, das norwegische Stützpunktpolitik heißt. Es gibt etwas, das norwegische Souveränität heißt. Der norwegische Ministerpräsident heißt Einar Gerhardsen. Er hat unter anderem auf dem NATO-Treffen 1957 in Paris eine Rede gehalten. In norwegisch, deshalb hast du sie wohl nicht verstanden.«

»Okay«, sagte Marvel Aass. »Du kannst natürlich dafür eintreten, daß deine Kinder genetische Schäden bekommen. Wir leben in einem freien Land, so gesehen. Du kannst gern den Kopf in den Sand stecken und nichts von den Testsprengungen in der Atmosphäre hören. Ich für mein Teil will lieber den Finger in die Erde stecken und sehen, wo ich bin. Da sehe ich, daß es von hier nicht weit ist bis hinauf nach Nowaja Semlja. Jemand muß in die Luft gehen und kontrollieren, was vor sich geht, muß Messungen machen, damit die Jungs im Labor was in die Hand kriegen. Bevor die Fische draußen im Saltstraumen mit dem Bauch nach oben im Wasser schwimmen und der Lotse sie als Seezeichen benutzen kann. Ich selbst möchte sie lieber mit Haken und Angelrute rausziehen. Es ist nicht möglich, dagegen zu sein?«

»Das da«, sagte Alf Hellot, »ist nicht einmal ein Vorwand. Es ist völlig aus der Luft gegriffen.«

»Nehmen wir weiter die Verteidigung des Nordatlantiks. Ohne Nordnorwegen kann die Schwelle zwischen Grönland und Europa nicht verteidigt werden.«

»Das ist ja der Traum aller, dafür sterben zu dürfen«, sagte Alf Hellot. »Für die Verteidigung von ein paar gottsjämmerlichen Seemeilen internationalen Fahrwassers. Und warum müssen die Fischschwärme da draußen von Flugzeugen ohne Kennzeichen verteidigt werden? Von amerikanischen Wachen auf norwegischen Flugplätzen? Von Piloten, denen keiner die Erlaubnis gegeben hat, hier zu landen? Von Marvel Aass?«

»Kein Problem.« Marvel Aass lächelte. »Du kannst gern meinen norwegischen Paß sehen.«

»In der Kloake ist viel drin, wie der Schwede sagt.«

Marvel Aass lächelte immer noch, lächelte und lächelte, als hätte er vollständig die Kontrolle über die Gesichtsmuskeln verloren. Wenn die Augen der Spiegel der Seele sind, dann stieg das Lächeln an die Oberfläche dieses Wasserspiegels, zerbrach ihn in die unzähligen Lachfalten der Gesichtshaut und legte sich dann quer über das Gesicht wie ein toter Fisch. Die weiße Narbe von Diego Wong und Ciudad Trampolina parodierte kalt das weiße Lächeln auf der einen Wange. Hellot sah, daß Marvel Aass sich verändert hatte, auch wenn das Lächeln das gleiche war. Er redete auf andere Art. Es wirkte, als wählte er absichtlich falsche Worte. Oder als spräche er sauber norwegisch und ohne Akzent, wäre aber unsicher in der Wortwahl. Oder unsicher und verwirrt gegenüber dem Sinn der Worte.

Der Silberfuchs, der Charlie Rich spielte, lächelte hingegen nicht. Er war der Profi unter ihnen. Kontrollierte Hochspannung, ruhige Nerven. Hellot konnte sehen, daß er nicht betrunkener war, als daß er genau verfolgen konnte, was vor sich ging. Nun ließ er die Musik ausklingen, ohne die Platte zu wechseln. Er sah Kitty tief in die Augen und horchte gleichzeitig auf Marvel Aass und Alfemann, der plötzlich stark das Gefühl hatte, zuviel gesagt zu haben.

Der dritte Amerikaner, der Oslo-Tourist, stand auf und ging hinüber zum Plattenspieler.

Er sah aus wie Marvel Aass' Partner – ein Komikerduo aus den Tagen des Stummfilms. Oben auf einem mageren Körper trug er einen viel zu großen, kugelrunden Kopf mit Igelschnitt und Ohren so groß, daß er eine Flugerlaubnis haben mußte, um damit ins Freie zu gehen. Seine randlosen Brillengläser waren so stark, daß sie ihm die Augen aus dem Kopf zu saugen drohten. Er mußte dauernd die Gesichtsmuskeln straffen, um sie festzuhalten. Vielleicht war das der Grund für sein verkrampftes Lächeln, oder womöglich lief er nur herum und lächelte über die Witze und komischen Nummern – seine eigenen und die des Partners. Jedenfalls sah er aus wie der Prototyp jener amerikanischen Studenten, die alle Sommerhotels, Studentencamps und Jazzklubs Europas füllten. Angezogen war er hingegen wie ein perfekter Diplomat, was nicht viel besagte, denn The Modern Jazz Quartet reiste auch rund um die Erde und führte avantgardistischen Jazz vor, gekleidet in Nadelstreifen und schmale Krawatten.

Er war es, den sie Voice of America nannten. Nun beugte Voice of America den schmalen, nadelgestreiften Rücken über den Plattenspieler. Aber es war nicht Milt Jacksons Vibraphon, das er gefunden hatte. Der Ton von Bobby Rydell oder einem anderen Stimmbruchknaben aus South Philadelphia schallte durch den Raum.

»U 2«, sagte der norwegische Major butterweich. »U 2? Nie davon gehört. Was bedeutet das U?«

Voice of America straffte den Rücken und sagte: »Utility. Nutzen. Utility Two. Codename Utility. Speziell konstruiert von Lockheed in unserem Auftrag.«

Silberfuchs zuckte zusammen. Voice of America merkte es, machte den Mund zu und setzte sich. Silberfuchs zog eine Grimasse, blieb sitzen und starrte an die Decke. Neben ihm saßen Kitty und eine weitere Dame und dann der Lachsfischer aus Finnmark. Hagerup H. Hagerup hatte mit seinen Lachsnetzen den großen Wurf gemacht und das Geld klugerweise in Zirkus und Tivoli und süßes Leben investiert. Marvel Aass hatte den beiden anderen Amerikanern bereits erklärt, daß diese Extravaganz eine völlig normale Sache sei, wenn man die abenteuerliche Mentalität der Norweger aus den nördlichsten Teilen des Landes kenne.

Der Lachsfischer hatte jede Menge Geld. Und jede Menge Damen. Und jede Menge Zeit, unseren Alliierten die besten Fischgründe draußen im Straumen zu zeigen.

Und jede Menge alliiertes Vertrauen. Und jede Menge gute Geschichten auf Lager, die es in sich hatten, wie er sagte.

»Ich erinnere mich«, fuhr er fort, »an den allerersten deutschen Offizier, der nach dem Krieg nach Bodø kam. Das ist ja erst ein paar Jahre her, das war damals, nachdem Westdeutschland in die NATO gekommen war. Und ich erinnere mich, was er als erstes auf norwegischem Boden machte. Er zog die Felduniform an, nahm Hacke und Spaten mit und ging direkt in den Wald. Keiner bekam zu wissen, was er vorhatte, nur daß er irgendwohin nach Reitan wollte. Als er zur Unterkunft zurückkam, hatte er einen großen Segeltuchbeutel mit, und kann vielleicht jemand erraten, was da drin war? Jawohl, die Galauniform von Kamerad Görings Luftwaffe plus zwei Flaschen Mosel Auslese, alter Jahrgang. Von den beiden besten Jahren, sagte er. 1940 und 1941. Aber er hielt sich nicht für zu gut, seinen neuen Alliierten etwas zu spendieren. Der Kreis ist geschlossen, sagte er. Prost auf die erweiterte NATO-Zusammenarbeit.«

Bobby Rydells drei Minuten auf dem Plattenspieler waren vorbei. Phil Phillips bekam seine zugemessene Zeit, Sea of Love etwas tiefgründiger vorzuführen. Tragedy mit Thomas Wayne ertönte.

Der Lachsfischer forderte auf, und das erste Paar begann zu tanzen. Marvel Aass und eine andere Dame folgten dem Beispiel. Alfemann sah Kitty an – sie schüttelte den Kopf. Silberfuchs und Voice of America unterhielten sich leise.

Die Platte war zu Ende, und Elvis Presley war an der Reihe. Voice of America legte Are you lonesome tonight auf, und die Platte schleppte sich bis zu der Stelle, wo Presley aufhört zu singen und sich statt dessen daranmacht, William Shakespeare zu zitieren: »Someone said: The world's a stage, and each must play a part.«

Es war ein historischer Augenblick. Presley und Shakespeare tanzten aneinander geschmiegt, Wange an Wange, der Dichter aus der Alten Welt und sein amerikanischer Gigolo, Presley, schön und ewig jung, in schwarzem Leder und mit öligem Haar. Alle tanzten, Kitty und Alfemann summten den Chor im Hintergrund, alle spielten ihre Rolle auf der großen Weltbühne. Presley hob an und sang die Nummer zu Ende, der dünne Ton des Batteriegrammophons verebbte.

Es wurde still. Alle setzten sich. Die Zeit lief.

»Kann nicht jemand diese Uhr abstellen!« brummte Marvel Aass. »Ich kann es nicht vertragen, daß die Zeit so verdammt tickt.«

Der Plattenspieler mahlte weiter. Silberfuchs legte Platten auf. To Know Him Is to Love Him. Broken-Hearted Melody. Let It Be Me. He'll Have to Go. Marvel Aass ließ sich neben Alfemann nieder.

Den Blick auf Kitty gerichtet, sagte er: »Hast du gesagt, daß sie Krankenschwester ist? Ich finde, es sieht nach Kindtaufe aus mit euch beiden, wenn du mich fragst.«

Hellot sagte: »Sie ist nicht taub. Reden kann sie auch. Frag sie selbst.«

Der große Amerikaner mit der Silbermähne sagte endlich etwas zu Alfemann.

»Krankenschwester?« sagte er und wirkte ehrlich erstaunt. »Ich meine – Schwester? Ist es nur die Kirche, die Krankenpflege hier im Lande betreibt? Dieses Schwesternheim, das ist eine Art lutherisches Kloster, oder? Und ich dachte immer, dies wäre ein entwickeltes und fortschrittsfreundliches Land.«

»Charlie ist Baptist«, erklärte Marvel Aass. »Du mußt ihm verzeihen. Er weiß nicht, was er sagt.«

Hellot nickte.

Marvel Aass sah nach wie vor Kitty an und redete nach wie vor zu Alfemann.

»Du umgibst dich gern mit schönen Frauen«, stellte er fest.

Alf Hellot verdrehte die Augen.

»Versuch's ruhig wieder. Mehr Glück beim nächstenmal.«

»Wolln wir nu fahrn?« Das war Kitty. Dann und wann sprach sie genau wie die Bodøer.

Silberfuchs war aufgestanden. Er wirkte nervös und unruhig.

»Wo ist denn der Wie-heißt-er-doch-gleich abgeblieben?«

»Hansen. H. Hansen. H.«, sagte Marvel Aass. »Das ist der Name. Und so wie er mit dem Geld um sich schmeißt, muß er der größte Lebemann im nordnorwegischen Erwerbs- und Vergnügungsleben sein.«

»Was wollte er?«

»Raus und was zu rauchen kaufen«, informierte Voice of America.

»Wo Hellot und ich herkommen«, sagte Marvel Aass, »da brauchten wir nichts zum Rauchen zu kaufen. Da kriegten wir den Rauch gratis. Brauchten nicht mal rauszugehen. Bloß das Fenster aufzumachen, und die Bude war voll.«

»Nu fahrn mer«, sagte Kitty.

»Was sagt sie?« Marvel Aass sah Alfemann an.

»Daß sie gehen will.«

»Sag ihr, daß sie erst lernen muß zu kriechen. Bevor sie gehen kann.«

»Sag ihm, daß er widerlich ist.« Kitty sah Alfemann an.

Marvel Aass legte versöhnlich den Arm um Alf Hellot.

»Hast du von Einstein gehört?« wollte er wissen. »Albert Einstein?« Zum erstenmal seit langem sah der norwegische Major von der Flasche hoch.

»Einstein?« sagte er und schüttelte den Kopf. »Einstein? Ein Stein? Ist das der mit einer Kuller im Sack?«

»Da muß ich aber feixen.« Aber Kitty war unverändert ernst.

Jetzt sah Marvel Aass Hellot direkt an, der seinen Arm wegschlug.

»Hast du davon gehört, als Albert Einstein mal von Berlin nach New York fliegen wollte?«

»Nein. Niemals davon gehört. Kann auch nicht sein.

Einstein hat nach dem Krieg nie wieder deutschen Boden betreten. Also Berlin war es nicht.«

»Doch, ja. Verstehst du, Einstein hatte gerade $E = mc^2$ in sein Notizbuch geschrieben, als der Passagier auf dem Nebensitz von der Zeitung aufsah und Einstein fragte, ob London bei diesem Flugzeug anhalte.«

»Ob London anhalte? War das alles?«

»Das war der ganze Witz.«

»Nu fahrn wir«, sagte Kitty.

»Aber da ist doch kein Witz drin.«

»Nein, da ist kein Witz drin. Aber das ist auch nicht notwendig, es gibt keinen Grund dafür. Es muß nur unterhaltsam sein, das ist notwendig und sinnvoll.«

»Haha«, sagte Alf Hellot. »Wenn es einen Gott gibt, dann lacht er jetzt über uns.«

»Was meinst du damit?« Marvel Aass wirkte hochgradig betrunken.

»Nu fahrn wir«, sagte Kitty.

»Ich meine nichts Besonderes.«

Kitty war schon losgegangen. Alfemann folgte ihr durch den Hotelkorridor. Marvel Aass kam hinterher.

Sie ließen den Fahrstuhl stehen und benutzten die Treppe. Unten an der Rezeption holten sie Kitty ein. Sie sah die beiden kommen, zögerte einen Augenblick und ging dann schnell hinaus auf die Straße. Marvel Aass hielt sich an Alfemanns Uniform fest. Schon die wenigen Schritte auf eigenen Beinen hatten ihn stark mitgenommen.

»Der Rüstungswettlauf«, keuchte er. »Die Aufrüstung. Dafür gibt es nur eine Lösung.«

»Und die ist?«

»Auslösung. Warte nur, bis du auf ihren Atomknopf drückst.«

Alf Hellot riß sich los und ging zur Tür.

»Dann explodiert sie und sprengt dich auch in die Luft. Gegenseitige Abschreckung. Das Prinzip des Gleichgewichts des Schreckens.«

Das war wohl das, was man eine flexible Antwort

nennt. Alfemann spürte die kühle Brise im Gesicht und schnappte nach Luft. Auf der anderen Seite des Hafenbeckens glänzte nasser Fels. Die nackten Birkenstämme waren gespenstisch weiß vor dem nassen Urgestein. Es regnete nicht, aber dem Wind gelang es, ein paar armselige Tropfen Schneeregen oder Regen aus der Dunkelheit zu reißen.

»Mayday«, hörte er hinter sich Marvel Aass sagen. Alfemann sah auf die Armbanduhr. Es war nach Mitternacht. Marvel Aass stand in der Tür und wirkte gar nicht mehr betrunken.

Alf Hellot antwortete nicht. Er ging los.

»Was hat er gesagt?« fragte Kitty von draußen.

Alf Hellot bedachte sich.

»1. Mai. Das bedeutet Gefahr in seiner Welt.«

Er sah sie an wie ein Geiger das Notenblatt.

Sie gab ein Zeichen, er berührte die Saite.

Ein reiner Ton.

Er wechselte die Fingerstellung, berührte die Saite aufs neue, strich den Bogen über die Nervenstränge, die neugestimmt über dem Resonanzboden des Körpers vibrierten.

Er war gleichgestimmt. Der Ton stieg. Er fühlte es. Hob ab zum Höhenflug.

Die Kleider flüsterten die Sprache des Körpers. Die Hitze der Haut, das Hämmern des Blutes. Sklave der Sinne unter dem Joch des Körpers.

Sie hatte die Melodie, er nahm den Ton auf.

Nahm sie auf, als sie ihm entgegenfiel wie Neuschnee dem Gletscher. So berührten sie einander, strichen Fingerkuppe an Fingerkuppe, Handfläche an Handfläche, Haut an Haut, Körper an Körper, Erinnerung an Erinnerung, schüchtern wie der erste Blick. Der Körper flüsterte nicht länger, er rief, die Sprache des Blutes. Der Bogen zog kühne Striche über die Saiten. Und der Ton trug sie, hoch und klar.

Sie befreiten sich aus dem Knoten, den ihre Körper geschlungen hatten, lösten sich voneinander, fanden ihre eigenen Glieder wieder. Und gaben sich einander aufs neue. Zogen sich aus in gleichem Takt, folgten einander mit den Augen. Der lange arktische Winter hatte ihre Körper und alles um sie herum mit Elektrizität geladen, hatte sie beide aufgeladen, plus und minus, den positiven und den negativen Pol. Jedesmal, wenn sie einander berührten, sprühten die Funken.

Alf Hellot sagte, wobei er an einem großen Klumpen im Hals würgte: »Wir beide können telegrafieren. Drahtlos. Ohne Schlüssel, ohne einen einzigen Draht.«

»Ja, Hellot, du und ich, wir können schweben. Wir können fliegen.«

»Wir senden den Lebensfunken hin und her.«

»In Klartext. Durch die Störsendungen von außen. Ohne Verzerrungen und Code.«

Sie waren beide entflammt. Sie war fest wie ein Pfahl. Sie flammte wie Feuer. Es gab keinen Weg zurück. Sie rieben sich aneinander, liebevoll, hart und weich und lange. Sie sendeten, bis der Lebensfunken Feuer schlug, aufloderte und alles in Brand setzte, wie die Feuersteine am ersten Tag des Feuers. Sie sahen Flammen, die sich teilten und auf ihnen züngelten. Sie kamen gleichzeitig. Mit dem Feuer, den Göttern geraubt, wurden sie Feuer und Flamme, standen lange lichterloh entflammt. Klippen, die in der Sonne schmolzen. Alfemann war niemals zuvor dort gewesen. Hatte nie dieses Gefühl gehabt, völlig zermalmt zu werden. Bis er nur noch Staub war auf dem Boden eines warmen und weichen Mörsers unter einem unsichtbar zuschlagenden Lufthammer.

Er hatte auch diesen Laut noch nie gehört. Als sie kam, preßte sie alle Luft aus dem Körper, mit einem langgezogenen Laut, der nur entfernte Ähnlichkeit mit einem Ruf hatte. Sie rief nicht mit dem Mund. Der Laut schwang sich auf einem anderen Band als den Stimmbändern, löste sie, machte sie frei. Ein drahtloser Ruf aus größeren Tiefen als den Lungen. Nicht einmal die volle Kraft ihrer Lungen hätte derartiges hervorbringen können. Denn es war der ganze Körper, der ihm Kraft gab, und mehr als der Körper. Der Laut stieg und wurde durch alle Hohlräume des Körpers verstärkt, tönte wie durch einen gewaltigen Trichter mit rauher Oberfläche. Rauh wie von Rost, den viele solche Rufe beseitigen und abputzen konnten, blank und klingend machen wie Messing. Messingklang aus dem Gebärmuttermund. Ein Vulkan, der aus der innersten Lava der Erde rief.

So kam sie, und so spie sie immer weiter Lava, bis Alfemann es nicht mehr aushielt. Bis das Trommelfell barst, bis er zurückkehren mußte aus dem Land hinter der Schmerzgrenze, betäubt von einer fremden Sprache. Bis er sich zurückzog, wieder zurück in sich selbst.

Naß.

Schwer.

Violett.

Leicht. Leicht.

Die Vorhaut zurückgezogen, das Haupt entblößt.

Das höchste Glück. In tiefster Heimlichkeit.

Piloten sind sich ihres eigenen Pulsschlags extrem bewußt. Seiner schlug mindestens 150. Und ihrer. Sie hatten das gleiche Tempo. Hauptmann Hellot dachte an Flugkörper, ballistische Raketen und an Himmelskörper.

Er merkte, daß er auf der Seite lag, gestützt auf den Ellbogen, wie ein Römer bei Tisch. Kitty neben ihm. Promiskuität, hätte Linda gesagt. Eine ausgesprochen promiskuöse Verbindung.

»Himmelskörper. Himmelskörper«, flüsterte Alf Hellot und ließ den Zeigefinger über Kittys Rücken aufwärts gleiten, ohne Luftwiderstand die ballistische Bahn der Hoffnung zeichnen.

Nur ihr Atem antwortete, und dann fühlte Alfemann, wie der Schlaf auf leichten Füßen angetappt kam. Er nahm Alf Hellot bei der Hand und führte ihn geradewegs in einen Traum, in dem Alfemann auf dem frostrauchverhangenen Lovrefjord splitternackt von Eisscholle zu Eisscholle sprang. Bis die Abstände zwischen den Schollen immer größer wurden. Bis er mit einem Bein auf der äußersten Eisscholle stand, und, einmal

Schwung genommen, springen mußte. Und vor ihm nur schwarzes Wasser und Frostrauch. Und die Scholle, auf der er stand, sank, der Boden gab nach, Alfemann fühlte, wie die Kälte das nackte Bein heraufkroch.

Er erwachte in der gleichen klassischen Stellung, gestützt auf den Ellbogen, und hüllte sich besser in die Decke ein.

»Himmelskörper, Himmelskörper«, wiederholte Alfemann.

Seine Finger mußten Kitty gekitzelt haben. Sie schüttelte ihn ab, drehte sich um, ließ sich auf den Rücken fallen.

»Wovon redest du da, Hellot? Himmelskörper?«

»Von dir. Du bist ein Himmelskörper.«

»Pfui Teufel!«

»Vielleicht ein Sprengkörper?«

Mit einem Ruck stand Kitty auf und ging ins Bad. Geräusch von fließendem Wasser. Einen Augenblick, im Licht der starken Badezimmerlampe, war das Gesicht, das ihr im Spiegel begegnete, das Gesicht der fünfzehnjährigen Kitty. Rein und glatt, im Sauerstoffbad der Sinne befreit von Alter und Klugheit und Schuld.

Hellot hörte nur das Geräusch. Hörte, wie es verebbte. Er betrachtete die Kleidungsstücke, die im Zimmer herumlagen. Ihre Sachen kreuz und quer auf dem Fußboden. Der Behälter für das Pessar offen wie eine Muschelschale. Auch die Handtasche offen. Seine eigene Brieftasche auf einem Stuhl und seine Uniform auf der Stuhllehne. Silberschwinge, Hauptmannssterne, Schiffchen, Hose mit Bügelfalte.

Er hörte nackte Füße auf den Dielen. Alfemann schloß die Augen. Und sah Kitty, so wie sie vor ein paar Stunden in die gedämpft beleuchtete Bar gekommen war. Sah den Portier und den Barkeeper die Augenbrauen heben und den Mund verziehen. Aber sie kümmerte sich nicht darum. Sie ging an ihnen vorbei, durchkreuzte die falsche Eleganz – Kitty in der olivgrünen Windjacke mit offenem Reißverschluß und ohne BH unter einem roten, schwarzgescheckten Wollpullover. Wie lange war das her seit damals? Der Pullover war jedenfalls derselbe und die Jeans, die braunen Gummistiefel, vorn geschnürt und die Schäfte schmutzig bis zum Rand. Sie schleppte schwarze Erde, nasses Gras und roten Lehm von draußen auf den Teppichboden der Bar. Aber sie war nicht aufzuhalten. Sie war zu überlegen. Zu sicher und selbständig. Geschmeidig wie ein Trapezkünstler ging sie über den weichen Teppich, als wären es Eisschollen, die ihr feindselige Blicke von allen Seiten zuwarfen, und sie tanzte von einer Scholle zur anderen, um über einen bodenlosen Abgrund von Haß wohlbehalten auf die andere Seite zu kommen.

Sie kam sicher an Land. Alf Hellot, mit Bürstenschnitt, Hauptmannsuniform, messerscharfen Bügelfalten und spiegelblank geputzten Schuhen mitten im grellen Radardunkel der Bar, stand vom Barhocker auf und gab ihr die Hand. Aber sie nahm sie nicht. Sie begrüßte ihn auf ihre Weise. Sie legte die linke Hand leicht auf seinen Unterarm, bog ihn um ihren Rücken, legte die andere Hand leicht an seine Wange und küßte Alf Hellot auf den Mund. Der Handelsreisende, der gerade die Zusammensetzung des Drinks Polar erklärt bekommen hatte, machte große Augen.

Alfcmann öffnete seine Augen.

Er war wieder in der Fliegerbaracke, umgeben von den Deutschenmöbeln. Kitty kam vom Badezimmer herein. Ihre Bewegungen waren weißer Rauch in der Zugluft von einem offenen Fenster. Ihr Haar streichelte sein Gesicht. Alfemann straffte die Nackenmuskeln und erwiderte den Kuß. Kitty warf das Haar zurück und richtete sich auf.

»Der Samenlieferant?« Kitty sah lächelnd auf den nackten Mann hinunter.

»Und hier der Brutkasten, der den Samen neun Monate warmhält?«

»Das Ding da!«

»Ja, das ist der einzige Unterschied.«

»Jetzt bist du zu kukett, wie sie hier im Ort sagen.«

»Selber kukett, Mensch!«

Kitty gab keine Antwort. Sie legte sich neben Alfemann aufs Bett. Sie fing an zu lachen, lachte lange und unmotiviert. Alfemann sah sie nur an. Und mußte auch grinsen. Kitty strengte sich an, wieder ernst zu sein. Sie sagte: »Glaubst du, daß wir trotzdem zusammenpassen? Alles in allem und überhaupt?«

»Unbedingt. Du sollst keine andern Götter haben neben mir.«

Kitty lächelte – merkwürdig. Und nun auch Alfemann. Dann kam Stille über sie. Und eine große Ruhe. Sie kannten sich so lange, daß sie auch in großen wortlosen Zwischenräumen miteinander sprechen konnten, mit Satzbrocken aus Redeströmen in ihrem Inneren, wie Flüsse oder Kanäle, die unter einer großen Stadt hindurch zu Meer und Stille geleitet werden und nur zwischendurch auftauchen, sichtbar werden und dann still dahinfließen, undurchdringlich für Verunreinigungen und scheinbar ohne Ziel oder Bewegung, ohne Anfang und ohne Ende. Oder wie ein Kind, das mit dem Radio spielt. Lange Stille, leise, leise, kaum hörbar. Dann volle Lautstärke, zufällige und sinnlose Äußerung, und ebenso schnell gedrosselt, ganz aus. Um dann wieder anderes auf der Skala einzustellen, ohne Zusammenhang zum Vorherigen und in einer ganz anderen Sprache.

Jemand mußte auf Kittys Skala etwas eingestellt haben.

»Ich verstehe es einfach nicht«, sagte sie in einem anderen, ernsteren Ton. »Ich verstehe dich einfach nicht, Hellot. Wie konntest du in diese Uniform geraten, wie konntest du auf der falschen Seite landen. Du hattest doch alles auf deiner Seite. Die Herkunft. Den Kopf. Von deinem Körper will ich gar nicht reden, den hast du ja immer noch. Vielleicht bist du ein allzu großer Held geworden. Hast Schäden fürs Leben bekommen, weil du immer der Beste sein wolltest. Während ich aus der zufälligen Begegnung einer Apothekenhelferin mit einem schlappen Krankenkassenchef hervorgegangen bin und jedenfalls ein bißchen politisches Bewußtsein der Welt um mich herum mitbekommen konnte.«

Mehr brauchte es nicht. In Alfemann Hellot hatte es angefangen zu rumoren. Schlangen und Echsen bewegten sich. Aber Hellot hatte sie unter Kontrolle. Er spannte die Kiefermuskeln zweimal. Sagte: »Wenn du ins Trudeln kommst. Wenn das Signal Triebwerkausfall anzeigt. Wenn das Fahrgestell sich verhakt. Da kannst du der Maschine was von Bewußtsein erzählen. Dann wirst du sehen, wie's geht.«

»Hellot, alter Hellot! Wovon redest du denn?«

»Von etwas, das du vergessen hast. Was deine ganze Clique von selbstgefälligen Radikalen vergessen hat. Wissen. Macht. Opferwillen. Moral.«

Kitty fand die Streichhölzer auf dem Nachttisch und zündete eine Zigarette an.

»Moral, ja«, sagte sie und atmete den Rauch aus. »Weißt du, worüber die Leute im Ort reden?«

»Über den Taxifahrermord, vermutlich. Und Chessman in der Zelle vor der Hinrichtung.«

»Über dich reden sie, Hellot. Sie reden über dich und deine feine Moral. Sie wundern sich. Sie reden über die schwarze Dame. So nennen die Leute hier in Bodø das amerikanische Spionageflugzeug. Alle wissen es. Daß wir durch Alf Hellots Moral und Freiheit zur unfreiwilligen Mannschaft auf einem amerikanischen Flugzeugträger geworden sind, der an der äußersten Grenze vor Anker liegt und sich für den Tag des Jüngsten Gerichts rüstet.«

»Meine rote Dame!« Alfemann hatte sie immer am meisten gemocht, wenn sie sich erregte. Seine Fingerspitzen strichen über trockene Haut.

»Ihr im Ort habt also auch von der schwarzen Dame gehört. Es gibt sogar welche, die vom Weißen Wal reden. Oben in der Luft.«

Kittys Augen folgten dem zur Decke aufsteigenden Rauch.

»Es gibt welche«, sagte sie, »die die Kommunistische Partei als großes Seeräuberschiff schildern, das mit dem Wahlwind segelt und gute Beute an Stimmvieh zu machen hofft. Weißt du, was die Kommunisten selbst dazu sagen? Daß sie weder plündern noch räubern. Aber daß sie unter Leitung ihrer großen Kapitäne auf der Jagd nach dem Weißen Wal in der Geschichte sind. Warte nur, bis dieser Wal in der Luft ist, ob weiß oder schwarz, warte nur, wenn Jonas als Zeuge aus ihm herauskommt.«

»Genau«, sagte Alf Hellot. »Darauf warten wir. Da stimmen wir überein. Aber ich sitze nicht nur da und drehe Däumchen. Und warte. Und rede. Ich tue etwas, im Gegensatz zu gewissen schlappen Radikalen.«

»Was mich betrifft, will ich lieber ein schlapper Radikaler sein als ein eifriger Laufbursche für Haakon Lie und Joseph McCarthy.«

Alf Hellot, im Bett aufgerichtet, sagte ernst: »Wenn wir die Wortspielereien beiseite lassen, bleibt folgendes übrig: Die Befreiungsidee des Kommunismus ist zusammengebrochen und zur größten Bedrohung der Freiheit geworden. Nimm Ungarn! Was macht die Partei, wenn die Arbeiter das Arbeiterparadies ablehnen? Solidarität verbieten? Auf die Arbeiter schießen? Nein, Kitty, es geht um die Freiheit, deine und meine. Ich habe mir einige Fertigkeiten zur Verteidigung der Freiheit angeeignet. Ich kann komplizierte Operationen ausführen. Ich beherrsche fortgeschrittene Technik. Gleichzeitig habe ich langsam, aber sicher den Inhalt von Worten wie Würde, Disziplin, Mut und Ehre verstehen gelernt. Opferwillen. All das kommt dir sicher wie ein alter Hut vor. Aber das hat mich einiges gekostet. Mein lieber Mann! Ich war menschlich so kaputt, daß ich es als höchsten Luxus empfunden habe, mit einem abgestandenen Bier auf der Pritschenkante zu hocken und bloß vor mich hin zu glotzen. Aber ich habe es geschafft. Ich habe es in den Griff bekommen, mich selbst und das Material, für das ich die Verantwortung trage. Ich habe verstanden, daß es nicht nur um das Ziel, sondern auch um die Mittel zur Erreichung des Ziels geht. Um das Material. Bewußtsein, nun ja, das ist nicht der Punkt. Ich kenne viele Leute, die rechtsorientiert und konservativ sind und die sich selbst bestimmt nicht weniger bewußt und intelligent und menschlich finden als du dich. Aber trotzdem haben sie völlig entgegengesetzte Ansichten. Du und deine Leute, ihr habt recht in allen großen Fragen, die so weitab liegen und die man nicht kontrollieren kann, und ihr haut daneben in den praktischen Fragen heute und hier.«

Kitty machte schnell einen letzten Zug, streckte sich auf dem Bett aus und drückte die Zigarettenkippe aus. Sie suchte auf dem Nachttisch, bis sie Alfemanns Fliegeruhr fand, drehte und wendete sie, fand schließlich heraus, wie spät es war.

»Hellot«, sagte sie und legte sich wieder zurück. »Ich kann dich wirklich nicht begreifen. Du scheinst doch wirklich einigermaßen vernünftig zu sein. Und da sitzt du auf der Spitze des Freßbergs und bildest dir ein, daß du zusammen mit den andern im siebenten Himmel bist. Wenn du von der Verteidigung der Freiheit redest, dann sind das deine eigenen Privilegien, die du verteidigen willst. Aber darum ging es den alten Sozialdemokraten nicht, deinem Vater und den anderen. Der alte Aug. Hellot und sein ewiges Verhandeln und seine Forderungen nach erhöhter Kaufkraft und Lohnausgleich. Das drehte sich nur um Kronen und Øre, aber darin war auch ein Wille zur Veränderung. Was ich gegen die Sozialdemokraten habe, hat nichts mit ihrem Handeln in ökonomischen Fragen zu tun. Es ist etwas anderes, das sie niemals verstehen werden. Daß Politik mehr ist als nur die Verwaltung des Bruttonationalprodukts. Daß Politik mit Menschen zu tun hat als gesellschaftlichen Lebewesen, als historischen Personen. Die Politik darf uns doch nicht unsere eigene Geschichte wegnehmen. In den Augen dieser Politiker besteht Geschichte nur aus Armut und Elend. Also weg damit! Zur Not noch Einar Gerhardsens Kindheit. Aber damit auch Schluß. Davor liegen nur die bodenlosen Abgründe der Armut. Die sozialdemokratische Zeitrechnung hierzulande beginnt mit Norwegens Eintritt in die NATO. Da wurde uns ein Heiland geboren. Er hat uns unsere Geschichte genommen und für eine amerikanische Bombe verhökert. Unsere Geschichte haben sie uns weggenommen, nun drohen sie, mit der Atombombe unsere Zukunft in die Luft zu sprengen, und unsere Sprache haben sie uns schon vorher genommen.«

Alf Hellot, bis auf einen Siegelring mit dem Wappen der Familie Hysøen, splitternackt, umgeben von weißem Bettzeug, Möbeln aus der Okkupationszeit und Hausordnungen unter Glas und in ehrfurchtgebietendem Rahmen, antwortete: »Gewiß doch, ich hör's ja, wie wir dir die Sprache genommen haben.«

Es klang nicht sarkastisch. Er sagte nichts mehr. Er merkte, daß er keinen Fetzen am Leibe hatte.

Kitty sagte: »Du hast immer gefragt. Existentialismus, was ist denn das? Ich konnte nicht antworten, war doch nur eine Göre, achtzehn, neunzehn, mit Isländerpullover und Dufflecoat. Vielleicht war es diese Aufmachung – Existentialismus 1950 in Lovra und Umgebung. Das, und daß ich keine andere Antwort hatte.«

»Aber heute? Was würdest du da antworten?«

»Daß das grundlegende Lebensgefühl das Erlebnis von Machtlosigkeit war. Mit dieser ohnmächtigen Angst konnte sich nur die Liebe messen. Die Liebe hier und jetzt, die über die schlimmsten äußeren Bedingungen siegt, im Schlagschatten des Atompilzes und der totalen Vernichtung, im Schlagschatten der unterdrückenden Religion und der geschichtslosen Gesellschaft, in den Pausen in der Schule in Lovra, die uns zu nützlichen Menschen machen sollte. Die unfaßbare Angst des Atomzeitalters, daß der Atomtod, anders als der natürliche Tod, statt Leben neuen Tod zeugt – das war nur durch den individuellen Schmerz jedes einzelnen Menschen zu erleben. Aber im Schatten der totalen Zerstörung verbanden wir uns wenigstens in einer gemeinsamen Angst, die den Grund zu einer neuen Liebe, einem neuen Glauben an das Leben legte.«

»Pseudosophie!« sagte Alf Hellot. »Du bist ein großer Pseudosoph, Kitty. Du solltest deinen Geist untersuchen lassen. Du kannst etwas, das keiner versteht, so sagen, daß alle verstehen, daß es Quatsch ist.«

Kitty zündete sich eine neue Zigarette an.

»So hätte ich dir vor zehn Jahren auf deine Frage antworten können. Nicht heute. Ich glaube nicht mehr, daß man die Atombombe mit Liebe aus der Welt schaffen kann. Oder mit einem Tenorsaxophon wegblasen. Die Politik ist die Form, die Geschichte in unseren Tagen annimmt, im Guten wie im Bösen. Die Politik wird zwischen Leben und Tod auf der Erde entscheiden. Ich habe meine Platten mit Mulligan und Wardell Gray und Juliette Greco, und wie sie alle heißen, so weit weg wie nur möglich verstaut. Jetzt stehen andere Dinge auf der Tagesordnung. Aufklärungsarbeit. Organisieren. Mitglieder gewinnen für den Arbeiterjugendverband, wovon du heute abend einen Schimmer mitgekriegt hast. Was du selbst zu Hause in Lovra betrieben hast, nur mit umgekehrten politischen Vorzeichen. Genauso banal. Eintrittskarten verkaufen. Kaffee und Selterswasser. Musik von Kåres Trio. Verbandszeitung. Vielleicht zum Abschluß Tanz. Wenn der linke Flügel austritt und eine eigene Partei bildet, werde ich mitgehen. Wir brauchen eine effektive Waffe im Kampf gegen die Atombombenversuche. Material vervielfältigen, Flugblätter verbreiten, Transparente malen, auf den Straßen demonstrieren, eine glaubwürdige Alternative zu Kapitalismus und Stalinismus schaffen.«

»Gratuliere«, sagte Alfemann Hellot. »Du hast die Macht entdeckt. In zehn Jahren wirst du entdecken, daß man eine militärische Organisation braucht, um sie zu ergreifen. Dann hast du erneut die Wahl: Kapitalismus oder Stalinismus?«

»Was gebraucht wird, ist Aufklärung. Die Leute sind nicht dumm. Wir müssen ihnen die Politik nahebringen.

Mit den Leuten reden. Sogar mit solchen wie Hauptmann Alf Hellot.«

Hauptmann Alf Hellot hatte angefangen, sich anzuziehen. Auch die Unterwäsche war vom Militär. Kurze Unterhose im Winter, langärmeliges Unterhemd im Sommer. Er knotete den Schlips und sagte: »Sogar mit dem alten Hellot. Welche Ehre für einen, der in Unwissenheit auf den Schwingen der NATO schwebt.«

»In gutem Glauben schwebst du jedenfalls nicht.«

Alf Hellot, in voller Montur, schloß die Augen. Ihr Bild stand noch genauso klar vor ihm. Aber Kitty war kein Bild. Sie war alles andere als ein Bild. Ein lebendiger Mensch, nur wenige Zentimeter von ihm entfernt. Ein heiler und starker Körper, der zu dem gebraucht werden konnte, was Nacht und Tag verlangten. Er sah die Sehnen im Nacken unter dem braunen Haar. Die Halsmuskeln. Den Ausdruck des Gesichts, wenn sie an etwas dachte, wenn sie intensiv an etwas dachte, wenn sie die Stirn runzelte und das Gesicht verzog, als würden ihre Augen von einem grellen inneren Licht geblendet. Da war viel, viel Wunder, viel Frau.

Sie standen immer noch dicht beieinander, ohne sich mit mehr als einem leichten, kaum hörbaren Atemzug zu berühren. Ihre Augen unsicher, wie winkende gekreuzte Arme. Was signalisierten sie? Auf Wiedersehen oder unwiderruflich Leb wohl?

Alfemann stand dicht vor ihr und sah auf sie hinunter, den Scheitel im Haar, das Gesicht in naher Vogelperspektive, die Brust vom Atem bewegt, die nackten Zehen und die Zehennägel, die ihm aus irgendeinem Grunde etwas über Alter und die Vergänglichkeit des Körpers und der Schönheit sagten. Kitty sah nicht zu ihm auf. Sie starrte geradeaus. Sie mußte eine hellblaue Hemdbrust sehen, einen dunkelblauen Schlips, strammgezogen an der Kehle, die Hauptmannssterne am Kragen. Er legte die Hand vorsichtig auf ihr Haar, drückte es ans Ohr. Sein oder ihr Puls. Alf Hellot sagte: »Es war gut, daß du gekommen bist. Es war gut, dich zu treffen.

Es liegt bei uns selbst zu zeigen, daß wir in einem freien Land leben.«

»Keimfrei«, sagte Kitty. »In einem keimfreien Land mit keimfreien Einwohnern.«

Über ihrem Kopf, hinter der staubigen Scheibe, ragte vom blauschwarzen Fjord das schneebedeckte Gebirge auf. Die weißen Børvassgipfel. Eine Spitze des Kletkov im Südosten? Reitan bei Fauske? Erloschene Vulkane mit zurückgezogener Vorhaut, erstarrt in ewig fruchtloser Erektion. Oben auf den Höhen war der Niederschlag als Schnee gefallen, es hatte gefroren, und das erste Tageslicht flirrte schon auf dem Harsch der Südhänge.

Engelschar. Jungfräulicher Schnee.

Alf Hellot war die Schispitze im Neuschnee. Er blendete ihn nicht. Er sah die Spur hinter sich. Es galt nur weiterzugehen. Er sagte: »Ich habe noch eine andere Verabredung. Mit der schwarzen Dame.«

»Dem Spionageflugzeug?«

»Ich werde sie nehmen. Das kannst du erzählen. Ich kann hinauf und sie nehmen. Das ist der ganze Unterschied.«

Silberfuchs chauffierte.

Er kam den Rønvikvegen entlang, in einem nagelneuen Volvo, mit Marvel Aass und dem, den sie Voice of America nannten, auf dem Rücksitz. Er fuhr schnell, und er war schon in die Storgata eingebogen und auf dem Weg ins Zentrum, bevor er etwas Besonderes merkte.

Die organisierte Arbeiterbewegung ist in Bodø nie besonders stark gewesen. Der Ort war immer eine Hochburg der Obrigkeit. Mit Sitz in Bodø, hatten Amtmann und Pfarrer in Hunderten von Jahren, wenn auch mit geringem Erfolg, versucht, die Nordländer nach ihrem Menschenbild zu formen, während die Handelsbürger, mit etwas größerem Erfolg, die Arbeit der nordnorwegischen Fischerbauern in ansehnliche Profite für sich selbst umformten. Aber weder diese Großkopfeten noch ihre zahlreichen Helfer im Ort hielten es für angebracht, den 1. Mai zur Demonstration politischer Stärke zu benutzen.

An diesem unerwartet schönen Frühlingsmorgen waren indessen viele Bodøleute auf den Beinen, um sich unter den Fahnen und Losungen der gewerkschaftlichen Dachorganisation von Bodø einzureihen. Vom frühen Morgen an hatte das klingende Spiel der Blasmusik die Einwohner ermuntert, auf dem Stellplatz zu erscheinen, und nun forderten zahlreiche Spruchbänder, weiter für den Fortschritt einzutreten, forderten Abrüstung und Frieden und Boykott des Apartheidregimes in Südafrika. Zuschauer säumten den Zug auf dem ganzen Weg von der Schule via Snippen. Es waren so viele, daß die Anhänger von Fortschritt und Entwicklung registrieren konnten: die Straße und die Bürgersteige zu beiden Seiten waren schwarz von Leuten. Der Fahnenwald und die Musikkapelle bildeten den Vortrupp für diesen symbolischen Einmarsch der historischen Notwendigkeit in die Hauptstraße von Bodø.

Der April war milder als normal gewesen, und an diesem Maitag glitzerte die Frühlingssonne zwischen den Wolken, die dekorativ über den Himmel verstreut lagen – weiße Aufforderung an die Redner des Tages, den Vortrag mit einigen ansprechenden Naturmetaphern einzuleiten: Wolken, die der aufgehenden Sonne weichen müssen – welch tiefer Sinn darin, gerade heute, am internationalen Kampftag der Arbeiterklasse!

Silberfuchs sah weder Sonne noch Wolken. Er trat hart auf die Bremse. Die schwedischen Automobilarbeiter hatten prima Arbeit geleistet. Der Wagen stand wie eine Eins. Der Fahrer und die beiden auf dem Rücksitz wurden nach vorn geschleudert. Als sie wieder auf ihre Plätze zurückgefallen waren, sahen sie den Demonstrationszug in die Storgata einbiegen. Silberfuchs begriff sofort, daß es ihm nicht gelingen würde, sich an Festkomitee, Kapelle und Fahnenblock vorbeizuquetschen. Er sah auch noch mehr. Er sah flatternde rote Fahnen und

Gewerkschaftswimpel und ausgespannte Spruchbänder mit Texten, in einer unbegreiflichen, aber bedrohlichen Sprache. Er dachte sich das Seine.

Geistesgegenwärtig legte Silberfuchs den Rückwärtsgang ein und warf einen Blick zurück. Die Straße war leer, noch war es Zeit zu entkommen. Aber gleichzeitig begegnete er dem Blick von Marvel Aass, und der verwirrte ihn.

»Sie haben es entdeckt«, sagte Silberfuchs. »Sie sind hinter uns her. Wir müssen weg von hier!«

Der, den sie Voice of America nannten, sagte: »Das, das ist Kommunismus! Das ist blanker, schierer Kommunismus! Das ist ein kommunistischer Coup! Sie ergreifen die Macht hier im Lande.«

Marvel Aass' Gesichtsausdruck verwirrte Silberfuchs immer noch. Den Fuß auf dem Gaspedal, sagte er: »Wir fahren direkt zum Flugplatz?«

»Idiot!«

Marvel Aass hatte das auf beide gemünzt. Was da vor sich ging, war so empörend dumm, daß er sich sogar weigerte, das Schimpfwort im Plural anzuwenden.

Voice of America fuhr mit der rechten Hand unter die linke Achselhöhle.

»Wir schießen uns raus«, sagte er hoffnungsvoll.

»Schieß dich raus in die Stratosphäre! Und bleib dort!«

Silberfuchs merkte, daß es jetzt das klügste war, den Fuß vom Gaspedal zu nehmen.

»Das dort«, sagte Marvel Aass und nickte zum Aufmarsch hinüber, »ist eine Demonstration, die von der Regierungspartei kontrolliert wird, also von denen, die uns hierher eingeladen haben. Jetzt bleiben wir ruhig hier sitzen und nehmen die Huldigung des Volkes entgegen. Es ist der Tag der Arbeit, meine Herren. Der 1. Mai, mit anderen Worten, und die demonstrieren zu unserer Unterstützung. Wenn sie das fein säuberlich erledigt haben, schließen auch wir uns an und fahren ein Stück hinter ihnen her, bis wir zum Hotel abbiegen. In aller Seelenruhe.«

Der Demonstrationszug war lang und ließ sich Zeit. Der Arbeiterjugendverband kam erst in einem der allerletzten Blöcke. Es war nicht schwierig, Kitty wiederzuerkennen. Sie schleppte einen großen Stoß Zeitungen und führte außerdem den Sprechchor an. Auch als er die Scheibe heruntergelassen und den Kopf hinausgesteckt hatte, war Marvel Aass nicht imstande, den Text zu verstehen, den der Chor in dieser norwegischen Tragödie mit so großer Energie vortrug. Ganz zum Schluß des Zuges kam noch eine Musikkapelle, die ihr Äußerstes tat, um die Kampfrufe in einem Potpourri zu ertränken. Abgeschlossen wurde die Demonstration von einem anarchistischen Trupp kleiner Bengels, mit und ohne Dreirad. Dann war alles vorbei. Die Straße lag leer. Silberfuchs ließ den Motor an und rollte im Schrittempo hinter der Nachhut die Storgata hinunter.

An der Ecke, wo die Reste des Zuges einbogen, um in der Menschenmenge auf dem Marktplatz zu verschwinden, bat Marvel Aass Silberfuchs anzuhalten. Durch ein kompliziertes Manöver gelang es ihm schließlich, seinen massigen Körper vom Rücksitz auf den Bürgersteig zu bugsieren. Durch das Autofenster bat er Silberfuchs, zum Hotel zu fahren und dort zu warten. Marvel Aass wandte seinen beiden neuen Landsleuten den Rücken zu und ging zum Platz.

Er kam gerade rechtzeitig, um zu hören, wie der Redner des Tages vorgestellt wurde. Nils Hønsvald war ein gestandener Politiker, den das Wetter sicher nicht zu blumigen Naturmetaphern verleiten würde. Er war das, was man einen notorischen Politiker nennt. Er repräsentierte eine Partei mit Vergangenheit in der Komintern und Gegenwart in der NATO. Ausgehend von diesem historischen Erbe, hatte sie eine besondere Form des Stalinismus auf amerikanisch entwickelt.

Verständlicherweise legte der Vorsitzende des Festkomitees größeres Gewicht auf andere Seiten der Sache, auf die unzweifelhaften Dienste, die Nils Hønsvald Partei, Land und Volk erwiesen hatte. Im Alter von sechzig

Jahren war er nun einer der erfahrensten und am meisten eingespannten politischen Offiziere der Sozialdemokratischen Arbeiterpartei. Er war auf dem Höhepunkt seiner eigenen Macht und der Macht der Partei. Schon von seinem zwanzigsten Lebensjahr an hatte er in der Parteipresse gearbeitet und politische Vertrauensposten in der Partei innegehabt, zum größten Teil in den kleinen Orten rund um den Oslofjord. In der Mitte der dreißiger Jahre wurde er zum Redakteur vom Sarpsborg Arbeiderblad berufen, wozu Herrlichkeiten wie die Stadtverordnetenversammlung und die Funktion als Vorsitzender gehörten. Sein Einsatz in der illegalen Arbeit während der Okkupation war bedeutend. Dreimal von den Deutschen verhaftet, im berüchtigten KZ Grini bis Mai 1945. Für Nils Hønsvald wurde die Befreiung auch der Auftakt zu größeren politischen Aufgaben. Schon bei der ersten Nachkriegswahl wurde er in das Storting gewählt, wo er sich schnell Geltung verschaffte. Wenige Jahre nach seinem Debüt in der Landespolitik saß er als Versorgungsminister in Einar Gerhardsens erster Regierung am Tisch des Königs. Seit Mitte der fünfziger Jahre war er der legendäre Führer der Parlamentsfraktion der Arbeiterpartei, hauptverantwortlich für jene parlamentarische Praxis, die seitdem mit seinem Namen verknüpft ist. Er nahm einen Platz im erweiterten außenpolitischen – und Verfassungs-Ausschuß und im Präsidium des Stortings ein. Es war also einer der mächtigsten Politiker des Landes aus der Reihe der absoluten Spitzenfiguren, der an diesem Maitag hinter das Rednerpult auf dem Marktplatz in Bodø trat – mit Homburghut und grauem Gabardinemantel gegen die Böen des scharfen Frühlingswindes. Wenn jemand in die politischen Beschlüsse der letzten zehn Jahre, die Leben und Geschick des norwegischen Volkes sichern sollten, eingeweiht und für sie mitverantwortlich war, so dürfte das Nils Hønsvald gewesen sein, angefangen vom Schritt in den nordatlantischen Verteidigungspakt, über den Bau von Abhör- und Peilstationen entlang der ganzen Küste bis hin zu den ersten alliierten Bereitschaftswaffenlagern, bewilligt vom Storting in der Sitzung vom 10. Dezember des vorausgegangenen Jahres.

Und Marvel Aass? Auf jeden Fall nicht parlamentarisch verantwortlich für irgend etwas, wie er da den ganzen dicht bevölkerten Platz absuchte, ohne auch nur die geringste Spur von Alfemann Hellot auszumachen. Kitty zu sehen, war hingegen kaum zu vermeiden. Sie machte viel Wesen, wie man so sagt. Mit glühendem Eifer warf sie sich auf den Verkauf ihrer Zeitungen und geriet dabei oft in hitzige Diskussionen, ohne sich durch die Phrasen und das Mikrofongeknatter von der Rednertribüne auch nur im geringsten beirren zu lassen.

Marvel Aass wartete geduldig, bis sie, in harter Konkurrenz mit den Lautsprechern, eine Diskussion zum Abschluß gebracht und, in Anbetracht des Geräuschvolumens, verloren hatte. Er stand dicht hinter ihr und konnte ihr ins Ohr rufen: »Dein Liebhaber – hat er dich verschmäht? Erzähl mir, wo Hauptmann Hellot ist, und ich werde deine verlorene Ehre rächen.«

Sie würdigte ihn mit einem Blick. Und mit einem Exemplar ihrer Zeitung. Es fiel auf Marvel Aass herunter wie Almosen in die Hand eines Bettlers. Dann wandte sich Kitty mit einem Ruck von ihm ab, hob das Zeitungspaket mit ausgestrecktem Arm hoch und rief aus voller Kehle: »Anti-Atomwaffen-Nummer! Anti-Atomwaffen-Broschüre! Dreißigtausend bei Ostermarsch von Aldermaston nach London! Proteste gegen die Testsprengungen und den A-Waffenwahnsinn!«

Leute drehten sich um und zischten gereizt. Hønsvald hatte zu reden begonnen. Die einleitenden Worte waren verklungen. Der Redner machte eine Pause, strich das Manuskript glatt und fuhr fort:

»Was die Werktätigen in Stadt und Land jetzt am meisten beschäftigt, das ist die internationale Situation: Not und Hunger, soziale und politische Unterdrückung in einer Reihe der ökonomisch unterentwickelten Länder, aber auch die Aufrüstung mit Kernwaffen und die

Kriegsfurcht der Großmächte. Es sind diese Verhältnisse, die heute am 1. Mai die Demonstration prägen. Solidarität mit den farbigen Völkern, internationale Hilfsaktionen zur Verbesserung der Lebensbedingungen in den zurückgebliebenen Ländern und Protest gegen weitere Kernwaffenaufrüstung. Krieg gegen Not und Kampf für Frieden!«

Kitty hatte es aufgegeben, ihm ins Wort zu fallen. Im Gegenteil – ihr schien, daß er ihr, will sagen dem linken Flügel, nach dem Munde redete. Sie hörte zu, sogar etwas beeindruckt. Hønsvald war schärfer und klarer, als sie es von einem derartigen NATO-Politiker erwartet hatte. Sie war versucht zu glauben, daß die Arbeiterpartei doch etwas anderes sei als der bürgerliche Machtapparat, daß die Parteispitze sich künftig danach richten müsse, was sich im Volke rührte.

»Alle wissen«, fuhr Hønsvald fort, »alle wissen, daß ein Atomkrieg heute den Untergang unserer Zivilisation bedeuten würde. Das wissen die Russen auch, und sie fürchten einen solchen Krieg sicher genauso wie wir anderen. Was fehlt, ist Vertrauen. Jede der Seiten fürchtet, daß Nachgeben in nur einem einzigen Punkt den Gegenspieler dazu verlocken könnte, neue Positionen auszubauen. Sie fürchten, daß das, was man das Gleichgewicht des Schreckens nennt, verschoben wird. Wir können einen guten Einsatz leisten, indem wir Druck ausüben, um die Seiten zu zwingen, ihre starren Standpunkte aufzugeben und realistische Lösungen der Probleme zu finden.«

Was fehlt, ist Vertrauen.

Marvel Aass hatte nicht aufgegeben. Er suchte den Platz ab. Gleichzeitig behielt er Kitty ein bißchen im Auge. Sie war noch da. Sie lauschte der Rede über Vertrauen und gute Taten. Aber Alf Hellot glänzte durch Abwesenheit. Marvel Aass durchquerte immer wieder die Menschenmenge auf dem offenen Platz. Von den Lautsprechern schallte es:

»Unsere Demonstration heute ist ein Teil dieses

Drucks. Zusammen mit den Demonstrationen in anderen Ländern fordern wir, daß sich die Führer der Großmächte an den Verhandlungstisch setzen mit dem festen Vorsatz, zu positiven Resultaten zu gelangen, damit das Gespenst des Krieges ein für allemal von der Erde verbannt wird. Das ist eine Forderung, die mit unseren unmittelbaren Interessen übereinstimmt, im Einklang mit unserem tiefsten Wunsch nach einem friedlichen und geborgenen Dasein – eine Forderung, die mitten ins Zentrum all dessen trifft, was alle zivilisierten Menschen beschäftigt. Die Forderung nach dauerhaftem Frieden steht über allem anderen, und solange eine Kriegsgefahr existiert, wird es für die organisierte Arbeiterbewegung immer einen Anlaß zum Demonstrieren geben.«

Hauptmann Alf Hellot war nicht dort. Marvel Aass war sich dessen sicher. Unter den vielen Zivilisten sah er nicht einen einzigen Militär. Er verließ den Platz, während Kitty und der Rest der großen Versammlung die mahnende Rede mit kräftigem Beifall belohnte. Zum Abschluß der Kundgebung sangen die Teilnehmer »Ich weiß ein Land« von Elias Blix, und Nordraaks und Bjørnsons »Ja wir lieben dieses Land«. Weit unten in der Sjøgata, am Eingang des Hotels, konnte Marvel Aass immer noch die Töne der Nationalhymne hören.

Bei den Nordamerikanern der verschiedensten Kategorien und Dienstgrade ist Norrøna in Bodø ein wohlbekanntes Hotel. In den Kantinen so unterschiedlicher Häuser wie das Pentagon in Washington, Langley in Virginia und Fort Meade in Maryland kann man immer wieder hören, daß das kalte Büfett im Norrøna in höchsten Tönen gepriesen wird.

Aber als Marvel Aass ins Hotel kam, saß weder Silberfuchs noch Die Stimme Amerikas im Speisesaal und tat sich am Aufschnitt gütlich. Sie saßen draußen im Foyer, jeder eine Cola vor sich, und schauten aus, als wären ihnen sämtliche Felle weggeschwommen. Marvel Aass sah von einem zum andern. Keiner sagte etwas, und schließlich ließ er seine Leibesfülle langsam in einen tiefen Sessel sinken. Marvel Aass legte das Blatt, das er von Kitty bekommen hatte, auf den Salontisch. Es hörte sich an, als schnitte ein Messer durch die Stille. Voice of America sah ihn an, sein Flunsch hing bis zum fünften Knopfloch. Silberfuchs sah aus, als ob sein Gesicht dringend eine kosmetische Liftbehandlung brauchte.

»Sind zwei neue Sonnen am Himmel erschienen?«

Marvel Aass hatte sein Körpergewicht mitten im Sessel ausbalanciert und lehnte sich zurück. Aber keine der Sonnen leuchtete ihm.

Voice of America trank die Cola aus.

»Es ist bestätigt«, sagte Silberfuchs. »Er ist planmäßig in Peshawar gestartet. Seitdem hat keiner etwas von ihm gehört. Powers ist« – er zuckte mit den Schultern – »weg.«

»Abgeschossen?«

»Unmöglich!« Die Stimme Amerikas überschlug sich. »Sabotage bei der Abnahme ist die einzige Möglichkeit. Die haben keine Luftabwehr, die so hoch reicht. Das kann ich beschwören!«

»Jetzt nimm dich in acht!« sagte Marvel Aass. »Alleine schwören ist Sünde. Mit mehreren ist es eine Verschwörung.«

Silberfuchs bekam die Cola in die falsche Kehle und hatte danach einen langen Hustenanfall.

Marvel Aass klopfte ihm derb den Rücken.

»Kopf hoch!« sagte er. »Stell dir den Roten Platz jetzt vor!«

»Den Roten Platz!« wiederholte Voice of America. »Du meinst Den Roten Platz in Moskau, Rußland?«

Marvel Aass sprach weiter zu Silberfuchs: »Stell dir den Roten Platz heute während der Maiparade vor. Stell dir vor, wie der Chef der Luftverteidigung völlig unerwartet auf der Ehrentribüne über dem Mausoleum auftaucht. Stell dir alle vor, die mit ansehen, wie er an den anderen Heiligenfiguren vorbei zum Parteisekretär eilt. Stell dir Nikita Chrustschows Gesicht vor, wenn er hört, was ihm ins Ohr geflüstert wird. Und stell dir vor, was dann passieren wird.«

»Nichts!«

Silberfuchs erhob sich mit einem Ruck, der vielleicht neuen Lebensmut demonstrieren sollte: »Nichts, was wir nicht ableugnen können. Im schlimmsten Fall haben sie einen toten Piloten und ein abgestürztes Flugzeug ohne Kennzeichen. Aluminiumstücke und einen verbrannten Körper. Nichts. Prototyp eines Wetterdienstflugzeugs, das vom Kurs abgekommen ist. Auf jeden Fall ist die Fotoausrüstung schon vorher vernichtet. Nur ein Knopfdruck, und sie explodiert, ohne das Flugzeug zu beschädigen.«

»Stell dir noch eine Sache vor«, sagte Marvel Aass. »Stell dir vor, jemand kommt darauf, die Nordkalotte anzuheben, um nachzuschauen, was darunter ist. Stell dir vor, sie finden ein einziges großes Elektronenhirn mit Antennenohren, gerichtet nach Osten. Stell dir das politische Resultat vor.«

Silberfuchs sah vom einen zum andern.

»Also gehen wir.«

Marvel Aass blieb sitzen. Voice of America stand auf. Und setzte sich wieder. Vom Speisesaal konnten sie hören, wie das Kalte Büfett vorbereitet wurde. Es war eine stille Stunde im Foyer.

Silberfuchs sah Marvel Aass schweigend an.

»Das ist das Ende?« sagte er, ohne die Stimme zu heben. Dann setzte er sich auch.

»Ja«, sagte Marvel Aass.

»Es ist zu Ende. The rest is violence.«

Er wechselte vom Innersten zum Äußersten.

Alf Hellot stand nackt vor dem Spiegel in der Unterkunft und begann sich langsam und umständlich anzuziehen, Stück für Stück. Hinter ihm im Spiegel des öden Barackenraums war ein eisernes Bett mit Wolldecke und unordentlichem Laken das einzige Zeichen von Leben.

Das lange wollene Unterzeug, Hose und Unterhemd, kam unmittelbar auf den Körper. Mit einem dicken blauen Strickpullover darüber würde Hauptmann Hellot selbst die strengste arktische Kälte aushalten. Die Fliegerkombination darüber war olivgrün, mit Reißverschlüssen kreuz und quer in allen Himmelsrichtungen. Alfemann zog den Reißverschluß über der Brust bis unters Kinn und fuhr in die Stiefel. Außen war die Kombination mit Kennzeichen und Emblemen übersät. Hauptmann Hellots Uniform war jetzt komplett.

Der Namensstreifen auf der Brust verriet seine Identität. Die drei Offizierssterne gaben Auskunft über seinen Rang. Die Fliegerschwinge war das begehrte Statussymbol des Piloten. Das Emblem – ein Kreis auf blauem Grund, der einen kleineren Kreis mit zwei kurzen vor hellblauem Hintergrund gekreuzten Dolchen umschloß – gab an, daß er der Staffel 331 der Königlichen Norwegischen Luftwaffe angehörte. Über den beiden konzentrischen Kreisen befand sich eine Krone. Darunter stand der Wahlspruch der Staffel: »Für Norwegen«. Schließlich verkündete ein Abzeichen, welchen Flugzeugtyp Hauptmann Hellot flog. Das Superflugzeug 104 Lockheed, doppelt so schnell wie der Schall. Fertig angezogen, in einer Hand die Kartentasche, stapfte Hauptmann Hellot aus der Fliegerbaracke.

Von der Messe aus erledigte er zuerst zwei Anrufe. Der diensthabende Offizier im Führungsraum versprach, ein Fahrzeug bereitzustellen. Ein Jeep würde in zwanzig Minuten vor der Messe stehen. Bevor er sich an den Frühstückstisch setzte, unterhielt sich Hellot auch mit dem Wetterdienst. Der Meteorologe hatte Blindflug und ruhige Windverhältnisse zu bieten. Hellot ging in den Speisesaal, füllte einen Becher mit Kaffee und setzte sich. Der Koch hatte Frühstück bereit. Das Deckenlicht, das in der leeren Messe über den Tisch fiel, erinnerte an einen Billardsalon, in dem Hellot der letzte Spieler war. Oder die letzte Kugel auf dem Tisch. Abgesehen von dem aus der Küche dringenden Besteck- und Geschirrgeklirr, war alles still. Hellot aß zwei Spiegeleier und eine Schnitte mit Gelbkäse und Erdbeermarmelade. Die erste Seite einer tagealten Zeitung meldete, daß der Sexualverbrecher mit einem kalten Lachen in den Tod gegangen sei. Nachdem er zwölf Jahre in der Todeszelle gewartet hatte, war Caryl Chessman auf dem elektrischen Stuhl hingerichtet worden. Die Generale Eeg und Tufte-Johnsen beteuerten um die Wette, daß irgendein U 2-Flugzeug weder um die Landeerlaubnis in Bodø ersucht habe noch daß sie erteilt worden sei. Der Flugplatzchef Oberst Heine-Eriksen hatte auch nichts von dem Flugzeugtyp und dem Piloten Powers gehört. Der amerikanischen Raumfahrtbehörde zufolge handelte es sich um ein sogenanntes Fliegendes Laboratorium, ein Ganzmetall-Forschungssflugzeug, ausgestattet mit einem Pratt & Whitney 57 Turbo-Triebwerk. Der sowjetische Außenminister behauptete, daß Norwegen an dem Verbrechen mitschuldig sei. Hat die CIA das Flugzeug auf eigene Faust losgeschickt, um das Gipfeltreffen in Paris zu torpedieren? spekulierte ein Journalist. War das Datum 1. Mai als Zeitpunkt für das Überfliegen eine vorsätzliche Provokation?

Alfemann faltete die Zeitung zusammen und stand auf. Befreiungstag, dem Kalender nach. Aber nicht nach der Speisekarte. Am Tisch stehend, schluckte Alf Hellot mit einer Grimasse den letzten Kaffeerest mit Satz hinunter.

Das Licht draußen auf dem Flugplatz war flach und

hart wie die Innenbeleuchtung. Die Rollbahnen schimmerten bläulich von Düsenabgas und Polarlicht. Im Süden sägte das Gebirge mit scharfen weißen Zähnen blauen Himmel. Eine schwere Wolkendecke drückte das Land platt.

Die Ordonnanz wartete im Staffeljeep mit laufendem Motor. Hellot sprang hinein und wurde zu den Hangars hinübergefahren. Unterwegs sah er flüchtig den Allwetterjäger F-86 Sabre mit der charakteristischen schwarzen Radarnase und schloß daraus, daß die Staffel 337 oder 339 nach Norden verlegt worden war. Eine Zugmaschine bugsierte eine Catalina mit dem Bug eines Wikingerschiffes aus einem der Hangars. Hellot saß mit einem Fuß draußen und schwang das andere Bein hinterher, als der Jeep hielt. Er schickte die Ordonnanz zurück zur Verwaltungsbaracke und stapfte schwerfällig in den Wachraum.

Alf Hellot erkannte Kvaksen nicht sofort. Und Kvaksen ihn nicht. Es wäre auch völlig wider dessen Natur gewesen, wenn er zuerst etwas gemerkt hätte. Aber Hauptmann war er geworden und saß tief versunken in die Comic-Zeitung Mad. Der andere Pilot, der jünger war und Leutnantsrang hatte, blätterte in der Aprilnummer von The Air Reservist. Er sah schräg hinauf zu Hellots Hauptmannssternen. Alfemann blickte zuerst den Leutnant an und dann wieder Kvaksen, der unendlich langsam das Blatt sinken und die Gesichtszüge sehen ließ, die sich hinter der Karikatur auf der Titelseite verbargen.

Aber Alfemann hatte bereits entdeckt, wer dahinter war. Der Kanonenkugelkopf. Die dichten hellen Locken. Und nun war das Wiedererkennen gegenseitig. Es war der Meister im Skotthyll. Gegen den Gewinner im Hindernislauf.

»Du«, sagte Alfemann. »Du wieder.«

»Wir sind so wenige hier im Landc.«

»Dreiundeinhalb Megabody, wenn ich richtig rechne?«

»Ja, wir können die Atomkriegsopfer an einer Hand abzählen. Wenn wir Hermann Kahn glauben.«

»Das sollten wir wohl nicht?« sagte Hellot.

Kvaksen maß ihn mit dem Blick.

»Du siehst müde aus. Hat der Goldvogel Silbersprenkel bekommen?«

»Das ist der Preis, um Veteran zu werden.«

»Veteran wovon? Vom Himmelstürmen? Vom kalten Krieg? Vom Adjutantenjob beim Stab des General Eeg?«

»Vom reinen FSB-Dienst. Fliegen, Saufen und Bumsen.«

»Mit Peshawar, Pakistan als nächster Dienststelle? Darf ich gute Reise wünschen?«

Alf Hellot verschlug es die Sprache. Die Route von Powers und der U 2 mußte seit Tagen bekannt gewesen sein. Kvaksen hätte es niemals geschafft, eine derartige Replik in weniger als vierundzwanzig Stunden zusammenzubringen. Jetzt fuhr er fort: »Ich würde gern dabeisein. Bei einem Feindflug von diesem Typ. Überfliegen. Das muß toll sein. Über sie zu fliegen. Bei den anderen zu sein, aber über ihnen. Eine Art Pornographie. Runtergucken auf ihre Kernwaffen und Abschußrampen und Sexbomben. Und Aufnahmen von der nackten Wahrheit machen.«

Der andere Pilot lächelte und legte die Zeitschrift weg. Alf Hellot sagte: »Das schlimmste ist: es war das Hauptanliegen des U 2-Fluges, die sowjetischen Atomstützpunkte zu finden. Es sind nicht so viele, wie wir geglaubt hatten. Weniger als fünfzig interkontinentale Raketen, cirka dreimal soviel strategische Bomber und drei-, vierhundert Mittelstreckenraketen. Sie stehen schwach da. Die Raketenlücke ist frei erdichtet von der Unterhaltungsindustrie im Pentagon, in Hollywood und der CIA. Oder korrekter: Die Raketenlücke öffnet sich in anderer Richtung, zu unserem Vorteil. Nun wissen wir, wie schwach es um den Iwan bestellt ist. Und Iwan weiß, daß wir es wissen. Und wir wissen, daß Iwan weiß, daß wir es wissen. Stabil und stark sind die Sowjets nicht so gefährlich. Eingekreist und desperat würden sie es werden. Die Flüge von Bodø und zurück zwingen sie aufzurüsten, Kamerad.«

Kvaksen hob die Beine vom Boden und legte die Füße über Kreuz auf den davorstehenden Stahlrohrstuhl.

»Erinnerst du dich an Powers?« sagte er. »Francis Gary Powers?«

»Nein. Bauernbengel aus dem Mittelwesten?«

»Grubenstrolch aus Burdine, Kentucky. Son of a miner, miner's son, wenn du verstehst, was ich meine. Bremser und so was alles. War in Williams, als wir gekommen sind. Hat die Pilotenschwinge zeitig bekommen – dreiundfünfzig, wenn ich mich nicht irre. Bevor er weitergezogen ist nach Luke, der anderen Ausbildungsstation bei Phoenix, um das Schießen mit der F-84 G zu lernen.«

»Er muß auch andere Dinge gelernt haben. Danach.«

»Delivery Course DD 50. Sandia Basis. Allerhöchste Geheimhaltungsstufe. Instruktion, wie man Atombomben an Bord nimmt und abwirft.«

»Plus Testfliegen von der Murocbasis?«

Kvaksen protestierte nicht, und Hauptmann Hellot fing an, sich den Überdruckanzug anzuziehen. Das enge Korsett reichte von der Taille bis zu den Beinen und konnte an die Preßluft im Flugzeug angeschlossen werden. Mit diesem Anzug würde Alf Hellot unbeschädigt durch den Überschalltunnel kommen, die Schwerkraft ertragen, wenn das Flugzeug in den Sturzflug ging, und die Zentripedalkraft, wenn er eine steile Kurve zog. Dann füllt die Preßluft das Korsett und stoppt das Blut, das aus dem Kopf strömen und ihm Seh- und Hörvermögen, Denk- und Sprechfähigkeit nehmen will.

»Die Person Powers ist nicht wichtig«, sagte Alfemann Hellot und zog das Korsett stramm. »Außerdem«, fügte er hinzu, »hat Powers keinen militärischen Status.«

Kvaksen lächelte sein schönstes Lächeln.

»Wie wahr, wie wahr«, sagte er. »Das kann ich bestätigen, denn ich habe ihn wiedergetroffen, hier im Lande.

In Bodø, im vorigen oder vorvorigen Jahr. Und ich habe nie in meinem Leben solche Unschuldsengel von Zivilisten getroffen wie Francis Gary Powers und seine Kollegen. Aber du hast vielleicht etwas von Organisationen wie CIA und NSA gehört?«

»Die Person ist nicht wichtig«, sagte Hellot. »Die Organisation, ja. Sie haben erreicht, was sie wollten. Sie und Herter und das Gespenst von Foster Dulles. Das Spitzentreffen in Paris ist effektiv torpediert, bevor es überhaupt angefangen hat. Die Gegner der Abrüstung haben Eisenhower soweit hinausmanövriert, daß er nicht mehr aufs Trockene kommen und die ganze U 2-Affäre bagatellisieren kann. Die Sowjets werden die Politik der friedlichen Koexistenz aufgeben. Sie werden versuchen, Berlin zu nehmen. Warte nur ab. Die Testsprengungen werden wieder beginnen. Sie werden bis zum Gehtnichtmehr rüsten. Mehr Kanonen und nix Butter. Aber wir werden an den Mai 1960 denken und die Folgen merken, wir andern auch. Selbst wenn der kalte Krieg nicht heiß wird.«

Hauptmann Hellot war dabei, in ein weiteres Kleidungsstück zu kriechen. Der Überlebensdreß sollte sein Leben retten, falls er sich über grober See hinauskatapultieren müßte. Zumindest für einige Stunden. Zumindest in der Theorie. Es war ein wasserdichter Overall aus Gummi, der sich an Halsausschnitt und Manschetten hermetisch schloß.

Kvaksen griff nach den Zigaretten und stand auf. Er blickte Hellot nach, der schon auf dem Weg hinaus war.

»Tu nichts, was ich nicht auch getan hätte. Du bekommst es im Dienstzeugnis präsentiert.«

»Das sind meine Zigaretten«, sagte Nummer zwei, und Kvaksen legte die Packung wieder auf den Tisch.

Alfemann Hellot antwortete nicht. Er stapfte durch den Korridor zum Flugzeugbunker IV. Dort stank es nach Dieselöl von den Kompressoren. Das Flugzeug war warmgelaufen und inspiziert. Hellot nickte dem Techniker zu, der es aus dem Hangar gefahren und warmgehalten hatte. Der Tankwart rollte den Schlauch ein und fuhr den Tankwagen zurück zum Depot. Ströme von glühwarmem Abgas aus den Triebwerken hatten die hintere Bunkerwand geschwärzt und waren durch die Absauganlage verschwunden.

Neben dem Flugzeug hing die selbstleuchtende Schwimmweste und ein vorbereiteter Fallschirm. Hellot zog die Gurte so stramm, daß er sich fast selbst vom Boden abhob. Mit der Ausrüstung, die er nun auf dem Leibe hatte, würde er frei fallen, in der Luft hängen, auf den Wogenkämmen des Eismeeres reiten können. Alf Hellot steckte den Kopf in den Helm. Durch das grüne Sonnenvisier sah er den tarnfarbenen Hangar und die Felswände rings um den Flugplatz in einem neuen Licht. Zusammen mit einem auffrischenden südlichen Wind zogen dichte Wolken auf. Hellot ging zum Flugzeug, an dem sich das Staffelemblem in Rot, Weiß und Blau abzeichnete. Der Schirm klatschte gegen die Schenkel, die Gurte schnitten sich in den Schritt. Immer noch besser, unter dem Seidendach zu baumeln, wenn der Schirm sich öffnete, als das ganze Ding zu verlieren.

Alfemann ging die letzten Meter hinüber zum Flugzeug, enterte die Leiter zur Kanzel und klemmte sich auf den Platz hinter dem Steuerknüppel. Schnallte sich mit den Gurten an den Martin-Baker-Sitz, befestigte den Kinnriemen des Helms und schloß den Sauerstoffschlauch an. Er setzte die Funkanlage in Gang und stellte die angegebene Frequenz ein.

Er war bereit. Hauptmann Hellot war endlich vollständig angezogen. Das Flugzeug war warmgelaufen und startbereit. Alfemann verband sich mit der Maschine. Die harte Legierung Mann-Maschine war fertig zum Start. Der Kurs folgte der Bahn, die der Pfeil der Hoffnung nahm. Alfemann Hellot saß festgeschnallt in der Pfeilspitze. Er drückte auf den Knopf, das Cockpitdach schloß sich über seinem Kopf.

Alfemann erhielt Starterlaubnis. Und startete.

Eine Lampe leuchtete rot.

Irgendwo im Cockpit leuchtete eine Lampe nachdrücklicher als das Schild *Ausverkauft* für die allerletzte Vorstellung. Das Flugzeug ging in eine steil ansteigende Kurve. Hellot war bei einem Engel angelangt. Und die Lampe über der Kasse zeigte immer noch *Ausverkauft* an. Triebwerkausfall, Maschinenbrand, Versagen von Instrumenten, Leck im hydraulischen System? In programmierter Reihenfolge rasten die Möglichkeiten durch Alfemanns Kopf. Er überprüfte den hydraulichen Druck, das Brandwarnsignal, den künstlichen Horizont, den Wendezeiger.

Warnung vor Strömungsabriß!

Er hatte es. Hellot hatte den Fehler gefunden. Er führte die Steuersäule vom Körper weg und hielt sie, bis alle Zeiger auf dem Zentralpaneel innerhalb der grünen Felder der Skala lagen. Mit einem raschen Blick überprüfte er Kurs, Geschwindigkeit und Höhe. Er war oben bei zwei Engeln.

Draußen in der Luft herrschten allmählich sibirische Zustände. Aber die Sonne wärmte durch das Plexiglas und stach in die Augen. Hellot stellte den Graufilter ein und sah die Welt in Schwarz-Weiß. Dann holte er die Flugkarte aus der Tasche neben dem Sitz.

Bodø Oceanic FIR. ENR 401.

Im Nordosten ragten die gezackten Gipfel der Alpenformationen von Lyngen durch die Wolkendecke. Hellot erkannte nördlich den Jiekkevarre wieder, und die Karte bestätigte, daß es stimmte. Nach einem weiteren Blick auf die Karte regulierte Hellot das Gas, stellte die Füße auf die Pedale und trat das Seitenruder. Das Flugzeug ging in eine steil ansteigende Linkskurve. Das rote Flügelpaar auf dem künstlichen Horizont krängte aus dem hellblauen Halbkreis und tauchte eine Flügelspitze in das darunter liegende schwarze Feld. Das Flugzeug vollendete die Kurve und flog Südkurs. Funk SKN 410 kc/s. Hellot nahm Kurs auf ein Funkfeuer bei Evenes und stieg weiter, bis er bei drei Engeln angelangt war. Dort, zwischen den Engeln, blieb er. Weit vorn dunkelte ihm die Öffnung des Überschalltunnels entgegen.

Der südliche Kurs, dem Hauptmann Hellot folgte, verlief entlang der Gebirgszüge, die die Fjorde im Westen von den östlichen Teilen der menschenleeren skandinavischen Wildnis trennen. Unter ihm lösten sich die Wolken in einen dicht wogenden Nebel auf. Der Nebel bekam Risse, die bald bis hinunter zur Erde reichten, größer und größer wurden und immer weitere Ausschnitte der Landschaft unten freigaben. Schließlich hingen nur noch dünne, langgezogene Fetzen von Nebel zwischen dem Flugzeug und dem Boden. Hellot hatte die Fotoausrüstung klar und konnte alle Oberflächenaktivitäten registrieren.

Die Nadel des Funkkompasses schlug um 180 Grad um und zeigte an, daß Hellot und das Superflugzeug Evenes passiert hatten und auf dem Weg ins Nordland waren. Alfemann fand die Frequenz für das Funkfeuer in Steigen, nördlich von Bodø, und stellte den Sucher ein. Danach manövrierte er das Flugzeug, bis beide Zeiger am Funkkompaß zentriert standen. Solange er das Flugzeug so hielt, flog er auf geradem Kurs nach Süden.

Unter ihm hatte das Wetter völlig aufgeklart. Draußen im Westen konnte Alfemann die weißen Sandstrände um die Lofoten schimmern sehen. In schmalen weißen Bändern verliefen sie zwischen dem tiefblauen Meer und der schwarzen Frühlingserde, die sich nur wenige hundert Meter vom Strandsaum entfernt mit blendend weißem Schnee traf. Im Osten erhob sich das Land steil von den Fjordgründen zum Hochgebirge, zum Bjørnefjell und dem Grenzmassiv zwischen Norwegen und Schweden, das ostwärts allmählich nach Norrbotten abflachte, und im Süden in langen, glatten Abhängen zur See (im Süden) abfiel, vom Stetindgipfel hinunter zum Tysfjord.

Alfemann überprüfte Geschwindigkeit, Höhe und Kurs. Alles war normal. Er passierte Bodø unten zur Rechten und wechselte erneut das Funkfeuer. Er flog

Südkurs. Ein Kilometerstein gab den Abstand. Durch Kreuzpeilungen zu den Loran-Stationen erhielt Hellot die genaue Position. Er steckte die Karte zurück in die Tasche neben dem Sitz.

Die Halbinsel mit Bodø und der langen Rollbahn am äußersten Ende der Landzunge verlor sich im Meeresdunst. Mo i Rana im Rauch vom Stahlwerk. Die kleinen Häusergruppen entlang des Weges und der Schärengürtel schimmernd weiter im Westen. Der Flugzeugschatten strich spurlos über das Land. Über Helgeland, über den Bezirk Trøndelag, mit Ørland und Værnes zu beiden Seiten, nach Südnorwegen, dem Kopf des ruhenden skandinavischen Löwen. Hellot hielt den gleichen Kurs, die gleiche Geschwindigkeit und Höhe.

Vorsichtig kippte er das Flugzeug auf die Seite und sah hinunter. Weit unter ihm türmte sich die Gebirgswelt. Hellot richtete das Flugzeug wieder auf. Er kontrollierte erneut die Instrumente – der Pfeil hatte den höchsten Punkt seiner Bahn erreicht. Mit einer gleichmäßigen, ruhigen Bewegung führte er den Steuerknüppel von sich weg und begann das Flugzeug herunterzunehmen. Es krängte in eine fast unmerkliche Rechtskurve. Das Zentralmassiv mit Dovre, Jotunheimen und Rondane nun genau unter ihm, Sylane an der Grenze nach Osten, Hardangervidda und Ryfylkeheiane immer noch weit vor ihm. Aus der Luft gesehen, war das Land weiß und schneebedeckt, selbst spät im Mai. Nur in den bleichen Bergschatten und den rosa Farbnuancen des Schnees zeichneten sich die Landschaftsformationen ab.

In einer gleichmäßig fallenden Kurve führte Hellot das Flugzeug immer weiter abwärts. Nadelspitze Hochgebirgszinnen begannen sich ringsum emporzurecken. Talmündungen öffneten sich dem Frühling, der von Süden kam. Im Westen hoben sich die Fjorde blauschwarz von grünen Hängen und weißen Schneegipfeln ab. Aus einem dichten Kranz von Wolken draußen über dem Meer segelten leichte Wolkenschollen auf die Küste zu und die Fjordarme entlang, die sich an das Land klammerten.

Hellot konnte immer mehr Einzelheiten unter sich erkennen. Er näherte sich dem Flachland. Im Cockpit begann eine neue Lampe rot zu leuchten. Hellot kontrollierte die Armaturen. Normal. Auf der Funkkonsole war auch alles in Ordnung. Das rote Licht blinkte intensiver. Alfemanns Blick wanderte weiter nach links.

Das Retrospektoskop!

Es blinkte in einem bestimmten Rhythmus. Hellot rollte den Sucher über die Skala, und das Warnlicht wechselte über zu Grün. Er stimmte erneut ab und sah, wie sich das Ungleichzeitige zusammen mit dem Gleichzeitigen auf dem Bildschirm abzeichnete. Der Sucher wanderte über seine Erinnerungen von den Flugplätzen in Bodø und auf Ørland, fing die Historia Norvegiae vom zwölften Jahrhundert ein, die Gesichter von Linda und Kitty, einen Augenblick übereinandergeschoben, die Fanfaren aus der »Trompete des Nordlands«, dem Gedicht des Barockpastors Petter Dass, Aug. Hellot und die Nebenwirkungen der Aluminiumproduktion, und über allem den zerfließenden Körper von Marvel Aass. Und Streiflichter der Lappländischen Reise Carl von Linnés, der, nachdem er zu Fuß durch die endlosen nordschwedischen Einöden gewandert war, plötzlich und unerwartet einen Weg abwärts fand und am Fuße des Ofotfjords in einen Garten Eden kam. Alfemann kontrollierte mit einem schnellen Blick Position und Kurs, bevor er das Retrospektoskop erneut abstimmte und den Sucher genau auf die Glückseligkeit des Erdenlebens einstellte. In Linnés klassischem Schwedisch offenbarten sich alle Herrlichkeiten der Erde vor Alfemann Hellots Augen:

»Da wir nun gegen die Mittagszeit die Berge hinter uns hatten, kamen wir ans Hochgebirge, sahen unter uns die höchsten Bäume wie kleine Pflanzen und ein anmutiges grünes Gefilde. Dieselben Gebirgspflanzen, welche man auf der andern Seite gesehen, fand man auch hier.

Wir stiegen hinunter, ich glaube noch jetzt hinunterzusteigen, so lange dauerte der Abstieg, und es ging steil hinunter. Gebirgspflanzen sah man unten aber nicht. Als wir endlich unten ankamen, was wurde mir nicht für meinen müden Körper an Erquickung! Ich kam aus einem kalten, gefrorenen Gebirg in ein warmes, siedendes Tal, ich setzte mich nieder und aß Walderdbeeren, an Stelle von Schnee und Eis sah ich grüne Gewächse in ihrem lieblichsten Flor, und der starke Wind brachte einen angenehmen Geruch nach Trifolio florente und anderen Pflanzen. O du schönster Sommer!«

Alfemann kam immer näher. Er warf einen Bick auf den Höhenmesser und sah hinaus. Unter ihm blinkte es matt in lehmgrauem Schmelzwasser, er sah grüne Flüsse und den violetten Schimmer des Frühlingswaldes. Weiter unten am Fjord bekam die Landschaft einen blankeren und mehr metallischen Glanz. Der Wald wurde grüner, mit kleinen saftigen, fettglänzenden Birkenblättern, die sich gerade voll entfalten wollten. In langen Bahnen brachen regennasse Granitklippen die Birkenhänge und den schütteren Kiefernwald auf. Die Flüsse ließen ihre Silberfäden zum schimmernden Fjord wirbeln.

Durch die niedrige Wolkendecke konnte Alfemann jetzt saftiggrüne Hänge sehen, die zu einem blauen Fjord hin abfielen. Der Südost setzte ihm weiße Schaumkronen auf. Und die Wolkendecke lichtete sich, je tiefer er ging und je länger er landeinwärts flog. Schließlich war es ganz klar – nur verstreute Wölkchen rund um die höchsten Gipfel.

Aber dafür kam der Rauch. Der Wind breitete ihn in einer schrägen braunen Decke über dem Fjord aus. Hellot änderte den Kurs scharf auf Richtung Ost, führte den Steuerknüppel hart von sich und steuerte das Flugzeug in einen steilen Sturzflug. Die Berggipfel zu beiden Seiten des Fjords waren immer noch in Wolken eingehüllt, in die der Herrgott den Erdball verpackt hatte, bevor er ihn vom Himmel herunterschickte, damit auch die Menschenkinder etwas zum Spielen hätten. Zerbrechliches Spielzeug, dachte Alfemann, als er in großer Geschwindigkeit darauf zukam und vom Fall hart gegen die Rükkenlehne des Sitzes gepreßt wurde.

Da war noch jemand, der sah, wie Alf Hellot sich der Erde näherte. Tief unten im bombensicheren Fels irgendwo in Nord-Jæren wunderte ich mich zum erstenmal über die Richtung des Fluges mit Hauptmann Hellots Rufzeichen. Ich saß nicht mehr mit den Händen im Schoß da. Die Abweichung vom normalen Kurs wurde größer. Ich schaltete ein und begann zu senden. Hellots Rufzeichen. Keine Antwort. Das Gerät blieb still. Etwas war im Anzuge. Alf Hellot war aus dem Kurs geraten. Zum erstenmal. Er flog zurück in die Zeit und navigierte nur mit Hilfe des Retrospektoskops.

Niedriger und niedriger. Alfemann konnte die Ofenhäuser deutlich sehen. Die anderen Gebäude der Fabrik. Die Straßen der Ortschaft rundherum. Eigenheimsweg. Das verfallene Sommerhaus der Familie Hysøen. Den verwilderten Garten, wo er mit der Schnur um die verschwitzte Hand gestanden und einen gewaltigen Drachen herunter auf die Erde gesteuert hatte. Aber der Drachen war zu einem Fabeltier aus Aluminium geworden. Eine feuerspeiende Echse mit stechenden Augen und gespreizten Beinen und einem riesigen Knochengerüst. Mit Alfemann Hellot rittlings darauf, auf dem Weg in den Überschalltunnel.

Das Armaturenbrett vor ihm belebte sich. Alfemann hob den Blick vom Retrospektoskop. Der Machzeiger fing an, zur Eins hinaufzukriechen. Da blieb er stehen und trat auf der Stelle. Es mußte eine Maus in die Skala geraten sein, wie der große Yeager zu sagen pflegte.

Plötzlich hörte es Alfemann. Plötzlich merkte er es auch an der Maschine.

Der Zeiger schlug aus der Skala aus.

Die Mauer.

Alf Hellot brach hindurch.

Hinaus ins Freie.

Keiner in Lovra hörte auch nur einen Laut – erst hinterher. Hjalmar Huldén war der erste, der es sah. Er machte Überstunden auf einem Neubau oben in Halvamol. Sie hatten den Dachstuhl und das Fachwerk aufgesetzt und mühten sich gerade mit den Trägern ab, als er es erblickte. Er sah das Flugzeug, hielt sich mit beiden Händen am Balken fest, schloß die Augen, machte sie wieder auf und sah das verrückte Ding genauso wie vorher.

Es war ein Flugzeug. Aber es hielt sich in gleicher Höhe über dem Hang wie der Bus aus Haugesund. Es kam von Süden her, über Hustveit und Honganvik. Immer noch den großen Balken in den Fäusten, sah Hjalmar Huldén mit offenem Mund zu ihm hin. Es flog niedrig über dem Fjord herein, wackelte mit dem Körper wie eine Gans und winkte mit den Flügeln. Hjalmar Huldén winkte nicht zurück. Von der Spitze des luftigen Neubaus, wo er stand, sah es aus, als zielte das Flugzeug auf den Zwischenraum zwischen den beiden Ladebühnen des Schmelzwerks. Langetomas und Blomsterjørgen, die beide oben, jeder in seiner Kabine, standen und um die Wette Durhamkohle aus dem umgebauten Dampfer Eva heraufholten, kam es auch so vor. Oder, noch schlimmer, es sah aus, als nähme das Flugzeug direkt Kurs auf sie. Langetomas erstarrte mit den Fäusten an den Hebeln und blieb unbeweglich wie eine Zielattrappe stehen. Blomsterjørgen ließ beide Hebel los und warf sich flach auf den Boden der Kabine, während das Zugseil schlaff wurde und der volle Greifer sich wieder in den Lastraum entleerte, so daß sich der Mann am Lukenrand, unter doppeltem Feuer und sicher, daß seine letzte Stunde gekommen sei, über das Geländer warf, weg von dem schwarzen Kohleregen und dem feuerspeienden Flugzeug, das mit geraden Kurs direkt auf seinen armen Körper zuhielt.

Ob drüber oder drunter oder dazwischen kann ich nicht sagen, aber das Flugzeug kam jedenfalls an den beiden Ladetürmen vorbei, passierte die Schornsteine des Ofenhauses und flog direkt auf Hjalmar Huldén zu, der endlich den Balken losließ und ein Stockwerk tief auf einen Bretterstapel fiel. Als er wieder soweit zu sich gekommen war, daß er sich umdrehen und in die Luft schauen konnte, war das Flugzeug schon weg, spurlos verschwunden hinter Løyningsheia. Gleichzeitig hörten Langetomas und Blomsterjørgen unten am Kai ein gewaltiges Krachen. Das zersplitterte Fensterglas in der Krankabine fiel Langetomas entgegen und auf Blomsterjørgens liegenden Körper. Lauritz Holmsjø drinnen im Ofenhaus konnte das Krachen nicht so gut hören. Aber er sah es. Die ganze Glaswand zerbarst und kam die Treppe herunter. Danach war alles unwirklich still, abgesehen von einzelnen Glasscherben, die sich aus dem Fensterkitt lösten und über die durchbrochene Schallmauer klirrten.

Frau Konstanse Hellot, die auf Sonntagsbesuch bei der Schwester in Høllandstre war, hörte nur das Krachen. Die Fenster im Hause hielten, und sie fuhr mit ihrer Arbeit fort. Das gleiche tat auch Frau Hetlebrekk, die gerade das Mittagessen zum Kochen gebracht hatte, ängstlich aus dem Küchenfenster schaute und dachte: was die da heute in der Fabrik wieder zu ballern haben, hoffentlich kommt keiner zu Schaden – bis es überkochte und sie an anderes zu denken hatte. Mabel Bruhøl hingegen war draußen in Ølvika und steckte Werbebroschüren der lokalen Arbeiterzeitung in die Briefkästen der Leute, als sie den wahnwitzigen Flug bemerkte und gleich darauf einen schmerzhafen Druck auf den Ohren verspürte. Konrad Hetlebrekk, der oben im Silo war, sah weder das Flugzeug, noch hörte er das Krachen. Durch den Lärm und den Staub der vom Band rasenden und hinunter in den Mischsilo stürzenden Dolomitsteine spürte er nur einen dumpfen Schmerz im Kopf. Er hielt das Band an, machte den Trichter sauber und setzte sich mit seinem Groschenheft hin, ohne auch nur zu merken, daß die staubigen Scheiben um ihn herum eingedrückt wurden und die frische Luft sich mit den haarscharfen Nadeln des Steinstaubs mischte.

Styrkår Bruhøl arbeitete an diesem Vormittag an der Kippe weit unten im Tunnel. Er war dabei, einen der letzten Silos mit Durhamkohle zu füllen, als er die Glocke oben am Stellwerk läuten hörte und die Bahn anhielt. Mit einem Piassavabesen in der Hand lief Styrkår Bruhøl an den Schienen entlang und fegte weg, was von den Loren heruntergefallen war. Styrkår Bruhøl stellte den Besen weg und steckte die Arbeitshandschuhe in die Gesäßtasche. Er lauschte. Oben am Stellwerk war es still. Das Kabel, das die Wagen zog, bewegte sich nicht. Nicht ein Laut. Styrkår Bruhøl machte einen Schritt über die offene Siloluke und ging hinüber zum Fenster. Er legte die Unterarme auf den Rahmen, lehnte sich vornüber und schaute hinaus. Hinaus über den Fluß, das Mietshaus, die Ortschaft, die Birkenhänge, die einen deutlichen Schimmer von Grün auf den Spitzen zeigten, das Tal und das Schneegebirge im Norden.

Er mußte zweimal hinsehen. Zu mehr war keine Zeit. Aber er sah das Flugzeug ganz deutlich. Eine Militärmaschine, soviel konnte er erkennen. Ein Jagdflugzeug, im Sturzflug vom Buergipfel ins Åbøtal – direkt auf ihn zukommend. Es wurde immer größer und kam immer noch auf Styrkår Bruhøl zu – unheimlich still, ohne das geringste Motorengeräusch, während es die ganze Zeit mit dem Rumpf wackelte und mit den Tragflächen winkte.

Zwei Dinge schossen Styrkår Bruhøl durch den Kopf, bevor der supersonische Sturm über ihn hereinbrach. Krieg! war das erste. Der zweite Gedanke hatte mit dem Sohn des alten Aug. Hellot zu tun. Alf oder wie er gleich hieß. Jedenfalls war er mit bei den ersten Norwegern gewesen, die drüben in den Staaten Jagdflieger geworden waren. Als seine Eltern ihr Haus in Lovra noch hatten, konnte es passieren, daß er plötzlich über dem Ort auftauchte und mit den Flügeln zu ihnen herunterwinkte. Aber niemals auf diese Art! Styrkår Bruhøl blieb stehen, duckte sich aber unwillkürlich, als der Flugzeugbauch seine Haarspitzen streifte und aufs neue die Schallmauer durchbrach. Das Krachen war ohrenbetäubend, nicht nur dort, wo Styrkår Bruhøl stand. Zu Hause bei Frau Hetlebrekk fielen alle Familienbilder von der Wand, und bei Selmer Høysand, der in der Metallreinigung bei Pakking stand, fiel eine ganze Wand ein. Er stand da, den Siebeneinhalbkilohammer hoch erhoben über dem Kopf, und sah die Glaswand vor sich einstürzen. Viertausend kleine Scheiben! Als hätte jemand mit einem Skistab eine dünne Eisschicht auf einem blauen Berg berührt. So leicht ging die Wand zu Bruch. Die ging direktemang perdü, sagte Selmer Høysand hinterher, als er den Hammer auf die Metallplatte gedonnert hatte. Durch die eingestürzte Glaswand sah er auch einen letzten Schimmer des Flugzeugs, während es über Ramsnes verschwand.

Das dritte Mal, als der Überschalljäger Lovra passierte, flog er viel höher. Er kam von Südost, hoch über Maldalsheiane. An dem schönen Frühlingstag waren jetzt viele Leute draußen versammelt. Wahrscheinlich waren die Kinder die ersten, die ihn entdeckten. Kent Hetlebrekk und sein Bruder Glenn, Bertil Grong, Arnold und Rasmus Høysand, Sylfest Bruhøl, Steinar Holmsjø, die mit rostigen Fahrtenmessern in der schwarzen, feuchten Frühlingserde hinter der Feuerwache Landkapern spielten, als Rasmus Høysand mit dem Finger in die Luft zeigte und rief: »Guckt mal!«

»Das Flugzeug!«

»Wir sehen's ganz klar!«

»Das will uns holen!«

»Und alles!«

Das Messer blieb bis zum Schaft in der Erde stecken. Drüben in der Fabrik hatte der alte Hans Herting Attraa im Drum Shop Tagschicht. Er kam aus der Elektrodenmontage herausgeschlendert, um einen Blick auf das Wetter zu werfen, gerade rechtzeitig, um es auch zu sehen. Das Flugzeug am Himmel mit einem scharfen Kondensstreifen am Schwanz. Und er wäre nicht der Herting gewesen, der alles zwischen Himmel und Erde wußte, wenn er sich nicht auch auf die internationale Zeichensprache der Luftfahrt verstanden hätte.

»Er bittet um Kursänderung«, sagte er zu Kvitbuksen, der von seinen Arbeitskollegen am dichtesten neben ihm gestanden haben soll. »Das muß wieder dieser Sohn von Hellot sein. Dann ist es also Kursänderung, was er haben will. Winkt mit den Tragflächen. Das bedeutet es nämlich.«

Kursänderung! Die anderen von unserem Territorium fortwinken! Sind wir die anderen? Sind wir es, die den Kurs ändern sollen? Sollen wir das Gebiet verlassen?

Herting spuckte die Worte zusammen mit einem großen Schnupftabakqualster aus. Da flog dieser Sohn von Konstanse und Aug. Hellot hin und her über Lovra und winkte mit den Flügeln. Gab das Zeichen zu Kursänderung hinunter zur Bodenmannschaft, hinunter zu Herting und den anderen. Denen, die ihm Flügel gegeben, ihn in die Luft geschickt, ihn hatten schweben lassen. Von oben, aus der Höhe von einem Engel, konnten sie gedrungen und grau wirken – fast wie unsichtbare Verdichtungen der dunklen Erde und des schwarzen Asphalts und des regengrauen Betons, auf dem sie standen. Ja, gedrungen und grau waren sie. Aber stark. Sie lagen quer auf dem Weg, waren die Schwellen, auf denen die Schienen ruhten, die nach vorn führten. Sleepers, wie es heißt. Aber ihr Schlaf war voller Träume.

Kursänderung! spuckte Herting noch einmal. Von Kursänderung war die Rede, als der junge Hellot – die berühmte »Nummer Eins« in Bodø – Abfangjäger von der Staffel 331 flog und russische MiGs und Iljuschins bat, den Kurs zu ändern, hinaus in internationalen Luftraum.

Aber hier? Alfemann Hellot mit einer Ausbildung für Millionen von Kronen saß oben in der Luft in einer Maschine für noch mehr Millionen Kronen und schaffte es nur, ein einziges armseliges Zeichen zu geben. Er winkte mit den Flügeln! Festgeschnallt und eingeschlossen in den Flugzeugkörper, war die Codesprache die einzige Sprache, die Alfemann sprechen konnte. Aber das Leben ist keine Reise, die Gesellschaft keine Mannschaft auf einem großen Schiff, die Politik kein Kurs, der auf der Karte angepeilt und mit Steuerknüppel und Ruder gesetzt und gehalten werden kann. Die Geschichte ist weder das blaue Meer noch der blanke Himmel.

Herting konnte das Flugzeug weiter mit den Augen verfolgen. Es zog über den Nordhimmel, jenseits der Schallmauer, den Schall und ein blauschimmerndes Licht hinter sich. Herting drehte sich um und ging wieder in die Elektrodenmontage, hinein in das Gebäude, das nach alter Industrietradition Drum Shop genannt wird, auch wenn sich keiner erinnern kann, daß dort jemals Trommeln gemacht oder verkauft worden wären. Kvitbuksen folgte ihm auf dem Fuße. Blomsterjørgen und Langetomas fegten die Glasscherben vom Kabinenboden in den Ladebühnen auf und konnten allmählich wieder anfahren. Der Lukenmann schwamm an Land, bekam anderes Zeug auf den Leib und gab vom Lukenrand das Signal zum Hieven. Hjalmar Huldén und seine tüchtigen Handlanger mußten noch einmal die Tragebalken auf den Dachstuhl hinauf wuchten. Frau Konstanse Hellot durfte in glücklicher Unwissenheit verbleiben. Frau Hetlebrekk hängte die Familienbilder wieder an der Stubenwand auf. Mabel Bruhøl wurde ihr ganzes Werbematerial aus der Tasche am Fahrrad los. Konrad Hetlebrekk machte einen neuen Trichter bereit, und das Transportband leerte seine Last hinunter in den Mischsilo. Styrkår Bruhøl füllte die Kohle- und Kokssilos, kehrte Abfall hinterher und schlug die Deckel zu. Selmer Høysand schwang den Hammer über dem Kopf - ein Körper wie aus Stahltauen gemacht und Arme und Beine wie gespleißt. Mit der rostigen Messerschneide zeichneten Sylfest Bruhøl und Rasmus Høysand einen großen Kreis in die feuchte Muttererde hinter der Feuerwache. Teilten den Kreis in der Mitte und stellten sich jeder auf seine Seite des Halbkreises. Rasmus Høysand war zuerst dran mit Werfen. Das Messer blieb genau vor

Sylfest Bruhøls Füßen in der Erde stecken. In der Verlängerung des Messers zog Rasmus Høysand einen geraden Strich, löschte einen Teil des Mittelstrichs aus und eroberte so ein Drittel der Hemisphäre von Sylfest Bruhøl. So kaperten die Supermächte Sylfest Bruhøl und Rasmus Høysand Land, teilten die Erde zwischen sich und ihren Nachkommen auf.

Dann und wann warf vor allem Rasmus einen Blick hinauf zum Horizont über Grødal, wo der Düsenjäger zuletzt verschwunden war. Es war nichts zu sehen. Er war weg und kam auch nicht wieder. Alfemann Hellot hatte nicht einmal eine Schrift im Sand hinterlassen. In die klare blaue Luft hatte er geschrieben. Alles, was von ihm blieb, waren die weißen Kondensstreifen an der Schallmauer, die keiner lesen konnte. Sie wurden nach und nach an den Rändern immer unklarer und undeutlicher, verwischten sich immer mehr, lösten sich schließlich ganz in dem sehr klaren Blau auf oder verbanden sich unauflöslich mit dem dichten gelbbraunen Rauch aus den offenen Öfen der Fabrik.

»Na dann!« sagte Rasmus Høysand. »Na dann hej, Alf Hellot, Hej! Hej!«

Die Erde war in zwei Hälften geteilt. Rasmus Høysand warf das Messer in den anderen Halbkreis, daß es bis zum Schaft steckenblieb.

»Drachen neun null. Drachen neun null.«

Ich hatte ihn ständig auf dem Radarschirm. In regelmäßigen Abständen rief ich ihn. Alf Hellot war wieder zu den Engeln gestiegen und antwortete nicht. Die Geschwindigkeit lag bei neunhundert Stundenkilometern. Unter sich hatte er nun das schneeweiße Haukelimassiv. Nach Westen blauten die Hochebenen bis hin zum Meer, und im Osten zeichnete der Gaustagipfel eine klare Silhouette.

»Drachen neun null. Drachen neun null. Hast du Ärger? Hast du Ärger?«

Ich konnte hören, daß er auf den Sendeknopf am Gashebel drückte und den Kanal öffnete. Aber er sagte nichts und ließ wieder los. Das Funknavigationsgerät befindet sich auch auf der Funkkonsole, aber es ist keine gewöhnliche Funkanlage, sondern eine Art Kompaß. Er war immer noch auf Værnes eingestellt und nahm von dort nur schwache Signale auf. Die Zeiger auf dem Anzeigegerät zitterten leicht. Hellot navigierte nicht mehr genau. Er schwenkte südwärts und konnte das Ende des Hochgebirges sehen. Er sah Urgestein und Wald. Er sah offenes Wasser blinken. Hellot packte den Steuerknüppel fester.

Mit beiden Händen stemmte er ihn fest und entschlossen von sich weg. Die Flugzeugnase zeigte abwärts. Hellot drückte das Steuer noch weiter weg. Der Höhenmesser auf dem Instrumentenbrett begann sich wie ein Glücksrad zu drehen. Unter sich sah Hellot verschwommen grünen Nadelwald und Laubbäume mit rosa Glorienschein, mehrere blinkende Seen und Augenweiß, wo immer noch Eis lag. Der Sturzflug ging über in Fall. Die Kontrollampen waren zu bunten Jahrmarktslichtern geworden. Die Alarmzeichen klingelten in den Ohren wie Gewinnglocken an einem Spieltisch.

Ein Blick auf den Höhenmesser zeigte, daß es immer noch weit bis zum Boden war. Hellot war herunter auf siebentausend Fuß. Es gelang ihm, das Steuer zu sich heranzuziehen und den Fall abzufangen. Der Druck gegen seinen Körper ließ nach. Der Überdruckanzug bewirkte, daß er immer noch Blut und Gedanken im Kopf hatte. Er registrierte den Boden, der ihm ständig entgegenwuchs. Hochspannungsmasten und Kraftleitungen konnte er noch nicht erkennen. Aber ihre Bahnen waren dennoch sichtbar – zogen sich wie lange, gerade Streifen von Kahlschlag durch den schwarzen Frühlingswald.

Alfemann hatte immer noch eine Art von Kontrolle. Er konnte die Stimme kontrollieren. Er hatte Worte für das, was geschah. Trudeln, Rolle, Sturzrolle. Er war die ganze Zeit bei Bewußtsein. Aber er fiel immer weiter. Die Warnlampen im Cockpit erinnerten an eine hellerleuchtete Weihnachtsstraße. Flüchtig sah er auch die Maschine von außen, wie sie durch die Luft hinunter torkelte. Von den Instrumenten sah er nur den Höhenmesser, millionenfach vergrößert. Er setzte immerfort Geschwindigkeitsrekorde. Er war ein Glücksrad, das nie anhielt. Sonst ging alles langsam, anmutig, schwebend, mit den Bewegungen eines Meisterschwimmers unter Wasser.

Den Sendeknopf konnte er noch erreichen. MAYDAY? Statt dessen startete Hellot den Nachbrenner und fühlte den Ruck beim Zuschalten, als der Treibstoff in die Austrittsgase gespritzt wurde und den Triebwerken zusätzlich Schub gab. Der Höhenmesser zeigte an, daß er weit unter dem untersten Engel war.

Alfemann drückte das Steuer wie ein geliebtes Kind an die Brust. Blitzschnell ging ihm die eingedrillte Prozedur für den Notfall durch den Kopf. Trotz der lähmenden Schwerkraft gelang es ihm, den Arm über den Kopf zu heben. Der Auslösegriff für den Martin-Baker-Sitz. Der Boden näherte sich immer schneller. Künstlicher Horizont und wirklicher Horizont gingen für Alfemann ineinander über. Der Höhenmesser führte sich auf, als hätte er Null längst passiert und wäre auf dem Weg über den negativen Teil der Skala tief hinunter in die Erde. Alfemann preßte die Steuersäule immer noch an die Brust. Die Hand krümmte sich um den Auslöser des Katapultmechanismus. Ein wilder Blick auf das Armaturenbrett versuchte zu prüfen, ob das Flugzeug immer noch über der Mindestgeschwindigkeit lag.

Er stieß an etwas. Vielleicht eine Baumkrone. Vielleicht nichts. Vielleicht der erste Zusammenstoß mit dem Boden. Ein schütterer Kiefernwipfel, eine dichte, schwermütige Tanne, Moos, abgekratzt von einer Bergkuppe? Oder eine Wächte, ein Gletscher, eine Lawine, ein Bergrutsch, eine weiße, einsame Hochebene. Die Maschine und Alfemann Hellots Körper wurden kräftig gerüttelt.

Er und wir.

Ich will leben. Ich will frei werden. Will nicht sterben, will mich nicht selbst vernichten. Nur ein unbändiger Wunsch: eine unmögliche Situation außerhalb meiner eigenen Reichweite zu verändern.

Hellot sah den künstlichen Horizont nicht mehr. Er war unter dem Radarhorizont. Der wirkliche Horizont war in einem angebrannten Brei aus Wolken und Sonne verschwunden. Verschwunden war auch die vertraute Stimme, die versuchte, ihn herunterzulotsen. Licht und Dunkel, oben und unten, Himmel und Erde verstrickten sich für Alfemann Hellot undurchdringlich ineinander.

Das Dunkel des Raums, das Licht der Zeit. Der Schmerz war ein hoher Funkmast, der rot blinkte, weiß blinkte, Sprache blinkte, gelb blinkte.

Hauptmann Hellot versuchte den Auslöser zu erreichen. Er bekam den Arm nicht hoch genug über den Kopf. Die Schwerkraft war zu stark. Mit einer Hand tastete er die Sitzkante nach dem Reserveauslöser ab. Er schien ihn zu haben. Jetzt oder nie. Die freie Hand fand den Umschalter und stellte ihn ein. Der Daumen drückte auf den Sendeknopf, und ich konnte Alfemann senden hören, undeutlich und weit weg, auf falscher Frequenz, ohne Empfängeradresse und Rufzeichen, mit den Händen zwischen den Hebeln für Auslösung und Auslöschung tastend, Einschalten und Ausschalten: Gib mir einen Rat und noch einen und zeichne eine Karte, nach der ich nicht in die Irre gehen kann, geh den letzten Schritt, weich keinen Zoll, wenn es gutging und du angelangt bist merk dir dieses Von-der-Hand-in-den-Mund von ihm zu ihr von Grund und Boden setz alles auf eine Karte leg die Karten auf den Tisch das Leben ist kurz vergeude es nimm mich beim Wort hab mich in Gedanken und nicht im Hirn erleichtere Herz und Seele erleichtere die Bankkasse setz das Leben aufs Spiel dann wirds zuviel und so soll es sein es wird zuviel es wird zu schwer und viel zu lang und viel zu lang zu ertragen Spur über den Himmel Fjord in meinem Herz aus Stein Ruder ohne Fahrzeug und Halt bring mich nach Hause binde mich an eine Frau verschlinge uns ineinander wenn die Zeit gekommen ist und alle Hoffnung dahin.

Alfemann hört die Schritte und sieht den Vater aus der dunklen Kelleröffnung kommen.

»Jetzt mußt du einen Zahn zulegen«, sagt er. »Wenn du mithalten willst.«

Durch den Garten.

Der Vater geht voran mit der Leiter, die er auf die Erde stellt und schräg an die Krone des höchsten Baums lehnt. Alfemann hinter ihm, er trägt die leere Obststiege.

Das Fallobst haben sie schon aufgesammelt. Nur ganz oben in der Krone hängen noch Früchte. Beide packen den Stamm und versuchen sie herunterzuschütteln. Ein paar Blindgänger schlagen auf dem Boden ein. Dann kommt nichts mehr, der Rest hängt fest, so sehr sie sich auch anstrengen, den Baum zum Schwanken und das Laub zum Rauschen zu bringen. Es gibt keinen anderen Weg. Der alte August muß hinaufklettern. Alfemann reicht ihm die Stiege, und August nimmt sie mit einer Hand. Mit der anderen hält er sich an der Leiter. Und klettert – hinauf in die klare, scharfe Herbstluft. Ein langer, knochiger, knotiger Mann, Sprosse um Sprosse die Leiter hinauf. Noch ist die Dämmerung nicht da, aber sie liegt auf der Lauer und droht mit mehr Dunkelheit und Kälte.

Alfemann hält die Leiter, sieht den Vater klettern, zwischen den Zweigen verschwinden, Sprosse um Sprosse bis zum Ende der Leiter, sieht, wie er die Hand ausstreckt und pflückt. Alfemann kann das Fallen der Äpfel auf die dünnen Holzplatten der Stiege hören.

Der uralte Apfelbaum, pilzig und verschorft, mit abgebrochenen und abgesägten Ästen, den hohlen Stamm ausgegossen, damit er die Krone mit allen Früchten tragen kann. August ist so weit in das Laubwerk hineingeklettert, daß er fast nicht mehr zu sehen ist. Und er klettert immer weiter. Er steigt und steigt, wächst und wächst, durch die Krone, über den Baum hinaus, über die Zweige und Blätter, über das Haus und den ganzen Garten – himmelhoch erhebt sich der knochige Mann in Alfemanns Erinnerung.

Dann breitet er beide Arme aus und segelt wie ein Drachen. Der knorrige Baum streckt sich langsam, richtet sich auf, strafft sich und wird zur Steuerleine, an der der Drachen befestigt ist. Und Alfemann ist der kleine Bengel, der unten auf der Erde steht und die Leine in seiner verschwitzten Faust hält. Hoch oben in der Luft segelt der Drache August auf dunklen Flügeln, während ein kleiner Junge am Fuße des Baumes steht. Festhält, den Fuß umklammert, der sich vom Boden heben will.

»Komm herunter!« hört er sich rufen. »Komm herunter! Komm herunter!«

Und er zerrt an der straffen Leine, der Leitersprosse, dem Fuß, zieht ihn an sich mit beiden Händen. Und schafft es! Es geht. Herunter durch die Baumkrone kommt August, die Apfelstiege im Arm.

»Nee«, sagt er, »viel war's nicht. Aber nun ist es jedenfalls getan. Gut, daß wir sie heruntergeholt haben, bevor der Frost kommt.«

Mit ausgestreckten Armen hält August Alfemann die Stiege hin. Nein, das war nicht viel. Bedeckte nur den Boden. Aber mehr war eben nicht dran gewesen. Die Baumkrone über ihnen ist leer, August setzt die Stiege ab und nimmt die Leiter herunter. Geht rückwärts, reckt die Arme hoch über den Kopf, bis die Leiter gerade liegt. Steckt die rechte Schulter zwischen zwei Sprossen, stützt mit dem Arm ab und stemmt die Faust in die Hüfte. Mit schaukelnden Schritten balanciert er die Leiter zum Haus.

Alfemann steht da und schaut auf die halbleere Stiege. Ob er's versucht? Ja, er probiert es! Er hebt sie an. Es geht! Er schafft es! Es ist nicht zu schwer, keine Spur. Aber die Stiege ist groß, und Alfemanns Arme sind kurz. Ohne zu sehen, wohin er die Füße setzt, wankt er zur Kellertreppe.

»Laß doch stehen!« Vater Augusts Stimme von unten aus dem Kellereingang. »Laß stehen!« Er wiederholt mit leiserer, vertraulicherer Stimme, als Alfemann an ihm vorbeigeht: »Laß den Mist stehen! Mach dir nicht den Rücken kaputt!«

Alfemann sieht und hört nicht. Er schleppt, daß ihm die Tränen kommen und das Blut in den Ohren hämmert. Die Beine werden krumm, die Arme immer länger, der Rücken ist ein gespannter Bogen. Er geht am Vater vorbei, die drei Stufen hinunter zur Kellertür, über die Kellerfliesen, läßt die Stiege neben dem Kessel fallen. Er kann wieder geradeaus blicken. Er schaut direkt in die Augen der Mutter.

In der Stille zwischen ihnen die Stimme des Vaters: »Tüchtiger Kerl!«

Konstanse senkt den Blick, beugt sich über die Stiege, in der einen Hand hält sie den Entkerner, mit der anderen nimmt sie einen Apfel, sticht das runde Messer hinein. Sie ist groß und gleichsam grob zubehauen, wie von einem Dorfkünstler mit stumpfer Axt. Ihre Finger arbeiten mit gewohnten Bewegungen, stechen einen Tunnel durch die Äpfel, nehmen das Kerngehäuse heraus, schälen.

August kommt auch in den Keller. Er setzt sich zuerst, dann Alfemann. Ihre Augen folgen Konstanses Fingern. Draußen an der Bretterwand hängt die Leiter an Eisenhaken. August nimmt einen Apfel und gibt ihn dem Jungen, nimmt selber einen, putzt ihn an der Hose ab, beißt hinein und kaut, während er zusieht, wie Konstanse die geschälten Äpfel in einen Topf schüttet und den Abfall wegwirft.

Ein großer Kessel aus blankgeputztem Kupfer. Konstanse streut Zucker hinein und rührt mit einem langen Holzlöffel. Es kocht schnell auf, die Äpfel fließen zusammen, gehen ineinander über, werden eine süße, fließende, warme Masse. Werden eins. Alfemann sieht den Boden nicht. Er macht den Mund auf für den Löffel, den Konstanse ihm hinhält, pustet und kostet.

Brennender süßer Geschmack im Mund. Hinter sich hört er im Kellergang sich entfernende Schritte. August geht die Treppe hinauf ins Haus. Die Luft ist süß und verführerisch. Ohne sich umzudrehen oder den Schritt zu verhalten, sagt er: »Paß auf! Paß auf, daß du dich nicht verbrennst. Das da kann warm sein – und gefährlich.«

Konstanse hört auf zu rühren. Zusammen mit Alfemann kann sie die schweren Schritte oben auf den Dielen hören.

Hier und da steigt eine runde Bergkuppe von der Wasseroberfläche auf und zeichnet sich gegen den Himmel ab. Eine schwere See wogt. Möwen rudern mit schwerem Flügelschlag in der Luft. Aus dem Meeresdunst reißen sich weiße Fetzen und ziehen über die flache Moränenlandschaft herein. Ein Verkehrsflugzeug taucht im Osten durch die Wolken über Heiane und zieht eine Kurve, bevor es sich aufrichtet, mit der Nase in Richtung Landebahn.

Die Tiere im Gehege sind Himmelskörper und Motorenlärm gewöhnt. Die Kühe muhen und geben sich dem Wiederkäuen hin, die Schafe folgen dem Hang zur grünen Bergkuppe hinauf und tun sich an den frischen Birkentrieben im Gehölz gütlich.

Oben auf der Lichtung finden sie Gras, sie gehen und weiden um die Antenne herum, die sich nicht um die Schafe und ihr Blöken oder um die Lämmer kümmert, die frühlingsmunter auf steifen Beinen herumhopsen.

Aber unter den Tieren, tief unter Gras und Torf auf dem Boden einer blauleuchtenden Grotte in bombensicherem Urgestein, sah ich, wie sich der weiße leuchtende Punkt auf dem Radar der Außengrenze des Dekkungsbereichs näherte. Er war verschwindend klein. Alles was von der Hoffnung übrig war, war ein weißer elektronischer Punkt auf dem Bildschirm vor mir.

Ich habe mir erzählen lassen (von Linda Hysøen Hellot, keine Lüge also), daß es auf den Gemälden der alten flämischen Meister immer einen kleinen weißen Punkt auf der Leinwand gibt, der nicht übermalt ist. Innerhalb des geschlossenen Bilderrahmens und innerhalb der beherrschenden zentralen Perspektive weist dieser Punkt auf das Unendliche. Auf dem Bildschirm vor mir folgte der weiße Punkt jetzt einer ballistischen Bahn und zeichnete eine volle Parabel, bevor er verschwand und für immer fort war. Nun ist es unsere Sache, selbst die historischen und poetischen Koordinaten für die Kurve zu finden und danach die Grenzübergänge zum Unendlichen auszurechnen.

Ich warf einen letzten Blick auf den Bildschirm und stellte fest, daß er leer war. Es muß gerade dieser Augenblick gewesen sein, als mir ernsthaft bewußt wurde, daß wir zusammen über ein Überwachungssystem verfügen, das weit höher als der U 2-Flug reicht und einen größeren Deckungsbereich hat als jede Radaranlage, die mit Retrospektoskop und Introspektoskop ausgerüstet ist und alles in Vergangenheit und Gegenwart und in jedem einzelnen Menschen sieht:

U 3

Ich schaltete den Sucherradar ab und ging zum Ausgang. Bevor ich in den Sonnenschein trat, stellte ich die Uhr um eine Stunde vor, von militärischer auf zivile norwegische Zeit. Hinter mir tropfte das Computerwerk unablässig sein Blipblip Blipblip Blipblip.

Von Jåttå nahm ich das Motorrad und fuhr nach Stavanger, nordwärts durch den Frühling.

Flugzeugschatten

Der Taxifahrer, der das Telegramm brachte, hatte eine Mütze mit schwarzem Schirm auf und trug einen dicken Wollpullover unter der Jacke. Von dem Straßenende, wo er das Auto parken mußte, war es ein ganz schöner Spurt den Berg hinauf zum Haus. Er war verschwitzt und außer Atem, als er klingelte.

Bei dem schönen Wetter stand die Außentür weit offen, und als der Taxifahrer nach einer Weile wieder zu Atem gekommen war, konnte er etwas von den Rundfunknachrichten da drinnen aufschnappen. In einer Rede vor dem Obersten Sowjet hatte Ministerpräsident Chrustschow darüber informiert, daß ein amerikanisches Spionageflugzeug am Morgen des 1. Mai gegen vier Uhr über sowjetischem Territorium in der Nähe von Swerdlowsk abgeschossen worden sei. Das Flugzeug war auf dem Wege von Peshawar in Pakistan nach Bodø in Norwegen.

Er klingelte noch einmal und hörte, wie das Radio leiser gestellt wurde. Dann hörte er Schritte. Konstanse Hellot pflegte bei der Schwester zu wohnen, wenn sie zu Besuch in der alten Heimat war. Und die Schwester war es auch, die jetzt den Kopf aus der Tür steckte. Ihr Haus war ein zweigeschossiger Holzkasten aus der Zeit zwischen den Kriegen, mit Erker und Mansarde über den beiden Etagen. Abgesehen von ein bißchen Anstrich war alles wie zu der Zeit, als es gebaut wurde. Die Eingangstür mit kleinen bleigefaßten Scheiben stand offen zu einem Windfang, der vollgestopft war mit schwarzem Regenzeug, braunen Gummistiefeln und Damenschirmen. Dazu kam jetzt das Gesicht einer Frau in mittleren Jahren, das sich dem Taxifahrer fragend zuwandte.

Sein Atem nach dem Spurt auf den Berg ging immer noch schwer, und er konnte kaum reden. Er atmete tief, räusperte sich, schluckte, versuchte es noch einmal und schaffte es schließlich, seine Frage klar auszudrücken, ob Frau Hellot ...? Gewiß, Konstanse sei da, ja. Wenn er einen Augenblick warten wolle.

Das Frauengesicht in der Türöffnung verschwand. Er hörte drinnen auf den Dielen Schritte, und durch das undeutliche Brummen des Radios vernahm er, wie Frau Hellots Vorname gerufen wurde. Dann hörte er schnellere Schritte in der oberen Etage, sie kamen eine Treppe herunter, über die Dielen, heraus zu ihm. Er räusperte sich und trocknete die Stirn mit dem Jackenärmel.

Frau Hellot war immer eine Frau gewesen, vor der man Respekt hatte. Sie hatte sich auch nicht im geringsten verändert, seit er sie zum letztenmal gesehen hatte.

»Was gibt es?« wollte sie wissen. Sie begegnete hastig seinem Blick, bevor sie die Augen niederschlug und mit ihnen an dem braunen Telegrammkuvert hängenblieb, das er in der Hand hatte.

Er antwortete nicht sofort. Erst wollte er ordentlich kondolieren. Das hatte er sich vorgenommen. Man hatte Hellot so unendlich viel zu verdanken. Es war traurig. Und in seinem besten Alter. Und so viel noch ungetan. Gleichwohl hatte er mehr getan, als andere sich nur erträumen konnten.

Danach einigte man sich verhältnismäßig schnell darüber, daß das Wetter schön sei und man von einem zeitigen Frühling reden könne. Wenn nicht der scharfe Nordwest Ende der vorigen Woche gewesen wäre. Und der ständige Regen. Aber wechselhaftes Wetter solle ja außerordentlich gut für die Natur sein. Man brauche sich nur den Wald anzugucken. Es würde nur noch ein paar Tage dauern, bis er ganz in frischem Grün und vollem Laub dastünde.

Als das sicher und energisch konstatiert war, konnte der Fahrer sein Anliegen nicht länger hinausschieben. Er hatte auch nicht das Herz dazu. Auch wenn er nicht ahnte, was in dem Telegramm stand, hatte er ein unbehagliches Gefühl, Überbringer einer traurigen Nachricht zu sein. Daß Frau Hellots Sohn Pilot eines Düsenjägers war, wußten ja alle. Alle, die ein bißchen die Zeitung verfolgten, wußten auch, wozu das führen konnte. Auch wenn es wohl in den letzten Jahren etwas sicherer geworden war. Der Taxifahrer sagte zu Konstanse Hellot, es sei doch schön, daß sie immer mal wieder nach Hause komme und nach dem Rechten sehe.

Dann reichte er ihr das Telegrammkuvert. War es zwei oder drei Wochen her, daß man Aug. Hellot begraben hatte? Ein Unglück kommt zwar selten allein, aber irgendwo müßte es doch eine Grenze für das geben, was einem armen Menschen aufgebürdet werden kann. Lieber alle lebenden Fahrgäste auf dem Rücken tragen als eine neue Todesnachricht in dieses Haus bringen.

Konstanse Hellot nahm das Telegramm mit steinernem Gesicht entgegen. Nicht mit einer Miene verriet sie, was sich in ihrem Innern abspielte. Sie sagte sogar Danke. Aus irgendeinem Grund sagte er auch Danke. Dann fanden sie das Wort Wiedersehen angebracht. Wiedersehen. Wiedersehen. Für den Boten war der Weg hinunter zum Auto, verglichen mit dem Weg herauf, wie freier Fall. So erleichtert war er. Er sank hinter das Lenkrad und fuhr hinunter zur Taxistation, zum Pokern und Philosophieren unter den Rauchwolken im Aufenthaltsraum.

Konstanse Hellot war als starke Frau bekannt. Sie las das Telegramm im Stehen, erst einmal, dann noch einmal. Das dritte Mal buchstabierte sie sich langsam durch den Text der kurzen Mitteilung. Unterzeichnet von General Eeg, Luftwaffeninspekteur. Es gab keinen Zweifel. Aber sie stand. Auch wenn ihr die Worte auf dem Papier wie eine blanke Axt ins Mark fuhren und genauso tief trafen, vermochten sie nicht, sie zu fällen. Sie stand. Sie war stark wie ein Fels. Das auseinandergefaltete Telegrammblatt segelte hinunter auf den Sofatisch, aber sie stand. Sie stand und hielt sich an der Stuhllehne, mit Armen, die wie Haltetaue wirkten. Und die Taue hielten, die

Maske hielt, die Stimme hielt und schwankte auch nicht, als sie ihrer Schwester berichtete, was in dem Telegramm stand.

Dann setzte sie sich.

Einen Augenblick saßen sie nur da und sahen sich über das Tischchen hinweg an, die Schwester auf dem Sofa, Frau Hellot im Lehnstuhl. Zwischen ihnen waren eine blanklackierte Tischplatte, eine gehäkelte Decke, Margeriten in einer Kristallvase und so viele gemeinsame Erfahrungen, daß es keiner weiteren Worte bedurfte.

Der Rest war zielbewußtes Handeln.

Es galt, nicht abzuwarten. Es galt, nicht mit den Händen im Schoß sitzen zu bleiben. Es galt, wieder aufzustehen. Es galt, jemanden zu finden, der fahren konnte. Es galt, warme Sachen herauszusuchen. Es galt, Proviant zurechtzumachen und Kaffee zu kochen. Es galt, den Rucksack zu packen. Es galt, nicht aufzugeben. Für Konstanse Hellot gab es keinen Zweifel. Sie hatte zwei Gedanken im Kopf, und eigentlich war es ein und derselbe Gedanke. Daß Alfemann am Leben sei und daß sie ihn finden werde. Das war die Hauptsache. Alles andere würde sich dann ergeben.

Und es ergab sich. Türmte sich vor ihnen auf. Wie den Weg in das in Frage kommende Gebiet finden? Wie dort hinkommen? Und das sofort? Und wer könnte sie fahren? Über die Küchenbank gebeugt, studierten die beiden Frauen Buslinien und Karten.

Das Ergebnis war wenig ermutigend. Der Weg über Haukeli wurde selten vor dem 1. Juli vom Schnee geräumt. Nach Stavanger kam man mit dem Schiff, und mit Zug oder Flugzeug weiter nach Kristiansund S. Mit dem Linienbus hinauf durch Setesdalen. Aber das waren insgesamt drei Tagesreisen. Privatauto auch nicht viel besser. Und die beiden hatten weder ein Auto noch einen Führerschein.

Die Rolle als rettender Engel ist mir nicht direkt auf den Leib geschneidert. Als Engel überhaupt nicht, nehme ich an. Aber daß ich es war, der die Situation rettete, kann nicht bezweifelt werden. Deus ex machina heißt diese Rolle in der Dramaturgie. Als die beiden weiblichen Hauptpersonen nachgedacht und Amtmann, Rettungsdienst und alle anderen irdischen (aber bezeichnenderweise keine der himmlischen) Mächte als Helfer verworfen hatten, klingelte es plötzlich an ihrer Tür.

Das Geräusch schnitt ihnen in die Ohren. Ein Schatten glitt über ihre Gesichter. Aber es klingelte ein zweites Mal. Konstanse faßte sich ein Herz und ging öffnen.

Sie erkannte mich nicht wieder. Das war wohl auch nicht zu erwarten, so vorsichtig wie ich die ganze Zeit in dieser Erzählung gewesen bin, jedenfalls was meine Person angeht. Aber jetzt stand ich in der Türöffnung, und nach ihrem nichtssagenden Gesichtsausdruck zu urteilen,. war ein unbekannter junger Mann das einzige, was sie sah. Ein Jüngling ohne Telegramm in der Hand, einer, der nicht wie ein Überbringer schwerwiegender Botschaften aussah.

Wir standen da und sahen uns ohne ein Wort an, bis ich die Hand ausstreckte und mich vorstellte. Da wurde Konstanse Hellot richtig verlegen.

»Person! Nein, das ist Person! Da sieh einer an, wie sich die Leute verändern!«

Ungefähr so drückte sie sich aus, während ich auf die mir eigene Art ernsthaft mit dem Kopf nickte und eintreten durfte.

Ja, ich hatte die Vormittagsnachrichten gehört. Ich wußte, was los war. Die Nachricht über Alfemann war im mittleren Teil des Nachrichtendienstes gekommen. Die Spitzenmeldung hatte von den nordamerikanischen Behörden gehandelt, die, wie sich jetzt zeigte, mit beiden Beinen in die russische Falle gegangen waren. Chrustschow brauchte nur die Beute vorzuzeigen: amerikanische Spionage, Verdunklungsmanöver, Lügen. Der U 2-Pilot war am Leben. Er war in russischem Gewahrsam. Das Flugzeug hatten sie auch. Das State Department konnte nichts anderes tun, als von seiner ersten Erklärung abzugehen, daß es sich um ein Wetterdienstflugzeug gehandelt habe, das vom Kurs abgekommen sei. Auch Präsident Eisenhower mußte nun zugeben, daß die Maschine mit einem Spionageauftrag unterwegs gewesen sei. Er nahm selbst die volle Verantwortung für das Unternehmen auf sich und behauptete, es bestehe für die Demokratie die Notwendigkeit, sich mit unkonventionellen Methoden Informationen zu beschaffen, da die Sowjetunion, verglichen mit den offenen Gesellschaften im Westen, ein verschlossenes Land sei.

Nach ein paar Mitteilungen über die Hochzeit der englischen Prinzessin und den Fotografen Armstrong-Jones konnte der Nachrichtensprecher vermelden, daß ein Jagdflugzeug des Typs 104 Lockheed mit einem Mann an Bord nach einem Flug über Südnorwegen vermißt werde. Die Suche nach dem Flugzeug und seinem Piloten, Hauptmann Alf Hellot aus Lovra im Bezirk Ry, werde zunächst auf das Gebiet zwischen Setesdal, Sirdal und Forsand in Rogaland konzentriert. Gerüchte über Atombomben an Bord wurden vom Verteidigungsstab als böswillig und grundlos und wilde Phantasiegebilde abgetan. Das gelte auch für Spekulationen um einen Zusammenhang zwischen dem Verschwinden des Flugzeugs und der U 2-Affäre.

Das Hochgebirgsgebiet zwischen Aust-Agder, Vest-Agder und Rogaland. Das nannte sich konzentrierte Suchaktion! Ich dachte mir meinen Teil, sagte aber nichts und erst recht nicht: die haben das nicht im Griff. Statt dessen sagte die Mutter des vermißten Alfemann Hellot: »Und da hatte ich immer geglaubt, daß Person tief unter der Erde sitzen würde. Daß du weit oben im Norden sitzen und Paßt auf! rufen würdest, wenn die Russen kommen und uns überrumpeln wollen?«

Ich war für eine lange Reise angezogen. Ich nahm den Nierenschutz ab, aber nicht die übrige Polarfahrerausrüstung. Setzte mich auf ein dreisitziges Sofa mit handgestickten Kissen. An der Wand hinter mir hing eine schöne Applikation.

»Ganz so ist das nicht, nein«, gab ich zu und zog mich weiter in die Sofakissen zurück.

Konstanse Hellot stand vor mir, die gestreckten Arme auf den Lehnstuhl gestützt. Die Schwester dicht hinter ihr. Sicherheitshalber, wenn sie fallen sollte, dachte ich.

Aber sie stand.

»Und jetzt?« sagte sie. »Hast du eine Permission?«

»Nur eine Mission.«

Das Telefon klingelte und übertönte den dummen Witz. Ich saß, und Frau Hellot stand und lauschte, während ihre Schwester den Hörer abnahm.

»Konstanse! Für dich!«

Sie war schon auf dem Weg. Der Hörer wanderte in die Hand der Schwester. Vorsichtig übergeben, ein spröder Kontakt, der zerbrechen würde, wenn man zu hart zugriff.

»Das ist Linda. Alfemanns Frau. Die Schwiegertochter also. Sie wohnt in Rygge unten in Østfold.«

Das erklärte Frau Hellots jüngere Schwester. Dann hatte sie nichts mehr hinzuzufügen. Ich auch nicht. Wir saßen, sahen aneinander vorbei und trommelten, vielleicht nicht im gleichen Rhythmus, geistesabwesend mit den Schuhen auf die Dielen, ohne viel von dem zu hören, was am Telefon gesagt wurde. Plötzlich erinnerte ich mich an den Namen der Schwester. Tjødnarø. Frau Tjødnarø. Frau Tjødnarø und ich warteten. Ich sagte: »Es gibt durchaus Hoffnung. Sie haben jetzt gute Katapultsitze. Idiotensicher.«

»Ja.«

Frau Tjødnarø nickte und sah zur Schwester am Telefon hinüber.

»Der Martin-Baker-Sitz kann bis zur Erde hinunterkatapultiert werden.«

Ich bekam keine Antwort, hörte aber, wie der Telefonhörer auf die Gabel gelegt wurde. Konstanse Hellot kam zu uns herüber.

»Sie kommt, sobald sie kann. Aber sie muß sich erst in der Schule freistellen lassen. Und dann hat sie ja den Jungen – da kann sie nicht einfach wegfahren. Und schließlich wäre sie nicht Linda, wenn sie sich nicht damit getröstet hätte, daß man sein Leben verlieren muß, wenn man es gewinnen will.«

Ich sagte nichts. Frau Tjødnarø sagte: »Was kann sie denn damit meinen? Gewinnen und verlieren?«

»Ich meine«, sagte Konstanse Hellot, »daß in gewissen Fällen Religion und Abgötterei leicht zu erklären sind. Wenn die Herrschenden und Mächtigen nach oben schauen, sehen sie nur blauen Himmel und den Hohlraum, den sie das Reich Gottes nennen. Aber wenn die kleinen Leute sich für einen Augenblick von der Arbeit aufrichten und den Blick nach oben wenden, da sehen wir bloß unsere eigenen Unterdrücker vor einem völlig uninteressanten Hintergrund aufragen.«

»Aber«, fuhr Konstanse Hellot fort, um einen Strich durch alles, was nach Sentimentalität und Metaphysik klang, zu ziehen, »jetzt ist weder Zeit, aufwärts noch abwärts zu schauen. Wir müssen den Blick vorwärts richten. Person, hast du ein Auto?«

»Nein«, sagte ich. »Aber –«

»Was heißt aber. Hast du oder hast du nicht!«

»Aber ich habe ein Motorrad. Steht direkt vor der Tür.«

Wir waren in weniger als einer halben Stunde fertig. Ich hatte vorher schon ein paar Telefongespräche geführt. Luftkommando Südnorwegen. Rettungsdienst. Sie hatten versprochen, uns in das Gebiet der Suchaktion hineinzulassen. Vor uns lagen nur die Zeit und der Weg.

Ich klappte die Stützen unterm Motorrad hoch und sah nach, ob Konstanse Hellot bereit war. Sie nickte. Mit den Händen in dicken Fausthandschuhen hielt sie sich am Handgriff fest. Ihre Kleidung bestand außerdem aus Strickjacke und Anorak mit Kapuze und Gummizug in der Taille, langen Hosen und derben Stiefeln. Die Kante der melierten Socken war über die kurzen Stiefelschäfte geschlagen. Als sie nickte, tanzte eine kleine weiße Bommel auf ihrer Pudelmütze. Alles klar!

Ich nahm den Fuß vom Boden und gab Gas, daß sich das Hinterrad hob. Konstanse wagte einen Augenblick mit einer Handschuhfaust loszulassen und der Schwester auf der Treppe zuzuwinken. Dann packte sie den Griff wieder mit beiden Händen. Die ersten Regentropfen machten dunkle Flecke auf den Asphalt, als wir auf die Straße einbogen.

Der Weg verlief durch das Zentrum und in südlicher Richtung an der Westseite des Fjords entlang. Der Fabrikrauch wurde bald eins mit den niedrigen Wolken, die sich immer dichter über uns zusammenballten. Der Regen fiel gleichmäßig und still, und zu meiner großen Freude ging das Tuckern meiner Taifun in ein gleichmäßiges, zusammenhängendes Brummen über. Wir ließen das Zentrum von Lovra und den See hinter uns.

Ropeid heißt ein Gehöft mit einer Fähranlegestelle. Hier ist der Fjord nicht breiter, als daß man Hol über! rufen kann – hinüber nach Sand, das aus einer Straße mit weißen Holzhäusern längs des Ufers und einer weißen Kirche auf dem Hügel dahinter besteht.

Wir brauchten nicht zu rufen, mußten aber eine halbe Stunde auf die Fähre warten. Die Wartezeit und die lange Fahrt lassen sich mit drei Worten kurz beschreiben: Regen. Regen. Regen.

Regen, der das Wasser am Fährkai peitschte. Regengetrommel auf die Wasserfläche des Fjords. Wolkenbruch, als wir an Land fuhren und dann in der Milchbar von Sand warteten, daß es sich aufklären würde.

Völlige Überschwemmung und Waschbrett den ganzen Weg hinauf durch Suldal. Weiße Nebelschwaden an den Berghängen von Solheimsvik. Und Regen auf der Überfahrt über das Suldalsvatnet. Immer mehr dichter, nasser, trostloser Regen.

Hier und da bewegte ein Windstoß das Wasser.

Kvilldal. Bråtveit. Roaldkvam. Schnee, der über die

Hänge immer näher auf die weißen Bauernhäuser zukam.

Und Regen, der nicht aufhören wollte.

Regengetrommel auf das Dach eines Kaischuppens in Nesflaten. Und tiefe Regenrinnen am Weg hinauf nach Brattlandsdalen. Aber wir kamen immerhin bis Lono, bevor wir aufgaben. Geschützt von ein paar geradezu unwahrscheinlich hohen und dichten Tannen, standen wir da, völlig durchnäßt, und sahen zu, wie die Regentropfen den Wasserspiegel brachen und Windstöße über das Lonovatnet fegten.

Regen. Regen. Regen.

Wir warteten. Der Regen stand wie eine Wand um uns, drang in die Erde, grub sich ein. Aber es gab keinen Ausweg. Ich mußte weiter. Wir kletterten auf das Motorrad und folgten der aufgelösten Verkehrsader weiter hinein in das Herz Norwegens, ein Land mit Niederschlagsrekorden und zugeschneiten Wegen, ein Land, in dem man sich festgraben muß, wenn man bleiben will, ein Land, graugepeitscht von Regen und zerfurcht von Plackerei und schwarzgekleidetem, strengem Pietismus. Ein Land, wo waffentaugliche Männer den ganzen Winter hindurch hart arbeiten müssen, nur um den Weg offenzuhalten. Der schlängelt sich unendlich langsam um die Berggipfel herum durch Brattlandsdalen. Auf seiner einen Seite hängen steile schwarze Felsen über, während auf der anderen Seite der Fluß an den Prellsteinen vorbeitost. So gekrümmt und schmal, so voller Löcher und Tunnel und scharfer Kurven ist nur der Weg, der aus der Kindheit und der Vergangenheit führt. Oder der Weg dorthin. Für Konstanse Hellot war er beides. Er folgte der Fußspur der Pilger zu dem wundertätigen Kruzifix, das aus der blauen Tiefe des Fjords gefischt und über dem Altar in der Stabkirche aufgehängt worden war – am Wallfahrtsort am Ende des Weges.

Sie erlebte das Wunder. Konstanse Hellot erhob sich. Wohl hatte sie keine Krücken wegzuwerfen. Auch keine blinden Augen zu öffnen. Keine offenen Wunden, die zu heilen waren. Aber der Himmel hatte seine Schleusen geöffnet und geweihter Regen ihren ganzen Körper geläutert. Konstanse Hellot konnte ihre ganze Körperschwere abwerfen und sich in die Luft erheben. Vom Lagerplatz unten beim Røldalsvatnet, wo noch keine Campingtouristen waren, startete Mutter Hellot ihre Himmelfahrt.

Der Regen war nun leichter geworden und die Wolkendecke höher. Durch einen feinen Regenschleier konnten Konstanse und ich die Gipfel sehen, die sich zu beiden Seiten des Tals erhoben. Wir sahen auch hoch oben im Dunst den Hubschrauber, drüben über dem Nøvlefossen im Osten, lange bevor er landete. Wir sahen, wie er schnell durch die Luft fiel, auf den Campingplatz zu, wo wir eine Plane über das Motorrad gezogen hatten und dastanden und warteten. Die Rotoren des Hubschraubers schnitten sich durch die dünnen Regenstreifen, und von den Rotorblättern spritzten Tropfen in alle Richtungen. Dann traf uns der Luftdruck, und die Maschine landete.

Einer der Piloten sprang heraus und kam, die eine Hand an der Mütze, auf uns zugerannt.

Wir verständigten uns vor allem durch Zeichen und Gestikulieren. Aber wir begriffen doch, was er meinte. Der Hubschrauber hatte ein Cockpit mit Platz für zwei und einen halbleeren Raum hinter dem Pilotensitz. Ich warf Rucksäcke, Motorradtaschen und den Geigerzähler, den Konstanse absolut mitschleppen mußte, zwischen Tauwerk, Ketten, Karabinerhaken, Stahlklammern und Werkzeug – alles ein einziger Wirrwarr noch vom letzten Einsatz. Dann half ich Konstanse an Bord. Wir klappten zwei Sitze an der Hinterwand herunter und schnallten die Sicherheitsgurte fest.

Als zöge man sich selbst an den Haaren hoch. So, glaube ich, empfand Konstanse Hellot ihre erste Himmelfahrt. Mit einem einzigen kühnen Ruck hatten wir den Campingplatz weit unter uns gelassen, die Stabkirche, Røldalsvatnet, Hordabakkane und Ekkjeskaret. Und die Berggipfel. Die Tausender unter uns wurden zu einer einzigen schneebedeckten Geröllhalde. Der Hubschrauber krängte, legte sich hart seitlich und steuerte ostwärts. Der Rotor schlug die Wolken zu Schaum, und weit unter uns konnten wir immer noch die Serpentinen des Weges sehen, der sich den Austmannalia hinaufschlängelte. Dann und wann mußte sich Konstanse von der Aussicht abwenden und mir einen schnellen Blick zuwerfen, als wäre ich die Bestätigung dafür, daß all das Wirklichkeit war, daß es einen Weg zurück zur Erde gab und daß sie sich nicht ganz in den hochfliegenden Traum verlor, in den Einbildungskraft sie gehoben hatte. Ich lächelte zurück, und zum erstenmal, glaube ich, erhielt ich einen flüchtigen Eindruck von dem, was in ihr vorging. Durch den Rotorenlärm des Hubschraubers löste sich eine Lawine aus den Wächten hoch oben am Grytøyr, und der Schnee glitt wie eine schwere Wolke den kahlen Hang hinab, bis ihn die Baumgrenze und das niedere Gehölz auffingen.

Konstanse preßte das Gesicht an die Scheibe, spürte, wie die Lawine niederging, sah, wie sie aufgehalten wurde, sah Svandalsflone, Midtlaeger und die Wasserscheide. Draußen im Westen fiel der Regen immer noch dicht. Von Osten her zog Nebel einen undurchdringlichen grauen Pelz über die kahle Bergwand. Und über Funk hörte ich die Leitung des Rettungsdienstes den Hubschrauber drei sieben rufen und melden, daß schlechte Sicht über Hovden die Landung dort unmöglich mache. Dann sah ich, wie die meterhohen Schneewälle zu beiden Seiten des Weges unter uns aufhörten und die Markierungsstäbe ihre dünnen kalligraphischen Zeichen ostwärts über die schneebedeckte Hochfläche strichelten, über das weiße, zusammengeknüllte Papier der Geologie, wo ein Flugzeug mit einem winzigkleinen schwarzen Tüpfel den Punkt hinter seine Himmelfahrt setzen sollte.

Dann rollte der Nebel zwischen uns und die Erde.

An der Kreuzung, wo sich die über das Haukelifjell führende Hauptstraße vom Weg nach Süden durch Setesdalen trennt, liegen ein gezimmerter Souvenirkiosk, eine Tankstelle und ein Buscafé. Der Kiosk und die Tankstelle waren geschlossen. Zusammen mit Konstanse Hellot steuerte ich auf die Tür des Cafés zu.

Wir waren von einem Campingplatz gestartet und auf einem anderen gelandet. Dieser lag auf der Südseite des Flusses, genau bei Tallaks Bru in Haukeligrend. Der Luftdruck von den Rotoren wirbelte leere Papiersäcke, Eternitstückchen, vertrocknete Zweige und Campingabfall vom vorigen Jahr durch die Luft. Dann setzte sich die Maschine weich zurecht, die Rotoren sagten ein paarmal witsch witsch witsch, bis sie stillstanden und wir die Sicherheitsgurte losschnallten und hinauskletterten. Niedrige regenlose Wolken und schweres schwarzes Licht hingen zu beiden Seiten des Tals. Die Häuser starrten dunkel und verschlossen in die Dämmerung. Wir luden unsere Sachen aus und gingen hinunter zur Brücke. Hinter uns machten sich die Piloten an die routinemäßige technische Kontrolle nach dem Flug. Wir überquerten erst den Fluß, dann die Hauptstraße und gingen in das Café.

Er war der Mittelpunkt des Raums. Er stand mitten an der Wand. Alle sahen ihn. Alle Möbel waren zu ihm gedreht. Von ihrem Platz an der Kasse hatte ihn die Kassiererin im Blick. Die Gäste schauten mit jedem Bissen zu ihm hoch.

Ich warf von der Tür her einen Blick auf ihn. Konstanse hatte so etwas noch nie gesehen.

Die Fernsehsendungen über das Landesnetz waren auch noch nicht offiziell, und es gab noch nicht einmal Transformatoren, weder in Lovra noch in Haukeligrend. Es war ein Märchen. Und wie im Märchen würde der König irgendwann im Herbst das elektronische Feudalreich auf dem Bildschirm einweihen. Aber von einem Sender auf dem Jonsknuten bei Kongsberg wurden immerhin lebende Bilder eingefangen und als seltsam flatternde Schatten auf den einsamen Empfänger im Buscafé geworfen.

Ich hatte schon einen freien Tisch gefunden und mich gesetzt. Aber Konstanse stand immer noch an der Tür, die Hand an der Klinke, als wäre diese die negative Elektrode und sie somit einem gelinden Elektroschock ausgesetzt. Schließlich riß sie sich doch los und ging auf die Theke zu, den Blick unverwandt auf den Bildschirm an der Wand gerichtet. Dort war die ganze Zeit ein undeutliches Testbild. Es kam und ging, nahm neue und verzerrte Formen an, schwand dahin, ertrank in Regen, löste sich in Nebel auf – begleitet vom Prasseln im Tonkanal, verschwand ganz, wurde schwarz und still. Dann tauchte plötzlich ein deutliches Bild auf, ein Globus. Der Erdball drehte sich um seine eigene Achse und verkündete zusammen mit einem Textstreifen und einer Erkennungsmelodie, daß nun die Nachrichtensendungen beginnen würden. Konstanse kam von der Theke mit zwei Tassen Kaffee zurück. Die eine stellte sie vor mich auf den Tisch, die andere behielt sie in der Hand und setzte sich. Auf dem Schirm hob ein Sprecher, mit Schlips und Jackett, den Blick vom Manuskript und flimmerte weg. Worte in einer fremdartigen Sprache tönten durch das Café. Als das Bild wieder auftauchte, zeigte es den sowjetischen Parteisekretär und Ministerpräsidenten Chrustschow in dramatischer Rednerpose – die eine Hand über dem Kopf geballt und irgend einen undeutlichen Gegenstand in der andern. Durch den Ätherschnee, der über das Medium wirbelte, konnte man unmöglich erkennen, ob es sich um ein Manuskriptblatt oder einen Schuh handelte. Es hagelte weitere erregte russische Worte, und auf gut norwegisch stand ganz unten auf der Mattscheibe in den glasklaren Typen der Textmaschine: »Wir werden Euch von innen her vernichten, durch Eure Kinder, durch Eure Religion!«

Keiner im Café nahm sonderlich Notiz von dieser kraftvollen Salve. Konstanse öffnete den Reißverschluß der Windjacke, ich kostete den Kaffee. Aus dem Apparat an der Wand hörte man einen Knall, und dann waren Ton und Bild fort. Spurlos verschwunden. Konstanse Hellot nutzte die Pause, um den Reiseproviant hervorzuholen. Sie streifte den roten Einweckgummi ab, öffnete den Schuhkarton und schob über den Tisch, was von den Brotscheiben übrig war. Ich bediente mich und sah neue Konturen auf dem Bildschirm auftauchen. Während ein Stilbild des Zentrums von Bodø langsam von Regen aufgelöst wurde, beteuerten die populäre Stimme von Einar Gerhardsen und die kühlere von Außenminister Halvard Lange, daß keiner von ihnen die geringste Kenntnis davon gehabt habe, daß das Spionageflugzeug in Bodø landen sollte. Die Generale Eeg und Johnsen sowie der Oberst Eriksen behaupteten mit unterschiedlicher Aphasie, daß sie niemals die Landeerlaubnis gegeben hatten. In groben Umrissen war das wiederaufgebaute Zentrum von Bodø noch zu sehen, aber der Ton verschwand. Die letzten erkennbaren Umrisse von stadtähnlichen Gebäuden lösten sich im Äther-regen auf, und nur ein prasselnder grauer Bildschirm blieb an der pastellfarbenen Caféwand zurück.

Es war ein spannendes und dramatisches Programm. Konstanse und ich taten uns an dem Rest des Proviants gütlich. Da zeichnete sich durch Regen und Schnee ein makellos scharfes Bild auf dem Schirm ab und zog alle Blicke im Raum auf sich. Wie in einer Vision tauchten vor unseren Augen – auch vor denen des kleinsten Gastes in dem Buscafé im norwegischen Haukeligrend – die Kremlmauern in Moskau auf. Auch die Stimme, die aus dem Kasten kam, war klirrend klar und deutlich, eine norwegische Sprecherstimme, die in normalem Norwegisch den Inhalt einer sowjetischen Note an die norwegische Regierung wiedergab: Wenn etwas derartiges wieder geschähe, werde die Sowjetunion nicht zögern, die Stützpunkte der Spionageflugzeuge unschädlich zu machen und die einbezogenen militärischen Anlagen zu vernichten.

Ich kaute. Und schluckte. Und kaute wieder. Aber

Konstanse Hellot sprach es aus. Sie sagte, die Brotscheiben würden ihr im Munde quellen.

»So mag es gewesen sein, als Jesus die Fünftausend in der Wüste speiste«, sagte sie. »Er sagte etwas so Wahnsinniges, daß ihnen die fünf Brote und die zwei kleinen Fische im Munde aufquollen.«

Ich nickte und schluckte noch einmal, nahm einen Schluck von dem glühend heißen Kaffee und fühlte es brennen wie am Tag des Jüngsten Gerichts. Auf dem Schirm vor mir erschien ein neues Bild. Der Sprecher kommentierte: »Und nun wieder Norwegen: In Bodø haben die örtliche Parteiorganisation und der Arbeiterjugendverband scharf gegen den Mißbrauch des Flugplatzes protestiert.«

Eine junge Frau mit Islandpullover, Dufflecoat, Fischerstiefeln und braunem über die Schulter wogendem Haar öffnete den Mund: »Aber ist das nicht ...?«

Konstanse warf mir einen fragenden Blick zu.

»Doch, irgendwie kommt sie mir bekannt vor!«

Aber Kitty kam gar nicht dazu, ihren Protest zum Ausdruck zu bringen. Zuerst verschwand ihr Bild. Dann verebbte allmählich ihre Stimme. Und schließlich waren da weder Ton noch Bild noch Regen noch Schnee noch das Pausenaquarium noch das runde Zifferblatt, das zeigte, wie die Zeit lief. Nur ein bodenloses schwarzes Loch blieb. Ein viereckiges Loch mit abgerundeten Ecken in der Außenwand des Cafés. Aber es war eine Öffnung, die nicht aus dem Raum hinausführte – sie führte nirgendwohin.

Wir tranken den Kaffee aus und standen auf.

In der Tür trafen wir die Hubschrauberpiloten, die ins Café wollten. Draußen hatten sich die Wolken noch ein Stück tiefer auf die Talsohle gesenkt. Die Dunkelheit verdichtete sich. Aber es regnete nicht. Wir wechselten ein paar Worte und erfuhren, daß es endlich entschieden war. Sie hatten Funkverbindung mit Hovden gehabt. Die Sicht war immer noch zu schlecht. Wir mußten übernachten. Die Suchaktion war eingestellt, jedenfalls für den Abend. Die Piloten zeigten uns den Weg zur Pension.

Während Konstanse Hellot und ich das Café verließen, schlugen die Testsendungen auf dem Bildschirm wieder durch. Mit lustigen Strichen schilderte ein nordamerikanischer Zeichenfilm das Leben auf der Erde nach der Atomkatastrophe. Auf der Mattscheibe, die alles Leben einsaugen, spurlos verschwinden und im Schoße der Familie Feuerstein – mit Fellschurz und Holzkeule – wieder aufflimmern lassen konnte, wenn der König sich besinnen und die Show für offiziell eröffnet erklären würde. Ich erkannte mich wieder, wie es heißt, im Grottenleben der Feuersteins. Mit meinen Erfahrungen aus der elektronischen Steinzeit konnte ich mich glücklich preisen. Das tat ich wohl auch, indem ich die Tür zwischen mir und dem Medium schloß und in den Frühlingsabend hinausging.

Ein schwarzes Schieferdach. Schwarze Bretterwände mit abgeblätterter Farbe. Eine gemauerte Feldsteintreppe mit rostigem Geländer an der einen Seite. Drei nackte Fensterscheiben, die einen scharfen, viereckigen Lichtschein hinausließen. Die Scheinwerfer strichen über die Wände eines Schulhauses, in dem der Unterricht zur Zeit der Einführung von Darwins Entwicklungslehre aufgehört haben mußte, das nun aber zu neuen Zwecken wieder in Gebrauch genommen worden war. Zuerst wurden die Scheinwerfer und dann der Motor ausgemacht.

Konstanse stieg zuerst aus dem Jeep, und ich sprang hinterher. Wir standen zu beiden Seiten der Kühlerhaube und versuchten uns zu orientieren. Hinter dem Schulhaus hatte der Nebel eine dichte graue Wand errichtet. Es war früher Morgen, aber seit unserem Aufbruch war schon viel Zeit vergangen. In der allerersten Morgendämmerung hatte uns der Hubschrauber von Haukeligrend südwärts nach Hovden gebracht. Die Sonne setzte schon gelbe Spuren auf die höchsten Gipfel, als der Hubschrauber in den dichten Nebel zwischen den Felswänden eintauchte. Unten auf dem Boden, auf dem schlechten Grusweg unter dem Nebel, stand ein Jeep mit Plane, aber ohne Türen, für eine kurze Fahrt bereit.

Ich stoppte die Zeit. Nach fünfzehn Minuten Fahrt waren wir angelangt. Die Scheinwerfer von Militärfahrzeugen und Polizeijeeps sowie das scharfe Licht von den Fenstern des Schulhauses markierten das Hauptquartier der Suchaktion. Der Chauffeur, der uns gefahren hatte, zeigte uns den Weg, und wir folgten ihm entlang der hohen Grundmauer des Schulhauses.

Ein älterer Mann in offener grüner Windjacke, Bundhosen und Jagdstiefeln saß auf dem Vordersitz eines Polizeijeeps und redete in einen Walkie-Talkie. Auf dem Schoß hatte er ein Bündel topographischer Karten, in denen er planlos mit der freien Hand blätterte. Neben ihm, vor dem Jeep, stand ein Militärfunker mit der schwankenden Dreimeterantenne eines Funkgeräts auf der Brust. Der Mann im Jeep beendete das Gespräch, gab das Mikrofon dem Funker zurück und stellte sich uns Neuankömmlingen vor.

Haakon Fridtjofsen. Amtmann, Kenner des Geländes und Fänger, wie er mit einem Lächeln sagte. Er begriff sofort, wer Konstanse war, doch er begrüßte uns beide mit der gleichen Herzlichkeit. Aber über die reinen Höflichkeitsfloskeln hinaus hatte er nicht viel zu berichten, obwohl er sich große Mühe machte, das wenige, was er wußte, zu erläutern. Aus Setesdal waren Leute von der Heimwehr und der Zivilverteidigung eingesetzt. Zusammen mit vielen Freiwilligen. Den ganzen gestrigen Tag hatten sie in Ketten das Gelände in westlicher Richtung durchgekämmt, ohne etwas zu finden. Bis jetzt nicht eine Spur. Das war das Hauptergebnis. An und für sich konnte das ein gutes Zeichen sein. Es gab eine gewisse Hoffnung. Die Suchaktion war bis zum späten Abend gegangen. Aber nachdem der Nebel immer dichter wurde, war es unmöglich, mit dem Hubschrauber zu suchen. Eine Kompanie Infanterierekruten war auf dem

Weg herauf von Evjemoen, um die Suchmannschaft zu verstärken. Mit dem Zeigefinger beschrieb der Amtmann einen großen, traurigen Kreis auf der Karte, als Konstanse Hellot nach der Begrenzung des Suchgebiets fragte.

So war in groben Zügen der Stand. Amtmann Fritdjofsen kletterte aus dem Jeep. Im Sloaros-Gebiet war der Einsatz bereits in vollem Gange. Das Wetter sollte auf dieser Seite besser sein. Was die weiteren Pläne anging, so würde der Amtmann darauf zurückkommen. Er zeigte den Weg mit der Hand und ließ Konstanse und mich zuerst die Treppe ins Schulhaus hinaufgehen.

Drinnen war es fürchterlich kalt. In den niedrigen gelben Schulbänken mit gerader Lehne und schrägem Pultdeckel saß ein reichliches Dutzend zivile und militärische Amtspersonen. Sie sahen seltsam verwachsen und verkrüppelt aus, als würden sie in einem Unterrichtsstadium festgehalten, dem ihre Körper längst entwachsen waren. Das unbarmherzige Oberlicht auf ihren Gesichtern vermittelte den Eindruck, als hätten sie die ganze Nacht das Gelände durchgekämmt, ohne den Gesuchten oder auch nur Ruhe für sich selbst zu finden. Die Offiziere, die Repräsentanten der Zivilverteidigung und die Leute vom Rettungsdienst wandten sich wie auf Befehl zur Tür und erblickten eine ältere Frau und einen jungen Mann, beide in Sportkleidung, die sich ganz hinten im Klassenzimmer niederließen, während der Amtmann an den Pultreihen vorbei aufs Katheder sprintete.

Die Wand hinter ihm war von einer leeren bibelschwarzen Tafel bedeckt, und von der Decke über der Tafel hingen immer noch – eingerollt – eine Weltkarte und zoologische Schautafeln, deren sichtbare untere Teile gerade noch eine Spur vom Naturverständnis und vom Weltbild der vorigen Generation erahnen ließen.

Amtmann Fridtjofsen verschwendete keine Zeit mit einleitenden Phrasen und Formalitäten. Er begann den Lagebericht, indem er den Versammelten den Rücken zuwandte und in rasendem Tempo, ohne ein Wort der

Erklärung, etwas an die Tafel zeichnete. Als er fertig war und sich wieder uns zuwandte, war eine einfache Kartenskizze auf der Tafel und zeigte das Fjellgebiet westlich von Setesdalen, südlich von Dyraheio, nordöstlich von Sirdal. Alles zusammen wilde Hochgebirgsregionen. Der Amtmann hielt sich an diese Karte und benutzte ein abgebrochenes Lineal, um Orte und Richtungen anzugeben. Aus einiger Entferung betrachtet, hatte er einen sehr langen Hals und einen großen Mund in einem kleinen runden Gesicht, so daß sein Kopf, wenn er den Mund öffnete und redete, am meisten an das sich verjüngende Ende eines Periskops erinnerte.

Das, was er durch das Periskop gesehen haben mußte, gab ihm immer noch Grund für eine gewisse Hoffnung. Eine kleine, doch realistische Hoffnung. Fridtjofsen ließ seinen Linealstummel den Gebirgspässen auf der Tafel in westlicher Richtung folgen, hinunter in die tiefsten und engsten Ryfylkefjorde.

»Njardarheimen«, sagte er, den Zuhörern nur halb zugewandt. »Wie wir wisssen, ist ganz Njardarheimen voll von Hütten. Das kann sich unter Umständen als entscheidend erweisen.«

»Handelt es sich um Touristenhütten?«

Der Amtmann wandte sich zu dem Mann, der fragte: »Nein, General Eeg. Nicht in erster Linie Touristenhütten. Davon gibt es auch einige, aber in erster Linie handelt es sich um Heiberg-Hütten.«

»Heiberg-Hütten?« Der General beherrschte die Kunst, seiner Stimme einen Klang zu geben, der eine klare Antwort verlangte. Und Amtmann Fridtjofsen war nicht einer, der um eine Antwort verlegen war.

»Ja, General. Das sind Hütten, die nach dem Gründer der sogenannten Njardarheim Veidemark, dem Osloer Thorvald Heiberg, benannt sind. Um die letzte Jahrhundertwende war es immer noch hier im Lande so, daß sich ein Privatmann eine ganze Wildmark kaufen konnte. Und genau das tat Doktor Heiberg. Er verschaffte sich das Verfügungsrecht über einhunderttausend Hektar

Hochgebirge, alles achthundert Meter und mehr über dem Meeresspiegel, mit Gipfeln bis zu fünfzehnhundert.«

Der Amtmann klang wie ein Lokalhistoriker, der auf sein Spezialgebiet gekommen war: »Was er damit bezweckte, also die Absicht, all das in einer Hand zu sammeln, war, das Weidegebiet für den Wildrenstamm südlich von Haukoli zu sichern. Gleichzeitig verpachtete Heiberg die Rechte zum Jagen und Fischen. Und er machte das in großem Stil, ließ Kataloge in englisch drucken mit genauen Auskünften über Jagdkarten und Jagdzeiten, Essen und Trinken, einheimische Träger und Bergführer. Leute wie der finnische Marschall Mannerheim und der Franzose André Gide sind hier im Heiberggelände auf die Jagd gegangen. Nach dem Plan sollte sich das ganze Gebiet auf diese Weise selbst finanzieren, aber so ging das nicht, und während des Krieges mußte Heiberg seine Wildmark einer öffentlichen Stiftung übergeben, die von den norwegischen Nazibehörden kontrolliert wurde. Sie waren es, die den Namen Njardarheim Veidemark erfanden. Njord war, wie Sie wissen, in der nordischen Mythologie der Gott des Meeres, des Windes und der Ernte. So war Heibergs Jagdgelände in den letzten Jahren des Krieges ein einziger großer Tummelplatz für Okkupanten, Schieberbarone und Nazibonzen.«

Amtmann Haakon Fridtjofsen war mit seinen Assoziationen nicht ganz fehlgegangen. Er hielt inne, warf einen Blick auf die Karte hinter sich, fand den Weg weiter und schloß: »Aber bevor es soweit kam, hatte Heiberg dreißig größere und kleinere Hütten hier im Fjellgebiet aufstellen lassen. Auf die vertrauen wir nun. Die meisten sind ordentlich isoliert und gut mit Lebensmitteln versehen. Wenn Hauptmann Hellot sich rauskatapultiert und es bis zu einer der Hütten geschafft hat, kann er unbegrenzte Zeit durchhalten, selbst wenn er bei der Landung zu Schaden gekommen sein sollte. Wir müssen hoffen.«

Keiner hatte weitere Fragen. Der Amtmann berichtete kurz über den weiteren Einsatz. Eine Kette sollte von Bykle aus starten und längs der Südseite des Botsvatnet den kurzen Weg in die Wildmark abgehen. Zusammen mit einem Teil der Freiwilligen sollten die Rekruten aus Evje von Nomeland, drei Meilen weiter südlich im Tal, starten und den Heibergweg entlang nordwestwärts nach Fardalen in Richtung Roskreppfjord vorstoßen, bevor sie nordwärts abdrehen würden. Beide Suchtrupps gingen somit auf die Gyvasshütte zu, eine Heiberg-Hütte, die weit drin an der Grenze zwischen Aust-Agder und Rogaland liegt und mehr einer Festung als einer Sporthütte gleicht. Zum Schluß erinnerte Amtmann Fridtjofsen daran, daß immer noch tiefer Schnee in Vestheia liege. Sobald sie aus den Talgängen kämen, müßten sie damit rechnen, daß sie nur auf Schiern weiterkönnten. Nachdem er noch ein paar Worte über den Einsatz von Haukeli hinzugefügt hatte, war er fertig, legte den Zeigestock weg, ließ die Karte an der Tafel stehen und entließ die Zuhörer.

Ich saß beengt. Außer dem Fahrer waren Haakon Fridtjofsen, Konstanse Hellot und ich in die Fahrerkabine eines GMC gepreßt. Konstanse hatte den Amtmann zwischen sich und der Wagentür, und auf der anderen Seite saß ich zwischen ihr und dem Fahrer. Wenn sich einer von uns bewegen wollte, mußten wir es gemeinsam tun.

Der Lastwagenmotor brummte. Die Stimme des Amtmanns ging wie ein Hilfsmotor. Ich döste mit offenen Augen. Wir krochen vorwärts. Der Fahrer beugte sich über das Lenkrad und versuchte zu verhindern, daß die Rücklichter des vor uns fahrenden Autos völlig im Nebel verschwanden. Er war ein großer, schlaksiger Zwanzigjähriger mit dichtem weißblondem Haarschopf und einem pickligen Gesicht. Ab und zu sah er mich oder Konstanse an und quälte sich ein unsicheres Lächeln ab. Dann nahm sein ganzes Gesicht die Farbe der Pickel an. Roter Mund um gelbe Zähne.

Es roch nach Diesel, ungewaschenem Mann und Pfeifentabak. Die schlaffen Schneeketten an den Reifen schlugen im Takt gegen den Weggrus. Konstanse Hellot schlief und döste. Aber sie saß dem Amtmann am nächsten. Der Redestrom mußte auf jeden Fall an ihr vorbei. Fridtjofsen hatte immer noch das Kartenbündel bei sich. Und er hielt es andauernd auf dem Schoß. Offenbar redete er von den Karten.

»Man sollte nicht glauben, daß es wahr ist«, hörte ich ihn sagen. »Aber das ist es, wahr also. Bis weit ins siebzehnte Jahrhundert hinein waren alle Karten, die von Norwegen existierten, von Ausländern gezeichnet, die nie ihren Fuß hier ins Land gesetzt hatten. Und als endlich ein Kartograph auftauchte, der sich darum kümmerte, daß die Karte mit dem Gelände übereinstimmte, wurden seine Kartenblätter im Archiv des Generalstabs eingeschlossen. Dort lagen sie und sammelten hundert Jahre Staub an! Klassifiziert als militärische Geheimnisse!«

Der Weg schlängelte sich wie eine tiefe Flußrinne durch die Talsohle. Es war mitten am Tag, aber die Autos in der Kolonne fuhren immer noch mit Licht. Ich konnte kaum die verstreuten Häuser am Weg erkennen. Ab und zu nickte Konstanse Hellot zum Amtmann hin und sagte mhm und mhmh, um zu zeigen, daß sie zuhörte. Und Fridtjofsen hatte mehr auf Lager: »Vor der Zeit des Fotoapparats«, sagte er, »wurden Stadtansichten und Landschaftspanoramen nicht als Kunst oder Zimmerschmuck für die Leute hergestellt. Die Urheber waren entweder königliche Militäringenieure oder Spione, je nachdem ob sie für die Staatsmacht oder für fremde Mächte arbeiteten. Nicht umsonst hat Clausewitz die Kriegskunst mit den schönen Künsten gleichgestellt.«

Die Augenlider wurden schwerer und schwerer. Der Weg hinunter durch Setesdalen ist die mathematische Kurve, die ins Unendliche führt. Ich schaukelte hinein in einen schweren Schlummer und wieder hinaus. Ich hörte den Fahrer sagen, daß wir nach Bykle gekommen seien, machte die Augen auf und sah eine Kirche, die ihre Turmspitze in den Nebel steckte. Ich nickte wieder ein, der Schlaf war schwarz wie Moor, in das ständig, zusammen mit dem Redestrom des Amtmanns und Konstanse Hellots hellerer Stimme, brennende Geschosse eindrangen.

»Nein«, hörte ich sie sagen, ohne mich zu erinnern, was sie verneinte, »er hatte schon seine Gründe dafür.«

»Man braucht nur Geelkercks Karten zu nehmen. Sie sind die ersten, die den Verlauf unserer Gewässer zeigen. Otra, Ulla und Førre und Sina und Kvina, alle, die hier im Fjell entspringen. Zum erstenmal wurden sie von einem Mann gezeichnet, der sie gesehen hatte. Isaac van Geelkerck, ein Holländer, der während der Hannibalfehde nach Norwegen kam. Auf Befehl des Königs zog er kreuz und quer durch Südnorwegen. Aber seine Karten hielt das Militär über hundert Jahre geheim. So viele Dinge, so fest versiegelt!«

Ich blickte hinüber zu Konstanse. Sie schlief oder tat so. Sie war nicht mehr jung. Die Reise hatte über vierundzwanzig Stunden gedauert. Wir waren auf dem Weg hinunter nach Valle. Der Fahrer hing über dem Lenkrad und klebte an dem Auto vor uns. Ich sah, wie sich die Rücklichter im Nebel auflösten. Als ich aus dem Traum erwachte, in dem sich roter Schnee auf die Felsen legte, war die Szene unverändert. Der Fahrer hing über dem Lenkrad. Konstanse Hellot hing über Amtmann Fridtjofsens Schulter und schlief. Wir fuhren durch Valle. Der Nebel lag unverändert dicht. Der Amtmann hatte es aufgegeben, uns in ein Gespräch zu verwickeln, und widmete sich statt dessen dem Studium seiner Karten.

An einer Stelle, die Nomeland heißt, bogen wir von der Hauptstraße ab und fuhren nach rechts bergan. Am Wegrand standen kleine Jungen in Knickerbockers und mit Strickmützen auf dem Kopf, die unter dem Kinn gebunden wurden, und winkten ernst den schweren Lastwagen in der Kolonne zu.

Die meisten Seitentäler von Setesdalen sind unten eng

und öffnen sich an den Felsenhängen. Aber die Autos mußten bald aufgeben. Große Räder und Schneeketten halfen nicht. Mitten an dem steilsten Hang war plötzlich Schluß. Der Weg war nicht geräumt. Da hieß es nur ausladen und zu Fuß weiter. Als das gleichmäßige Fahrtempo plötzlich aufgehört hatte, mußte Konstanse wach geworden sein. Sie blinzelte den Fahrer verschlafen an, und der antwortete mit seinem verspäteten Pubertätslächeln. Dann kletterte sie hinter Amtmann Fridtjofsen das Trittbrett hinunter. Ich war der letzte. Wir standen in tiefen Radspuren, Matsch und hohe Schneewälle zu beiden Seiten. Ich ging um das Auto herum und vertrat mir die Beine. Unter der Persenning auf der Ladefläche waren Funkausrüstung, leere Munitionskästen, Tarnnetze und alte Benzinkanister verstaut.

Dazu unsere Rucksäcke und Konstanses Geigerzähler. Sie nahm ihn mit und kletterte den Schneewall hinauf. Ich sah ihre Silhouette vor dem Nebel stehen. Sie probierte die Kopfhörer. Strontium 90 sagte nicht hallo. Die einzigen Laute, die ich hörte, kamen von den Lastautos, die am Wegrand zurückstießen und zu wenden versuchten.

Tiefe Spuren von Marschstiefeln wiesen den Weg weiter ins Gebirge. Die Rekruten aus Evje waren schon seit einer Stunde im Gelände unterwegs. Nun setzte sich das Heer der Freiwilligen in Bewegung. Fridtjofsen zuerst, Konstanse folgte ihm auf den Fersen. Wir hatten zwei Paar Militärschi ausleihen können. Mit beiden Paaren auf den Schultern kam ich hinterher.

Wir gingen ein paar Kilometer durch dichten Nebel, ohne etwas zu sehen. Die Birken entlang des Pfades krümmten sich immer mehr zusammen. Zuletzt ragten nur noch die Spitzen von Heidekraut und Wacholderbüsche aus den Schneewächten hervor. Wir waren über die Baumgrenze gekommen und im Weidengürtel angelangt. Der Schnee wurde tiefer und machte das Vorwärtskommen immer schwerer. An den Südhängen ging der Pfad in offene schneefreie Flecken über. Weiter oben, wo der Wind freie Bahn gehabt hatte, waren die baumlosen Flächen reingefegt, und nackte Kuppen mit Steinen und Flechten wurden inmitten des Frühlingsschnees sichtbar.

Der Nebel verdichtete sich immer mehr. Der Nebel des Krieges, des kalten Krieges, bekam klare Umrisse und Gesichtszüge. Wurde zu einem Fliegeroffizier in Felduniform. Er kam uns entgegen. Amtmann Fridtjofsen blieb stehen und grüßte den General mit der Hand an der Mütze. Wir waren dem Pfad eine halbe Stunde gefolgt. Es war an der Zeit, eine Kette zu bilden. Ich trat mit Konstanse neben den Amtmann, der gedämpft mit General Eeg sprach. Ein Funker mit schwankender Antenne tauchte ebenfalls aus dem Nebel auf. Eeg hörte dem Amtmann zu und schüttelte mehrere Male den Kopf. Nein, Hauptmann Hellot hatte keine Verbindung mit dem Landeradar gehabt, weder in Sola noch Kjevik. Aber der Flug war stark von den normalen Kursen abgewichen. Keinerlei Schwierigkeiten waren gemeldet worden. Dann war der Funkkontakt abgebrochen.

General Eeg hielt plötzlich inne. Machte den Mund wieder zu, sah Fridtjofsen an und dann uns.

»Was ist *das?*«

Er sagte es zu Fridtjofsen. Aber sein Blick ruhte auf mir. Der Amtmann sprach Setesdal- oder Vesttelemarkdialekt mit dunklen U-s und R-s irgendwo zwischen Kratzen und Rollen.

Ruhig und bedächtig brummte er: »Das ist die Mutter, General. Frau Konstanse Hellot. Sie ist die Mutter von Hauptmann Hellot. Und was sie da mit sich herumschleppt, das ist ein Geigerzähler –«

Weiter kam er nicht. General Eeg unterbrach ihn: »Nicht sie. Der andere. Was ist das für einer, und was hat der Betreffende hier zu suchen?«

Ich war beim Amtmann angelangt, stand zwischen ihm und Konstanse Hellot. Der leichte Regen und der Nebel verfitzten sich mit dem trüben, diffusen Tageslicht. Ich blieb die Antwort schuldig. Ich sagte nichts von Freundschaft. Ich sagte nichts von einem unzusammenhängenden Funkspruch auf einer wilden Frequenz. Ich sagte nichts von Oberst Evang im Stab des Geheimdienstes. Nichts von Holystone und ähnlichen Codenamen. Für General Eeg war ich eins mit dem Nebel, der die Landschaft zudeckte. Es war am besten so. Keine Botschaft, aber Text. Und der Text war die Botschaft. Der General machte eine Kehrtwendung und ging los, den Funker wie einen Schatten auf den Fersen.

Ab und zu zerriß ein Fleck blauer Himmel den Nebel. Ich sah die Konturen der uns umgebenden Landschaft immer noch nicht, merkte aber, daß sie flacher geworden war und offener. Wir waren in der Veidemark, in den Jagdgründen des Faschismus. Ich merkte auch, daß der Nebel tief dahinzog, daß er das Gelände wie ein dünner Teppich bedeckte, in alle Klüfte und Schluchten kroch und sich so dicht über alles legte, daß es unmöglich war, vorn oder hinten oder an irgendeiner Seite etwas zu sehen. Aber oben: wenn ich den Blick hob, konnte ich Stücke graublauen Himmels und nasser Sonne sehen. Ein hoher Himmel über grauem Berg wechselte mit grauem Unwetter über stahlglänzenden, nassen Felsen.

Amtmann Fridtjofsen hatte Befehl gegeben, daß die Kette nach beiden Seiten ausschwärmen sollte. Nun setzte er die Reihe nach vorn in Marsch. An meiner rechten Seite hatte ich Fridtjofsen im Blickfeld, und Konstanse Hellot sah ich deutlich zu meiner linken. Und hinter ihnen kamen ständig neue Menschen, die ebenfalls in unsere Richtung gingen. Ja, Person war aus dem Bunker herausgekommen, aus dem atomsicheren Gestein, herauf an die Oberfläche der Erde. Ich hatte die Flügel ausgebreitet, und ihre Spannweite war unermeßlich. Mit Armen so lang, wie die Menschenkette reichte, umfing ich alle, die mir entgegenkamen, und drückte sie an meinen müden, verwundbaren Körper.

Wir kamen im Gelände langsam voran. Durch einen Riß im Nebel segelte eine tagbleiche Mondsichel vorbei. Ich sah, daß Konstanse in regelmäßigen Abständen den

Geigerzähler prüfte, offenbar ohne ein Ticken in den Kopfhörern zu vernehmen. Weder ihr radioaktives Gehör noch mein Radarblick halfen. Wir sahen weder Alfemann noch strontiumrote Spuren von ihm. Aber der Nebel war geladen mit Lauten von Schritten, Menschen und rinnendem Wasser in Flüssen, Wasserfällen und Sturzbächen. Eine Bekkasine warf sich auf uns herab, mit ruckhaftem Flügelschlag und einem von den gespreizten Schwanzfedern erzeugten meckernden Geräusch. Sie flog ganz flach und stieg aufs neue. Ich fühlte es. Wir waren ganz nahe. Irgendwo im Nebel lagen das Wrack eines supersonischen Jagdflugzeugs und ein Pilot. Die große Hoffnung: zerschlagen. Oder: irgendwo im Nebel stand das Flugzeugwrack auf dem Boden, und aus den Wrackteilen erhob sich Alfemann und kam ruhig auf die Suchkette zu, befreit vom Flugzeugkörper, befreit vom Sitz, der ihn hinauskatapultiert hatte, befreit vom Schirm, der den freien Fall gebremst hatte, befreit von Rettungsweste und Überlebensanzug. Die letzte, die größte Hoffnung, nicht eingelöst, sondern ausgelöst. Alf Hellot mit geradem Kurs in die Umarmung der tausendarmigen Suchmannschaft.

Aber die bekannten Schritte kamen nicht näher. Rechts von mir war Amtmann Haakon Fridtjofsen spurlos verschwunden. Auf der anderen Seite konnte ich immer noch sehen, wie sich der schwach beleuchtete Umriß von Konstanse Hellot bewegte.

Nasse Stiefel. Breiiger Schnee. Wir stapften weiter. Knarren im Schnee. Schmatzen im Matsch. Rutschen auf Eis. Platschen im Wasser. Streifen an Heidekraut. Sprung über Hügel. Der Nebel unverändert dicht und schleierartig. Manchmal lüftete ihn ein von Süden kommender Windstoß. Dann fiel der Schleier wieder. Der Nebel fegte dicht über dem Schnee auf den Abend zu. Das Tageslicht still und undurchdringlich, alle Laute gedämpft.

Ich merkte, daß ich mich selbst hart am Arm gepackt hielt. War da etwas? Ich machte einen Schritt vorwärts.

Vor mir kam etwas zum Vorschein, türmte sich im Nebel auf. Ich lockerte den harten Griff und machte noch einen Schritt.

Vorsichtig und andächtig ging ich darauf zu. Ging bis hin zu dem Flugzeugkörper. Ging hinein. Durch ihn hindurch. Hinein in einen anderen und wieder hinaus. Und noch in einen. Ich war in ihnen allen. Der Nebel hatte sich zu phantastischen Formen verdichtet.

Ich mußte gerannt sein. Ich blieb stehen und schöpfte Atem. Kein Schnee hier, nur nasses vorjähriges Gras. Ich war unten an offenem Wasser. Schmelzwasser floß breit und still und grub sich unter das Ufer, an dem ich stand.

»Alfemaaan!«

Konstanse war nicht weit entfernt. Ich sah sie nicht, aber ich hörte, daß sie aus vollem Hals rief und wie dünn ihr Ruf klang.

Die Flußmündung war ganz nahe. Eine Landzunge streckte sich in die Mündung. Der Arm des Gletschers war weiße Zärtlichkeit. Hier an der Mündung hatte das Eis das Land losgelassen.

Ich stand unbeweglich und lauschte, aber Konstanse bekam keine Antwort. Eine Bekkasine stürzte auf mich zu, schwirrte mit den Schwanzfedern, meckerte. Der Nebel verdichtete sich wieder – wurde zu Stein, zu nackten Bäumen, zu Lastautos, zu Freiwilligen in Sportkleidung, Flugzeugkörpern, Flügelpaaren, Hecks. Umrisse der Hoffnung. Sprengkörper, Himmelskörper.

Konstanse Hellot rief mich, und ich antwortete.

»Hast du etwas gesehen?«

Ich glaube, ich hatte auf den Flugschreiber getreten, bevor ich ihn sah. Dann sah ich anderes auch. Alfemann mußte über ein großes Gebiet verstreut sein. Ob er tief in die Erde gedrungen und eins mit ihr geworden war, weiß ich nicht. Ich selbst war an die Oberfläche gekommen.

»Hast *du* etwas gesehen ?«

Ihre Stimme war dünn und unscharf. Ich sah sie nicht.

Ich hob den Flugschreiber auf und ging dem Laut nach.

Coda

Zweiundzwanzig Jahre sind eine lange Zeit. Deine Kinder sind dir längst über den Kopf gewachsen. Die Zellen in deinem Körper sollen dreimal ausgetauscht worden sein. Bei Mord und anderen schweren Verbrechen fehlen nur noch drei Jahre bis zur Verjährung. Das gilt in allen zivilisierten Nationen ebenso für die Aufhebung der Geheimhaltungsklausel.

Zweiundzwanzig Jahre sind also eine sehr lange Zeit. Major Brorson, mein guter Kollege bei regelmäßigen Inspektionen, hat unglaublicherweise neue Ansichten über die Sicherheitspolitik entwickelt und damit auch einen neuen Job bekommen – bei der Zivilverteidigung, also nicht mehr im Oberkommando. Auch so gesehen, sind zweiundzwanzig Jahre eine lange Zeit. Aber nicht lang genug, um meinen guten Namen und das Gerücht über meine guten Taten zu enthüllen. Ich kann immer noch die politischen Sprengkörper auf immer moderneren Radarschirmen überwachen.

In zweiundzwanzig Jahren können auch unglaublich viele Mammuthotels gebaut werden. In Bodø hat sich zum Beispiel die Fluggesellschaft SAS eins gebaut, das mindestens sechzehn Etagen hoch zu sein scheint. Dorthin hatte ich meine Schritte gelenkt.

Aber auf dem Weg dorthin mußte ich noch in Otto Kochs Fischgeschäft. Es war ein harter Schlag. Der Verkaufstisch war durch eine Kühltruhe ersetzt, wo man tiefgefrorene Filets und panierte Fischstäbchen kaufen konnte. Um getrocknetes Heilbuttfleisch zu ergattern, mußte man sich nach Reine auf den Lofoten oder bis zum letzten Buchstaben des Alphabets begeben. Also schlenderte ich mit leeren Händen wieder hinaus, bog in die Sjøgata ein, ging andächtig am Hotel Norrøna vorbei, aber ohne das Lunchbüfett zu probieren. Ich bekam die Tageszeitungen im Foyer des SAS-Hotels und nahm den Fahrstuhl hinauf zur Bar im Dachgeschoß. Ich war der erste Gast des Tages. Ein Schild hinter der Bar behauptete: »The Noise of the Planes Is the Noise of Freedom!« Flugzeuge dröhnen genauso verrückt wie die Freiheit, jawohl. Ich ließ mich im Radarlicht an der Bartheke nieder und bestellte einen Polar. Das führte zu einem nachsichtigen Blick des Barkeepers und zu folgendem Gespräch:

»Aber die Uhr ist noch nicht drei.«

»Aber die Uhr ist fünf vor zwölf.«

»Sie ist fünf vor zwölf, ja.«

»Die Frage ist«, sagte ich, »was machen wir daraus? Ich kenne einen, der konnte die Zeit anhalten, in der Luft herumschweben und die Zeiger an allen öffentlichen Uhren stellen.«

»Stellte er sie vor oder zurück?«

Ich sagte vor, aber ich glaube, er hörte die Antwort nicht, denn gerade in dem Augenblick, als ich den Mund aufmachte, setzte ein Abfangjäger, F-16 heißen sie wohl jetzt, zur Landung an und schnitt mit dem Dröhnen der Freiheit jedes weitere Gespräch ab.

Nachdem ich mir ein Bier herbeigestikuliert hatte, faltete ich die Zeitung auseinander und warf einen Blick auf die Schlußfolgerungen im Bericht der Untersuchungskommission. Zweiundzwanzig Jahre sind eine lange Zeit. Aber schließlich konnte jetzt veröffentlicht werden, daß der Flugschreiber (mit Retrospektoskop und Introspektoskop) wirklich am Nachmittag des 13. Mai im Schnee bei Gyvasshytta gefunden worden war. Mein Name wurde klugerweise nicht mit dem Fund in Zusammenhang gebracht. Von Flugzeug und Piloten gab es keine weitere Spur. Die Untersuchungskommission hatte, mit anderen Worten, kärgliche technische Daten zur Verfügung. Gleichwohl schloß sie etwas vage, daß das Flugzeug in die unterste Schicht der Logossphäre gekommen und verbrannt sei durch »die Partikeldichte im Phonem der Sprache«, wie es im undurchdringlichen Fachjargon hieß.

Ich holte einen Zeichenblock in Kleinstformat mit dreißig unlinierten Blättern hervor. Hier ist alles festgehalten, was ich mit eigenen Ohren erlauscht oder auf den verschiedenen Radarschirmen gesehen habe, nur mit den unbedingt notwendigen verbindenden Kommentaren von meiner Seite. Ich fand ein letztes leeres Blatt und fing an, etwas von der Literatur zu notieren, die mir während der Ausarbeitung dieser Kommentare von Nutzen gewesen war.

Draußen ging der kurze Tag in Dämmerung über. Das grottenartige Licht drinnen und draußen ließ mich an den Radar denken, und der Block wurde zu dem Schirm, auf dem ich den Punkt einfing, wie wir sagen.

Ich schrieb. Von einer anderen Stelle des Hotels schlug eine Diskomaschine ihre einhundertfünfundzwanzig Taktschläge in der Minute.

Wo kommt sie her? Diese Gier, den Lärm zu alphabetisieren? Den Leerraum, das Farbenspektrum, die Rhythmusmaschine? Die Dunkelheit? Und das Schweigen? Den Zwischenraum, den Abstand und den Stillstand? Die anderen?

Der Abfangjäger war gelandet, wendete weit draußen auf der Piste und drehte die Nase zu den Hangars. Er wurde geerdet und von statischer Elektrizität entladen.

Der Lärm der Freiheit erstarb. Die Stille war der Laut, der uns verband –?

Das Kratzen der Feder auf dem Papier, kaum hörbar.

Die Stille.

Die Hand, die sie bricht.

Oktober '82

Erläuterungen und Übersetzung fremdsprachiger Textstellen

30 *Valdres* – Landschaft in Mittelnorwegen, Schauplatz von Kämpfen zwischen norwegischen Streitkräften und deutsch-faschistischen Okkupanten 1940

39 *Deirdre und Naisi* – Liebespaar in einer altirischen Sage

74 *Dali* – Salvador Dali, zeitgenössischer surrealistischer Zeichner und Maler Spaniens

75 *militärischer Titel* – Bezieht sich auf plottar, abgeleitet von (engl. to plot) – registrieren, auswerten, Position bzw. Kurs feststellen. Wortspiel plattar – (norweg.) blottar – Entblößer

91 *Harry Martinson* – Schwedischer Romancier und Lyriker (1904–1978)

Harry Stoteles – Aristoteles, altgriechischer Philosoph

Harry Krishna – Hare Krishna, aus Indien kommende, neureligiöse hinduistische Bewegung

92 *Tonto* – Gestalt aus Wildwestbüchern

99 *WSTP-Büro* – (Engl.) Work Study Training of Productivity – Büro für Arbeitsstudien zur Verbesserung der Produktivität

105 *Zapata* – Emiliano Zapata (1873–1919), mexikanischer Bauernführer und Nationalheld, der erste Schritte zu einer Bodenreform in Mexiko einleitete

Mariachiorchester – Traditionelles mexikanisches Volksmusikorchester

108 *Vichy-Regierung* – 1940–44 französische Regierung unter Marschal Pétain, die mit der hitlerdeutschen Okkupationsmacht zusammenarbeitete; benannt nach ihrem Sitz im französischen Kurort Vichy

110 *Gestreifter* – (Norweg.) Stripete – Bezeichnung für Norweger, die während der deutschen Okkupation mit den Faschisten zusammenarbeiteten

126 *Al Capone* – Bis 1947 Chef einer der einflußreichsten Gangsterbanden in den USA. Synonym für organisiertes Verbrechertum

J. Edgar Hoover – Langjähriger FBI-Chef, berüchtigt wegen der Verfolgung aller fortschrittlichen Kräfte in den USA

127 *Thukydides* – Zitiert nach »Der große Krieg«, übersetzt von Heinrich Weinstock, Stuttgart 1940

147 *»Haltet sie auf…«* – Bezieht sich auf das Gedicht des norwegischen Dichters Nordahl Grieg »An die Jugend«

163 *Oxfordbewegung* – Von Oxforder Theologen im 19. Jhdt. begründete katholisierende Reformbestrebungen innerhalb der anglikanischen Kirche, vor allem hinsichtlich des Ritus

Düsseldorfer Maler – Gruppe von Malern an der Düsseldorfer Kunstakademie im 19. Jhdt., widmete sich besonders der Historienmalerei, Genreszenen und Interieurs

Geelkerck – Isaac van Geelkerck, holländischer Festungsingenieur und Kartograph, der im 17. Jhdt. nach Norwegen kam und Stadtpläne und Vorschläge für Befestigungsanlagen erarbeitete

182 *Gedichtstrophe* – Aus Gottfried Benn »Das Hauptwerk«, Wiesbaden 1980

187 *Kapitän Ahab* – Gestalt aus dem allegorischen Walfangroman »Moby Dick« (1851), in dem der nordamerikanische Schriftsteller Herman Melville (1819–1891) das Ringen des Menschen mit der Natur und die Auseinandersetzung zweier rivalisierender böser Gewalten symbolisiert

SACEUR – (Engl.) Supreme Allied Commander Europa – Oberster Alliierter Befehlshaber Europa (der NATO)

188 *NSA* – (Engl.) National Security Agency – Sicherheitsbehörde der USA

193 *Agnar Mykle* – Norwegischer Schriftsteller (geb. 1915), dessen 1956 erschienener Roman »Sangen om den røde rubin« wegen seiner detaillierten erotischen Szenen gerichtliche Folgen nach sich zog

198 *Gedichtstrophe* – Aus Claes Gill »Samlede dikt«, Oslo 1967

213 *Bulganin* – Nikolai Alexandrowitsch Bulganin, z. Zt. der Handlung Vorsitzender des Ministerrates der UdSSR

219 *»Lieutenant…«* – (Franz.) »Leutnant, gestatten Sie mir bitte eine Frage. Sprechen Sie französisch?«

»Ja, aber sicher, Herr Oberst. Mit meiner Frau spreche ich keine andere Sprache.«

220 *»Ja, Herr Oberst. Das ist wahr.«*

224 *Manhatten-Projekt* – Das US-amerikanische Atombombenprojekt während des 2. Weltkrieges (1942 begonnen)

Sam Eyde – Norweg. Industrieller und Erfinder (1866 bis 1940)

Sonja Henie – Norweg. Eiskunstläuferin, mehrfache Olympiasiegerin, Welt-, Europa- und Landesmeisterin zwischen 1928 und 1936

227 *Ben Bella* – Achmed Ben Bella, geb. 1916, algerischer Politiker, Mitbegründer der revolutionär-demokratischen Nationalen Befreiungsfront FLN und einer ihrer Führer

229 *Dien-bien-phu* – Tal im Nordwesten Vietnams. Hier kapitulierten

eingeschlossene französische Verbände im Mai 1954 vor der vietnamesischen Volksarmee, deren Sieg wesentlich zur Beendigung der französischen Aggression in ganz Indochina beitrug

235 *Foster Dulles* – John Foster Dulles, betrieb als USA-Außenminister (1953–1959) nach eigener Aussage eine »Politik am Abgrund des Krieges«, besonders gegenüber der UdSSR

245 *Hellot is a hell of a lot* – (Engl.) etwa: Hellot ist ein Teufelskerl

256 *Ammerud und Diesen* – Anspielung auf (norweg.) amme – Amme, stillen und (norweg.) – die Muttermilch, stillen, saugen
Tokerud – Anspielung auf (norweg.) tok – Trottel

278 *»Love is not love ...«* – (Engl.) »Lieb ist nicht Liebe, wenn sie Störer stören, wenn sie Zerstreuung kann zerstreun.« Sonett 116, Übers. Gottlob Regis, William Shakespeare »Sämtliche Werke in 3 Bdn.«, Berlin 1956

281 *Loran C* – (Engl.) long range navigationsystem – Fernbereichs-Navigationssystem

295 *»Someone said: ...«* – Jemand sagte: Die Welt ist eine Bühne, und jeder muß eine Rolle spielen. (nach: William Shakespeare »Der Kaufmann von Venedig«)

306 *Haakon Lie* – Einflußreicher und umstrittener Sekretär der DNA (Det Norske Arbeiderpartiet – Sozialdemokratische Partei Norwegens) von 1945–1969

320 *»The rest ...«* – Der Rest ist Gewalt

324 *Herman Kahn* – Amerikanischer Futurologe, gilt als Begründer der Eskalationstheorie im militärstrategischen Denken

326 *Herter* – Christian Herter, amerikanischer Politiker und Diplomat, von 1957–1959 Vizeaußenminister unter John Foster Dulles, danach bis 1961 Außenminister

331 *Carl von Linné* – Zitiert nach »Lappländische Reise und andere Schriften«, Leipzig 1977

363 *Einar Gerhardsen* – Vorsitzender der DNA, 1945–1951 und 1955–1965 (mit kurzer Unterbrechung 1963) Ministerpräsident
Halvard Lange – Norwegischer sozialdemokratischer Politiker, Außenminister 1946–1963, nach kurzer Unterbrechung bis 1965

372 *Hannibalfehde* – Grenzkrieg zwischen Norwegen und Schweden 1644–1645, benannt nach Statthalter Hannibal Sehested, der das neuaufgestellte norwegische Heer organisiert hatte

379 *»The Noise of the Planes«* – (Engl.) »Der Lärm der Flugzeuge klingt nach Freiheit«

Inhalt